所谓绝对的公平平等,
从来就不曾存在过!
你,要做哪一种人?

# 人上人

## 在深圳的发迹史

水沉◎著

百花洲文艺出版社

## 图书在版编目（CIP）数据

人上人/水沉著. —南昌：百花洲文艺出版社，
2010.12

ISBN 978-7-5500-0056-8

Ⅰ.①人…　Ⅱ.①水…　Ⅲ.①长篇小说—中国—当代
Ⅳ.①I247.5

中国版本图书馆 CIP 数据核字（2010）第 246958 号


| 出 版 者 | 百花洲文艺出版社 | |
| --- | --- | --- |
| 社　　址 | 南昌市阳明路 310 号 | 邮编：330008 |
| 电　　话 | 0791-6895267（发行热线） | 0791-6894790（编辑热线） |
| 网　　址 | http:www.bhzwy.com | |
| E-mail | bhz@bhzwy.com | |

| | | |
| --- | --- | --- |
| 书　　名 | 人上人 | |
| 作　　者 | 水　沉 | |
| 责任编辑 | 汤四芳　　矢　捷 | |
| 特约编辑 | 罗栋青 | |
| 经　　销 | 全国新华书店 | |
| 印　　刷 | 北京嘉业印刷厂 | |
| 开　　本 | 1/16　　　710mm × 1000mm | |
| 印　　张 | 18 | |
| 字　　数 | 280 千字 | |
| 版　　次 | 2011 年 4 月第 1 版 | |
| 印　　次 | 2011 年 4 月第 1 次印刷 | |
| 定　　价 | 29.80 元 | |

ISBN 978-7-5500-0056-8

赣版权登字—05—2010—129

# 序

我想轻松简洁地写这篇序，努力许久，不行。

凡事都会留下痕迹。即使日子过去了，各种感受淡化了，即使头脑真的可以不再想起，但是已经存在于心的印迹却无法抹去。

人一出生就在战场上战斗，和时间，和自己。人常说经历是财富，我另类的认为经历是武器，似一把宝剑。有勇气拿它在手上，真正地认识它、智慧地使用它，它就会成为你在战场上所向披靡的保证。反之，就会变成毁掉你人生的终极凶器。

我相信，每个人的经历都是独一无二的故事。很幸运，能将我的经历和所见所闻改编成小说呈现给大家。我不是专业作者，只是一个在职场打拼多年、被愧称的文艺女青年。写书一是了了儿时心愿，二是希望能与看到故事的人共同分享感受。不用多，哪怕有一个字一句话，能让你的心弦最轻微地颤动一下，我已知足。证明我的经历和感受，不仅仅只属于我自己，我手中的宝剑也不仅仅只为我所用。

书的原名叫"勇气"。无论生活中发生什么，无论这个世界变成什么样，勇气在，希望在！

衷心感谢你看我的书，祝福你！

目 录　contents

# 人上人
### 在深圳的发迹史

# 01

CHAPTER
One

## （一）前奏

如果期待，就去吧。

你的双脚，

太渴望踏上新鲜未知的旅程。

如果期待，就去吧。

你看见的，

是幻是真其实没有那么重要。

如果期待，就去吧。

没有好坏，

因为你的选择已经无法更改。

夏菁不时地看着手表，流逝的每一分钟都让她觉得心疼。

饭局早就结束了，穆梓却丝毫没有离席的意思，他就这么闲坐着，缓慢地抽着烟，仿佛吃顿饭耗费了多大体力似的。旁人无聊得就等着他的结束语。

"好！谢谢大家啦！我还要赶去机场，今天就这样吧。"他终于出了声。

大家都纷纷积极地响应着，纷纷起身离座。又一阵磨叽地握手告别后，总算是出发了。

关上车门，夏菁轻轻吐了一口气。

她不是在担心老板是否能赶上飞机，而是为自己的事着急。下午！今天约好下午三点钟，那是今天无论如何都要完成的大事。

奔驰600安静地飞驰着。平时夏菁和穆梓一起出行，坐在车里很少讲话，车里安静得相当尴尬。夏菁只好拿出手机把玩，来掩饰尴尬的沉默。

好在，今天这样的尴尬时间并不长，不一会儿就到了机场。司机敏捷快速地拿出行李箱，毕恭毕敬地交到老板手上。候机大厅里人来人往，一派繁忙景象。

"你跟我去北京吧？"穆梓突然问。

听到这话，夏菁怔了怔，她故意低头看看自己的短西装套裙，说："我什么都没带，这么薄的裙子。"

北方确实是已经下过雪了，但是她这个借口还是略显牵强。

"那怕什么，去买嘛！"穆梓不依不饶地说。

"我赶回去下午还有事。"夏菁一脸为难，好像在隐藏着什么。

"什么事？我叫你出差不是事吗？"老板已经有些命令式地追问道。

夏菁的脸有些发热，她用很小的声音怯怯地答道："我下午要赶回去拿结婚证。"

穆梓的眼睛瞪得大大的，吃惊地看着她，顿了好一会儿，说："你想好了？不觉得时间太短，太冲动了？！"

夏菁毫不犹豫地回答道："我想好了，我要去拿结婚证。"

看着夏菁好像十头牛都拉不回的劲儿，穆梓不知道该说些什么了。一个是自己的助理，一个是自己的小兄弟，也实在是没法再说什么了。

穆梓轻叹了口气，拖着行李走向安检口，又多说了一句："夏菁，你要想好呀，这毕竟是一辈子的事呀！"

夏菁用感激的眼神看着自己的老板，一字一句地说："谢谢老板，人生需要冒险，我已经决定了，希望您能祝福我。"老板沉默了一下，无可奈何地摇了摇头，平静地说："夏菁，你既已决定，我无话可说，你好自为之吧！"说完头也不回地转身进了安检口。看着穆梓的背影终于消失在门的那边，夏菁几乎是跑着回到车上，喘着气对司机说："快快，送我回去！"

大熊早安排了人在民政局的登记处等着，就等夏菁按手印、签字了。

一天的焦虑终于落下了帷幕，拿着手上的红本，不知怎的，夏菁的心里觉着空空的。

好多事，你一直念着盼着，但真的到了实现的那一刻，却什么感觉都没有了。

夏菁拿着手上鲜红的结婚证，合照上的两个人虽然是笑着，却没什么高兴的感觉。看着大熊，她希望他能说点什么，让自己激动起来，毕竟这是一个人生里程碑似的时刻。

大熊藏在镜片后的小眼睛，用看不清是什么内容的眼神笑着，似乎是认真地说："老婆，我没有别的要求，只希望，你能同意我再找两个小老婆，那我这辈子，就什么都听你的。"

每每回忆起这一段，夏菁都觉得眩晕、口干舌燥。

这让她想起大熊像开飞机一样开着跑车，敞着篷，在北环大道的货车中，钻来钻去的感觉。

不过，大熊那个时候说的是："你要相信我，坐在我车上，你的方向由我掌握。人生需要冒险，不去做怎么知道会发生什么？相信我！"

夏菁紧紧闭着眼睛，在极度的恐惧中几乎要窒息，任头顶呼呼的风和大货车尖厉的喇叭肆意妄为，她的脑袋里除了大熊的那句"人生需要冒险，相信我"之外，就什么都没有了。

# 02

CHAPTER
Two

## （二）饭局

知道，我装不知道，

不知道，我可以让自己知道。

你以为我不知道，

其实我早就知道。

大熊，也就是贾聪，胖乎乎的身体上顶着个圆溜溜的脑袋，戴副金丝边的眼镜，嘴大眼小，模样憨厚，笑声爽朗，因为长得像极了动画片《机器猫》里的大熊，故得其名。也只有夏菁的姐妹们这样叫他，在追夏菁的那段时间，第一次出现在夏菁姐妹们面前的大熊完全是一位追随夏菁的忠实的奴仆，他对夏菁的出手大方和无微不至的关心，让夏菁的姐妹们羡慕不已。这位仁兄长得虽然不怎么样，书更是读得不多，但是，他就是听夏菁使唤，用夏菁姐妹们的话说："企业家怎么了？到我们夏大小姐这儿，就是一个听话的长工。"

　　回忆起自己速战速决地把夏菁弄到手，贾聪总是得意非常。这是在他周密策划、忍辱负重后，挑战成功的成果。在贾聪的心目中，夏菁和夜总会里的靓女、参加过选美的三流小明星那些大胸脯脑子里只想着钱的所谓美女，可不一样。她是才女，是精明能干的上市公司董事局主席的助理，是见过世面、正儿八经、出身清白、自食其力的好女孩。贾聪第一次见到夏菁，凭着自己敏锐的嗅觉，一下子就闻了出来。当穿着Parda套裙的夏菁款款走进房间，自然大方地和在座每一个人微笑着打招呼的时候，贾聪躲在镜片后面的小眼睛都激动得发红了，这是他第一次看中一个女人不是想把她摁在床上，而是想把她领回家。

　　那天的饭局大腕云集，在座的都是国内地产界名声显赫的人物。做东的是夏菁的老板，深圳永胜集团的主席穆梓。作为深圳在香港上市业绩最好的私营地产企业，永胜集团在芸芸深圳地产界占据着极其重要的位置。老板穆梓放弃政府公务员的身份下海，创立了永胜公司。从开发大型的精品住宅小区起家，十年时间，企业已经运作成为以开发运营城市中心区综合商业项目和中高档住宅并重的全国知名公司。而身为老板的穆梓，不光是企业做得好，为人豪爽和谦虚诚恳也在圈里有口皆碑。

小角色贾聪，以和穆梓是同省老乡而备感光荣，视他为自己顶礼膜拜的偶像和奋斗的终极目标。在一个偶然的酒局认识穆梓后，他极尽溜须之能，鞍前马后，服侍到家。经过一段时间的诚恳努力，终于得到穆梓的首肯，还叫他一声小兄弟，有合适的场合，总愿意带上他，让他见识见识。要不，像这种场合，哪能有贾聪的位置？就算贾聪的专做三级市场的地产中介公司在深圳算是前三名，也入不了各位开发商大佬们的眼，何况，人家这儿还坐着全国排名第一的地产代理公司老板，贾聪在这儿顶多算是穆梓的跟班，根本不能入流。

在座的各位都是来参加永胜主办的全国地产企业家论坛的，穆梓从北京请来了重量级的领导压阵，大哥们的大哥都来了，自然是要给穆梓面子的。在政府的五洲宾馆开了几天会，老板们都吃腻了宾馆酒楼里僵硬无味的政府菜，都嚷嚷着嘴淡，要求换口味，一致提出要身为主人家的穆梓请客，穆梓自然是欣然接受。

永胜的五星级会所名字叫"群英汇"，刚刚开张没几天，就开在永胜大厦的四楼。这是一间穆梓和北京某位神秘人物合开的高级餐厅，整个餐厅没有大堂，只有为数不多的十间包房，私密性极强。由于强调是神秘低调的，外面连招牌都没挂，没人领着，恐怕连门都找不到。

"群英汇"每个房间的装修风格都不一样，精雕细琢出美式、欧式、中式和东南亚风情一应俱全。餐厅的主厨是胸前挂着金牌，被誉为"厨神"的著名潮州菜大师。穆梓花超级高薪从香港把他请来，就是因为他的拿手菜——鲍鱼和鱼翅。据说，有无数富豪还有历任香港特首，甚至各国元首都曾经是他的食客拥趸。会所还在试业期间，就已经成为深圳那么一小撮富人贵人极力追捧之地，即刻上位为深圳的"富豪食堂"。本身就是热情好客之人的穆梓，正好借这个机会，邀请各路英雄们在"群英汇"开宴。

宴客的房间不是"群英汇"最大却是最豪华的一间。欧式风格的房间墙壁上，贴着气质非凡的意大利进口的丝质墙纸，主背景墙上画着古希腊美酒之神狄奥尼索斯宴请众神饮酒作乐的场景。虽说只是临摹的装饰画，并非大师之作，却画得极有水准，栩栩如生，衬得整个房间氛围欢乐非常。圆形的巨大餐桌上铺着纯白色的亚麻台布，精致的蕾丝边流畅飞绕，估计是好几个意大利老妈妈费了不少时间的心血制作。桌中间的异形水晶花瓶里看似简单地插了几枝鹤望兰，丰富渐变的橙红和晶莹夺目的花瓶互相陪衬，显得相得益彰。

餐具都是根据每个房间的风格特别定制的，穆梓的用意，就是要凸显"群英汇"的独一无二。

晚宴安排的菜式不多，都是"群英汇"的特色和招牌，为了让大腕们吃得满意，穆梓特别交代夏菁要用心安排菜谱。和"群英汇"的经理商量了好几轮，穆梓亲自过目后，才最后确定了菜单。凉菜、汤、热菜、点心、主食、佐餐酒都各有讲究。融西式中式为一体，昂贵又可口，奢华又营养。这种搭配，是富豪们的最爱。

可就是这样一个精心准备的重要饭局，夏菁却迟到了，而且还是故意的。

她视为亲人的姐姐，也就是她以前的老板刘宏，曾经教过她："如果你不是必须在场的工作人员，越是重要的饭局，你越是要适当迟到。只有在你迟到着走进场的那一刻，所有人的眼光和注意力才会都在你身上。那个时候，你就是走红毯的明星！记住，这是技巧，更是社交的艺术。"

夏菁就是这样适当迟到的，当所有人都已经落座，正等着上菜，有些发闷的时候，夏菁走了进来。在大吊灯光芒璀璨的映衬下，夏菁飞扬着挡不住的健康神采，像一阵和煦的春风飘然而至。

她大方地和上座的那几个常常出现在各种杂志上的熟悉面孔认真从容地用眼神做了初步的交流。

穆梓很清楚地看见了大家眼里因为夏菁出现的小火光，他的嘴角不禁泛起笑意，特意稍稍提高了声调向大家隆重介绍："这是我的助理夏菁，这几位是……"

"潘总、刘总、吴总。"夏菁脆生生地打断了穆梓的话。

"杂志上经常换着登各位的大头像，我还能不认识？潘总，我可是你博客的忠实读者哟，还给你写了好多留言呢！还有吴总，我待会儿要代表全深圳的女孩儿敬您一杯，感谢您为我们建了万象城，这么好的商场，一周不来逛逛，我就心痒呢！"夏菁清脆悦耳的声音和甜蜜得刚好的笑容引得满堂都是开心的笑声。

"穆梓啊，你这个助理可不得了，这么会说话，哪里找的，给我也找一个吧？"潘大腕带着他特有的陕西腔半开玩笑地说道。

穆梓早已习惯了这样的称赞："好啊，要不让夏菁到你们公司去？"

"行吗？小夏，去我们公司吧？"潘大腕这可全是玩笑话了。

夏菁侧脸看着潘总假装正经地说道："潘总，就算您有这想法，也别当着我老板说呀，我能表什么态？找个时间，我们俩单谈。"

大家又是一阵笑。

她和来宾一一交换了名片，气氛在玩笑中自然地融洽了。

贾聪被安排坐在永胜公司负责会议的策划部经理旁边。他穿着西装、打着领带，还戴着金丝边的眼镜，纵然一身上下都用名牌武装着，但是他的风度气质，和整个场合还是有些格格不入。贾聪在一旁贪婪地看着夏菁在场面上应付自如，他早就把名片捏在了手里，渴望她能早点转到自己的跟前。

可夏菁到了他这儿就停住了，准确地说，是到部门经理那儿停的。贾聪坐在经理的下一位，穆梓又没介绍他。按照夏菁的经验，太下座的人，在无人介绍的情况下，可以忽略不计。

给夏菁留的位置在部门经理的上一位，坐下的时候，夏菁非常友好灿烂地对部门经理绽开了笑脸，是同事，又一起为会议战斗了多日，自然是与别人不同的亲切。

贾聪在旁边急得很，他探出半个身子越过经理对着夏菁献媚地笑，完整地露出他两排非常整齐、明显经过人工大力改造过的大白牙。夏菁只是对他轻点了一下头，然后侧头小声地问旁边的经理："谁呀？同事吗？"

"不是，好像是老板的小兄弟，做三级市场的。"经理不屑地答道。

夏菁点了点头，挑眉斜了一眼贾聪。

至此，一顿饭从开吃到结束，夏菁没再瞧过和理过贾聪。

贾聪天生就是个会观察形势的人，他的脑袋上好像装了天线，耳朵好像雷达一样，到处搜索着来自四面八方的各种信息。大家对他的不重视，包括夏菁对他的轻蔑，他都看在眼里清楚得很。对于贾聪来说，比起他步行几天走出村子，历尽千辛来到深圳，这根本算不上什么。何况，他是干中介的，没有忍耐力和厚脸皮哪里干得了这行？

贾聪竖着耳朵仔细地听着大家讨论的话题，好不容易逮到能插话的时候了，他赶紧插进去高声发表了一阵。毕竟是业内人士，房地产产业链上，中介这个环节上的意见是来源于市场的，做开发的大佬们还是愿意听的。这时，穆梓才算是正式地介绍了他。

"这位是贾总，我的小兄弟，红日置业的老板，年轻有为的企业家，后起之秀呀！"大家这才顺着穆梓的介绍看了看贾聪。

"哪里哪里，大哥过奖了，你才是我们家乡的骄傲。要向各位老大们多学习，有机会多教教我。"贾聪不失时机地表示自己的谦虚。觥筹交错间，大家对"群英汇"的菜式出品和环境赞不绝口，纷纷夸奖穆梓有品位有眼光，让穆梓听着十分的顺耳开心。席间严肃的地产话题中间还掺杂着黄色笑话，穆梓的脸上始终都挂着绽放般的笑容。

夏菁找准了席间的冷场时间，介绍了公司的经营发展理念和新的项目概况。夏菁知道什么时候该住嘴，什么时候该出声。在这个城市同样的行业里，已经十年了，长期的职业经验已经形成了习惯。虽然到永胜才一年多，但和老板之间已经有些默契了。这些不用穆梓交代，她自己知道做。

饭吃得舒适自然，酒也喝得恰到好处，这种人多的大局，酒是不会喝过量的。虽说在酒桌上称兄道弟，好像是好得不得了的朋友，实际上，同行之间还是有所顾忌的，大家都知道适可而止。

贾聪说的已经够多了，大量的时间都被他抢来主讲。他激动得急于表现，语速一快，就有些大舌头、口齿不清，而且还带着浓重的乡音。几次，夏菁和经理面面相觑，觉得好笑。经理附耳和夏菁说："搞不懂，老板为什么要叫他来，档次太低了。"

夏菁笑着说："娱乐大家呗。"

这些，也都没能逃过贾聪的眼睛，他假装若无其事地左顾右盼，可心里难受得很。特别是夏菁，一个晚上都没用正眼瞅过他。"让你傲，有什么了不起！"贾聪心里恨恨地说。

饭局结束前，穆梓热情地邀请大家去饭后的余兴节目，到俱乐部去喝酒K歌，大多数人不像穆梓那样有文艺爱好，又有各自的私人安排，兴致不高，纷纷委婉拒绝了穆梓的盛情。

告别的时候，夏菁得体的寒暄又惹得众人笑声不断。她把每个人都周到地送进车，甜笑着和每个人挥手道别。看着一辆接着一辆各个品牌的高级轿车开走，夏菁松了口气，她知道，今晚的饭局，虽然并没有什么实质的内容，但是给老板长脸，在圈里给老板挣形象，也是非常重要的。这晚在夏菁的工作日志上，算是一顿成功开心的饭、圆满完成的工作饭。

"贾聪，房订好没？"人刚送走，穆梓就急着要去下场了。

"订好了，皇家俱乐部888。"贾聪充当穆梓的茶水小弟还是很合格的。

"那走吧，夏菁，你也去吧，忙了几天，慰劳一下你们，把北京来的那几个会务的工作人员也叫上。"穆梓认为的慰劳，在夏菁这儿被看成是穆梓给她布置的又一项工作。

"好吧，老板，你们先去，我去宾馆接他们。"夏菁情愿当司机，也不愿意和穆梓、贾聪早早坐到夜总会去。

"夏小姐，我送你去吧。"贾聪赶紧接道。

"不用了，我自己开车。"夏菁的语气相当冷淡。

贾聪满脸堆着笑说："那好那好，等会儿见，一定要来呀！"

这一晚，直到晚饭结束为止，对夏菁来说是个再普通不过的晚上。不过是工作应酬，见到几个大人物，配合老板做好接待工作而已。她怎么也想不到，几十分钟之后，在皇家俱乐部，发生的意想不到的事，为她以后生活的巨大改变，缓缓地拉开了序幕，让她走上了一段比电影、电视还戏剧，比小说还跌宕起伏的人生旅程。

# 03

CHAPTER
Three

（三）轨迹

那些没有装饰过的时光。

简单清澈得让人心疼。

如果可以选择停留，

我宁可在那里，

永远不要走。

当年龟缩在北京的贫困大学生夏菁，在努力解决自己的学费和每日的三餐以外，她最大的理想，就是将来能拥有一辆建国门外大街上跑着的五颜六色的奥拓小汽车，每天都想实现的心愿，就是能和同学到民族饭店里的萨拉伯尔烤肉饱餐一顿。她绝对不是那种有理想有抱负的志气青年，每天忙忙碌碌浑浑噩噩地四处奔忙，其实基本上都是为了衣食住行。

　　入校分配宿舍的时候，把她和几个北方的女生分到一间，在宿舍才住了三天，她就没法再坚持下去了。北方的女孩生活不是很讲究，对个人卫生尤其是马虎。全宿舍就夏菁一个是外乡人，没什么人答理她。本身就不怎么样的学校，也根本没有再好点的宿舍条件了。一咬牙一跺脚她就和在另一个大学与夏菁有着同样困扰的湖北老家的初中同学京津，一起租下了一间在建国门外大街上一居室的房子。

　　那栋楼是在建国门外大街上，地段好，三气全有。打开窗子正对面就是豪华的五星级京伦和建国门饭店。一到华灯初上的晚上，五光十色的霓虹灯，夏菁和京津怎么也看不够，每天晚上趴在小小的窗户边一起看外面繁华的北京城，相互幻想畅谈自己以后的生活，这就是她们最大的享受。每月一千五百块的房租呀！在当年，对两个穷学生来说，那是一笔巨款。出的不是房钱，而是她们课外的血和汗。

　　在麦当劳里打过小时工，在商场里当过促销员，还糊弄着给几个小孩当过家教。两个人原来都是学校的文艺尖子，唱歌跳舞都能来两手，学校的文艺队接了什么酒楼开业庆典之类的活，也跑去挣个五十一百的。报纸上登的演艺公司招临时演员，她们双双被录取，欢天喜地地去了，结果是去涿州当动作片里的武打替身，几天下来，整得鼻青脸肿的，也赚不了几个钱。

北京是夏菁永远的痛，在那里的日子太穷太苦了。熬到了毕业，京津费尽家里的财力留了下来，而夏菁却斩钉截铁地跟随打暑期工的同学来到了深圳，对北京没有丝毫的留恋。

七十年代中期出生的一代人好像对人生都比较茫然，从小受的教育是保守单纯而又革命的，虽然能吃饱饭，但是物质还是非常单调贫乏的。到了成年走入社会，面对的却是一个全面改革开放的中国。所有人都在疯狂挣钱，先辈们没有任何市场经济的经验可传授，一切都得靠自己跌跌撞撞地摸索，未来的生活究竟是怎样的，谁也没有能力预测到。

十几年前的深圳，是中国最早开放的城市，所有到这里的人都是来创业挣钱的。夏菁也是，不过，她只准备待一个暑假。同学说，深圳工资高，打一个月工，不仅能挣张回家的飞机票，还能有相当的节余。这对夏菁来说非常有诱惑力，尤其是能马上离开北京，离开这个让她一直贫困一直辛苦的城市。

深圳好像是夏菁的福地，虽然和民工大军们一起挤在硬座火车里，几十小时的摇晃摇绿了她的脸。可好在顺利到达后，只和同学在岗厦村的农民房里打了三天地铺，就找到了工作。准确地说，是工作主动找到了她。

宝安北路的人才市场当年人头攒动的壮观景象，夏菁至今仍历历在目。

夏菁拿着花三十块钱买的登记表，跟和她一样的找工作的赤子们，前胸贴后背地排了一个小时的队，都还进不了场。揣着期待和梦想闯深圳的人实在是太多了，等到一身臭汗地挤进去，她也只能木木地站着，眼前黑压压的人头攒动，她根本不知道该何去何从。

在夏菁想离开，又为已经付出的三十块钱犹豫的时候，一个操着浓重东北口音的中年男人走到了她的身边，满脸笑容地问她是不是要找工作，说是在替他老板找秘书，老板是个女的，公司是做房地产投资的，有自己的物业，觉得她很有发展前途，希望她下午就去面试，还留了地址电话。

同学纷纷认为是骗子，连公司叫什么名都不知道，都劝她别去。

可正是这次面试，不光让夏菁找到了工作，更是让她从此留在了深圳，在这个公司一干就是七年。许多年后，夏菁的前老板，现在和她情同姐妹的深圳著名美女企业家刘宏，对当年的面试仍然津津乐道。

"那天，我正坐在办公室会客，前台领进来一个傻乎乎的小姑娘，说是来应聘秘书的。这个傻姑娘就是夏菁，哈哈，你们想不到吧，她当年刚来深圳时真的是又土又傻。头发剪得短短的像个男孩，素面朝天，一点妆都不化。穿一条有破洞的牛仔裤，背着双肩包。没等我开口，就直接一屁股先坐在我对面了。我只好开始面试，心想三两句打发走得了。我问她，你先说说工作经历吧，熟悉政府办事程序吗？她说，没经历，大学刚毕业，才到深圳三天。我又问她，那你会唱歌、跳舞、喝酒吗？我招的是跟班秘书，这些你会吗？她说，酒没喝过，不知道行不行，唱歌一般。我一听就急了，你什么都不会，那你干吗来了？！恨不得立马赶她走。她倒较起真了，一板一眼地说：'我没想来，是你们单位的人让我来的，你说的那些有什么难的？我是湖北人，九头鸟。知道吗？很聪明的，给我个机会，我会很快学会的。'说完，叉着小腰，挑着眼睛瞪着我。

"我一看，这小姑娘一股子愣劲还挺可爱，再仔细一瞧，皮肤白白的，一对凤眼，一笑露个小虎牙，没怎么拾掇也是个美女。心想，试试吧，就问她，那你要求多少钱工资。你们知道她怎么回答，哈哈，她说，这是我们的双向选择，我要求我的付出和得到是成正比的，你看着给吧！说完这话，我立马就喜欢上了她，告诉她，你留下吧，公司给你安排单间宿舍，一个月一千五百块，三个月试用期，试用合格转正，工资加倍。明天就来上班。

"就这么着，这个傻丫头就跟着我了。哈哈哈，是不是像电视剧一样？"

等刘宏说完，夏菁就会接着说："我是学广告策划的，心想着，应该是到一个广告公司上班，干干打杂的事，混一个月的工资就走人的。其实爸妈早在老家为我安排好了一切，几个单位随便我挑，谁知道，刘姐的煽动性这么强，愣是把我这么一个原本没有目标的迷茫大学生培养成了一个积极的职业女性。我永远记得，有一天的清早，我们一起去市政府办事，坐着她的奔驰车，在深南大道上，橘红色的太阳在高楼大厦中间升腾，路两边的公共汽车站台上都是等着去上班的人，天空出奇的蓝，所有的景物都闪着活力的光芒。我姐说：'夏菁，你看，这个城市多么美呀！有这么多勤劳的人，他们都在为自己的理想努力。你要好好干，在这里扎下根来，你要在这个城市找到自己的位置，拥有自己想要的一切，好好地生活！我相信，你能行的！'第一次，我感觉到什么叫热血沸腾，心脏在胸膛里跳得怦怦直响，就在那一刻，我下定决心要留下来，留在深圳，为能在这里好好生活努力奋斗。"

听完她们姐俩这段回忆的人都印象深刻，她们只是深圳千千万万职业女性中的一员，不管是老板还是白领，全心投入工作，有事业追求的女性，在深圳这样一个满是精英竞争激烈的城市里，和男人抢自己的一席之地，个中艰辛，闯过深圳的女人都知道。

原本打算混一个暑假就打道回府的夏菁，在深圳开始了她的职业生涯，从秘书升做总裁助理只用了一年时间，的确是顺风顺得出人意料。刘宏对夏菁倾注了非常多的心血，任何时候都把她带在身边，不管是对外的政府公关、洽谈合同，对内的公司管理，甚至是打官司上法庭，共同经历了许多工作中的酸甜苦辣。她对夏菁小到着装打扮、走路姿势、面部表情、言谈举止，大到分析市场、人事关系，无所不用最严格，几乎苛刻的要求要求着夏菁。

公司从小到大，上了几个台阶，成功开发了几个相当不错的地产项目。公司成长的七年。也是夏菁成长的七年。七年间，夏菁从一个懵懂无知的小姑娘，成为一个已经拥有了丰富的工作经验，可以独当一面的好帮手。在和永胜开始合作一个大型商业项目之后，刘宏把夏菁推荐到了穆梓的跟前。

她认为夏菁应该去更好更大的公司，应该学一些在她那里学不到的东西。在她心里，夏菁不单单只是她的员工，还是她的妹妹和亲人。作为一个有着骄人成绩的女企业家，不管别人如何评价她，对夏菁而言，刘宏不光给了她机会，还从她那里学到了许多工作之外的道理。刘宏常常告诉夏菁："不论是女人，还是职业女性，千万不可有妒忌心，那是让人走向疯狂和极端的心魔。对比自己好的、比自己强的人，要多看别人身上的优点，从中学到对自己有用的东西。英雄不问出处，只要是成功的人，都一定有过人之处值得借鉴。心胸有多宽，事业和生活的道路就有多宽。"

在到永胜之后的几年里，穆梓对夏菁的工作也非常认可。夏菁明白，这些都是刘宏给自己的坯子开得好，在她的心里，姐姐的地位无人替代，只要需要，她绝对是赴汤蹈火绝无二话。

# 04

CHAPTER
Four

## （四）起步

在尝到甜之前，

不知道什么是苦。

知道什么是苦之后，

只能一直甜着，不能再苦。

"同志吧"里没什么"同志"，净是一些嗑药的男男女女，是当年出了名的"嗨场"。原先是做正规卖酒生意的，花尽心思搞了很多花样，可是仍然经营惨淡，总是在濒临倒闭的边缘徘徊。绰号"胖子"的老板，以前是道上混的，蹲了几年监狱出来之后，和几个牢友筹钱开了这间店，本来是想改邪归正做正经生意的，谁想却举步维艰，实在撑不下去了，他只好接受了其他哥们儿的建议，识时务地改变了经营方向。有了摇头丸和大麻，情况立马逆转，生意每晚爆场，这间规模不小的酒吧，没几个月就成了罗湖首屈一指的热场。

　　"同志吧"来得最多的客人，有在各个夜总会坐台的小姐，也有被境内外有钱人临时或长期包养的二奶或情人们。半夜十二点开始，她们一个个打扮得犹如招展的蝴蝶，陆续来到。这里是她们郁闷压抑的生活之余放松找乐的地方。时间一长，经常在夜场里混的都知道这里有钱又靓的美女多，吸引了各行各业循味而来的雄性，有做鸭的靓仔、捞偏门的江湖人士，还有像贾聪这样的半小混混。

　　说他是半小混混，是因为他还有一份算是正经的工作。高中二年级辍学，投奔了在深圳工地上做泥水工的大哥后，贾聪换了无数份工作。大哥介绍给他的工地工作干了一段，太辛苦太脏，而且整天和都是民工的同乡在一起，贾聪受不了这种等于在村里没出来一样的状况，这与他所向往的生活大相径庭的状况。

1996 年，在四川某县某乡某村某组某一天的下午，天气出奇的热，知了在树上发狂一样地叫，让人心烦意乱。还不满二十的小农民贾聪，捏着一张准备擦屁股的旧报纸蹲在简陋的茅厕里，津津有味地看着已经被揉皱的报纸上登的一条关于深圳地王大厦已经封顶的消息。又热又臭苍蝇飞舞的恶劣环境丝毫没有影响到他，早已是旧闻的事让他兴奋不已。"操！深圳的亚洲第一高楼都盖好了，老子还读什么书！"贾聪一边拉屎一边下定了要去深圳的决心。屎拉得很顺畅，他对美好生活的向往和想象也顺畅地浮现在头脑里。就这样，他先是撒泼耍赖从无可奈何的农民父母手上，要到了浸着汗水已经发软的几张纸币，又不畏辛苦地长途跋涉到县城，再挤班车到省城，搭上火车到达深圳已经是离家六天以后的事了。离开那个充满家禽家畜味道、充满灰尘泥浆、充满无望无聊的某村某组，贾聪的心里充满了梦想和希望。美好的城市里，大好的生活等着他，他一定要闯出名堂！

可工地上的日子让对城市生活充满了美好幻想的贾聪几乎发疯，他想过的城市生活是干净体面的，绝不是和现在是工友、以前是同村老乡的人一起在高楼大厦的工地上冒着酷暑出苦力。说是进了城，可实际上，还是过着和农村一样单纯枯燥不用思考的生活。虽然大哥、大姐、三姐都是在愉快地做这行，但他不会这样目光短浅，日复一日除了一日三餐，就是埋头苦干，只是为挣够了钱回老家盖上一栋房子。

没干多久贾聪就决绝地罢工了，他什么也不干，谁说也没用。每天只是躺在搭在小阳台上的小行军床上，和做工的各种工具为伍，除了吃喝拉撒，一语不发，也不动窝儿。

城市的太阳每天照常升起，从漂亮温暖到狠毒的晒得人全身疼痛。只有夜晚是美丽的，月亮神秘温柔，充满诱惑地抚摸日头赐予的灼伤。大哥对贾聪的唠叨和愤怒的辱骂，嫂子对他的白眼和冷语，像刀子和鞭子一样血淋淋，也像时钟一样准时。饭是要吃的，活是不干的，对于这个艰难维生的家，贾聪无疑是个巨大的负担。在他把小床压得几乎没有弹性后的某一天，他终于起身离开了。

什么都没带，也没什么可带的，裤兜里只有几张零星的小票。谁也不知道，在这许多天里，贾聪的心里、脑里经历了什么，最后坚定了什么。

所知道的是，他毅然离开大哥家后，游荡在街头，睡过公园的长椅、工地上的水泥地，但是，再没有回过工地，没有回过大哥家。

直到他有一天晃荡到莲花山公园，无意间帮助管理处抓了一个小偷。朴实土气的贾聪，不计回报，只是憨厚地面对夸奖。其中一个大姐分外赏识贾聪的淳朴，热情非常地介绍他去一个住宅小区当了保安，属于贾聪真正的城市生活，算是正式开始了。

做保安的日子开始还是很惬意的，穿着制服保卫着漂亮的高楼和住在里面的人，虽然，他只是和一堆人挤在这漂亮房子的地下室。贾聪一度很满意这样的生活，有吃有喝有住，有微薄但是可以养活自己的工资。最重要的是，他开始了解和进入城市生活，一些资深同事告诉他的关于这个城市的一切都让他开心。他认识了奔驰、宝马，知道了深圳最高级的酒店叫阳光，知道了嘴巴甜一点、腿脚勤快点，可以让他在过年时多得几封利事。可这种惬意，在他被一个牛气冲天的业主臭骂一顿，再加上一个大嘴巴子之后，无情地结束了。

大家都知道贾聪没有做错什么，他只是出于工作要求，请那个准备把车停在消防通道上的人，挪到规定的车位上。贾聪只是礼貌地提醒他，可收到的却是恶狠狠的辱骂和被殴打，一切发生得太快，贾聪完全没反应过来自己究竟做错了什么，就被人重重地扇了两个大嘴巴。那个人打完他，嘴里操娘骂爹地扬长而去，贾聪耳朵里回响的是对他职业的侮辱："臭保安，大傻X，打你怎么样？"队长和同伴们是这样劝他的："唉，算了，别当回事。这是常事，我们谁没挨过骂？那个人是做生意的有钱人，在小区里有好几套房子，还有好几辆车。在城里有钱人就是牛X，想怎么着就怎么着。你没受伤就好，以后机灵点，再看见这样的人，咱惹不起，但是躲得起。"

从那以后，贾聪再没有以前那么快乐了。他变得非常敏感，开始特别留意别人看他的眼神和跟他说话的态度，他发现，除了自己的同事以外，其他人的眼睛里充满的除了鄙夷就是鄙夷，太太小姐们也只是因为可怜才善看他几眼。虽然他每天都在辛勤地保卫着他们，却根本没有得到过任何尊重。不解和愤怒都变成了疼痛，时而巨大时而微小但是持续地啃噬着贾聪的心。城里人是分等级的，你有钱有势就有人点头哈腰地尊重你。你是农村来的臭保安，就是没人看得起你。那套贾聪曾经那么钟爱珍惜的保安制服，让他再也抬不起头来。每天穿上它，就像是穿上了耻辱的皮，恨不得立即脱下来。从那个时候起，贾聪心里暗暗下了决心："不管多辛苦，我一定要成为城里的人上人！我要所有的人都不敢小瞧我，都要尊敬我！"

在深夜街边的羊肉串摊边和同事们的一次大醉后，贾聪的保安生涯从此结束。酒醉的那天，他惨烈地哭了，哭得浑身发抖，最后躺在地上，双手捶地仰天痛哭，直到把手捶得血肉模糊。他边哭还边喊着："你们听着！我绝不会再让人欺负我！绝不会再让人看不起我！"

他离开之前，同伴劝他先找到工作再辞职。贾聪没有听同伴们的建议，他坚决地辞了职，毫不犹豫地离开了保安的职业和岗位，向着自己想去的方向，义无反顾地扑身而去。


"同志吧"里光线让人迷乱，纯一色金属的桌椅，冷眼看着围坐在周围热烈的男男女女，空气里飘浮着大麻的迷醉，浓烈香水的刺激。

贾聪手上拿着一瓶啤酒，坐在一个吧台边显要的高凳上，脸上挂着收不住的笑，饶有兴趣地环视着四周。他身上穿着的白衬衣和西装，在充斥紧身背心和T恤牛仔裤的对比下显得又奇怪又土。

从脱下保安制服到穿上房地产中介必须要求穿着的正装之后，他再也不愿意穿别的衣服了。他喜欢干净的白衬衣和笔挺的西裤，他更喜欢的是这份房地产中介的工作。从镜子里第一次看到自己体面整洁，是个浑身充满朝气的青年的时候，贾聪心潮澎湃，连眼睛都激动得热乎乎的湿润了。"这才是我想成为的样子，这就是我要从事的终身职业。"

做中介，没什么学历的要求，只要你够勤快，嘴甜脸皮厚。这些，贾聪都有。在加入这个职业的行列后，贾聪融会贯通，更是把他的这些优点发挥到了极致。

虽然工资底薪少得可怜，踩点跑房辛苦得要命，每天还必须要面对来咨询的人，翻来倒去地说那些同样的话，可他仍然愉快地干着。收留他的那间小小的中介地铺就在荷花市场旁边，周围的楼盘他闭着眼睛都能找到，峰景台、天井湖、碧波花园、怡景别墅，这些都是深圳当年最好、最红火的楼盘，每个盘的户型面积、买卖价、出租价都清清楚楚。贾聪非常好学、勤奋，别人晚上都不愿意守铺，他愿意；难缠难谈的客人别人都推给他，他也接待；培训他最认真，虽然笔记记得不一定全，但是，老板说的每一句话他都记在心里，一个字也不会忘。他知道，除了无限的精力，他什么都没有。多学多干，只有好处，总有一天，能派上用场。

1998年的深圳房地产市场还很冷清，是处在最早一轮涨跌后的调整期。早些时候，土地出让给开发商大都是协议出让，不像现在必须经过拍卖才能进入市场。深圳地产市场做开发的主力，主要还是国字头的企业。像西湖花园、文化花园，这种大盘都是国营单位开发的，没上市就被炒得很热，但都是炒房号，一套房子还没落到户主名下已经转了好几手。房产代理公司主要是帮开发商卖新房，那时的市场是供不应求，根本不用宣传策划，都是一抢而空。等到了1999年，大量的新盘推向市场时，消费力却变得很弱了。第一轮高潮的买家主要是和深圳毗邻的一批回乡置业的香港人，还有一些先富起来的老板。亚洲金融危机让大部分的香港人撤资离开，而刚富起来的一部分人，刚置业没多久，考虑再买的可能性很小，况且，那时的深圳全民皆股，投资股市回报可比房市强多了。加上生活在深圳的大多数人，都是刚来创业的，基本都是租房子住，即使房价只在四千上下，也根本买不起。当时售价最高的中银花园，五千多的均价，真正生不逢时，冷了许多年。实在是因为市场还没有消化能力。

贾聪就是在这个时候入的行，虽然每天只是在帮人租房，中介费少得很，上交公司，加上还有恶意踢掉中介的人，就算他做成几单，也没几个子儿进口袋，但是已经可以养活自己，甚至还能省下几十块娱乐一下自己。

"同志吧"在罗湖区的"木头龙"，就在贾聪与别人合租小屋的不远处。虽然霓虹招牌灯并不醒目，可每晚在门口停留和徘徊的人，多得实在是引人眼球。好奇和那些时髦喷香女郎对贾聪的吸引，让他不得不壮着胆走进了这个酒吧的门。

每周他都会到这里来泡一泡，虽然只是消费得起一瓶啤酒，也没有哪个美女对他这副模样打扮的人感兴趣，但贾聪觉得，这是个很有意思的地方，不光能满足眼睛的观感和回到床上之后的幻想，还能看到许多有趣的事。

坐在这里慢慢小口喝着啤酒，享受着视觉和嗅觉带来的丰富幻想，对贾聪来说，这绝对是精神和肉体上的最高享受。

这个周末的晚上他一如往常，就是这样开怀热情地美美地坐在高凳上，煞有其事地融入其中，沉浸在属于自己的世界里。

看着这些人，贾聪觉着他们的生活没有追求，腐朽糜烂。到凌晨两三点，视觉盛宴也享受得差不多了，手里已经没有凉气的啤酒刚好也只剩下最后一口，他仰头饮尽准备离开。

贾聪刚刚起身，一个女人跌跌撞撞地一头冲到他怀里，贾聪吓了一大跳，但还是快速地出手扶住了她。

这个女人闭着眼睛，垂着头，脚下摇摇晃晃，连站都站不稳。"我要吐。"话音未落已经喷射而出，贾聪来不及闪开，秽物飞溅到了他的鞋上。

"怎么回事？"贾聪惊惶地问道。

"快……快……扶我出去，不行了，我不行了。"女孩的声音细若游丝。

她抓着贾聪，小手手心儿冰凉，贾聪只好搀着她一步步到了酒吧外面。女孩扶着树，又是一阵狂呕，剧烈的呕吐让她的整个身体抽搐颤抖。贾聪手足无措地看着她，不知是该走还是该留。

"给我张纸巾！"女孩头也不抬地命令道。

"哦。"贾聪从裤兜里掏出了一截从卷纸上撕下的卫生纸。女孩接过去，蹲在地上低着头擦干净自己的脸，深呼吸了几口，慢慢站了起来。

"哎……出来好多了，谢谢你。"女孩抬起了头。

幽黄的路灯下，贾聪看得很清楚。这是个高挑丰满的女孩，看起来不过二十岁左右的年纪。大大的眼睛浓黑的睫毛，扑闪得十分动人，高鼻梁下面的丰唇性感撩人，绝对是个吸引人眼球的美女。但此时，她的漂亮脸蛋看起来惨白如纸，凌晨的冷风吹在只穿着吊带背心的身上，冷得她身体缩成了一团。

"你没事吧？是不是喝多了？"贾聪一边关切地问一边脱下外套披在女孩身上。

女孩感激地看着贾聪，"不是喝多了，被他们下了药，难受死了，我不嗑药的。"说着，眉头皱成了一团。

"把你弄脏了，真不好意思。"女孩看着被自己弄脏了的鞋轻声说。

贾聪低头看了看，刚买没多久的唯一的一双皮鞋，咬着牙说："没事儿，回去擦一擦就好了。"

女孩歪着头扑闪着大眼睛盯着贾聪看了好一会儿，看得贾聪心里扑通扑通地跳，他不好意思地低下头去。看着满脸通红的贾聪，女孩放声大笑，爽朗地说道："我不想玩儿了，吐得胃全空了，等我进去拿包，陪我去吃消夜。"

不等贾聪同意，女孩说着，便转身又走进了酒吧，身上还披着贾聪的西装。

贾聪心想着："消夜是挺好，可是谁付账呢？城市人的规矩吃饭是男人掏钱，自己本来就囊中羞涩，这可怎么好呀……"正想着，女孩儿出来了。

她自然地把手往贾聪肩头一搭，潇洒地说："走吧，想吃什么，我请客！"

消夜是在向西村吃的奇味鸡煲，是绝对出名的美食，食客都是从罗湖各个夜场或是玩儿完、或是下班的男女。

贾聪和女孩边吃边聊得十分投机，东西吃完的时候，两人彼此都大概知道了对方的来历。

女孩叫小云，还不满十九岁，从东北一个偏远的小县城来到深圳已经两年了，据她自己说是暂时住在姐妹家，对于自己的职业，她隐去没谈。在"同志吧"的那种状况，是因为被姐姐叫出来和她的朋友玩，坚持不吃药的她，在上洗手间的时候被人下了药在酒里，所以才会有遇到贾聪的那种情形出现。

当年的贾聪还是个腼腆老实的小伙子，动不动就脸红，贾聪还没有和一个女孩子单独相处过。

小云开朗健谈，说话的时候，眼角眉梢都是热情。她对贾聪的职业很感兴趣，问了好多关于租房买房的事，贾聪都耐心细致地一一回答了她。小云很肯定地表示，如果要租房，一定会请贾聪帮她找。美女相托，贾聪自然是拍着胸脯一口应下。

吃完消夜，两人已经有些老朋友的感觉了。分别的时候，小云对贾聪说："你是个好人，谢谢你今晚照顾我，我有空会 call 你的。"

没过多久，小云要搬家租房。贾聪不仅免费帮小云租了房子，还包办了搬家的重体力活儿。这以后常常一起吃饭聊天，两个都没读过什么书，背井离乡来深圳寻梦的人，特别谈得来。

小云是东北女孩，喜欢喝两盅，贾聪陪着她一起喝。小云容易醉，醉了就哭。虽然小云并没有过多地说关于自己的事，可她每次醉了趴在贾聪肩头上哭的时候，贾聪觉得这个女孩很孤独，也很可怜。

一次借着几分酒意，贾聪终于忍不住，动情地对小云说："让我照顾你好吗？我想对你好一辈子。"

年纪不大就饱经风霜一直是男人玩物的小云，从没遇到过一个真心疼爱她、要和她共度一生的男人。从和贾聪的相遇开始，小云就觉得贾聪心眼好、人善、老实诚恳。虽然没什么钱，却是个可以托付终身的人。感动中的小云投入地和贾聪上了床，顺理成章地成了他这个穷光蛋的女朋友。

虽然后来他知道了小云曾经是坐台小姐，认识他的时候是被一个香港老农民暂时包起来的，但是贾聪都装作不介意地忍下了。他觉得，自己一个穷光蛋，年轻漂亮的小云愿意跟着自己，根本就没有资格去挑剔别人。

跟着贾聪，小云确实是吃尽了苦。为了男人的脸面，贾聪不让小云再去夜总会上班，而小云也为了爱情，拒绝了无数个要包养她、给她生活保障的香港佬。贾聪微薄的收入，每个月都不够用，房租常常拖欠，有几次半夜被恶毒的房东赶出来，两个人只好拎着仅有的家当，整夜地遛马路，累了，就在马路牙子上依偎坐着，直到天亮。

实在是过不下去的时候，小云就去找已经做妈咪的姐妹，要么借钱，要么背着贾聪去夜总会坐两晚台，把收来的台费，偷偷塞进贾聪的裤袋里。对于贾聪来说，小云对他的好是刻骨铭心的，在那样一个艰苦阶段能不离不弃地跟着他，贾聪的心里充满了感激。

他对小云发过誓："我一定要让你过上好日子！让你的姐妹们都羡慕你！"

# 05

CHAPTER
Five

## （五）奋斗

我没想要，是她要给。

我也没想要，是她偏要给。

不是我想要，是她们让我要！

经过一段挨苦的日子，贾聪慢慢摸到了些做事的门道，他发现帮人租房子赚钱实在是太辛苦，但是自己当二房东就不一样了。他憨厚老实，能言会道又勤快，特别讨师奶们的喜欢，一个介绍一个，他愣是从中银花园一口气租下了十几套房，每套每个月八九百块租下来，添置几件简单廉价的二手家具，就能加到一千多再租出去。除开中介费，每个月的租金差价有好几千，最多的时候，他做着几十套房的二房东。和小云早就从城中村里的农民房里搬了出来，住在一套漂亮舒适的两室一厅里了。贾聪的确是实现了对小云的承诺，让她过上了衣食无忧的好日子。除了照顾贾聪的生活，小云就是约昔日的姐妹喝茶、逛街、打麻将，悠闲的日子，幸福的爱情，让她越发容光焕发，着实让她的姐妹们羡慕不已。

　　尝到了自己当家收钱的甜头，渐渐地，最初收留贾聪的那家小公司也留不住他了。贾聪看准了机会，带着手上累积的一些客户后，跳槽去了深圳知名的中介公司，还当上了一个地铺的负责人。在这家相对正规的地产中介公司里，贾聪不光学到了管理和带领团队的经验，还系统地学习了分析市场和判断市场的知识。随着1998年年底深圳房地产市场的升温，跟着一些有经验的前辈，他开始涉足三级市场中的二手房买卖的业务了。看着别人做成了二手房的买卖单，分到大把的中介费，贾聪兴奋地看到了自己日后发展的希望，他孜孜不倦地不放过任何一个客户和机会，等待着自己的第一次买卖单。

第一个委托贾聪帮他买房的客户，是一个贾聪尊称为陈叔的广东人。贾聪的勤劳和诚恳感动了陈叔，不仅帮他开了第一单，还给他上了生动的一课。

　　陈叔要找一套在碧波花园三室一厅、一百平米以内的房子。他给贾聪规定了他能出的底价，如果贾聪能达到他的要求，除了中介费，还额外给贾聪一个大红包。陈叔让他背着公司和卖方谈价，不在公司做交易。陈叔是想刨去公司大头的中介费提成，不想付本应该给公司的一大部分的中介费。反正贾聪熟识所有的交易和过户程序，在利益的诱惑当前，连想都没想，贾聪就一口答应了。

　　凭着日渐灵活的脑瓜和口齿，贾聪硬是响当当地做到了。既成交了，也压下了价，中介费虽然是缩水了，但是，贾聪却是欣喜万分地拿到了一个比公司给的提成高出许多倍、装了两万块沉甸甸的信封。对贾聪来说，两万块是他这辈子头一回一次性赚到的最大一笔钱。贾聪捧着钱直奔回家，他和小云相拥喜极而泣，两个人把钱都铺在床上，一次又一次地数了一遍又一遍，开心得仿佛到了天堂。贾聪第一次尝到钱带给他的幸福和满足，让他永远都忘不了。

　　在欣喜若狂了好几天之后，贾聪静下心来冷静地思考了许多问题。他觉得，做二房东固然也有的赚，可和做二手房的买卖是没法比的，虽说付出的体力和脑力的过程一样，但得到的报酬数字却是天壤之别。掐指一算，贾聪看到了二手房买卖里面可赚钱的路数：除了中介费的提成、帮买方压价的红包、帮卖方抬价的抽成，还有和卖方谈定底数后可赚取的差价。贾聪看到了做买卖中介的辉煌前景，他决定日后的主要发展方向，就是二手房的买卖。

　　1999年的三级市场，已经有了一些买房市场的苗头。二手房产交易增值税的政策还没出台，为了避掉当时国家规定要缴纳的契约税，几乎所有的买卖都没有按照真正的市场价格签约，而是按房产证上原建购价，以签订阴阳合同的方式成交。一次性付款成交的，合同写明付款方式和时间，只是需要准备到国土局办理过户要用的合同公证和房产转移登记表及相关资料就行了，要是需要向银行贷款的，就麻烦多了。当时深圳的银行，新房买卖的按揭已经很成熟了，但二手房的按揭还是在摸索中进行。需要的资料手续十分复杂，再加上国土部门的程序，对于大多数不太懂的买卖者，这些啰唆的麻烦事自然是委托中介公司做了。有这些手续的牵制，客户付的中介费是有保障的。

贾聪不是埋头傻干，做得多了，自然摸索出掘金之道，他已经是一个拥有了丰富中介经验，又有三寸不烂之舌和察言观色能力的高手了。偷偷摸摸赚台底钱，把中介费上交到公司等着发提成的状况让他十分不满意。况且，他也已经知道了中介公司运行的潜规则。

当时国家对三级市场的监管很弱，买卖双方一旦和中介公司签订了正式的委托合同，买方的定金，卖方的水电费、物业管理等费用都是打到中介公司监管的。一次性付款的，根据办理过户手续的进度，扣下中介费后，逐步付到卖方账户，等买方拿到过户的税单，全部付清房款，要中介公司主持双方交楼完毕，卖方的押金才退回。需要做银行按揭的买方，由中介公司负责准备贷款材料。有些中介公司要求买方客户将首期款先打到中介公司账上，在扣除中介费用后，再替客户代转到银行。这是比较规范的中介公司流程，没有按这种流程执行，成交了却收不到钱的情况，各个公司都有，只能等着慢慢打官司了。

贾聪清楚地知道，每单客户的保证金晚一些付出去，都可以做些什么。占用客户的钱，除了可以多开地铺，遇到合适的低价房产还可以自己做炒家，房产买卖的差价，才是利润的最大化。各个公司都是这样利用客户的钱发展的，其实行内人都心知肚明，只是那个时候地产形势才刚刚开始走好，市场上的新房还推得不够量，胆子大的行家没有几个，预测不清以后的市场行情。

可野心勃勃的贾聪很坚定地看好市场的走向，2000年开始，整个深圳就像一个大工地，在建楼盘比比皆是，这就是市场要开始活跃走热的明显预兆。新盘比起九几年建的房子，从规模设计上已经大大上了台阶，那些一早买了房的人肯定是要二次置业，或是卖掉旧房换新楼，或是将旧房出租，用租金来月供新楼的按揭。不管客户选择哪种方式，只要有大量在建新房，就会出现买房、卖房、租房的业务。如果两三年内，银行对二手房的贷款政策开始顺应市场需求，相应灵活放宽，到那时，深圳的房地产中介行业，将是一个日进斗金的热门行业。贾聪非常相信自己对市场的判断是准确的，也觉得自己已经具备了单干的能力，有些迫不及待地想自己开铺了。

心里有了远大的理想，贾聪每天都在绞尽脑汁地想办法实现。他把自己心里的宏伟蓝图告诉小云。在贾聪的美好憧憬里，小云仿佛看见自己已经成为知名企业家贾聪的太太，穿金戴银，一身名牌，住在属于自己的豪宅里感叹世界了。她即使心里有些许犯嘀咕，担心是否如愿，但看见贾聪满怀豪情壮志的兴奋劲儿，还是表示了绝对的支持。

贾聪精挑细选看好的铺位即使拿出所有积蓄，也连付转让费都不够。他那些穷亲戚，既帮不上忙，也对他没影儿的狂热不感冒。看着贾聪的梦想几乎破灭，整天垂头丧气地长吁短叹，小云的心像刀割一样难受。两人在家郁闷了几天，在贾聪的怂恿下，小云一咬牙一跺脚去找了一直在做妈咪的几个姐妹，按照贾聪教她的，游说她们或是投资，或是高息借款。十几万，对于做了若干年欢场的她们来说，不是大数，一定拿得出来。只是，都是出卖青春的血汗钱，掏出去，绝对都是小心谨慎的。小云嘴都讲干了，姐妹们还是犹犹豫豫支支吾吾，最后实在没办法了，小云哭着对其中两个姐姐说："你们不信他，信我行不行！如果还不了，我回来跟你们做，三年五年还不清，一辈子我还还不清吗？！"拗不过与小云的多年情分，加上贾聪开出的条件也实在是诱惑人，三个姐妹同意了拿出钱来投资贾聪的中介公司。

拿着小云筹来的三十万块钱，贾聪激动得高呼"万岁"！他紧紧地抱着小云眼含热泪地对小云说："我的好老婆！我一辈子当牛做马伺候你，任你打骂，只要你开心！"

有了钱，贾聪火速地炒掉了公司，辞职出来单干。他不辞劳苦，从装修到招人，全部都是亲力亲为。意气风发的他，没出一个月，就开张了他的第一家中介公司。股东是他和小云的三个姐妹，她们出了大部分的钱，是大股东。经营当然是贾聪负责，他承诺过每年至少百分之三十的回报，三年之内保证回本。为了保险起见，贾聪没有自创名号，只是做了一家知名公司的加盟店。

压力虽然很大，但是动力更大。贾聪有信心看好的市场一定会火。这间铺头，是迈向成功的一个不错的开始，一切来得太顺、太容易了。贾聪常常感慨自己在做梦，老天爷对他太好了，在这个城市里，他却已经跨上了一步大大的台阶。

贾聪端起了他的小老板派头，笔挺干净的衬衣、西装，锃亮的皮鞋，翻盖的摩托罗拉手机，还戴上了斯文讲究的金丝边眼镜，走到餐厅、酒店，服务生都会对他点头哈腰地微笑了。他甚至还故意回到做过保安的那栋楼，昔日的同事看见他，却并没有认出他来。做过民工、保安，睡过公园的那个农村孩子，已经与他彻底告别了。他现在是青年才俊，虽然只是刚起步，但他知道大好的世界在等着他！

　　贾聪一心扑在他的中介事业上。这份靠和人打交道的工作，就是要用各种各样的方式去认识越多越好的人，在这些人里寻找客户资源。为了多认识人，贾聪学会了许多以前根本连见都没见过的东西。

　　有欢场出身的股东们手把手地教，贾聪很快就学会了麻将、纸牌、骰子、猜拳。小云的姐妹们也动用了自己一切的资源，凑牌局、邀酒局，都带上贾聪，让他多认识些有钱人。

　　Lisa 是在麻将桌上认识贾聪的，小云的姐妹知道 Lisa 是个有钱的主儿，想在深圳置业，约打牌的时候特意叫上了贾聪。几圈牌下来，贾聪已经引起了 Lisa 的注意。吸引 Lisa 的除了贾聪的年轻、派头，还有他一脸的诚恳和会逗人的幽默，加上牌品大气，一晚麻将打下来，Lisa 觉得贾聪爬到她床上，是迟早的事。

　　比起小云，Lisa 可是见多识广、经过风浪又有实力的女人。她有身份，回归前就已经是香港籍了，她也有钱，母凭子贵，香港老富翁留给她的钱和物业够她自己舒舒服服过一辈子了，从内地到香港，再从香港回流内地。

　　Lisa 不到四十岁，还颇有姿色，离婚时儿子给了他爸，根本不用她操心。没有任何生活负担的她，只是需要找一个自己可心的人一起生活罢了。

　　她相中了贾聪。虽然二十几岁的贾聪比她小一大截。

　　她知道贾聪有小云。

　　她也知道这个年纪的贾聪想要什么。

　　她更知道贾聪想要的她能给。

　　她认为，只要给到贾聪要的，她就能要到贾聪。

　　见过太多的所谓爱情故事，Lisa 清楚地知道，在这个城市里，男人把事业和金钱看得高于一切。不管是怎样爱得天崩地裂的感情，有过什么样至死不渝的动人历史，在男人对金钱和权力的欲望里，都变得一钱不值、不堪一击。

Lisa确实是想在深圳热闹的罗湖区再买一套大一些的房子，从香港回来深圳会方便许多，也比住酒店省钱。打麻将的时候，她有意地透露出这个信息，贾聪的反应殷勤得着实讨人喜欢，她似是而非地没确定要贾聪帮忙，有心似无意地透露出了自己的生活状况。贾聪好像是在埋头打牌，但她知道，该听的贾聪都听进去了。桌子上还坐着叫贾聪来的介绍人，那是小云的朋友，和Lisa一起泡酒吧，一个有钱人的二奶。贾聪有所顾忌，当然装作无意。但无声的交流都已经进了两个人的心里，牌局结束留个名片，那是再自然不过了。大家都散去道再见的时候，两人都在酝酿着下次的见面了。

贾聪心知这个女人风骚，但是不知道她这么淫荡。故作神秘地约他晚上看房，贾聪心里有点嘀咕，又不愿意放过一次赚钱的机会，路上就在心里打算，只谈买卖，不能惹出其他事来。只是贾聪做梦也料不到，按了半天门铃没反应。推开虚掩的大门，随着声响走到房间里面，看到的竟然是这样一番任何男人都无法抵挡的景象。

Lisa几乎透明的睡衣里面，一丝不挂。

Lisa就这样站在房间门口，脸上泛着诱人的潮红，贾聪愣愣地一动不敢动地站着。Lisa轻轻地问了句："来了？等你半天了。"她慑人魂魄地笑着，伸出雪白的双臂，轻轻地勾着贾聪的脖子，热辣辣潮乎乎的嘴唇紧紧地贴了上去。贾聪想推开她，可全身发软，根本使不出劲儿。他紧紧地咬着牙，无力地抵挡着Lisa灵活的舌头。

已经被欲火烧得浑身发烫的贾聪，早就支棱着蓄势待发了。他粗暴地将Lisa摁在自己胯下，像一个出征的战士对着要夺取的高地，一次一次，扎扎实实地从各个方向发动着猛击。Lisa的眼神迷乱涣散，她双手揉着自己的胸，不一会儿，她就失声高叫着，仿佛到达了天外飞仙的彼岸。地上躺着两个被汗水和液体包裹着，只有眼珠子转得动的热腾腾的身体，两个人的四肢好像已经随空气蒸发了。

Lisa闭着眼睛，悠然满足地吐着烟圈，面色的潮红还没褪去。两人都在地上躺着不想挪窝。

"你觉得，房子怎么样，水电和各方面设施都没什么问题吧？"Lisa一语几关的问话让贾聪不知道该怎么回答。

"你看，这房子值得买吗？"Lisa幽幽地说。

"这个地段是没的说，又是万科开发的，品牌和管理都好，户型够大够实用，只要价钱合适，确实符合你的要求。"贾聪把话往正经地方说。

"我现在只是租下来了，房东不愿意卖。这事我交给你去办，帮我说服他卖给我，用你认为合适的价钱成交。除了他给你的佣金，我再给你加倍的。"Lisa十分认真地说道。

贾聪没多话，只是"嗯"了一声，表示自己接受了这个任务，但心里觉得别扭得很。他觉得有点尴尬，起身要去洗手间。

"慌什么，说完公事，不能谈谈私事吗？"Lisa面若桃花含情脉脉地看着贾聪。

"我想去洗洗，出了好多汗。"贾聪几乎想逃跑了。

"别洗，我喜欢。"Lisa发出的挑逗信息，像电流一样，迅速传达到贾聪最敏感的位置，他又开始蠢蠢欲动了。

Lisa慢慢灭了烟，半个身子搭在了贾聪身上，把脸转到贾聪耳朵后面，深深吸了一口气，慢慢吐出来，喃喃地又说了一遍："别洗嘛，我喜欢。"

边说着，Lisa的一只手顺着贾聪的肚子，摸索着延伸到了他两腿之间。贾聪的喘气不自觉地又加重了。Lisa的小手摩沙得他开始发躁，贾聪发狠似的贪婪地擒住了Lisa的舌头……

（六）女人的眼泪

假如你爱我，就放开我的手。

即使是我欠你的，即使我不想看见

你哭泣的眼。

假如你是爱我的，就放开我的手。

即使我的心还有挂念，眼角还有为

你而流的泪水。

我知道，你是爱我的。

那就为我做些什么吧，

牺牲只为成全我。

来世，我一定虔诚地跪在你脚下，

用下世再下世来报答。

这是贾聪第一次没跟小云打招呼就彻夜不归。他实在是累了，也实在走不了，整整一夜的鏖战，腰酸腿软，闭眼睡觉的时候，天都已经要亮了。

　　这一觉睡得香甜得很，睁开眼睛看见躺在身旁的Lisa，贾聪如梦初醒般地从床上一跃而起，他抓起扔在地上已经皱皱巴巴的衣服赶紧穿上。Call机屏幕上显示的是同一个号码，看着爆满的光标频频闪动，贾聪心里有些发慌。

　　"慌什么？准备逃跑了？"Lisa已经被贾聪的动静弄醒了。

　　"没有，我只是……只是想回家怎么交代。"贾聪有些急了。

　　Lisa幸灾乐祸地说："怎么交代你问我？到我这儿之前没想好？这事儿我可帮不上什么忙，你自己搞定吧。"接着她打了个大大的哈欠。

　　"你先走吧，我还要再睡会儿。"Lisa微微闭着眼睛挂着一脸的坏笑。

　　憋了半天，贾聪盯着Lisa很认真地说："我会对你负责任的。"

　　"哈哈哈……"Lisa忍不住地一阵大笑。

　　"宝贝儿，谁对谁负责任呀！哈哈哈……"

　　"笑什么笑！我是认真的！"

　　"哟，还生气了？逗你的。不过，我可是要找时间好好听听，你打算怎么对我负责任。"

　　"我先帮你把房子搞定，其他的再说吧，我得赶紧走了。"说着，贾聪走到了门边。

　　Lisa光着身子跟着到门口，对着贾聪饶有把握地说："你今天回去，要是小云不跟你闹，证明她是个懂事聪明的女人，你以后还会有发展。一点素质都没有的女人，不适合你。"

听到这话，贾聪愣了一下："你怎么知道我以后还会有发展？"

"从你昨晚的表现呀！再说，我相信自己的眼光。"

"赶紧走吧，小云要是赶你出门，正好到我这儿来。"说着，Lisa 把贾聪推出了门。他逃跑似的离开了 Lisa 的家，慌慌张张地打着的士往家里赶。从未有过的夜不归宿，让贾聪忐忑不安，甚至有些恐惧。他不知道该怎样对小云解释自己这一晚的行踪，也不知道回到家小云会是怎样的反应。

贾聪在有了自己的小生意后，对小云的好更甚从前，有好的东西，最先想到的一定是小云。对小云这个东北姑娘有时急躁火暴的脾气，贾聪总是非常忍耐。在他心里，小云是和自己一起挨过苦，又是在那样潦倒的时候跟了自己。他始终觉得不管怎样，自己都要对她好。有这样的男人小云无比满足，比起以前和贾聪居无定所的飘零日子，如今的生活简直就像是在天堂里一样。小云对贾聪放心得很，她的爱人一门心思都扑在了赚钱上，她又有自信把他喂得很饱，不会出去偷吃。何况，开地铺的钱，是她弄来的，怎能背叛她，又怎能对她不好？有自己男人的疼爱，日子又过得舒坦，小云一直在酝酿，要给贾聪生个孩子，一家三口的生活肯定更幸福！

小云只感受到贾聪对她的百依百顺、万般宠爱。她关注的都是和贾聪生活上的一些鸡毛蒜皮，即使和他每天躺在一张床上，其实她也根本不知道贾聪在想什么，她也不知道原来和男人之间除了需要身体的沟通，心灵也需要深层的沟通。

同一屋檐下，除了做爱，贾聪和小云实际上没有更多的交流。工作上的事情小云不懂，也不愿意懂。她没读过什么书，除了夜总会的工作经历，再没有其他的了。地铺里最简单的事她也帮不上手，对于饭来张口、衣来伸手的日子，她也已经过习惯了。

小云每天要睡到中午才懒洋洋地起床梳洗打扮，贾聪却是早起的鸟儿，一大早就飞出去觅食了。等到贾聪结束一天的工作回到家，小云还在外面或是大战四方城，或是跳舞泡酒吧。等哪天小云在家，贾聪又有事情晚归，一周难得几天是在床下碰头的。小云不擅家务，不会做饭，一日三餐都是在外面或是叫外卖解决。贾聪对小云是绝对的宽松，理解也接受她这样的生活方式。有时贾聪和小云说工作上的事，小云听得一脸茫然接着是哈欠连天，她叨咕的那些姐妹们东家长西家短的事，贾聪听得也是毫无兴趣的索然。只有在床上，两人才会默契得很。贾聪精力无限，小云是无师自通的精湛，两人所有的话，都用身体的局部诉说了。比起小云对生活过得满意无比，其实贾聪是有许多不满足的，只是在贾聪的心里还念着和小云的情分，许多微妙和明显的感受包括好多情绪，贾聪都默默地压在了自己的心里。

他始终觉得自己对小云负有责任，即使两个人没什么话说，贾聪也从没想过要和小云分手。如果没有Lisa这个女人的出现，贾聪和小云可能就这样一辈子耗在一起了。

回家的路上，Lisa的话在贾聪的耳边久久挥之不去。他隐隐觉得，这个女人的出现，决不是就这样上一次床这么简单，她说的那些话，好像一根尖尖的小刺，正好扎中了他一直压抑着的某根神经。和小云相比，这个女人太不简单了，她似乎在暗示对自己以后的发展会有和小云大不一样的作用。贾聪的心里上下翻涌，有一种对某些事情说不清楚的预感。没容得贾聪多想，出租车已经停在了自己家小区的门口。短短一两分钟的路，贾聪觉得走了好久，被各种各样的想法和情绪纠结得头脑一片混沌。他忐忑不安地掏出裤兜里的钥匙，插进了门上的锁孔里。

头天晚上，小云如平日一样，和姐妹们吃完夜宵回到家，她以为贾聪应该早就在家了，一进门就亲热地叫老公。但家里居然静悄悄的，全无人影。小云觉得很出奇，贾聪再晚也不会到凌晨两点多还不回家的。她即刻拿起电话急call贾聪，没想到，一个又一个的电话，一个又一个小时过去了，贾聪音信全无。

贾聪的call机躲在他的裤兜里，被脱下来的衣服埋在里面，Lisa和他正在翻云覆雨，没人理会call执著的振动。小云一夜没合眼，就这样瞪着大眼睛守在电话旁，到天亮，到中午了，贾聪还是没有复机。她想象着贾聪可能会去做的事情，麻将？喝酒？……排除了认为的一切可能后，她坚定地认为，贾聪一定是出了什么事，否则，绝不可能一夜没消息。着急和害怕像一团黑云笼罩了她，她不知道该到哪里去找，自己设想出来的种种可怕的状况让她忍不住地哭了起来。哭一阵，停一阵，睡一阵。快到下午的时候，终于响起了钥匙开门的声音。

经过一夜的焦灼等待，脸色铁青、披头散发的小云紧紧盯着走进门的贾聪，从上到下把他好好地打量了一番。贾聪不仅毫发无损，脸色还很红润。

贾聪低头耷脸地站在小云面前，不敢出声。

女人特有的神经质和敏感立即发挥了作用，小云强压着胸口直顶上来的一股怒气。

"你去哪儿了？！"小云咬着牙恶狠狠地问道。

一阵浓烈的火药味直钻到贾聪的鼻孔里。

"没去哪儿。"贾聪毫无底气地回答道。

"那这一晚上在哪儿？！"

"我有事。"

贾聪这样的回答让小云有一种非常不好的感觉，女人那根最敏感的神经剧烈地弹跳起来。

"跟谁？在哪儿？一夜都有事？"

"说呀！你哑巴了？"东北姑娘的烈性一触即发。

贾聪低着头，一语不发。他不是不想说，他不愿意撒谎骗小云，可实情又是绝对不能说的。

"小云，你别生气，我以后不这样了。"贾聪几乎在哀求小云。

小云跺着脚暴跳如雷不停地只是追问贾聪，说的话越来越难听，她有限的修养早已经在贾聪的沉默中荡然无存，操娘骂爹的话也出来了，贾聪就是低着头不做声。

"你不说是不是，你有能耐不回来，给我滚，别戳在那儿让我闹心，滚！"

贾聪还是没动，心想，脾气发完她会好的。谁知道，看贾聪一动不动的不做声，小云更是暴怒，她使劲把贾聪推到门边，打开门，一把将贾聪推了出去，然后"砰"的一声关上了门。

站在门外的贾聪脑袋里一片空白。

从房间里面传出了小云的号啕大哭声。

那时候的贾聪还不知道该如何应付和女人之间的事情，他不知道小云想听到的，只是一个能让她心安的解释，至于是不是谎言，其实并不重要。不过以后的贾聪在这方面的成长速度相当惊人，同时应付几个小云都绰绰有余了，这是后话。

那时的贾聪不知道该怎么办，只是坚持着一步也没有离开，在门口站了整整一夜。直到第二天早上小云打开门，看到胡子拉碴不成人形的贾聪，小云一头扑到他怀里一阵痛哭后，双双回到了屋里，两个疲惫不堪的人一起倒在了床上，就这样和好了。小云虽然不聪明，但也绝对不是个笨女人，她没有再追问，在小云的心目中，比起和贾聪的情意，一夜的行踪似乎并没有那么重要了。

贾聪一直也没对小云交代实情，虽然好多次，小云有意无意玩笑间要套出贾聪的话，到关键时刻，贾聪都忍住了。他不想让小云伤心，女人的眼泪是个麻烦。他想躲着Lisa，大多时候只是在电话里沟通房子的事情，但是Lisa常常在电话里隐语贾聪要对她负责，从对她的身体负责开始做起。小云也变得很有戒心，电话打得勤了许多，call机晚回一阵都要解释半天，而且没事总跟着他，特别是晚上，更加是寸步不离。

贾聪着实是老实了好一阵子，头脑也确实是经住了Lisa的诱惑，可身体却不那么听指挥，日子一长，贾聪的身体某个部位总是蠢蠢欲动地想念着Lisa的疯狂与风骚。没几次，Lisa在电话里对他的哼哼唧唧就变成了实际行动。

晚上从小云身边抽不出身，贾聪和Lisa的偷情就放在了白天。有时是一大早，有时是烈日当空的大中午。只要有空，两个人就滚在一起。期待、紧张和慌乱让贾聪的情欲越发澎湃，让Lisa更加放浪形骸，偷情也因此越来越刺激。用Lisa的话说："快餐也能吃出大餐的味道。"

身体互相沟通得当了，好像也能上升到思想上一样。贾聪的心思，他不说，Lisa似乎都能看得透。贾聪的小地铺眼前看起来运转得还不错，那个一亩三分的小地铺主要的业务都是贾聪勤劳奔波回来的，因为是加盟店，每年都有高额的加盟费，每个月赚的钱再摊掉房租费，剩下的，只能让贾聪、小云的生活过得小康，但并没有太多结余。Lisa把贾聪的辛劳看在眼里，有机会和他幽会的时候，除了沟通身体，也沟通关于贾聪生意方面的事。Lisa是个颇懂生意经的聪明女人，她总是跟贾聪说，只靠一家小小的地铺是绝对发不了大财的。中介是特殊的服务性行业，规模做大了，市场占有率就大了，赚钱的机会自然就跟着增多了，死守着一家小地铺，永远没有出头之日。

这些，贾聪在这几年辛苦的摸索当中，其实也摸出了一些门道。他深知想要赚钱，必须做大地铺的规模，只是苦于没有财力的支持，短期内想要求发展，只能是个梦想罢了。如果贾聪没有遇到Lisa，他就是个守着自己的一亩三分地，辛勤劳动的小生意人，心怀的梦想，大概只是个永远的梦想。

可是，Lisa的出现不仅改变了贾聪的生活，还改变了贾聪的精神和思想。

Lisa带给贾聪的，不仅仅是万科俊园的房子成交后的双倍佣金，实现了她对贾聪的承诺，最重要的是Lisa激起了贾聪在事业上的渴望与理想。

拿到 Lisa 的佣金后，贾聪安排小云和她的姐妹们到香港、澳门玩了几天，小云非常开心，有物质上的补偿，她也没怎么答理贾聪那几天的行踪。小云不在的时候，贾聪在 Lisa 的屋子里过了几天昏天黑地的日子，思想和身体都得到了绝对和彻底的沟通。

从那时开始，贾聪对 Lisa 变得有些欲罢不能，甚至开始动真情了。Lisa 表现得非常大度和懂事，她并不介意小云和贾聪的事，也从来不为难贾聪强迫他陪自己。而小云，除了关注贾聪的行踪，强迫他早请示晚汇报外，对其他事情一概不关心。相比起 Lisa 的宽容和温柔，小云简直就是一只动不动就发脾气的"河东狮"。贾聪原本在心里对小云的愧疚，随着她每一次的脾气发作，变得越来越少，也不再像从前一样地让着她了。两个人有缘故和没缘故的争吵变成了家常便饭，小云把她筹钱给贾聪开地铺的事情挂在嘴边说，特别是吵架的时候，常常骂贾聪没良心，吵恼了还喜欢动手。开始贾聪还忍着，后来两个人升级到大打出手。无休止的争吵，在小云动了刀子后彻底结束。

那天小云吓坏了，看着贾聪的手臂血流不止地淌了一地，她傻了，除了哭就是哭。她真的没想要伤害贾聪，只是气急了随手拿起了桌上水果盘里的水果刀，对着他没头没脑地挥舞了一阵，没想到正好划到了要抢她手上刀子的贾聪胳膊上。贾聪捂着血淋淋的伤口，头也没回地冲出了门，直接到了医院。伤口很深，足足缝了七针。看着受伤的皮肤被弯头针勾起来，黑线一针针来回拉扯缝合着裂开的伤口，他一点也不觉得疼。真正的疼痛在贾聪心里最深处。他心疼和小云竟然会走到这样的地步，他心疼自己即使是这样，也下不了决心离开小云，他心疼自己左右为难不知何去何从。

那一夜，贾聪没有回家，从不抽烟的他恶狠狠地抽掉了整整一包烟，他认真地想了许多问题，关于自己的将来，关于自己的事业和生活，关于小云和 Lisa 这两个都让他揪心的女人。挣扎过后，他下了一个艰难的决定，和小云已经到了该了结的时候了，不光是为了生活，更是为了事业上的转折。那时候的贾聪，对自己感情的取舍是很难抉择的。在他的心里，即使小云多么的过分，他也没想过要离开。可是 Lisa 的出现让贾聪不得不拿小云和她去对比。小云和贾聪一起挨过苦，这是他最放不下的，可是放眼将来，贾聪自己真的没有底气说他可以和如此这般的小云一起白头到老。但是 Lisa，不管脾气性格，还是经历和经济条件，都让贾聪觉得可以和她共度一生。贾聪思量再三，决定放下和小云的过去，和 Lisa 一起共创自己的未来。

从贾聪拉开门离开的那一刻，小云已经知道，留不住他了。她流了整整一夜的眼泪，不仅仅是因为贾聪的离开，更是为自己以后未知的生活。回忆起以前穷困但是快乐的两人，再看看眼前凶杀现场一般的景况，小云心里万念俱灰。

　　当回忆的潮水毫不留情地从心里退去后，小云觉得自己像一条被大海抛弃的小鱼，在沙滩上奋力扭动着身体，无望地挣扎，水分一点点挥发，呼吸无法再继续下去。她觉得疼，头疼、心疼，每一次游丝般的呼吸，都带出身体最透彻的疼痛。

　　她只想让自己赶快离开疼痛，一秒钟也不要再坚持下去。小云茫然地从地上捡起伤过贾聪的刀，木木地，但是狠狠地割向自己的手腕。瞬间，随着皮肉的翻裂，血狂野地涌出来，顺着小云的手指滴滴答答，一会儿就流了一大摊。眼前的白雾越来越浓。倒在自己和贾聪血里的小云，脸上挂着冰冷的眼泪，死一般地昏了过去。

　　天亮了，但是没有太阳，阴霾占据了整个天空，灰暗得让人发慌。清晨的宁静，被到家里做清洁的钟点工阿姨的惨叫声凄厉地划破，接着，整个楼都开始沸腾起来，手忙脚乱的保安、看热闹的邻居，一派繁忙，直到呼啸而来的救护车把奄奄一息的小云带走。

　　躺在医院的床上，小云模糊中看到许多人，她希望那里面有她熟悉的脸，但是，直到她醒来睁开眼，那张脸始终没有出现。围在身边的，是她几个在抽着闷烟的姐妹。

　　"我没死？"小云虚弱地发出醒来的第一句话。

　　"哪那么容易死呀！人有几脸盆血，一下子流得完吗？"一个姐妹看似恶毒地说，对小云这种愚蠢的行为，她十分愤恨。

　　"得了得了，少说两句！你没自杀过，手上的印怎么来的！"另一个姐妹打断了她的话。

　　那个姐妹即刻无语了，掐了烟走到小云床边，看着惨白浮肿的小云，勾起了自己的伤心往事，眼泪一下子飘了出来。

　　"你怎么那么傻！被别人作践还不够，自己也作践自己？"她的话里带着哭音儿。

　　眼泪像断了线的珠子一样，从小云眼睛里滚了出来。

　　姐妹们纷纷围过来，你一句我一句地安慰起她来。说了一阵，其中一个资深妈咪的话，把小云从悲伤中拉了回来。

"妹妹呀，闹一阵得了，要我说，该咋过咋过。现在有几个男的是好的、认真专一的？有，那也是没能力的人。贾聪那些花花肠子的事你就别管太多了，再说，你不是也没抓着什么吗，现实点！只要他给钱花，其他的没关系。你们是有感情的，在一起又不是一天两天了，哪能说断就断？我看贾聪不是那样的人。你这样要死不活的，有什么用呀！"

另一个接着说："是呀，说得对，你也不想想，咱们还有钱在他那儿呢，就算你想断，也得把这件事先了了呀！我们可是看着你的面子才拿出来的，你还真想回去干呀！"

小云的脑子本来就乱成了一锅粥，听她们这么一说，开始清醒了过来。

"不管怎么样，你绝对不能傻乎乎地跟他就这么分了。"姐妹们的告诫句句有用，小云好像一下子有了主心骨，看着她们点点头，咬着嘴唇，看着自己缠着纱布的手腕，悔恨自己太过冲动，眼泪又接二连三地滚滚而来。

贾聪一直没出现，他正躺在Lisa的大床上呼呼大睡，对小云发生的自杀事件一无所知。厨房里，Lisa忙忙叨叨的在给他煲汤。

一大清早，胡子拉碴的贾聪缠着绷带站在她家门口的时候，Lisa心里一阵痛，不说她也知道发生了什么。

"下这么狠的手，你不会躲呀！笨蛋！"

骂归骂，她还是伺候贾聪躺下，要离开房间去买菜的时候，贾聪拉着Lisa说："你快点回来。"

Lisa轻轻地搂着他的头，像抱着一个可怜的孩子："我一会儿就回来，既然你来了，我不会再放你回去了。"


直到小云出院，贾聪也没去医院看过小云。他在Lisa家养好了伤回去收拾行李的时候才看到小云手腕上的纱布，贾聪想问，动了动嘴唇，却没出口。小云瘦了一大圈，每天只是坐在家里等着贾聪回来，看着贾聪进门一言不发地进屋收拾行李，除了哭，她不知道该说什么。贾聪拉着箱子从房间里出来，看着站在客厅中间哭得泣不成声的小云，呆呆地僵在原地，脚迈不开步。

"你不要我了？"小云几乎是用喊地问道。

贾聪呆立着说不出话。

"老公，你不要我了？"小云的哭喊，让贾聪的心一阵抽搐。

他舔了舔干涩的嘴唇，一字一句地说："我们不合适。"

小云一头冲进贾聪怀里，紧紧抱着他，泪眼死死地盯着他："你不要我了，我怎么办！老公我错了好吗？我不要你走！"

可是贾聪知道，他必须要离开。

开车送他来的Lisa，正在楼下等他。下车时，Lisa冷冷地对贾聪说："半个小时你不下来，我就上去。"

怀里的小云哭得浑身颤抖，贾聪心里一阵绞痛，耳边又响起了Lisa昨晚对他说的话："她们的钱还给她们，就按说好的给。股份全部转给我，我再多出一百万，你给我开十个地铺，用你自己创的牌子开。条件是跟她一刀两断，不许再来往！"

小云哭得上气不接下气，贾聪很想张开怀抱也抱着她，抱着这个和自己一起挨过苦日子的可怜女人，但他知道，只要张开手，他将永远迈不出这扇门。

"小云，你的生活我负责一辈子，你姐妹的钱这两天就会还给她们，我们有缘无分，还是分开吧！"

贾聪一口气说完，眼睛里闪动着泪光，一把推开小云，拎着箱子，逃一样地跑了出去。

"老公！别走！……"凄惨的喊叫声充满了整栋楼。

小云的哭喊时常在贾聪的耳边萦绕，她的眼泪一滴滴都流在了他心上。许多年以来，小云一直都没从他生活里消失，她是只风筝，贾聪是牵着线的人，距离远近、飞得高低都在他手里攥着，他撒不开手，小云也离不开。


只是过了短短一年后的2003年，贾聪已经是"红日置业"的老板了，拥有二十家中介地铺，还租了自己的写字楼，有车，有和Lisa联名的万科俊园豪宅。再到2004年，深圳的地产市场正如贾聪所预料的一样，开始发热，贾聪也如公司名字"红日"一样冉冉升起，成了地产中介市场的一匹黑马，风光无限。

## （七）都是女战士

我不是阿修罗，

因为作战不使我快乐。

但我必须是阿修罗，

即使明知会战斗到生命最

后一刻，

即使不知道为何而战。

走出办公室，已经是晚上九点了，迎面是充满汽车废气的污浊空气，夏菁饥肠辘辘，疲惫不堪。那一年，加班是家常便饭，那个月，是天天如此。

　　当刘宏的合作公司金江集团在节骨眼上决绝地提出退出，要求全数退还几千万的资本金时，刘宏从商以来最大的战役随之打响了。而夏菁责无旁贷地成了这场战役的一员大将，她知道这场战役意味着什么，披挂上阵、抛头颅洒热血是自然必须的。

　　这个项目，是深圳中心区最大的纯商业项目，不光和地铁有无缝连接，还和政府修建的屋顶绿化公园连成一体，是国内第一个生态购物中心项目。当年刘宏的景怡公司只是个做了几个小地产项目、默默无闻的小公司。而金江集团，却是全广东省，乃至全国知名的大企业，是家具行业的老大，和不在一个档次的景怡公司合作完全是因为刘宏。金江的老板是两口子，刘宏能同时讨两人的喜欢，他们眼里的小刘热情、仗义、能干、有理想，让人不得不佩服。当刘宏找到他们合作时，他们对刘宏的公司根本不感冒，但是因为欣赏刘宏，对合作的议题还是摆到了公司的议事日程上。

　　这个项目政府是不会给景怡这样一个不知名没实力的小企业做的，只有用金江的名义申请才可能拿得到。刘宏心里清楚，无论如何，都要和金江合作成功。

　　夏菁已经记不清，她和刘宏还有刘宏新婚不久的老公，是如何面对强势的金江。那些对金江而言没有风险、左右都占好的合同条款，怀了孕的刘宏要忍着剧烈的妊娠反应，一次次地谈判，又一次次痛苦而无奈地接受。

可是，就在项目公司已经成立，签完土地合同，甚至做好了设计方案，开工在即的时候，政府却因为不同意国营单位开发另一块相邻的土地，导致整个片区的所有项目都停滞下来。金江在这个时候提出退出。对于不知道何时才能解禁的状况，他们对政府的新政策出台的时间很没信心，更是没把握。而对于最初看好在一个新区开发十几万平米的商业项目，随着事情朝着没谱的方向发展，也越来越没底儿了。

他们的退出决绝得很，语言对抗不了现实。夏菁只能陪着刘宏流泪。她清楚地记得刘宏说的话："夏菁，要知道，这是商场，利益高于一切，金江的老板是纯粹合格的商人，而我们，只能擦干了眼泪，面对现实再接着干活，让我们自己强大起来，这才是唯一的选择。"现在看起来，这话是说给夏菁，也是在说给她自己听的。

金江可以退出，但是，刘宏是一定会接着往下干的。退出的条件苛刻得很，不光是要全数退回几千万的资本金，还要求金江的股权只能过户给和金江名气相当的大公司。提出这样的附加条件，两个同是合格商人的两口子，很清楚地摆明了自己的态度和观点："我们不看好这项目，但是因为我们是品牌企业，就算是参与再放弃，也只和名气相当的企业做交易，不然被坊间看起来像是被你刘宏和你无名的小企业收购了。"

到这里，绝对不得不提刘宏当时的老公、现在的前夫薛全了。夏菁和刘宏都清楚他在这件事上的功劳，即使和薛全的分手是刘宏心里一块生痛的疤，可真实的过往谁都不会忘记的。

寻找和金江名气相当的公司接手股权是相当艰难也是非常迫切的。因为必须在政府解禁之前完成公司的调整，才能和银行开始项目资金的贷款工作，否则，一旦政策松动，而景怡的资金不到位，就有可能被政府收回，那所有的努力就将前功尽弃。

刘宏的肚子已经大到行动都不便了，夏菁和薛全不忍让她太过操心。刘宏通过中间人找到了当时绝对是全国知名的大企业——全顺集团。全顺集团主业是制药，名气还大过金江，虽然当年已经是在走下坡路的企业，但是知名度和架子还是在的，最主要的是，金江同意这间公司接收他们的股权。

刘宏的目的是要让全顺集团旗下的房地产公司帮景怡接受金江百分之七十的股权，钱由景怡出，完成后，再把接手的股权转到景怡指定的公司名下。这些不能透半点风声给金江，困难和风险都很大，首先要让全顺房地产公司同意做这件事，而如果全顺接受股权后不转回给景怡，就算可以打官司，也会非常被动。

用艰苦卓绝来形容一点都不过分，全顺房地产公司的老总陈达是个过着颠倒生活的人，白天不起，晚上不睡。太阳都快下山了，才晃晃悠悠到办公室，而且，还没有个准点，不知道哪天来哪天不来。他的兴趣，全都在追靓女、喝酒、抽雪茄和吹牛皮上。好不容易等到陈达来办公室，但他的办公室门口永远等着许多的人，陈达知道是有求于他，总是把夏菁和薛全放在最后接见。

每天下午他们两点钟准时到全顺发展大厦等着见，不一定能见上，就算见上了，也永远不谈主题，只是东拉西拉天南海北地一通胡侃。好长时间，事情毫无进展。刘宏每天都在等待能带回好消息给她，可是给她的只有失望和模棱两可的几句话。

薛全常常劝刘宏和夏菁不要着急，要有耐心，事情还没结果，不要太早下判断，影响自己的行动和心情。他是律师，冷静理智，他对夏菁说："只要陈达没有说不，我们就每天都来。日复一日地等待，时间在胶着中过去。夏菁和薛全几乎已经成为了全顺公司的员工，上上下下都熟了。虽然不知道薛全和夏菁为什么事要天天来，可是他们的坚持和执著连陈达身边的人都被感动了。每次离开全顺公司在滨河大道边的办公大楼的时候，夏菁在心里默默地念着："明天，明天一定能行。"

一天的凌晨，陈达醉醺醺地打通了夏菁的电话，他喝了不少的酒，隔着电话似乎都能闻到酒气，他口齿不清地对夏菁说："你们的事可以办，明天你们来，我的律师会跟你们谈细节。"挂了电话，夏菁以为自己在做梦，这可是一大步呀！起码是提到了议事日程上，不用再陪着陈达玩太极了。夏菁高兴得一夜都没睡着，第二天一大早，就和薛全喜滋滋地到了全顺公司的大厦。

陈达的律师叫蒋其义，四十多岁，东北人，部队出身，是陈达公司的常年法律顾问。他长得完全不像东北人，身材矮小、尖嘴猴腮，颇有些"娄阿鼠"的风范。他自己有一家不大不小的律师事务所，据他自己说，他在行内十分有名，是很多大要案的代理人。和夏菁、薛全的第一次见面，关于正事一句没谈，在一个多小时里，除了和他交换名片介绍彼此，夏菁有限地发了寥寥数语，其他时间全部都是蒋其义律师个人演讲。首先，他故作神秘地介绍了自己的背景，然后，认真地把陈达的经历历数了一遍，接下来，着重细致地描述了他和陈达非同一般、超出雇佣关系的兄弟关系。最后，热情地表示一定会尽最大努力促成此事，有机会的话想见一见老板刘宏，让他们先回去起草协议，然后再谈。

　　这次会面后，夏菁和薛全都有同样的一个感觉，蒋其义传达的所有信息，都是在告诉他们，想要做成这件事，必须先过他这关。把情况如实汇报给刘宏后，刘宏认为："既然陈达把事情交给蒋其义做，必定是他信任的人，而这个蒋其义毫不掩饰的处事方式，也必定是他和陈达之间的某种默契。看来，他这关，是必定要花代价才能过的了。"她决定，这个很关键的人，就算挺着肚子，自己也要单独会一会。

　　刘宏见到蒋其义，三言两语交谈后，对蒋其义就定了位，是个绝对彻底的小人。不出刘宏的意料，蒋其义对刘宏直截了当地提了条件，原来，陈达已经将这件事的底交给了蒋其义。他愿意帮刘宏和景怡完成这次股权的收购和转让，条件是刘宏必须付给他三百万港币，但是，这笔钱不能签到协议里。协议完全按照正规的公司对公司之间的股权转让内容来签。接受金江百分之七十的股权之前，刘宏个人付一百万现金给陈达个人，剩余的两百万，由刘宏个人写一张期限为两个月的借条给陈达个人，并且提供刘宏本人物业作为担保，刘宏的老公薛全作为担保人。将百分之七十股权转给景怡之前，付清剩余两百万，陈达交还借条给刘宏，物保和人保随之取消，相关税费和费用由景怡全部负责。转让过程中，因为景怡公司出现问题导致事情进行不下去的，陈达收的钱不会退，而且刘宏还必须履行完借条。蒋其义能做的，是尽快让此事开始运作，所有相关手续他负责办，最大限度上保证事情完成。他还负责说服陈达同意两百万就完成此事，但刘宏必须给他五十万作为代价。刘宏没有当场答应蒋其义，但是一再表示感谢，告诉他一天之内给他答复。

和蒋其义谈完，刘宏把他的用意传达给夏菁和薛全后，三个人都沉默了。事情到这一步，离成功似乎只有一步之遥了，可是，大家都感觉自己就像砧板上的一块肉，任人宰割。从金江到全顺，每一步，他们都为自己想得周全无比。这是一场赌博，若赢了，得偿所愿海阔天空。输了，刘宏和景怡是鸡飞蛋打，赔了夫人又折兵。薛全无可奈何地说："这已经超出了正常做事的规则，作为律师，也超出了我的所知所学，这是一个选择，看刘宏你赌不赌这把了。"

刘宏没有过多地考虑，决定横下心来赌这一把。她说："陈达是个贪婪得合理的商人，而蒋其义，就纯粹是个没有职业道德可以出卖自己的老板的小人，我应该给商人面子；而对于小人，就万不能得罪，因为小人是会坏事的。和这样的两个人开始了游戏，我就只能走下去，没有选择。"

在刘宏故作轻松地给蒋其义回电话全部同意他的条件时，夏菁和薛全却在一旁对未来充满了心惊肉跳。

真是"富贵险中求"，虽然步步惊险，但还是进行得顺利。陈达还是个守信用的人，答应的全部都做到了。而蒋其义也是真有本事，背地里偷割了陈达一大块肉，还把他舒舒服服地蒙在鼓里。陈达收到刘宏的钱后，还奖赏蒋其义有功，大方地甩了二十万给他做辛苦费，蒋其义自然是心安理得地笑纳了。

股权转让一战，大胜收兵，三个战士却是百感交集，尽情享受着胜利的喜悦。

这一仗打得夏菁常常有一种要崩溃的感觉，神经总是被一次次拉到要绷断的极限，身体无奈地支撑应付着一场又一场的战役。刘宏从金江手里拿到了所有股权后，还没过几天舒心日子，新的危机紧接着就来了。政府解禁，中心商城的设计完成，面临着开工，还有一个多亿的地价要交，凭景怡和项目公司的实力，银行根本给不到他们所需要的资金量。生完孩子，刚坐完月子，刘宏又带着夏菁和薛全投入到战斗中。

一方面刘宏使出了三头六臂的本领和银行谈着融资，另一方面也在寻找有实力的合作方。银行是建立多年的老关系，帮助刘宏和景怡的同时，精明的银行家还搭配了一块不知所谓的不良资产强行要景怡吞下，即使银行已经给了最大的额度，资金缺口还是很大。经过仔细再三的筛选，刘宏定位在了永胜和穆梓的身上。

她和穆梓都是政协委员，每年开政协和组织活动都会见面，虽然没有深交，可也认识些日子了。在刘宏的印象中，穆梓不光是个大老板，还是个英俊大方的男人。

永胜集团是两兄弟掌舵，弟弟穆梓是董事长，主外，除了找项目还要负责为公司保驾护航；哥哥穆栋是总裁，主内，负责项目的落实实施、公司内部的管理经营。哥俩都是政府公务员下海，配合默契。开发成功了几个大型住宅项目后，专攻深圳中心区的高档综合商业项目和深圳大型的旧村改造项目，是深圳地产界继国营公司和潮州佬之后笑傲江湖的新秀。兄弟俩都是绝顶聪明的人，却拥有各自截然不同的风格。穆梓是个讲究做人的商人，除了赚钱，他还在意对外的名声和口碑，外表斯文的他其实骨子里是颇江湖的。而做过大学老师的穆栋，更为稳重儒雅，对于统筹和算账，有相当的过人之处。

刘宏中心商城的项目，她只肯出让百分之三十的股权。按兄弟俩以往行事的惯例，不控股的项目他们是不会做的。除了刘宏的诚恳和迫切感动了穆梓以外，刘宏当时那种执著和追求，让穆梓从她身上仿佛看到了自己刚起步时的影子。对一个孜孜不倦追求事业的弱女子，穆梓确实是动了恻隐之心。

穆梓的感性，有他哥哥穆栋很好地把着关，避免因此出现的各种问题。两家公司的谈判是一个漫长的过程，有时顺利，有时激烈，有时似乎已经一片黑暗，而光明却又在恰当的时候出现。大多数时候，夏菁觉得大家所在乎的并不是数字和条件的改变，而是对掌控权的争夺。最后的尘埃落定是在过程当中彼此已经疲累了的妥协。世界上恐怕不存在完美得无懈可击的合同协议，所做的一切，只是让甲方乙方心安而已，为日后可能出现的决裂增加获胜的筹码。可其实，那种心安也是不存在的。

两家从合作到后来的分开，颇具戏剧性。永胜是穆栋主谈，一板一眼地认真较真，对于投资风险的条款一点不让。景怡派出的是薛全，律师出身的他，看到这些条款可能带来被吃掉的危险，开会时常常讲得刘宏和夏菁一头冷汗。谈得顺利时，穆梓和刘宏在夜总会里喝得天翻地覆，称兄道妹，不顺利的时候，刘宏不冷静地拍案而起直接开骂。

夏菁很累，没有时间和精力去干与年纪相当的女孩子干的事。她的电话必须二十四小时开机，也必须在周末随时听候差遣。公司安排的饭局几乎每天都有，完全没有安排自己事情的可能，因为有忙不完的事情。数度萌生出的强烈去意，因为一大堆未完的工作，和刘宏日渐憔悴的脸，每每被夏菁自己生吞下去。

刘宏也很累，在被公司的事情困扰的同时，也被家庭婚姻所困扰。在家里吵完哭完，脸上的泪痕还没干，就又昂头挺胸地冲进工作中了。

和永胜的合作终于谈成了，永胜拿出了一大笔资金注入项目，解决了刘宏的燃眉之急。可合同规定两年后，如果景怡不能按时将永胜的股份回收，永胜就将刘宏的股权作价全部回收。永胜进入只是阶段性地解决了刘宏项目资金缺口，实际上，刘宏背上了更重的包袱，压力也更大了。大家都明白，刘宏做这个项目，其实是咬着牙齿硬上的，每一步，走得都是颤颤巍巍的。数年后刘宏成为深圳地产界的传奇人物，也正是因为她无论如何都坚持做完了这个项目，其中的艰辛与波折，除了刘宏自己，夏菁和薛全自然是最清楚不过的。

那一年，刘宏和薛全的婚姻也走到了尽头，无可避免地离婚了。虽然刘宏深爱着比她小七岁的薛全，但是，她的不安全感、她超强的控制欲、常常说暴就暴的脾气让她只能和薛全分手。分手的那天她哭着说："我无法忍受，等我人老珠黄的时候薛全不再看我一眼，我也无法忍受他不爱我，既然这样，我只能和他分开。我要找一个百分之百疼爱我、顺从我的男人。"除了陪着落泪和心痛，夏菁做不了别的什么，但是，她心里明白，刘宏希望中的那种男人根本不存在。

这是刘宏这个女强人不折不扣的悲哀，其实她和薛全之间，并不是年龄的差距，而是彼此的生活重心不同。刘宏的生活中她的事业是重心，没有事业，她觉得自己什么都没有。当刘宏发觉薛全有朝一日可能会成长为能把控全局的 CEO 时，刘宏害怕了。她担心自己会被抛弃出局，担心自己会成为一个完全没用的家庭妇女。即使她还爱着薛全，为了让自己恐惧的状况彻底不会出现，她还是选择了和薛全离婚。在夏菁看来，刘宏不是绝对的强者，起码在婚姻感情上不是。和薛全分手，是她对自己的不自信，是对没有勇气经营无法把控的家庭生活的逃避。

在两家公司合作的最后一步，是工商局的股权变更手续。当夏菁把新鲜出炉还冒着热气的营业执照交到刘宏的手上，看着刘宏充满笑意的脸时，夏菁长长地吐了一口气，浑身的骨头像散了架一样。

女战士的身体彻底被打败了，夏菁突然生病了。她的白血球没有原因地低到像一个在做化疗的癌症病人那样的指数，每天低烧，头晕得脚下打飘。要不躺在床上，要不奔走在医院做各种化验查找原因，对夏菁这种状况，西医和先进的设备无能为力。拖着疲惫的身体回到家，她一个人趴在孤单的大床上哼哼唧唧地哭，一会儿就睡着了，醒来了她发下誓言："从现在开始，第一个打电话给我的男人只要他奔过来看我，不管他是谁，我都嫁给他！"

电话真的响了，是妈妈。夏菁对着电话的号哭让老人家肝肠寸断，视夏菁为掌上明珠的妈妈，第二天就飞来了，还带来了一个老中医。中医给夏菁的诊断是：长期心焦紧张，睡眠不足，导致身体免疫系统紊乱。处方是：休养。什么也别做，什么也别想。一日三顿黑木耳，随便怎么吃。夏菁只能照做。

那一年正是"非典"年。

身体生病遭受折磨，心却能安静地停下来反思。过去像电影一样在夏菁的眼前回放，刘宏事业的成功和不快乐的家庭生活、身边女友们平淡但幸福的日子、妈妈担忧的眼神，让夏菁一遍遍想着一个个问题："我究竟要什么？认真努力勤奋地工作，有了深圳户口，有了房子有了车，有了名牌，有了许多有钱有势的朋友，到深圳七年，有了让同龄人羡慕的一切，可为什么不快乐？什么才是真正的快乐？所做的这一切是为了谁？……"

这些越想越迷茫的问题，每天都在夏菁的脑里心里打圈圈，她回忆起当初到深圳的初衷："我不是打算一个暑假挣张飞机票就回家的吗？为什么到现在我还在这里？而且，这样不开心。"

想了好久，夏菁终于想明白了，觉得物质上拥有的再多，心里不快乐，身体不健康，实际上更痛苦。她想来想去，终于做出了一个重要决定：向刘宏提出无限期的休假，直到自己的身体和心情调整好。

第一次，夏菁对刘宏说了"不"。交休假申请的时候，刘宏非常生气，她不理解，为什么眼看就要结果收成了，夏菁却在这个节骨眼上要这样固执地离开，跑去休什么假。她觉得夏菁一定是脑子出毛病了，乱七八糟的小说看多了，一天到晚喜欢无病呻吟。夏菁放下申请嘟囔着："姐，我想休假，请你批准，好了我就回来上班。"然后看都不看刘宏，转身就走了。

刘宏的肺都要气炸了，对着夏菁的背影，大声喊道："请什么假！我不批！你要是走了，就别再回来！"听见了刘宏的话，夏菁停下脚步怔了怔，可还是没有回头，她知道，一旦回头，她将掉进以往周而复始的无奈生活里，自己的身体和心情都会被毁掉的。她忍住了在眼睛里打转的泪水，坚决地拉开门离开了办公室，离开了景怡。

妈妈和老中医精心调理了夏菁两个月，眼看她的脸色一天天红润起来，各项指标也恢复正常了。妈妈牵挂着一个人待在老家的夏菁爸爸，起程回老家的时候，夏妈妈语重心长地对她说："菁菁，我和爸爸从没指望过你出人头地、大富大贵，只希望你身体健康，生活正常平安。你年纪实在不小了，要认真开始考虑你的个人事情了，等你结婚生子了，爸爸妈妈就能闭眼了。"看着泪眼婆娑的妈妈，夏菁无语而又无奈。

和职场不同，在情场上，夏菁绝对是个屡战屡败的大败将。从十七岁第一次开始和同学恋爱，再到经过各种年龄段、各个行业、横跨内地特区的四五次爱情失败以后，恋爱对夏菁而言，就成了一个充满了悔恨、一个不能再轻易去碰的问题。

深圳也是一个不指望能找到爱情的城市，在这里待过几年的女人都知道，要找玩伴找乐子，什么样的男人你都能找到，想要陪着你玩的男人有一大把。可你如果要找爱情，找一个和你相伴一生的伴侣，那恐怕不太容易。这城市里的诱惑太多，除非能把女人敏感的神经全都关闭掉，假装你听不见、看不见，假装你什么都不知道。夏菁最崇拜的是梁山伯祝英台似的爱情，纯粹、热烈、粉身碎骨。如果找不到一个让自己动心、对自己宠爱得死心塌地的男人，她宁可自己就这么空待着。

不工作的日子是快乐的，也是短暂的，走出银行的夏菁心里充满了惆怅。

阳光一如既往的灿烂，路边的凤凰树怒放的红花挤满了枝头，可她一点也开心不起来。存折里的储蓄已经被折腾得所剩无几。这半年，每天除了玩就是玩，又出去旅行，又换了宝马车，本来就不擅理财的夏菁开始为自己的生活发愁了。在景怡公司的几年，刘宏待她不薄，每个月除了固定的工资以外，年底还有不少的奖金，而且，刘宏还常常帮她接一些其他公司的事情做，一年的收入怎么也有小一百万，她才有可能买房子买车，锦衣玉食地过着。可是一旦不工作，花销照旧却是坐吃山空。现在账户上的钱只够她花几个月的了，能不愁吗？

玩了半年，精神身体是愉快了，可生活还是要继续。当初是夏菁自己由着性子为了寻找快乐，以休长假的理由离开了景怡，离开了刘宏，自己再主动厚着脸皮回去找她，夏菁觉得是万万不可能了。想到这里，她有些后悔自己当时的决定太冲动任性了。回家的路上看见报摊，她一口气买了七八份报纸，想仔细看看上面的招聘信息上有没有适合她的工作，一丝苦笑浮在了夏菁的嘴边，当初刚来深圳的时候，自己就是翻报纸找工作，经过这么多年，又回到了原点。原来真正的快乐是物质加精神的，否则，还是不快乐。

就在夏菁呆坐在报纸堆里用红笔打圈的时候，电话响了，一看号码，是刘宏的。

"夏助理，夏小姐，这么长时间不联系，现在在哪里发财呢？"久违了的略带沙哑的声音。

"是姐呀，我一直都在外面旅行，刚回到深圳。"夏菁故作轻松地答道。

"哦，看来过得还不错，我以为你已经把攒的几个钱都折腾光了，还担心你为生活发愁，想问问你要不要出来工作呢。看来，我的担心是多余的了！"刘宏好像能透过电话看见夏菁的状况一样。

"谢谢姐关心。"夏菁顿了一下，声音很小地说，"姐，我……我是想要开始工作了。"

这正是刘宏意料之中的事。

"我就知道，你以为你翅膀硬了，跟我干了几年就有多大能耐了，告诉你，江湖险恶，你还嫩得很。可笑，找快乐？等你没房住、没车开，甚至没饭吃的时候，你才知道什么是真正的快乐！还找快乐呢！我都还没到那个境界。"

几句话说得夏菁无言以对。

"身体好了没？"刘宏话题一转。

"好了。"夏菁答道。

"下午两点钟到我办公室来，跟你聊聊。"说完，刘宏直接挂了电话。

刘宏就是这样一个人，刀子嘴豆腐心，骂归骂，她还是会替人着想的。七年的相处，她已经太了解夏菁了，任性冲动，简单善良。她清楚夏菁有多少钱，也知道她口袋里那点钱能撑多长时间。

她如约准时到了刘宏的办公室，看见以前自己的办公室座位上坐了个如花似玉的小姑娘，朝夏菁莞尔一笑，明眸皓齿楚楚动人，分外热情地把她带进刘宏的办公室。

"你是夏菁姐吧，和老板说的一样漂亮。请进，她在等你。"刘宏的新秘书甜甜地对她说。夏菁有些恍惚，仿佛看见了自己从前的影子，当年明明就在眼前却又恍若隔世，心里一股说不出的味道翻涌上来，熟悉的地方已经没有了自己的位置。

刘宏看着站在自己面前的夏菁，阳光健康依然，活力四射，还增添了几分成熟女人的风韵，完全没有了当年那个愣头愣脑的青涩丫头的痕迹，但眉宇间一丝淡淡的忧郁还是没逃过她的眼睛。

夏菁看着眼前的刘宏，虽然做了妈妈，但女强人的风范一点儿没变，目光显得越发犀利，好像已经看穿了自己现在的尴尬。

"夏菁，你比以前漂亮了、成熟了。"刘宏的夸奖是发自内心的。

"谢谢姐，可能身体调养好了，看着气色好些。"刘宏的话悦耳，夏菁也自然愉快，答话的时候，脸上挂着迷人的微笑。

"身体是好了，心病好了没呀？"刘宏的尖酸又来了，夏菁再次无语。

"是不是快乐没找到，口袋里的几个子儿折腾光了？"

夏菁不好意思地低下了头。

"跟我这儿还有什么不好意思的，说吧，有什么打算？"

"姐，我想开始工作了。"

刘宏轻轻叹了一口气，语重心长地说道："夏菁，你聪明漂亮，大方热情，对工作也认真勤奋，但是，你太感情用事，任性冲动，而且做事没耐性，这些都是你的大缺点。你受过好的教育，家教也好，又非常有悟性，跟我这么多年，我确实非常喜欢你也舍不得你。听到你想开始工作，我非常高兴，说实话，作为员工，我是很想你回到我身边的，但是作为朋友，我清楚你这几年的成长，你是有能力去面对更大挑战，做一些大事的。"

认真听着刘宏的话，似乎又回到当年那个在深南大道上被老板煽动着留在深圳的那个小姑娘身上，夏菁心中一股久违了的激情在暗暗涌动。刘宏的眼睛里充满了真诚，还有一种让人温暖的关心。夏菁想，这个在自己生活中突然出现的女人，好像总是在关键的时刻带领着她，她好像别无选择一样地要听从，听从这种冥冥之中的安排。

"姐，我听你的。"

听到夏菁说这话，刘宏的眼睛放出了喜悦满足的光芒。这个姑娘，她知道，从没完全臣服于她过，听话顺从的背后，总是保留着一块倔强的领地。她不知道自己的潜力有多大，能创造多大价值，她总是需要有人去带领、去鞭策才能走得正常，才能不被各种杂七杂八的歪念头影响。

"夏菁，你呀，聪明是聪明，可总是小事明白大事糊涂，这是你致命的缺点。"

有刘宏帮自己思考，夏菁脑子都懒得动了："姐，那你说我以后该怎么办？"

"夏菁，因为我不想再依赖你，你离开让我觉得十分伤心，也开始思考要培养多一些的新人。再则，公司现在平台不够大，没有太多的余地让你独立发挥，你应该去深圳知名的大集团公司好好锻炼几年，日后成为一个能独当一面的优秀职业经理人。你是我带出来的，以后不管你帮谁干，或是你自己干，我都觉得光荣，替你高兴，这才是你下一步的路。"

这话夏菁听着觉得很有些道理，既然自己没有恋爱可谈，还囊中羞涩，只能追求事业发展了。可是……

"知名企业？姐，我去哪家知名企业呀？"夏菁疑惑地问道。

"永胜。"刘宏干脆地答道。

"永胜穆梓穆栋哥俩都是公务员下海，素质高，为人也不错，他们的公司大，项目也多，去了马上能帮上他们的忙。"

"永胜？穆梓那儿，他们公司在招人吗？"

"你管他招不招人，我去向穆梓推荐你。我们中心城的项目合作的时候，他对你印象很好。"刘宏总是对夏菁充满信心。

离开刘宏办公室，回家的路上夏菁一直若有所思，她仿佛听见了命运之神的召唤，看见自己站在了一扇门前面，后面是穆梓那张英俊清晰却又有些模糊的脸，她已经开始怦然心动，有一种要跨进门去的冲动。那天以后，刘宏马上向穆梓两兄弟推荐了夏菁，还帮他们约好分别单独见面的时间。每一次会面，夏菁都把自己最好的一面呈现出来，让未来的老板多看见些自己的优点。

一个月后，再走进永胜大厦的夏菁，已经是永胜集团董事局主席穆梓的助理。在永胜漂亮现代的大厦里，二十二楼集团总部，有一间属于她的明亮办公室。坐在舒服的椅子上，耳边一直回响的，是刘宏对夏菁的交代："夏菁，你上了一个台阶，新的职业生涯即将展开，但是，你记住，你要更加勤劳勤恳，要有责任心，还要多留心学习穆梓为人处世的方式，要比伺候我还要小心忠心地伺候你的新老板。"带着前任老板对自己的嘱托，夏菁登上了自己职业生涯的回程飞机，开始了她上了一个台阶的全新生活。

# 08

CHAPTER
Eight

## （八）皇家俱乐部

没有无缘无故的发生，

你无法预知，无法避免。

安排开始，

你只需要等待结局。

皇家俱乐部的招牌仿佛是用钻石堆砌出来的，招摇闪耀，五彩缤纷。刻意低调的门并不大，但是金光闪闪而且大得夸张的门把手，加上门口站着的顶着高高包头的印度人，却又是在明白地彰显，这不是一个普通人能随便进来的地方。大厅里的水晶吊灯波光粼粼、绚烂夺目，在它的照耀下，好像身处脱离现实的幻象世界。夹道欢迎的，是几十个穿着纯白希腊女神装的女孩儿们，随着客人走进大门的脚步，她们一个个风情万种、笑意盈盈地对你说："您好，欢迎光临。"莺歌燕语、各有千秋、馨香扑鼻，你就像一个检阅官一样走过她们。这是一个让人迷离、兴奋，想忘了自己是谁的地方。

　　皇家俱乐部只对会员开放，在给予会员顶级皇家享受的同时，年费也高得令人咂舌。穆梓和贾聪都是会员，在赚钱的生意场上他们的级别相差甚远，但在烧钱的风月场上，却是旗鼓相当，贾聪是风头正劲的后起之秀，而穆梓却是十几年一如既往的豪客大户。

　　888 包房是整个皇家俱乐部里最大的一间，玩乐的设施也是最齐全的。三百多平米的房间里，除了顶极的卡拉 OK 音响，还有独立的红酒房、雪茄屋、斯诺克桌、上网区、安静的倾谈间，房间里所有的家私和装饰品，都是进口的名牌货，昂贵确实堆砌出了奢华，可奢华得毫无品位。几个穿着性感晚礼服的所谓 DJ，其实换上便装就是坐台小姐的美女们在忙碌着，半跪着递酒点烟的服务姿势，让她们的胸部一览无余，很自然地成了这间房活色生香的流动装饰品。

贾聪端着一杯皇家礼炮眯着小眼睛环顾着房间里的人，穆梓正和北京来的某位部级领导的特别助理，一个特立独行的豪爽女人愉快地玩着骰盅，两人都喝得相当高兴，酒精让平时不多话的穆梓变得格外风趣健谈，惹得那女人发出一阵阵爽朗的大笑。其他人都各自玩着自己喜欢的东西，打球的、玩牌的，每个人脸上都泛着酒劲和情绪晕染出的潮红，房间里一片笑声和摇骰盅的沙沙声，气氛相当热烈。贾聪却一点也高兴不起来，夏菁一如晚饭时一样不答理他，眼角都没向他斜过。其他人也都不熟，在今晚的这个场合里，说得好听是穆梓的小兄弟，其实，也就是跟在他屁股后面名不正言不顺的小跟班，他知道没人拿他当回事。

对于这种场所、这种场合，夏菁已经是习以为常了，她讨厌这种销金窝一样的高级俱乐部，里面的人和设施一样，都是极尽所能掏人腰包的，所谓的高级会员们喝得东南西北都分不清的时候，都一样的丑态百出，毫不高级。坐在这里，是因为工作的需要，对这里的一切，一点也不享受，她更愿意和朋友们轻松自在地去钱柜开开心心纯粹地K歌。

看着大家都各自为营地玩，似乎有些冷场，穆梓建议让夏菁唱首歌给大家听。夏菁大方地站起来，从容地拿起麦克风清脆悦耳地说道："非常感谢大家今晚的光临，接下来，我代表穆梓主席为大家送上一首《回家》，衷心感谢各位这几天来辛苦的工作。同时，也代表穆梓主席欢迎各位经常来深圳，把深圳当成自己的第二个家。"夏菁的话说得既得体又好听，大家掌声雷动地表示响应。

听着夏菁的歌，远远看着她的一颦一笑，坐在角落里的贾聪脑子已经飞到了九霄云外，夏菁像一颗闪着耀眼光芒的巨大钻石，在短短的时间内牢牢地吸引住了他的眼球，他想倾其所有弄到手，可惜是个没标价的非卖品。他幻想这个女人此时只在为他一个人表演，她的动情、她眼睛里的光芒都是因为他贾聪……

一阵热烈的掌声和欢呼声打断了贾聪的胡思乱想，夏菁的歌唱完了，部门经理满脸堆笑举着酒杯冲到夏菁跟前，激动地高声说道："夏总唱得太好了，简直就是歌星，来来，我们大家奖励她一杯。"说着，给夏菁倒了满满一杯酒，众人热烈响应，纷纷起哄叫嚷着让夏菁干杯。

在景怡工作的时候，重要的应酬要喝大酒的时候，刘宏都把夏菁推到最前面，她教导夏菁说："酒桌上面，酒风看人品。我们虽然是女人，却是在最强硬的商圈里面，和最强势的男人打交道。靠脸蛋和胸脯吸引男人的女人，是最浅薄低级的，只能得到男人当她们做玩物一样施舍的金钱，是得不到尊重的。和男人打交道，我们要暂时忘记自己是女人，在必要的时候放下自己的矜持、拿出自己的勇气、表现出自己豪爽大气的一面，如果你在拥有美丽的同时还拥有让人留下深刻印象的好性格，还有智慧的头脑，你才能赢得商圈里男人的尊重和帮助。那夏菁你就从以酒交友开始做起吧！"本来不胜酒力的夏菁，经过无数次的大醉后，活生生被锻炼出了几分的酒量。一杯酒，根本算不上什么，她端起杯干脆地一饮而尽。

激起今晚的高潮后，她也该中场休息了，自己悄悄地退到一边，上网打发一下不知道何时才能结束的娱乐时间。瞄见了夏菁在房间另一边的电脑跟前坐着，而穆梓正兴奋地举着杯和众人对饮，好像相见恨晚一样地谈得正浓，贾聪赶紧溜到夏菁跟前，举着杯凑了过去。

"夏小姐，歌唱得真好，我能敬你一杯吗？"贾聪尽量让自己表现得绅士一点。

专心看网上新闻的夏菁被打断了，看着贾聪那张泛着油光挂着媚笑的大脸，不耐烦地说："不好意思，我有点不舒服，不想喝酒，想一个人静静。"

"不舒服？要不要我帮你买药？还是送你回去？"贾聪对夏菁的不耐烦完全没察觉。

"不用了，我就想一个人待会儿，你去玩你的吧。"

"你在上网？那我把我公司的网站打开给你看看，请你给点意见。"贾聪说着，迅速自顾自地关掉了夏菁在看的网页。被挤到一边的夏菁很是无奈，又不好发作。

电脑上出现了"红日置业公司"的画面，贾聪的大头像夹杂着密密麻麻的二手房广告，虽然戴着金丝边的眼镜，穿着西装打着领带，但怎么看都十分土气。

"我们公司在深圳有一百多家分行，在上海、成都还有分公司，全国加起来，将近两百家，员工有两千多人，目前在深圳排前三名，请夏小姐多多指教。"贾聪骄傲兴奋地介绍着，由于激动口水都快喷到夏菁脸上了。

夏菁只想这个人快点离开，敷衍地应道："不错不错，贾总的公司真不错。

您介绍完了吧？介绍完了您可以走了。"

如果是小云和Lisa用这种态度对自己，贾聪早就一个大嘴巴甩过去了，但这是夏菁，她不是自己的女人。贾聪在心里恨恨地骂了几句非常肮脏的话，可脸上还是堆着笑，掏出名片双手递给夏菁，很礼貌地说道："好，那我不打扰你了，请你一定留下我的名片。"

夏菁接过贾聪的名片随手放到了电脑旁边，客气地说："抱歉，贾总，我的名片用完了，我有你的电话就行了。"夏菁心想，鬼才会联络你。

"没事儿，我不要名片，你说号码吧，我能记住。"

"是吗，你能记住我的号码？"夏菁快速地报出了自己的电话号码，然后转头对着电脑，不再理会贾聪。

夏菁的号码很不好记，十一个数字只有三个数一样，她还故意说得很快，她不认为贾聪只听一次就能记得住。可她太小看贾聪了，这几个生涩的数字，贾聪牢牢地记在了心里。

一行人已经玩得差不多尽兴了，因为要赶第二天的早班机，嚷嚷着要走，穆梓客套地挽留了一阵，然后也跟着送他们出去。夏菁和部门经理也赶紧过去随着穆梓往外走，贾聪只是在房间门口和他们挥了挥手算是告别，他对这帮人一点兴趣都没有，这会儿，贾聪的脑袋里只想着，在今晚这个局还没结束之前，怎么让夏菁记住他，不管用什么方法。

夏菁和部门经理一起把客人们一直送上车，部门经理和司机一起跟车送回酒店，不会再返回了。看着车慢慢开走，夏菁迎着午夜微凉的风轻轻吐了 口气，她这才觉得头有些晕，脸也有点发烫，酒确实喝急了。"得赶紧上去买完单，快点回家了。"夏菁想着，快步走向房间。

结束了喧闹的888房间，小费都已经发完了，DJ和服务员都退了场，显得有些空荡冷清。穆梓半闭着眼，半躺着坐在大沙发的中间，贾聪鬼祟地在他耳边说着什么，穆梓的表情很怪。见夏菁走进房间，他们就停止了说话。夏菁觉得气氛有些奇怪,她没坐下来只是站着问穆梓："老板,叫买单了吗？"

穆梓没有理会她的问话，睁开眼睛直直盯着夏菁却对贾聪说道："贾聪，你把刚才对我说的话，对夏菁再说一遍。"

"穆梓哥，我……我……"贾聪本来就很红的脸已经涨成了猪肝色。

夏菁满腹疑惑地看着这两个人，不知道发生了什么与她有关的事。

"说呀！把刚才的话再说一遍！"看来穆梓是生气了。

夏菁皱着眉头，满脑子的大问号。贾聪低着头，脸上的表情已经有些扭曲了，眉毛鼻子都皱到了一起。

穆梓和夏菁都盯着贾聪，他沉默了半天才鼓足勇气出了声："我刚才对穆梓哥说，我觉得你助理和你公司的部门经理有一腿。"贾聪的声音很小，可已经足够让夏菁和穆梓听清了。

夏菁微张着嘴呆呆地看着贾聪，没有一点反应，她完全没有反应过来，这是在说她。

穆梓严厉地对着夏菁连珠炮一样地说道："夏菁，你听见贾聪说的没有？！你是我的助理，在公司和有妇之夫搞三搞四成何体统？！"

夏菁如梦初醒，心跳加速，似有千言万语奔腾，但脑子里一片空白，一句话也说不出。原来冤枉突如其来的时候，人是不知道该如何反应的。看着眼前的穆梓，好像变了一个人，温文尔雅荡然无存，酒红和激动的红，还有一种从没见过的表情，穆梓的整张脸看起来有些狰狞。

夏菁没有理会穆梓，艰难地咽了一口唾沫，对着一旁猥琐的贾聪问道："你凭什么这样说我？"夏菁强忍着要涌出的眼泪，声音颤抖得都变了音。

贾聪梦游般地回答道："我看见他摸你的腰。"

夏菁望着穆梓，努力压住颤抖的声音，尽量平静地说："你为什么相信他的话？"

穆梓还是有些激动："贾聪是我兄弟，他不会骗我，我当然相信他。"

委屈、耻辱、愤怒，在这一刻同时汇流在夏菁的身体里，她绝望地高声喊道："你信他，不信我？！人家只是在我下楼梯的时候扶了我一下。就是同事，哪有什么有一腿的事？你相信他？那你相信他好了！"说完，夏菁拎起包一头冲出了门。平时一向恭敬的夏菁反应激烈，这出乎穆梓的意料。穆梓不禁有些担心，也赶紧跟着追了出去。

房间里就剩下贾聪一个人了，他四仰八叉地躺在沙发上，点了一支烟，舒舒服服吐出一个个惬意的烟圈，脸上挂着难以捉摸的笑。对刚才那一幕，他十分满意，他知道穆梓还会上来，他还有一场戏要演，这会儿该歇歇，酝酿下一场的情绪了。

## （九）鲜花和金卡

虚伪一定是披着美丽的外衣，

其实明显得一塌糊涂，

是你没有看见，是你不愿看见。

陷入，也是一种享受。

至少，你真的享受过。

夏菁百米冲刺一样冲下楼跑出皇家俱乐部，站在路边大口喘着粗气，她用力地擦掉脸上的眼泪，招手叫了一辆出租车，飞快地钻进车里，重重地关上门，逃一样地往家奔去。

　　进了家门，夏菁抬起脚，恶狠狠地对着半空踢掉脚上的鞋，两只鞋高高飞到空中落到地板上，无辜地发出两声闷响。她一屁股坐到沙发上，气得直眉瞪眼地直喘气，本来就没少喝酒，不一会儿，头就开始晕乎了。屋子里灯火通明，蜷在沙发上的夏菁脸上本来精致的妆早已经是乱七八糟了，还没来得及擦掉的泪痕伤心地挂在眼角边，她就这么倒在沙发上睡了过去。

　　穆梓有些摇摇晃晃地追下楼，刚好看见夏菁上出租车绝尘而去的背影，他抬起手想喊，又心想："算了，走就走了吧，没开车还安全点。这个夏菁，那么认真干吗？大家都喝了酒，贾聪就那么一说，我也就那么一问。看来，贾聪这小子说的可能也是没影儿的事。"想到这儿，穆梓的脑袋清醒了些许，觉得自己不分青红皂白就质问夏菁是有点不妥。他拿起手机，给夏菁发了条短信："夏菁，如果你因为贾聪说的事生气，大可不必，权当是酒后的玩笑吧。你是我的助理，大度点吧！"发完短信，穆梓点了支烟，一边抽着一边向888房间走回去。

　　贾聪的小眼睛一直紧紧盯着门口，当看见穆梓的身影一出现，他极快地改变了原本舒适的坐姿，挺直起腰，低下头，一口口好像在抽着闷烟。

穆梓走进房间，看着肥头大耳的贾聪头顶烟雾缭绕，不禁觉得有些好笑，"干吗？抽闷烟？"穆梓平静的反应让贾聪很意外，他以为穆梓肯定要骂他两句，会说他没搞清楚状况、没事找事地胡说八道，会说他无缘无故地冤枉夏菁，还把人给气跑了。没想到，穆梓的反应竟然好像什么也没发生一样。

贾聪挤出一脸的苦相答道："大哥，对不起，把你的助理得罪了，不过，我确实是看见……"

"别说了。"穆梓打断了贾聪的话，"人都跑了，以后这事不准再说了，咱们玩的时候就好好玩，别人的闲话你少说，不要像个八婆一样。"

"哦，好好，我再也不说了。"贾聪忙不迭地一顿点头。

他赶紧给穆梓的杯子里又倒满了酒，跑步前进把"妈咪"叫进房，让换了衣服的DJ又回来了两三个。没有了公司员工，没有了要接待的客人，穆梓在贾聪热情周到的安排陪同下，肆无忌惮，玩得比前半夜更放得开。DJ们眼见两个豪客当前，异常努力地使出了浑身解数，人都舞到桌子上去了，最后是喝得全部人仰马翻。天都快亮了，穆梓和贾聪才筋疲力尽、头重脚轻地离开皇家俱乐部。

天快亮的时候，夏菁冻醒了，脖子被沙发扶手硌得生疼，她揉揉眼睛看着一屋子的狼藉，深深叹了一口气，默默开始收拾起地上的东西。电话上有一条未读信息，是老板穆梓发的。她看完心想："也许，他真的喝多了，说了什么，他根本都不记得了。说错话的是贾聪，哪有资格跟衣食父母穆梓生气呀。"想到这里，夏菁立马给穆梓回了短信："老板，作为您的助理，我知道在这个位置上该做什么，请您相信我！对您的态度不好，向您道歉。"回完信，她又倒头一觉睡到了中午，在楼下简单吃了点东西后直接回了办公室。

坐在办公桌前，夏菁还在想头天晚上的事，她希望能见到老板，主动向他道歉。结果直到夏菁处理完工作快下班时，穆梓也没来公司。夏菁抬手看了看手表，已经快六点了，她伸了个大大的懒腰，准备下班走人。刚刚站起身，手机响了，1353××88888，号码很好，对夏菁来说，这是个陌生的电话。

"喂，您好。"夏菁礼貌甜美地接听了电话。

"夏小姐，我是贾聪。"一听到是这个名字，夏菁一下子就控制不住地火冒三丈起来。"你！你打给我干吗？！""哇，这么大脾气！夏小姐看来对我很生气。"贾聪满腔无赖口气。

　　夏菁咽了口唾沫，控制着自己的音量，没好气地答道："我哪敢生您的气呀！您是我老板的小兄弟，我不敢得罪，要是哪天您再打我个小报告，咱可受不起！"

　　电话那边的贾聪耳膜被夏菁的高分贝震得生疼，他想象得到夏菁杏眼圆瞪的样子，有些想笑，但是他忍住了："夏小姐，别生气了，我请你吃饭吧，向你赔罪。"

　　贾聪嬉皮笑脸没个正经的德行，夏菁想起昨晚的事，已经气得七窍生烟了，她对着电话大喊道："不必了！我永远不接受你的道歉，也永远不会跟你出去吃饭！"说完，就挂断了电话。

　　夏菁的反应，是贾聪意料之中的事，心想："没关系，我有的是耐心，何况，为了迎接夏大小姐的到来，我要扫清一切障碍。"拿起手里的电话，贾聪拨通了自己司机的号码："小王，记个地址，永胜大厦二十二楼，从明天开始，连续一个月给这个地址叫夏菁的，每天都送一把不同颜色的百合花，不许间断，记住了！"

　　第二天一早，夏菁穿了条亮丽的连衣裙，整个人看起来神采奕奕，刚走进办公室的大堂，前台的小陈夸张道："哇！夏总，你今天好漂亮呀。"

　　夏菁回她一个微笑，满足地道谢，小陈对着走过前台的夏菁神秘地问道："夏总，是不是有爱情的滋润呀？好漂亮的花呀！"

　　夏菁停止了微笑，一个大大的问号出现在她眼前，小陈一脸羡慕地答道："你去办公室看看就知道了，好大一把香水百合呀！好早就送来了，还带着露珠呢！"

　　夏菁赶紧往自己办公室快步走去。一束纯白色刚刚怒放的香水百合静静地竖在办公桌上，满屋子香气扑鼻，一阵喜悦涌上夏菁的心头，已经N久没人送花给自己了，翻了翻，没有留卡片，她脑子里飞快地出现几个有可能的名字，又一一被否定掉了，看看表，会议时间快到了。

　　"管他是谁送的，大家享受吧！"夏菁想。她抱着花走到前台，对小陈说：

"花就放在前台吧，大家都能看见。"说完，直接去了会议室。前台小姐一脸愕然地看着夏菁的背影，吐了吐舌头。

一直没有想出谁是送花人，电话也没收到什么异样的短信和来电，一天就这样像平时一样即将过去。准备睡之前，接到穆梓的电话，通知她明天出差，去看看其他外地分公司项目的进展情况。穆梓要夏菁做好十天以后再回来的准备，他的语气像往常一样，平静中带着不可抗拒的命令。夏菁认真地听着穆梓的安排，一边用笔记下重点行程，以便通知各个分公司的同事。收线前，夏菁有些吞吐地说："老板，前天晚上的事，对不起。"穆梓只用了"啊、哦"回答了夏菁，让夏菁赶紧联系司机小魏确定出发时间，非常自然地岔开话题然后结束了通话。挂了电话，夏菁愣了愣，马上又明白过来，她在心里对自己说："以后记住，老板想忘记的事，就不要再提起，否则就是自讨没趣。"

出差对夏菁来说是家常便饭，深圳虽说不是直辖市，也不是省会城市，但是这个中国最早的经济特区，一举一动都跟北京和中央有着千丝万缕的关系。穆梓每次去北京，打混在一起的不是高官显贵，就是超级大明星。穆梓又是广交天下友的人，每到一个地方，除了分公司的人，都有当地的朋友接待。夏菁觉得每天就像打仗一样，十天晕头晕脑地眨眼就过去了。

回到深圳，闻着带着微微海腥的潮湿空气，她觉得浑身上下都舒服。周末在出差中过去了，回来还得照常去公司上班。远远的，透过玻璃门就看见自己的办公室里面堆满了百合花，推开门，香味浓郁得刺鼻。白的、红的、黄色的百合放得到处都是。夏菁数了数，十一束。"看来是一天一束，这是谁呀！"夏菁强烈地想知道究竟是谁好像犯了花痴一样。

夏菁打电话让小陈进来，先是请她把花分送到各个办公室，然后低声地问她："小陈，你问过花店的人，是谁付钱送的花了吗？"

"夏总，我问了，小弟说不知道，只说让送给你，一个月，天天送！"夏菁心里暗叫："我的神呀！是谁这么折腾我呀！"

"夏总，我好羡慕你呀，有人这样追你！好浪漫呀！"看着小陈一脸艳羡的表情，夏菁哭笑不得。

她连声对小陈说着谢谢，请她赶快帮她把花分出去，还交代她，要是再送来，请她帮着送人，给谁都行。

关上办公室的门，夏菁发了一会儿呆，然后拿起电话打给自己的朋友——笑笑。她是夏菁从小一起长大的初中同学。笑笑人称"小关芝琳"，人长得漂亮，也很有个性，是夏菁在深圳唯一的同学，她比夏菁晚几年来深圳，当年找不到工作准备打道回府，一找到夏菁，夏菁毫不犹豫地把笑笑介绍给了一直想挖她跳槽的另一家地产公司做总裁助理。在夏菁心目中，笑笑和她都是在深圳打拼的女孩，又是老乡加同学，自然视笑笑为无话不谈的死党加好友。

笑笑可比夏菁有主意，等夏菁把"送花事件"一五一十地讲给笑笑听完，她先是大笑了两声，然后酸溜溜地说："行啊，菁菁，你开始走桃花运了，可别是朵烂桃花呀！"

"你还笑我，人家正烦着呢！赶快，给点正经意见。"夏菁打断了笑笑的话。笑笑收了笑，沉默了一会儿，认真地说："依我看呀，这人既然不现身，必然是准备给自己安排一个更加隆重的出场。别那么没出息，刚送几天花你就乱了阵脚。你呀，就等着真人现身吧！"

夏菁觉得笑笑说得特有道理，她点了点头又说道："笑笑，会是谁呢？我真是想不到，这段时间忙得不行，忙完论坛又有项目的事要跟，真是没遇到什么人呀！"说到这儿，贾聪的影子在夏菁眼前闪了闪，接着她又气气地说："要遇到的也是烂人！"

"我说菁菁，我看是你开始思春了吧，这事有什么可想的，等到出现再说吧。到时候，组织开会表决再决定。"

笑笑说的组织，是她们一班玩得最好的闺密。另外两个是开旅行社的平平和做文化公司的靓子。

夏菁连声称是，放下电话，夏菁心里踏实多了。女人到了这把年纪，没有男人只是有时有些寂寞，日子还能过得去，要是没有朋友，恐怕就是世界末日了。有一帮好朋友在背后做后盾，对于孤身在外的女孩来说，是一种莫大的支持。

日子按部就班地一天天过去，夏菁几乎已经忘了这件事，直到有一天，小陈好像如释重负地提醒夏菁再没有花送来了，才发现一个月就这样悄无声息地过去了。

可从这天夏菁下班前接到的那通来电开始，夏菁平稳的生活又被彻底搅了个一团乱。

电话是贾聪打来的，他每天度日如年掰着手指头算日子，就是等着到这天打电话给夏菁。这一个月，贾聪过得是真累！他除了要处理公司的大量工作，还要对付家事。每天强忍着想念夏菁的煎熬，时时告诫自己要稳住，不能冲动。好几次，到了下班的时间，他在永胜大厦的楼下躲在车上偷偷看夏菁，看她和同事说笑着愉快地走出大门，扭着浑圆结实的屁股钻进小宝马里，一溜烟地开走。贾聪恨不得冲上去拦住夏菁，一把扯过来搂在怀里。可是贾聪忍住了，他早就不是那个傻乎乎的农村小伙子了，现在的贾聪是个能屈能伸、走过了各种女人、为达到目的可以不惜一切的冒险家了！越是想运作成功的人和事，越是需要耐心和足够的铺垫，这样才能保证出手必中。

在一个月的时间里，贾聪分析了方方面面。于私，夏菁是个绝对带得出场面的女人，出身良好，虽然不是绝色美女，但是称得上才貌双全。夏菁在地产行业那么久，交往认识的人脉资源，对自己一直在筹划的几件大事，会是一个巨大的协助力量。老天爷把这样的女人送到身边，贾聪觉得自己无论如何都不能放过，他准备用足自己的耐心和诚意，这个高度和难度，他一定要挑战成功。

贾聪暗自衡量过自己的实力，还是觉得信心十足。虽然自己长得不帅，也不是夏菁身边最有钱的，但他认为自己一定是最上心的。他才不会像其他人一样，被夏菁厉害张扬的外表吓倒，在他心里，他认为夏菁是单纯可爱而且没有城府的。贾聪就像一只闻到了猎物气息的狼，充满了兴奋和力量，躲在暗处，计划着攻击，让自己一出手就要中！

桌上座机的来电号码让夏菁觉得很陌生，而且响得很执著，夏菁无可奈何地接起了电话。

"夏小姐，你好，我是贾聪。"

一听这名字，不耐烦立刻充斥了她的语气："你？干吗？不是让你不要打我的电话吗？"

电话那边的贾聪，一改以前的赖皮口气，非常正经谦逊地慢慢说道："夏小姐，非常不好意思，我又打扰了您。您不让我打您的手机，我不敢不照办，今天也是幸运才拨通了您办公室的电话，可不可以给我几分钟时间，让我把想说的话说完？"

"你说吧。"贾聪态度诚恳谦逊得让夏菁无法拒绝。

"谢谢夏小姐。"贾聪礼貌得有些过分。

"有什么你快说吧！我约了人，要赶着走。"对贾聪的耐性夏菁已经快到头了。

"夏小姐，那晚皇家俱乐部的事，让我心里很不安，我冒犯了您，您又不给我机会让我表示我的歉意，更让我觉得惭愧。"贾聪的声音充满了真诚，夏菁的态度好转了一些。

"事情都过去那么久了，我忘都忘了，还提什么呀。虽说你的行为确实是恶心了点，不过我也没那么记仇，算了算了。"

虽说夏菁话里骂着自己恶心，但毕竟口气软了下来，贾聪连忙接话道："夏小姐，谢谢您的宽宏大量，不知道能否赏脸一起吃顿饭，让我当面向您道歉呢？"

一听要请自己吃饭，夏菁又变得强硬起来："不必了，我还有事忙。"

见夏菁还是拒绝，贾聪也没再坚持："既然夏小姐不愿意见我，请您允许我用我自己的方式向您表达我对您道歉的诚意，希望您能接受。""你的方式？"夏菁的脑袋里猛然闪出了百合花。

她即刻急切地问道："花是你送的？"贾聪故意沉默不答。

夏菁急了，大声问道："说呀！"

贾聪可怜兮兮地回答道："听语气，夏小姐并不喜欢，我不敢承认。"

夏菁的美好幻想和期待，就这样被这个贾聪毁灭掉了，她气急败坏毫无仪态地高声道："不敢承认？不敢承认你说什么呀！我说是谁这么无聊！还果真是你！那天晚上是你的眼睛和嘴巴出了问题，现在看起来，你连脑袋都有问题！你那是道歉吗？那是骚扰！差点让我花粉中毒！真没见过你这样的人，简直就是个二百五！"说完狠狠地挂了电话。

挂了电话，她觉得又好气又好笑，觉得发生的一切喜剧至极。她拿出粉盒补了补妆，抹了点唇彩，背起包准备和姐妹们约会吃饭去了。等电梯的时候，夏菁的手机响了，是一条贾聪发来的长长的短信："夏小姐，今天又让您生气真是不好意思，只要能让您解气，怎么说我骂我都没关系。我是农村来的孩子，也不知道该用什么方法才能让您开心。不奢望您向我开口提要求，我会坚持用我自己的方法让您开心。我没有恶意，只是希望您不再生我气，能和我吃顿和解饭。祝您今天一切都好，千万别因为我影响了您的好心情！"这段短信，贾聪动用了自己所有的柔情和文学细胞，旨在整段短信看起来充满诚恳和谦卑，字字句句都斟酌过数遍才发出。从小受做语文老师的母亲浓厚文字熏陶的夏菁，对这种文字根本没有感觉。她看完，嘴角撇着冷冷笑了笑，毫不犹豫，立马决绝地删掉了短信。

晚上和闺密们的晚饭夏菁吃得没精打采，在靓子一再的追问下，夏菁极其简单地半隐半晦地说了贾聪连送一个月花的事。看着愁眉苦脸的夏菁，平平、笑笑和靓子笑得前仰后合。靓子捂着肚子笑不成声地说："惊喜！惊是确实受了惊，喜嘛！都给我们了！"弄得夏菁真要发恼了，她们才收了笑。

平平正色总结道："夏菁，你且再看看他出什么招，先不要理，短信别回，电话也别听，静观其变。有任何需要，大家随时开会！我们做你的军师，还怕对付不了他？"

发完短信，贾聪坐在办公桌前发呆。他期望夏菁会回他的信息。几个小时过去了，没有回音，天已经黑了，贾聪没开灯，手里紧紧握着手机，就这样呆呆地坐在黑黑的办公室里。早就过了晚饭时间，一直等着下班的贾聪秘书安娜实在熬不住了，她敲了敲门，要不是黑暗中抽着烟的小红火光一明一暗，她还以为里面没人。她怯怯地叫了一声，贾聪没有应她。安娜没再出声知趣地退了出来，她知道老板的习惯，这个时候他一定是在思考重要的问题，或者是在筹划重大的事情。

那天以后，一连五天，夏菁每天早上都会在办公室收到一份贾聪派人送来的大信封。打开信封的时候，贾聪的短信也同时到达。短信的内容每天都一样："夏小姐，今天开心吗？我的礼物您满意吗？今天会接受我的道歉和我出去吃饭吗？"三个大问号，看得夏菁心里直发抖。薄薄大信封里的东西，更是让她不知如何是好。

　　第一天收到的是一张"艳丽一生"美容美发会所的储值金卡；第二天，是"阳光路上"健身中心的私教金卡；第三天，是"博美衣橱"高级定制服装店的消费金卡；第四天，是一张"璀璨珠宝"首饰店的提货金卡；第五天，更绝！直接是招商银行金葵花卡，连同一起的还有一张写着密码的小纸条。金卡都是深圳最奢侈最昂贵的地方发出的，除了银行卡，其他每张卡都是用18K黄金制作的，上面全都赫赫刻着夏菁的名字。夏菁再也坐不住了，到第五天拆开信封的时候，她立刻打了电话给各个闺密，要求她们集合开会，不得不到。

## （十）选择与放弃

放弃是为了更好的选择，

既然已经做了决定，

就不会后悔。

牵扯、挂念与内疚，

那都是消磨人意志的毒药。

别指责我，我没有错，

错的是机会和时间，

总在我没准备好的时候出现。

贾聪对自己的表现相当之满意，出奇制胜地让夏菁记住了自己，虽然第一印象是差了点，但随之而来的按时间和步骤使出的招数，没几个女人能招架得住。他想象得出夏菁在一连五天收到自己的重磅炸弹之后的表情和心情。坐在办公室的老板椅上，贾聪悠然地吐着烟圈，要做的事情已经阶段性地告一段落，自己现在需要的只是等待，看夏菁对自己的反应再决定下一步该怎么走。

　　夏菁早早就到了中信城市广场的 Cosmo 咖啡屋，这里的健康饮品和芝士蛋糕是夏菁和朋友们的最爱，所以也成了她们经常约会的地方。她特意选了室外路边的位置坐下来，拿起电话分别打给平平、笑笑和靓子，各个都是在赶来的路上，要十多分钟以后才到。夏菁心神不定，慌得很，她叫来服务员，一口气点了一大堆吃的喝的。往日夏菁对自己的食量控制是很严格的，形容发胖的东西，一口都不会多吃。可只要一有情绪事件发生，所有的情绪就在瞬间转化成了巨大的食欲。笑笑她们到的时候，夏菁已经干掉了两块蛋糕和一大杯果汁，看着夏菁举着叉子还在往嘴里塞东西的样子，三个女孩子同时笑出声来。靓子指着夏菁一边摇头一边说道："菁菁呀，我们要是再晚点来，你是不是该把盘子都啃掉了呀！"

　　夏菁边吃着边头也不抬地说："你们太不够意思了！人家这儿水深火热呢，你们倒还拿人开心。"

　　平平收起笑正经地说道："我可没拿你开心，手上一大堆事都扔在办公室了，直接就跑这儿来了。"

笑笑也在一边附和道："是呀，我们都挺重视的。"

靓子赶紧说着："我也很认真的，只是您的吃相也实在是太好笑了。"

夏菁擦了擦嘴，非常严肃地说："行了行了，我先谢谢姐姐们了，你们先坐吧，会议正式开始。"

等大家都坐定，夏菁从包里掏出一个大信封，往桌上一扔，说："你们自己看吧。"笑笑拿起信封，把里面的东西摊到了桌上，五张闪着金光的卡静静地展现在几个女孩面前。

"哪来这么多金卡？还都有你的名字。"笑笑很惊讶，平平和靓子拿起卡仔细端详起来。

"还记得那个送我花的神经病吗？花倒是不送了，改送卡了。"夏菁愁眉苦脸地说。

靓子举着其中一张卡说："菁菁，这可不是普通的金卡呀，个个都是顶级的地方，'博美衣橱'我曾经帮她们做过活动，那儿全都是从欧洲飞来的裁缝量身，欧洲选料，全手工制作，一件最普通的衣服少说都是两三万，要是礼服和套裙就更贵了。"

"我是'阳光路上'的会员，普通会员的年费一年都要一两万，您这张是终身全私教的金卡，少说也要个二三十万。"笑笑接着说道，"菁菁，你自己不就是在'艳丽一生'做头发做美容吗？值多少钱问过吗？"

"没有，我懒得问，那个地方，剪个头发都要收上千，全深圳就属他家牛 X，做头发的全是韩国、日本的师傅，做美容美体的都是东南亚黑妞，又从不打折讲价，这张卡便宜不了。"夏菁面无表情地答道。

"珠宝店的卡起码要四五十万，要不在他家根本买不到东西。银行卡里有多少钱，你查了吗？"平平如临大敌一般地问道。

"没查，我不太想知道，没兴趣。"

"没兴趣？！那您也得知道在您这位'白马王子'的心目中是个什么价码呀！"平平和靓子也纷纷一边应声称是。虽然这些卡不是送给她们的，可是，作为和夏菁一样，都到了"剩女"年龄的她们，还是颇有兴趣借夏菁的事也给自己估估价的。说着，笑笑拨了银行的查询电话张着手向夏菁要密码，夏菁从包里掏出写着密码的小纸条递给了她。

笑笑把电话放到了免提让大家都能听得见，输完密码，几个脑袋都凑了过来，屏住呼吸仔细听着电话里报出的数字。听筒声音不大，但是很清楚：

"您的账户余额为人民币，一百万元整。"挂了电话，三个女孩都看着夏菁，沉默了好一会儿。

平平打破了沉默，非常冷静地说："菁菁呀，一百万，要说多嘛，也不多。但是再加上那几张卡，差不多三百万，这个数目就不小了。这人干吗要送这些给你呀？"

"是呀，这人到底是想干什么呀？"靓子也被镇住了。笑笑脸上的表情很奇怪，她看着夏菁，直接酸溜溜地说："你敢要吗，菁菁？"

女友们七嘴八舌的提问，让夏菁来不及想答案，不知道该如何回答。她皱起眉头说："这不叫你们来开会讨论吗，都对我提问题，我要是能想明白、知道该怎么应付，还叫你们开什么会呀！"

笑笑大声说道："我们哪儿遇到过这样的事呀？照这位同志的搞法，那就是非把你弄到手不可！"

平平和靓子都赞成笑笑的看法，全都认为这个贾聪就是费了心思和财力要把夏菁追到手。夏菁自己却不这样认为，她理了一下头绪，从头开始，把和贾聪如何相识，发生在皇家俱乐部的事，还有送花一直到现在送卡的事仔仔细细讲了一遍给大伙听。"到目前为止，贾聪只是说要请我吃饭道歉，希望我能原谅他，人家根本就没说其他的。"讲完夏菁自己总结了现状。

听完夏菁的讲述，几个女孩都对贾聪发生了浓厚的兴趣，她们都非常好奇，贾聪和夏菁的相识和发生的事，是如此的不同寻常。虽然看起来夏菁好像是被设计了，但是，如果这个人的目的只是为追求自己心仪的女孩儿，用什么招，那都是可以理解的。女孩儿们对贾聪的职业和背景，开始详细地询问起来。夏菁老老实实地答道："贾聪是我老板的朋友，他是'红日置业'的老板，是个做地产中介的公司，据他自己说他是农村的，其他的我也没问过。"

女孩们你一句我一句地开始各自发表自己的见解和看法，有时异口同声，有时又你争我吵，太阳都快下山的时候，终于得出了下一步夏菁应该怎样应对贾聪的结论。她们认为，虽然贾聪得罪过夏菁，但是种种表现还是非常诚恳的，而且，人家单身，也只是表达了要请夏菁吃饭的请求，夏菁就该答应他。但是，不是她一个人去，而是四个女孩儿一块儿去，大家一块儿对这个人做做评价和判断，再决定夏菁和他下一步的发展方向。作为可以考虑的交往对象，好像贾聪还是符合基本条件的。至于贾聪送的卡，夏菁应该先收着，不使用也不归还，吃饭的时候也不提，看贾聪怎么反应。

对朋友们的这个决定，夏菁表示了赞同，其实，在回忆讲述和贾聪的事情中，她觉得贾聪好像没那么讨厌了，起码自己对他毫不客气甚至歇斯底里的时候，贾聪还是一直很有耐心和风度的。况且，他确实是挺有诚意的，毕竟从来没人对自己那么上心，也没人送过这么贵重的礼物，只是为博自己一笑。也许，皇家俱乐部的事，还存在着什么误会。想到这儿，在朋友催促着打电话给贾聪的声音当中，夏菁心里居然流露出了些许羞涩。

电话通了，平平、笑笑和靓子都竖起耳朵看着夏菁，夏菁竟有些紧张起来，她清了清嗓子，等着贾聪的接听。电话那边的贾聪，正和几个原来同村的哥们儿在一个半地下的桌球城里打桌球赌钱，这是贾聪除了泡桑拿以外最钟爱的活动了，哥儿几个正在为上次没清的小赌债，污言秽语地用家乡话互相对骂。手机在裤袋里振了半天贾聪才掏出来，一看来电是夏菁的号码，整个人好像被电到一样，他大喝一声："不许说话！"止住了所有人的嘴。大伙儿惊诧地看着贾聪，被他突如其来的反常反应都吓了一大跳。贾聪深深吸了一口气，快速地按下了通话键，故作自己是在一个安静正经的地方，用平静但是仍然热情的声音接听了夏菁的电话："夏小姐你好。"

第一次主动善意地打给贾聪，她用发号施令般的语气，掩饰着自己的些许紧张，用最简单直接的寥寥数语，表达了自己的意思。

"贾聪，你不是要请我吃饭吗？我今天有空，我和几个女朋友，一共四个人，我们商量一下吃什么，然后告诉你安排。"

电话的那一头，只听见贾聪"好"声连连，仿佛能看见他频频地点头。夏菁挂断电话，同时蹦出两个字："搞定！"女孩儿们马上开始热烈地商量吃什么，你一言我一语地唧唧喳喳起来。有朋友的好处是喜悲同享，后遗症是：都是有轻微变态的大龄未婚女青年，常常各自为政，太把别人的事当自己的事，非要以自己的意见为主。半个小时过去了，还没讨论出个一二三。

贾聪接完夏菁的电话，脸上泛起的潮红比喝了酒还明显。电话都挂了半天，贾聪脸上的微笑还在他脸上定着格，过了好一会儿。看着都盯着他面面相觑的哥们儿，贾聪不好意思地笑了笑，从裤袋里摸出两张一千的港币，塞到刚才和他一起打球的人手里："行了，算我输了，你们去吃饭吧，我有事，马上要走。"

贾大老板心情好的时候就喜欢派钱，最经典的是在一个士多店买一罐可乐，扔给小弟一千元，只说了句"不用找了"就扬长而去。对贾聪这种做派都习以为常的哥们儿，自然乐得去撮一顿，赶紧把钱揣到了兜里。打发了闲人，贾聪即刻冲到车里，发动他的奥迪A8，飞一般地朝"艳丽一生"冲去。要见梦寐以求的夏菁小姐，他怎么着也要好好收拾一下。

　　远远的，"艳丽一生"门口的迎宾就看见了一路小跑上楼梯的贾聪。他在这里可是出了名的，豪掷五十万买金卡的人毕竟是寥寥无几。对着贾聪来的方向，迎宾隔着数米脸上就绽开了笑容。等贾聪到门口，她已经鞠躬多时了。贾聪连看都没看她一眼，径自冲到了美发前台："快快，安排人帮我剪头发、刮胡子、洗脸。"前台的美发顾问如临大敌，迅速备战，一边带贾聪进VIP包房，一边用对讲机和人沟通着，如何给贾总同时在短时间内解决他的三个要求。

　　等贾聪坐上那张如飞机头等舱位置般的美发椅的时候，解决方案也出来了。"贾总，您看这样行吗？您先剪头，躺着冲水的时候，一起刮胡子和洗脸。"贾聪双手拍着椅子的扶手，急躁地说："要快要快，二十分钟内解决，那些磨磨蹭蹭的捏捏按按一律取消！"

　　几个穿着好像跆拳道服一样的小弟小妹们，匆匆鱼贯而至，他们见惯贾聪这类急得赶火般的客人，早就利落地把剪发围布给贾聪系上了。顾问连声保证二十分钟他能走出"艳丽一生"的大门，说话间，常给贾聪剪头的师傅，已经带着自己的工具，站在贾聪身边待命了。顾问赶忙退到了一边，师傅礼貌非常地对镜子里的贾聪笑了笑，用半生不熟的中国话问了个好，然后举起手里的剪子，熟练地在贾聪头上翻飞起来。贾聪非常满意对自己快速有效的服务，他任由着被人忙碌，闭上眼睛沉进了自己的思绪。

　　夏菁的笑脸清晰地浮现在了眼前，贾聪不知道夏菁是被自己的诚意还是扔出去的金卡炸弹所感动，他甚至有些分不清自己究竟是喜欢夏菁这个女人，还是因为她是个各方面条件都符合自己事业发展的角色。贾聪也想不起来自己有没有纯粹地喜欢过某个女人，如果有，那也是很久很久以前，已经快被忘记的事了。贾聪皱了皱眉头，小云和Lisa的脸总是出来打扰，她们两个在自己的生命中是什么？是自己爱过的人，还是只是一个曾经？师傅的剪刀嚓嚓在耳边作响，贾聪控制不了地掉进了回忆的大海里面。

　　当年被Lisa美色加投资诱惑，毅然离开小云，还清小云和她妈咪姐妹们的钱，贾聪以为自己绝对不会再和小云有任何牵扯，谁知道，即使在他和 Lisa 已经是以老公老婆相称的恩爱日子里，小云也从来都没离开过贾聪的生活。Lisa 说到做到地对贾聪下了血本，全情对贾聪付出了自己的金钱和感情，让贾聪创立了自己的"红日置业"公司，开了将近二十家地铺，随着深圳地产市场的升温加上贾聪近乎自虐的勤劳，事业越来越红火，他俨然成了深圳地产中介的黑马和耀眼的新星。

　　和 Lisa 在一起的生活其实还是很合适的，Lisa 是个善解人意也是个很识大体的成熟女人，除了对贾聪事业上的帮助和支持，生活也照顾得很好。Lisa 认为自己是贾聪的大恩人，他会在自己的培养下言听计从，她以为贾聪会踏踏实实地把这些地铺打理好，一个月有几十万进账，和自己一起舒舒服服地过日子，可是，她错了。随着贾聪对房地产中介市场的了解和掌握，随着他见到越来越多的有钱人，随着他知道了越来越多的花钱找乐的渠道，那个来自四川农村的淳朴小伙子，身体里早就充斥着不安分的血液，跳动着勃勃野心了。贾聪根本不满足稳定的现状，他是想在最短的时间里，开最多的地铺，快速占有深圳地产中介市场的大份额，贾聪甚至梦想自己要坐上深圳地产中介的第一把交椅，而不是在遍地黄金时的深圳地产市场生存于不上不下，在夹缝里吃剩食。Lisa 以为利用自己的优势，已经生生斩断了贾聪和小云的情丝了。

　　其实不然，贾聪的日子越过越好，但每次想起小云，对小云的愧疚也越来越深。终于忍不住打电话给小云昔日的妈咪姐妹，打听小云的状况。听完如泣如诉般的电话，贾聪知道了小云一年多以来，一直无法走出和贾聪分手的悲伤，每天都用酒精甚至各种药物麻醉自己，过着不人不鬼的生活，还知道了小云曾经为自己割腕自杀，差点一命呜呼的事情。放下电话，贾聪泪如泉涌，和小云从相识开始的点点滴滴排山倒海地涌上心头，鲜花一样的小云当时是放弃了锦衣玉食的生活，义无反顾地跟了自己这个穷光蛋，过了那么长时间居无定所、连温饱都成问题的苦日子的。如果没有小云，没有她去找姐妹们借钱开第一家地铺，哪有自己现在的生活？何况，小云从来也没犯过错，是自己和 Lisa 出了轨，为了 Lisa 的投资，抛弃了小云。

　　贾聪无论如何也坐不住了，他几乎是飞奔着去找了小云。小云还住在原来和贾聪同居的中银花园出租屋里，这里有太多和贾聪共同的记忆，她不愿意离开。当贾聪出现在小云眼前的时候，小云头天夜里的酒还没醒，以为自己是在做梦。打开门看着面前的贾聪，小云呆在原地好半天没有反应。

直到贾聪把消瘦憔悴得一塌糊涂的小云紧紧搂在怀里，一遍遍叫她的名字，一遍遍亲吻她的脸，小云才回过神来。贾聪整个人都泡在了小云如洪水决堤的泪水里，她喃喃地一声声叫着贾聪老公，两个人一句话都没说，就这么抱着，哭了整整一下午。从此，贾聪又掉进了背叛中，只不过，这次背叛的对象换成了Lisa。

　　Lisa尝受了小云尝受过的一切感受。无奈漫长的彻夜等待，不耐烦的谎言，极其恶毒的辱骂，还有大打出手的战争。好多次，Lisa都不敢相信自己眼前这个人是当初认识的那个贾聪，她也不敢相信自己居然想把自己的下半生交给这个好像根本不认识的人。Lisa痛苦的是，自己肚子里已经怀上了贾聪的孩子，而贾聪并不热衷她把这个孩子生下来。Lisa更痛苦的是，自己的积蓄给贾聪做了投资，她还把自己在深圳的房子和贾聪联了名，即使有一天要和他分手，这些事情都不知道该怎么解决。让Lisa最后崩溃的，是她觉得自己要像一块破抹布一样地被贾聪扔掉了，她为贾聪所做的一切，只不过是他前进路上的一块垫脚石，这些，是在她知道了贾聪和小云的事后，和他的一次长谈之后才明白的。

　　发现贾聪和小云在一起暗度陈仓，Lisa强忍着愤怒和伤心一直没动声色，她想给贾聪一些时间，让他自己回头。在很多时候，Lisa总是旁敲侧击地提醒着贾聪，希望他能警醒。没想到，数次以后，贾聪对自己连起码的耐心都没有了。重回到小云怀里的贾聪，对小云年轻的身体和温柔的小鸟依人享受得很，他早就厌烦了Lisa半老徐娘的松垮、没完没了的唠叨说教。小白脸一样，受控于人的日子，他早就过够了。一直没和Lisa撕破脸，是因为还没计划好和Lisa财产上的分割方案。为此，贾聪暗地里找了律师合计，全盘考虑分析好久才制定了一个可行的、提出来让Lisa无法拒绝的方案。

　　终于有一天，贾聪用实际行动对抗了Lisa的唠叨。他摊了牌，和Lisa一定要分手，至于Lisa的投资，他会还，还要加上利润还，只是不是马上，不是一次性。而是先付一部分，其他分三年逐年还，但是Lisa必须在收到第一笔钱后，就去办理股权变更的手续。至于房子和车，权当是自己买的，车折旧下来几十万可以一次性付清，房子付给Lisa首期，剩下的到银行按揭。只要Lisa同意，律师早就做好了的法律文件随时可以签字。

　　这个时候的贾聪，已经是财大气粗的贾老板了，他能制订出如此周密的计划，是因为他确实心中有数。Lisa投资的二十家地铺，正好开在鹏城二级地产市场和三级市场都开始走热的 2003 年，贾聪选的地铺位置又是各区最好的。那时的贾聪，不再自己做一些零单散户了，大部分精力都用在培养业务员上了，除非碰到炒卖楼盘他才会自己出面。公司的日常运作和主要业务全都抓在贾聪手里，Lisa 虽然派了个财务在他身边，其实形同虚设。为了自己能更好地掌握大权，贾聪早就高价收买了她，对贾聪的话，她绝对是言听计从。

公司每个月的进账，贾聪可以随时自由地支配，而 Lisa 只是知道个数而已。业务量和客户群的增大，让贾聪更想进一步扩大规模，对于 Lisa 的安于现状他早就不满了，认为那是极其浅薄的妇人之见。贾聪知道 Lisa 不可能再支持自己扩张规模了，所以贾聪在自己的客户里精挑细选了几个有钱有势的主儿，无数次游说他们入股自己的公司，在得到一个客户的认可并且收到他入股的订金后，贾聪才对 Lisa 摊牌。

对贾聪来说，和 Lisa 分手，既是感情的需要，更是事业的需要。贾聪心里清楚得很，小云和姐妹们凑了几十万帮他的事业起步，Lisa 掏了一百多万帮他发展壮大，而要将自己的"红日"再上一个台阶，到达一定的高度，就必须靠自己了。Lisa 不退出，公司怎么能吸进更多的新的资金呢？

用异常冰冷的口气，贾聪像是谈生意一样把自己的打算一样样说给了 Lisa，当说到 Lisa 肚子里孩子的时候，贾聪决绝地告诉 Lisa："孩子我是不要的，你要生是你自己的事，我是不会负责的。"听着贾聪对自己说出的字字句句，Lisa 的后脊梁一阵阵发冷，继而蔓延到全身，冷得她全身止不住地发抖。她这才明白，贾聪是早就计划好了，扔掉自己已经是必然的事了，自己当初的打算现在看起来，只不过是个笑话。Lisa 也弄不清究竟贾聪本来就是如此，还是自己一步步把他引导成狼一样的冷血。毕竟是有阅历的女人，从头到尾，Lisa 没有掉一滴眼泪，她满脸苍白颤抖着答应了贾聪的条件，因为她别无选择。离开贾聪的时候，对着满面春风的他，Lisa 恨恨地说："贾聪，你不是人，你是狼！我是收拾不了你，老天有眼会收拾你的！！"

自此，Lisa 离开了贾聪，离开了深圳，孤单凄苦地回到香港做完了人流手术。Lisa 把和贾聪签的协议交给一个律师监管执行，直到三年后贾聪还清 Lisa 所有的钱，她都没再踏进深圳，没再见过贾聪。而小云搬离了中银花园，兴高采烈地住进了还是贾聪和 Lisa 联名的万科俊园两百多平方的豪宅，她觉得幸福无比，美好的生活又一次对自己展开了笑颜。

贾聪觉得自己没什么地方对不起Lisa，他认为他和小云本来就是一对儿，是Lisa看中了自己的身强体壮硬闯进来，想把自己当小白脸一样养活。虽然她是给自己出了钱，但是答应还她的钱是当初投资的好几倍，而且，房子是按市场价算的，比她买的时候也翻了好几倍了。至于孩子，不要，那也是给Lisa减轻负担，也是为她好。

　　越想，贾聪越觉得自己是个不折不扣的爷们儿："谁说老子是吃软饭的，'红日'的局面都是老子一个人撑起来的，要不是我招进了新股东，要不是我一个人担着风险，占用客户的保证金，一点点攒着多开几十个铺，再想方设法赚到钱收了他们的股，哪有现在全是我的一百多个地铺，那又不是吹出来的，是老子干出来的。老子从来不欠女人的！"

　　"贾总，头发剪好了，请您去冲水吧。"剪头师傅怪声怪气的普通话打断了贾聪的思绪。贾聪睁开眼睛，两个小弟已经伺候在两边，准备扶他去旁边的水池了。

　　"艳丽一生"的冲头水池，是整体从日本进口的，带远红外磁疗按摩功能，而且出水是静音的。贾聪一躺上去，带着温热的振动麻酥酥地迅速传遍了他的全身，一直伺候在左右的小弟小妹们给他冲头和洗脸各自忙着，大气都不敢出，只是用眼神无声地交流。在一阵阵洗发水和敷脸热毛巾的迷人香雾里，贾聪无比享受又轻轻地闭上了眼睛。

　　Lisa已经成为过往曾经了，留在贾聪记忆里的，除了她是个有钱的骚娘们儿，好像没有其他更多的留恋了。贾聪不愿意再更多地想起Lisa的好处，他觉得，老是念着别人的好，是一种负担。这种负担有时是在心里，时不时出来扎你一下，难受得很。有时是在现实生活中，成了你每天必须面对的常事，烦恼得很，还不如干脆别想。

　　就像小云，就是因为一直放不下，时间一长，和她的相处就变得索然无味，小云成了一块食之无味、弃之可惜的鸡肋。让贾聪闹心的是，如果她甘当一根朴实的鸡肋，贾聪也会一直保留着她。可小云自以为是以贾夫人自居的浅薄和她火暴的脾气，让贾聪不堪其扰。每次带她出席一些重要场合，她庸俗的打扮和不知所云的谈吐，常常让贾聪成为众人暗地嘲笑的对象。一个在某国企身居要职，很器重贾聪的罗大哥，语重心长地告诉贾聪："这个女人以后万万不能再带出来了，身边的女人既是你身份的体现，也是重要的武器装备呀！不管多有历史感情，赶紧处理掉！"大哥的话和夏菁的出现，让贾聪彻底动摇了对小云的留恋，他决定无论如何也要想办法，清除掉小云这个有碍自己身份的低俗女人。在给夏菁送花的那一个月里，贾聪同时也在全力除旧迎新处理着小云。

对于贾聪的摊牌，小云难受，但并不突然。虽然她和贾聪是住在一起，但其实一个月见不上几面，虽然贾聪公司的员工和他身边的人都叫她嫂子，但她其实心知肚明，在一起的状况早就是貌合神离了。从前贾聪看自己的眼睛充满的都是欣赏和爱意，每次自己一穿上紧身低胸的衣服，喷上浓烈的香水，他就像一只发情的豹子一样，恨不得就地把她摁倒。自己一身名牌的行头，贾聪也是赞不绝口，总是夸她贵气逼人给自己长脸。可等到"红日置业"越做越大、地铺越开越多的时候，贾聪反而对自己的态度越来越差，感情也淡得如白水般越来越没味儿了。从前让贾聪看起来一切顺眼的东西，现在全都不入他的眼了。开始贾聪只是隐晦地表达感受，到后来，当他发现小云绝对是个从根本上庸俗得无可救药的主儿的时候，贾聪的污言秽语也就毫无遮拦地脱口而出。血淋淋的争吵中，两人互相揭短，贾聪侮辱小云曾经的职业，而小云除了辱骂贾聪和Lisa的旧事以外，还要大篇幅地强调贾聪的发家史，以及他的农民出身。

爱情在这两个人当中似乎已经荡然无存了，贾聪很恨自己当初会和小云和好，恨自己要一直念着那些早就过去的旧事和旧情，每次对小云的仁慈和软弱，这个女人都会变本加厉地变成折磨还给自己。吵闹的多了，贾聪也疲了。他尽量减少和小云见面或是干脆不见，反正他每天的时间也不够用，八个小时的工作之余，可以打发时间的消遣多得很，何况公司业务的需要还有数不清的应酬。对于贾聪丰富多彩的风流韵事，小云就算知道也充耳不闻懒得管他，她觉得贾聪不管怎么玩，只要一天不赶她走，只要还住在贾聪的屋子里，这个男人就是属于自己的。就算有一天要打发掉她，那也不是那么简单就能了断的。小云知道这一天迟早会到来，私下她和姐妹们商量过很多物质补偿的方案，她觉得，只要贾聪答应她的条件，分就分吧，自己还年轻又有钱在手，什么样的人都能找得到。

可等到这一天真正到来，贾聪冰冷得毫不婉转地说出"我们分手吧"这几个字的时候，小云所有的计划，都被伤心吞噬了。她以为自己对贾聪的依恋和感情在这几年的折腾中早已不复存在了，然而随着夺眶而出的泪水，她知道自己对这个该死的男人还有着无限深情。

贾聪早就料到，小云要么暴跳如雷，要么泪流满面。他在心理和身体上都做好了应对的准备，完全不需要小云开口表态，贾聪就把自己的打算一股脑和盘托出。他告诉小云，分手是铁板钉钉的事，但他会补偿。买一套价格在一百万以内的房子，再买辆小云一直都想要的宝马X3吉普，另外再给一百万现金让她自己开间咖啡厅，从此开始自食其力的生活。面对小云，贾聪特意让自己表现得异常冰冷，比当年和Lisa摊牌时还要冷。小云毕竟是他真正爱过的女人，虽然这个女人现在已经不合时宜，已经配不上他了，但在如此重要的时候，自己心里那根敏感脆弱的神经是绝对不能出来打扰的。听到贾聪对自己的安排，小云知道，贾聪这次是真铁了心，平时不过每个月给自己两三万的零花，有时买衣服超了支，贾聪还老是嘟囔让她节制。如今花两百多万的大手笔，就是表明了要请她走人，没商量的余地。

小云的脑袋变得空白，只看见贾聪的嘴在动。等她回过神来的时候，贾聪正好说道："收拾行李，赶快搬走，越快越好！"

"为什么要这么对我？"这是小云问贾聪的唯一一个问题。

"我找到了比你更合适和我在一起的人选，我想追到她，我不能让她知道我还有你。"贾聪的回答不得不让小云死心。

除了掉泪，小云没有再闹，也没有一点抗争的力气，只是木木地开始收拾自己的东西。那一刻，她才发觉，从遇到贾聪那刻开始，命运已经在无形中被贾聪牢牢攥在手心里，招之即来，挥之必去，没的选择。她爱的这个男人心里没有爱情，只有自己的需要和目的。小云是多么渴望回到从前，回到和贾聪一穷二白但是快乐的日子。眼前这个男人的怀抱曾经如此温暖，是什么让他变得这么冰冷绝情？

小云默默离去的背影还是在瞬间狠狠地刺痛了贾聪的心，他告诉自己，一定要放弃，一定要从记忆里抹杀掉小云，不能再重蹈覆辙了。前面有比小云强一百倍的夏菁，她才是将要陪着自己走向锦绣前程的女人。

# 11

## （十一）闪婚

那是一个开在你头顶
上方的洞，
不管你知不知道，它一直都在。
你一脚踏了进去。
还以为是你的选择，
享受着可笑的美妙。

在洗头小妹的轻唤声中，贾聪慢慢睁开眼睛。镜子里的自己清爽利落，精神焕发。看看表，不多不少正好用了二十分钟。手中的电话，还没有收到夏菁的任何回应，接到她要和自己吃饭的电话已经有半个小时了，贾聪决定主动打回给夏菁，表现一下热情和急切。其他的人和事已经是过去式了，当下对贾聪来说最重要的，是和夏菁的这顿饭。

　　夏菁和姐妹们仍然坐在 Cosmo 咖啡厅，半个多小时里，几个女人已经把鹏城各个饭馆酒楼历数了一遍，从湘菜到粤菜都搬出来商量了一遍，众口难调，意见没法统一。眼看几十分钟过去了，笑笑打断了大家的争论，她提出既然是贾聪请吃饭，干脆就让他安排得了，否则大家的争论会无休无止。这个意见倒是得到了大家的一致认同，夏菁拿起电话正要拨贾聪的号码，他的电话倒先来了。

　　"夏小姐，决定好去哪里吃了吗？"电话里响起贾聪殷勤的声音。

　　夏菁有些不好意思地回答道："商量半天，也没想到吃什么，你有什么提议吗？"

　　贾聪问了夏菁她们现在的位置，想了几秒钟，然后回答道："要不去'金燕巢'吃燕窝吧，那儿的泰国菜也不错。

　　"金燕巢"是一个泰国华侨开的，装修是正宗的东南亚风格，菜式也都是泰国师傅料理的原汁原味的泰国口味，虽说价格昂贵，但却是全城女性的热爱之地，没有哪个女人不爱吃养颜的燕窝和酸甜可口、香辣美味的泰国菜的。这是贾聪一位风月场上的哥们儿向贾聪推荐的。夏菁揾上电话听筒征询大家去"金燕巢"的意见，三个女孩都咧着嘴竖起了大拇指表示一致同意。夏菁心里有些暗喜贾聪挑的这家餐厅正合自己的心意，让她在女友面前很有面子。

夏菁和女友们走进"金燕巢""清迈"房的时候，贾聪已经早早等候多时了。领位的小姐带着花枝招展的四个美女，走到雕着金花的木门前，轻轻推开门，贾聪手里举着一枝硕大的火红玫瑰花，毕恭毕敬地站在正对着门的主位旁边。贾聪的眼睛只盯着夏菁，一语不发地径直走到夏菁跟前把花递到她手里，然后脸上绽开了比手上的玫瑰花还要灿烂的笑容，夏菁手里拿着花，脸颊绯红，她戳在原地浑身不自在地无所适从。

这阵势，惹得靓子和笑笑一阵大笑，牙尖嘴利的笑笑打趣道："我们是不是不该来呀？三个电灯泡强度太大了吧！"

夏菁恨恨地瞪了笑笑一眼，张了张嘴，却还是无语。看着夏菁害羞的反应，贾聪喜从心来，他大方地招呼笑笑她们坐下，故意把主座的位置留给夏菁，自己却坐在和夏菁相对的下位上。

贾聪安排的菜式既丰富又可口，前菜是青木瓜沙律、墨鱼饼拼虾饼、泰式生腌虾，主菜是冬阴功汤、明炉乌头鱼、咖喱蟹、飞天炒通菜，饭后甜品是七彩官燕和清香椰汁糕。荤素搭配，色彩鲜艳，看着就让人食欲大开。

饭吃得相当的轻松愉悦，贾聪一个人招呼四个女人，热情周到又不失绅士风度，同时还幽默得很。惹得几个女人眉开眼笑。与第一次出现在夏菁面前的样子简直判若两人。一餐饭还没吃完，他之前留在夏菁印象里油嘴滑舌的暴发户加无赖的形象已经一扫而光，取而代之的，是贾聪的憨厚可人、幽默大方。他那种有点傻又带着点儿羞涩的表情，逗得大家哈哈大笑，姐妹们铆足了劲儿取笑贾聪，笑笑还给贾聪取了"大熊"的外号，他非但没有生气，反而很乐意地接受了。对于笑笑、靓子和平平好像查户口一样提出的有关祖宗八代、过去现在的各种问题，贾聪不厌其烦诚恳地一一回答，浓重的四川口音又一次次惹得大家爆笑不已。

一顿饭吃下来，大家和贾聪好像已经成了老友，讲话都轻松随便。夏菁非常愉快，虽说贾聪还不是自己的什么人，但是能让挑剔的姐妹们这么高兴，确实不是件容易的事。整晚，虽然夏菁也笑得很开心，却没有怎么说话，当姐妹们取笑贾聪还对他提出那么多问题的时候，夏菁还很担心贾聪会招架不住，她觉得笑笑她们太过分了，简直是在把贾聪当猴耍。但贾聪却表现出了极大的耐心和宽容，如此出色的表现，自然是得到了大家的绝对认可。饭局在欢声笑语中结束，贾聪极有风度地把小姐们送上她们各自的座驾。从夏菁整个晚上都挂在脸上的娇羞，贾聪已经知道，这个女人投入他怀抱是迟早的事了。送夏菁上车前，贾聪看着夏菁深情款款地说："我能再约你吗？"夏菁笑了笑，没出声。虽说矜持让夏菁没有直接回答，但是神情的默许，已经让贾聪真切地收到了肯定的回答。

这一夜，贾聪做了一夜美梦，醒来的时候，嘴角都还挂着微笑。而夏菁却辗转反侧一夜难眠，姐妹们都发来了短信，给贾聪打了高分，支持夏菁和他交往。但夏菁的脑子有点乱，她觉得自己心目中的白马王子不是贾聪这个样的，可她自己也弄不明白为什么一闭上眼睛，眼前出现的就是贾聪肥头大耳、露着一口大白牙的样子。天蒙蒙亮的时候，夏菁才浅浅地睡了。没过多久，闹钟就响了，她挂着两只巨大的熊猫眼，挣扎着从床上爬起来到了公司。熬到下午三四点钟的光景，夏菁在办公室已经是哈欠连天，眼皮直打架了。实在熬不住了，准备溜到 Cocopark 的星巴克喝杯咖啡充充电。刚走到电梯口，就收到了贾聪的短信："夏小姐，想请你喝杯咖啡，不知是否有空？"夏菁嘴角露出一丝笑意，心想："这个贾聪，好像在我身上装了监视器，他怎么知道我要去喝咖啡？"很快就给贾聪回了信："好啊，我正好要去。"

Cocopark，是一个开在中心区写字楼堆里的购物中心，虽然不是什么高档的商场，但是生意红火得很。这里聚集最多的是在附近上班的白领，每天的下午茶时间都是人满为患，连室外都没空位。夏菁到的时候，贾聪已经找好座位等她了。

永远不变的深色西装、金丝边眼镜，身形魁梧的贾聪坐在中间最好的沙发位置上，非常扎眼。夏菁从公司开车过来，最多不过五六分钟，加上停车时间，满打满算十多分钟就能到，她还是在路上和贾聪通电话告诉他喝咖啡的地点，夏菁想不通贾聪怎么能比她先到，还能坐上这么好的位置。

远远地，贾聪就看见了夏菁的身影。即使在白衬衣和套装的人群中，他也一眼就能抓到身姿挺拔的夏菁。质地出众的黑色西装裙，紫色的真丝衬衣，修身刚好及膝的裙子下摆，露出白皙笔直有肌肉线条的小腿，黑色漆皮高跟鞋，相当吸引人眼球。

　　看着贾聪，夏菁微微一笑，优雅地坐在了贾聪的对面。刚坐下，夏菁就忍不住地问贾聪："你是怎么办到的？""什么？"贾聪有些一头雾水。

　　"你是怎么办到比我先到，还能坐上这张台的？"

　　"哦，你是问这个呀！"贾聪咧嘴笑了，"给你发短信的时候，我还在罗湖，你要想知道我怎么能比你快到，下次我带你出去兜兜风，坐上我的车，你就知道了。这个位置嘛，我让离这里最近的一个地铺的员工帮我订的，我只告诉他一定要留一张最好的沙发位给我，至于他怎么办到的，我就不清楚了。"

　　贾聪的脸上挂着几分得意，像个受到了老师表扬的孩子。末了，贾聪补充道："我觉得，只要想做到的事，尽力去做，都能做到。"

　　夏菁笑了笑，揶揄他道："看来贾总很自信呀，值得学习。"

　　看着夏菁的小锋芒有露头的迹象，贾聪赶紧打岔："你喝点什么？"

　　"中杯热摩卡，少奶油。"喝摩卡是夏菁的习惯，她不喜欢和满世界人一样追捧卡布奇诺和拿铁。

　　贾聪抬起胳膊叫服务员点单，夏菁很吃惊地止住了贾聪："你没在星巴克喝过咖啡吗？这里是自己去收银台买的！"

　　贾聪张大了嘴，不好意思地一脸尴尬："我是没来过这儿，这都是你们这些小资产阶级来的地儿，我都是去茶馆或者去名典。"看着刚才还是一脸得意，现在却满脸通红的贾聪傻傻呵呵的样子，夏菁忍不住地笑了："好了好了，看来你是又土又傻，我也没什么好说了，赶紧去买吧。"贾聪用手摸了摸头，不好意思地咧了咧嘴，站起来去收银台排队。

　　等咖啡的时候，夏菁心想："就这么个又土又傻的活宝，我是不是脑子进水了，还和他约会？！"夏菁立马想喝完咖啡赶紧走人，把他送的那堆卡还给他，实在差距太大了。

　　在夏菁的爱情观里，特别注重细节，她坚定地认为，如果生活小节不能融合，就别提什么其他事了。两个人相处，生活习惯和喜好太不同的话，那简直就是噩梦。在夏菁以往的历任男友中，不是满腔才情的艺术青年，就是学富五车的才子，情感细腻丰富，生活精致讲究。一点小事、一丝感觉不对，都能让她颠覆。就在等咖啡的几分钟里，对贾聪的印象已经定位成为脚上泥巴还没洗干净的暴发户了。

贾聪端着两杯咖啡颤颤巍巍地走过来，把咖啡推到夏菁面前的时候，他灵敏的雷达捕捉到了夏菁从肢体到眼睛里散发出的对自己的寒意。贾聪挺恨自己的，平时少泡点夜总会和桑拿，没事也到星巴克坐坐，就不至于在夏菁面前出糗了，好不容易有这么一次单独约会的机会，可不能就这样不欢而散。

夏菁端着咖啡，大口喝着，眼睛环顾了左右一圈，撞见熟人的概率太高，她可不想被看见自己和一个不帅的土老帽在这儿喝咖啡。幸好没发现自己熟悉的面孔，她放下杯子，弯了弯腰，好让自己离对面的贾聪近点。贾聪受宠若惊地以为夏菁要和他说话，赶紧把脑袋也往前凑了凑。夏菁掏出一个信封，里面就是贾聪送她的那些卡，从收到的那天起，她就天天揣在身上，又不敢用，又怕丢了，像揣着定时炸弹一样。夏菁小声对贾聪说："贾总，无功不受禄，您送我的那些卡，我一张都没用，还给你，送给别人吧，比给我有用。"说完，夏菁恢复了正常的坐姿，若无其事的，也不看贾聪一眼，开始专心地喝咖啡。没料到夏菁这一招，看着已经推到自己跟前的信封，沮丧开始轻轻啃噬贾聪的心。面前的夏菁又是一副拒人于千里之外的冷样子，可是就在昨天，自己明明在夏菁眼睛里清楚地看到了自己的影子，看到了她瞳仁里闪烁的小火光，她脸上的红晕证明了自己的希望。刚才见面还好好的，自己的精心安排分明是合了她的心意的。难道就因为自己没来过星巴克显得土了点，她就能立马变脸？把上百万的卡都拿出来退回，好像恨不得要马上划清界限。贾聪实在想不通，这个女人，怎么就像是个情绪完全任凭自己的好恶，还没长大的任性孩子。

贾聪一言不发，没有去碰夏菁放在桌上的信封，只是大口大口地喝着咖啡。他想着，对于非常规的女人，只能用非常规的方式。

看贾聪半天没反应，夏菁偷瞟了一眼贾聪，见他好像挺享受地喝着咖啡，夏菁心里有点急，也不想和他磨蹭下去了，她把杯里剩的咖啡一口喝完，一边起身一边对贾聪说："你坐着，我先走了，卡放这儿了你收好。"贾聪一把拽住夏菁的手腕，眼睛直视着夏菁："先别走，你不是要知道我怎么可以几分钟从罗湖开到福田吗？我现在给你答案。"

贾聪的手大而有力，眼神强势冷静，从里到外透出极强的男人味儿。这是另外一个面目的贾聪，除了卑躬屈膝、幽默搞笑、风流多情、农民暴发户以外的贾聪。看着贾聪，夏菁好像被电到了，刚才被自己已经 pass 掉的人，现在仿佛又充满了魅力。一阵不可抗拒的热流迅速传遍夏菁全身。她看着贾聪点了点头，俏皮挑衅地说："好啊！我倒要见识一下你有多能！"

一上车，夏菁就后悔了。贾聪开的是 BMW 的 Z4 软顶跑车，车顶敞着篷，音响开得震耳欲聋，在人多车多的中心区路上引得人人侧目。夏菁觉得招摇过市特别别扭，贾聪却摇头晃脑像个花花公子一样，自在得很。离开市中心，车速越来越快朝着北环大道开去。

夏菁自己曾经也喜欢过飙车，一百多迈在市内飞驰的事儿，她也干过，所以对于目前的速度她觉得很享受。贾聪开车开得很认真，一句话没有，目不斜视，只是看着前方。一会儿，车从辅道一进入北环，贾聪就把音乐声关小，对夏菁轻轻说了句："坐好。"话音还未落，一阵巨大的离心力，让夏菁的整个后背紧紧贴在了座椅靠背上。接着，心脏呼啦啦怦的一下急速涌向嗓子眼，几乎要奔出身体。贾聪轰鸣着发动机，以时速两百多迈的速度在北环大道上飞驰起来。夏菁全身都被恐惧笼罩，已经快要窒息，她下意识地闭上眼睛，像坐过山车一样不由自主地发出了凄厉的尖叫声："啊！啊！"

北环大道是贯穿鹏程几区的一条主干道，主要行驶超大吨位的大货车和泥头车，小宝马在这些庞然大物中间高速以 Z 字形穿行，险象环生，被闪到的大车纷纷长按巨响无比的汽笛喇叭抗议。夏菁头顶的风声呼呼作响，汽车喇叭在她耳边恣意妄为地狂叫。她紧紧闭着眼睛，朝着贾聪大喊："浑蛋！！你不要命了！你要带我去哪儿？停车！我要下去！"贾聪根本不理会，反而又加了一脚油门，夏菁又是一阵尖叫。贾聪一边把着方向盘，一边对夏菁喊道："夏菁！你睁开眼睛！睁开眼睛我就减速！"夏菁要哭了，听到贾聪的话，与恐惧斗争了好大一会儿，才拼命睁开了眼。风很大力地扑在夏菁的脸上，她只能眯着眼睛不敢看前方，只是紧紧盯着开车的贾聪。

天已经开始暗了，夕阳下，开着车的贾聪一脸的冷静和坚毅，显得轮廓分明。此时，在贾聪的车上，夏菁觉得自己像一只待宰的小羊羔一样无能为力，她对贾聪带着哭腔地喊道："慢点慢点儿！"可贾聪还是没有减速，眼睛仍然直视着前方，大声说道："夏菁！说！为什么？为什么这样对我？！为什么不接受我？！"夏菁有点发蒙，她口不择言地大叫道："神经病！我凭什么要接受你！你是个疯子，是个土老帽加暴发户！我讨厌你！快停车，放我下去！"贾聪用极快的速度转头瞪了一眼夏菁，夏菁的头发被风吹得乱七八糟，因为害怕，满脸惨白无色。看着夏菁的狼狈样儿，贾聪撇嘴笑了："就算我土，就算我疯，你选择上了我的车，你就必须接受我，要不然，我就一直开，直到你答应为止！"贾聪又加了油门，小车呼啸着急速向前。夏菁又气又急，耳边的风声越来越大，她又闭上了眼睛，不管不顾地大喊道："贾聪，你休想逼我，我不可能接受你！我不喜欢你！我讨厌你！我讨厌你！"

贾聪紧接着也大声喊道："但是我喜欢你！人生需要冒险，相信我！我会让你幸福的！"夏菁头晕目眩、口干舌燥，她没有，也无法再去作答贾聪的话，极度的恐惧让她头脑停止了运作，只有耳边风呼呼的咆哮声。夏菁不再出声，她紧紧地拉着车门的把手，侧着身子蜷缩在座椅上，任由贾聪带着自己一路奔驰。

十五分钟后，车终于停了，她分辨了一下方向，是自己住的小区路边，来不及问贾聪是怎么知道自己地址的，夏菁拉开车门就要下车，但腿居然软得不听使唤迈不开步。她一下僵在了座位上，回想刚刚过去的恐怖非常的几十分钟，一阵委屈和后怕涌上眼眶，眼泪一下子奔了出来，她低下头默默地抽泣起来。看着夏菁哭了，贾聪的心里倒笑了，眼见夏菁的小肩膀颤抖得幅度越来越大，他正好顺势把夏菁的头慢慢靠到了自己的肩膀上，手指轻抚着她的头发，用无比温柔的声音，在夏菁耳边轻声说："对不起，我吓到你了，以后我不再这样了。"夏菁想推开贾聪，但被他有力的胳膊箍住动弹不得。

夏菁一边吸着鼻子一边说：“你到底要干什么呀？就算追人，也没有这样的呀！吓死我了，要是我撞死了，就再也见不到我爸爸妈妈了！”说完，像个孩子一样地放声大哭起来。贾聪一边连声赔着不是，一边拿着纸巾给夏菁擦眼泪又擦鼻子，夏菁哭得越伤心，他越高兴。贾聪心想：“这个小妮子的防线终于崩溃了，看来，带她坐自己的车这招还真是用对了。”等夏菁的哭声小下来，他用手轻轻拍拍夏菁的肩膀说：“好了，别哭了，再哭眼睛肿了，就不漂亮了。”夏菁止住了哭，离开贾聪已经松绑的手臂，直起身子，感觉一下自己的腿好像没那么软了。她望了一眼贾聪，见他正含情脉脉地看着自己。拉开车门要下车，手又被贾聪拉住了，五个指头被紧紧扣住，她只好回身。

　　“夏菁，能听我说几句吗？听完你再走。”夏菁停了下来，坐了回去。

　　“夏菁，我是个农民的孩子，没读过什么书，白手起家能有今天的成绩很不容易。这么多年，我一直在找一个我真正爱的人。虽然我没有穆梓哥那么有钱有实力，可是，我会对我爱的女人好，我会用一辈子去照顾爱惜我的爱人。夏菁，遇到你之后，我就认定你就是我爱的那个人。第一次见到你，我就觉得，你就是我贾聪的老婆，我一直苦苦寻觅的那个人就是你！你就是那个可以和我一起共同努力、携手相伴、创造事业、建立家庭的人！我从来没有对一个女人这样动心和费心过。我知道，你看不上我，但是我希望你能给我个机会，不要因为外在的一些小问题就把我推开，这样对我不公平！”说到动情处，贾聪的声音开始颤抖，眼睛里也闪起了动人的泪光。

　　对于贾聪突然而直接的表白，惊魂还未定的夏菁有些飘到云里雾里了，她搞不清此时面前这个字字句句都让自己怦然心动的诚恳小伙儿，和刚才那个差点吓得自己魂飞魄散，让自己恨得牙痒的浑蛋是同一个人吗？夏菁的眼神有点涣散起来，脸色绯红，似乎是进入了醉酒的状态。见势，贾聪把夏菁的手紧紧握在自己的手心里，揉捏了一下她的小手，然后无限深情地看着夏菁继续说道：“夏菁，你那么美、那么优秀，在我眼里你就是一颗闪闪发光的钻石，我已经彻底被你征服了。夏菁，菁菁，你考虑一下，给我机会，让我做你男朋友吧！”说完，贾聪看着夏菁的眼睛轻轻吻了一下夏菁的手。夏菁像触电一样赶紧把手缩了回来，她定了定神，深深吐了一口气，歪着头，眼角瞟着贾聪故作镇静地说："我可以考虑考虑，可是如果你再这样飙车，我可不会再见你了！"

贾聪很严肃认真地对夏菁说："如果有一天你真的上了我这辆车，你的人生方向就由我把握，相信我，我会让你幸福的！"

夏菁晕头晕脑地下了车，到家门口掏钥匙开门的时候，她发现在星巴克退回给贾聪那个装着金卡的信封，不知道什么时候又回到了她的包里。一头倒到床上，夏菁觉得疲惫无比，刚要闭上眼睛，手机的脆响又带来了贾聪的短信："菁菁，送给你的卡就像是我的心一样，付出了，就是希望你能收下，退给我，会让我很伤心的。尽情地用吧，你是我的公主，就应该过公主一样的生活。"

看完短信，夏菁心里一下子涌起一股泛着甜味儿的暖流。认识贾聪后，夏菁觉得自己的生活像电视剧里的桥段一样精彩，送花送卡、疯狂飙车，还有他说的话，是长这么大以来，听见的最好听的话。比起以前男友们的含蓄婉转，贾聪的直接和热烈，像一记重拳一样击中了夏菁，打得她头晕眼花彻底找不着北了，耳朵里一直回响着贾聪的那句："相信我，我会让你幸福的！"然后昏睡过去。

目送夏菁一脸陶醉地离开自己的视线，贾聪的心里乐开了花，他暗地里狠狠地表扬了自己："关键时刻，就是个好样的爷们儿，出口成章，连草稿都不用打。"贾聪觉得搞定夏菁只有一步之遥了，他鼓励自己要加把劲儿，快速地全线攻克。

夏菁睡得很香甜，一夜无梦。早上起来照镜子，她发现自己的脸散发着迷人的光彩，"莫非爱情真的来了？"夏菁的心里甜丝丝地发痒。收拾停当，她准备出门上班。刚穿上鞋，电话响了，是贾聪打来的："菁菁，准备去上班了吧？快下楼吧，我在路边等你。"

"等我？又坐你的车？我不！"经过昨天的惊魂，心有余悸的夏菁是再也不敢坐贾聪的车了。

电话的贾聪放声大笑，一边笑，一边说："不是坐我的车，今天是司机开车，送你去上班。"

"哦！"夏菁长长地吐了一口气，放下了紧张。

"好吧，我马上下来。"挂了电话，夏菁又跑回到镜子前左右照了照，整理了一下头发，才颠颠地跑下楼。

贾聪的黑色奥迪 A8 停在路边，稳重而又散发着豪华的气质，车门边站着身穿一套浅灰色的西装、白底蓝细条衬衣的贾聪。

夏菁远远地就能感受到贾聪的神清气爽。本来一路小跑的她，快到的时候却放慢了脚步，踩着高跟鞋，高高地抬着下巴颏，微微扭着屁股，故意走得不紧不慢。贾聪露出两排后天制造的整齐大白牙笑吟吟地看着夏菁。走到跟前，闻到他身上飘过来的古龙水的味道，夏菁感觉到了一股干净的男人味，心旷神怡。夏菁忍不住地对贾聪绽开了甜甜的笑脸，这一笑，把贾聪快笑醉了。夏菁走到贾聪跟前，站定车外，并不急着上车，盯着贾聪问道："你怎么知道我家的？昨天就想问来着。"贾聪一边极有绅士风度地为夏菁拉开了车门，伺候她坐进了车，一边得意地回答："世上无难事，就怕有心人。怎么知道的，是个秘密。"

奥迪车里面既宽敞又舒适，开车的司机小王是驻港部队退役的军人，以前是给部队首长当驾驶员的，技术极好，车开得平稳安全。

"菁菁，吃早餐了吗？"贾聪很关心地问夏菁。

"没吃，没来得及。"夏菁答道。"我就知道你没吃早餐。"贾聪变魔术一样地拿出一个星巴克的纸袋，递给夏菁。

打开一看，里面是打包的摩卡咖啡和一个彩椒三明治。夏菁抿嘴笑了："看来贾总的品位提高了，知道买星巴克的早餐了。"说着，打开杯子美美地喝了一大口。

"我这土老帽跟着夏大小姐，品位自然是会提高的。"贾聪有些腼腆地回应道。

彩椒三明治是夏菁最爱吃的，她不顾形象地咬了一大口，塞得满嘴都是，丰富的酱汁顺着嘴角淌了出来，贾聪赶紧掏出纸巾给她细心地擦干净，一股温馨迅速传遍夏菁全身。夏菁以前的男朋友虽然各个有才，但全是生活中的白痴，除了能写会画完全没有照顾她生活的能力。从夏菁的表情中，贾聪感觉到自己这个小小的动作又给自己加了分。

他趁胜追击地说道："菁菁，从今天开始，我每天都来接你上班，给你买早餐。"

夏菁停下了嘴巴咀嚼的动作，瞪着眼睛看着贾聪，歪着头问道："为什么？我自己可以开车呀。"

"因为你是我的公主，伺候你是我的荣幸。只要你愿意，我可以一辈子都这样对你。"贾聪深情地说。

夏菁没有说话，她想摇头拒绝，但心里美滋滋的怎么也做不出这个动作。

一连十几天，贾聪都出现在夏菁的家门口和公司楼下，准时接送她上下班，除了给她送早餐，还安排她每晚不一样的美酒佳肴。有好几天，夏菁的姐妹们被集体邀请去分享大家都喜欢的红酒，女孩们酒量大得很，光酒就能喝好几万，贾聪包下整个洲际酒店的西餐厅，任她们开心胡闹，一晚上下来，就能花掉几十万，买单的时候，贾聪连眼睛都不带眨的，还开心得很。借着酒劲儿，他不止一次地在夏菁和她的姐妹面前发誓，他可以为夏菁做一辈子长工，做任何令夏菁高兴的事。在夏菁姐妹们的眼里，贾聪就是个老天爷赐给夏菁的"白马王子"，虽然长得不帅，出身也不好，但是他的豪气大方、对夏菁百依百顺的完美态度，足以弥补这些小瑕疵。

据说，形成一个新的习惯，大概需要三个星期的时间。每天都泡在蜜糖里的夏菁，只在十几天的时间里，就已经非常习惯和受用贾聪带给她的一切。夏菁并不缺钱花，永胜给的年薪足够她大手大脚地花费了。可是当揣着贾聪给的银行金卡，坐着他安排的中港车，兴高采烈地在香港名店里大血拼，满足地看着自己的一大堆战利品时，夏菁心里还是涌起一阵兴奋。她开始觉得，一个女人不管她多能干多独立，都需要有个肯对自己付出又有经济实力的男人可以依靠。像刘宏，虽然是个成功的女强人，但是她内心深处还是渴望一个可以依靠的肩膀的。看着夏菁对自己的态度一天天不一样地越来越好，贾聪自然是心花怒放，努力终于有了成效。在他的心里，给夏菁花的钱就是一种投资，用得越多她陷得越深，也绑得越紧。贾聪买的，就是夏菁以后对自己的感情和死心塌地。

事实上，贾聪投入的不仅只有金钱，还有他的精力、时间和习惯。和夏菁坐在灯光暧昧的西餐厅里，夏菁侃侃而谈的那些有关旅行、电影、小说一类的东西，他既插不上话，也不感兴趣，他最喜欢的是有黄色情节的武打小说和家乡的麻将与长牌。每当这时，他只有面带微笑地咧着嘴、殷情地扮作听得饶有兴趣的样子。夏菁说得越起劲，贾聪越会走神，脑子里时常会闪回小云的影子，让他颇为怀念和小云一起抽着烟恣无忌惮地讲着脏话，在老乡聚集的下沙村里喝酒打牌，恣意嬉闹开心快活的日子。眼前娇媚的夏菁讲着那么时尚和高雅的话题，甚至让他没有一点要和她上床的欲望。

贾聪只好找准机会，合时宜地把夏菁引导到自己有兴趣的话题上。他很谦虚地咨询有关深圳地产开发的状况以及各个公司新的发展动态，让夏菁谈谈关于地产市场的预测。除了由衷地称赞夏菁能干专业，还不失时机地把自己的发展大计讲给她听，煽情之处把夏菁也放进了自己的未来事业中，把夏菁描述成了是自己将来肩上的翅膀，他们要在生活中、事业上比翼双飞，共同创建"红日置业"的商业帝国，给她永远的幸福！

夏菁常常被贾聪的话语所感动，原来被一个男人宠爱的感觉是那么的美好。眼前似乎展开了一幅绚丽的画卷，那是她和一个男人一起的未来生活。眼前的这个男人，似乎越来越可爱，勤劳有事业心，除了大方殷勤以外，还很君子。有那么多的机会授受不亲，可是贾聪除了牵牵手、动情地拥抱轻吻过她的脸颊以外，就再没有其他过分的动作了。这让夏菁对贾聪分外另眼相看，一个男人对女人如此用心，又不轻易占有她的身体，只能说明这个男人尊重和珍惜她，是认真的。一个女人，不做男人的附属品，和自己的另一半一起奋斗属于大家共同的事业，难道不是很多人梦寐以求的吗？三十岁的夏菁，最在意的就是这个了。

在别人看来她自由惬意的生活背后，早已经有了外人看不见的落寞和孤单。在没有遇到贾聪以前，夏菁只是以守株待兔的态度期待一场随遇而安的恋爱。贾聪突然地出现，让夏菁的感情初衷发生了颠覆性的变化。在享受着贾聪追求的同时，她也在矛盾中纠结。她清楚地知道，贾聪绝对不是自己喜欢的类型，可是，现实生活中，爱情真的那么重要吗？风花雪月的谈情说爱固然迷人，可那不能当饭吃。在见识了夏菁数次不靠谱的恋爱之后，妈妈曾经不止一次地忠告她："做人要现实，要找一个爱自己的，而不要找自己爱的。爱情是小女孩的玩具，玩过，知道是什么样的就行了。"

回味起来，夏菁觉得妈妈的话不无道理。朋友们也说："在深圳找到一个能为自己花钱，又肯娶自己做老婆的年轻企业家，实在太不容易了！"

跟随着贾聪按部就班的计划，不知不觉间，夏菁已经在一步步地转换自己的角色了。她不再像以前一样，每天在办公室坐等着穆梓的安排，而是到下班时间就即刻冲下楼，不仅是和贾聪约会，还帮他找客户。在贾聪愁眉苦脸的诚恳请求下，夏菁介绍了一些自己相识已久的有实力的老板，成为贾聪的客户，只是几顿饭的工夫。在夏菁热情生动的推荐和贾聪实在中肯的介绍下，压在贾聪手上从银行拿出的不良资产的物业，很快就轻松出手了，他一下子就有了几百万的进账。事后贾聪表示要给夏菁提成，却被夏菁断然拒绝。夏菁觉得自己已经拿过金卡的好处了，实在不好意思再要，贾聪自然是很情愿地顺了夏菁的意。他心中窃喜，自己真是没看走眼，这么快就收回了投资。

夏菁的表现贾聪自然是十分满意，但是老板穆梓却对她颇有些意见。好几次给夏菁打电话让她出席饭局，夏菁总是有这样那样的借口不出现。穆梓觉得有些反常，就算是在谈恋爱，也不能一而再再而三地影响工作。作为老板，下属不听指挥，不时时待命，心里十分不爽。他准备抽空和夏菁谈谈，端正一下她的工作态度。可还没等他来得及找夏菁谈，就从其他人的口中无意间得知了夏菁和贾聪在交往的事。穆梓不敢相信，在他心目里，自己的助理应该找医生或是公务员一类的、稳定踏实的好人家，怎么可能会选择农民出身、事业不大、成天流连于夜场的贾聪。而且，在穆梓的印象里，贾聪应该是得罪过夏菁，有过很不愉快的事情发生，怎么可能现在在交往？

然而在他致电给贾聪亲口求证过以后，穆梓不得不相信了。接到穆梓的电话，贾聪也有些吃惊。在电话里简单说了两句后，贾聪赶紧飞到了穆梓面前，顶着穆梓的一脸不悦，战战兢兢地说出了实情。在自己崇敬的穆梓哥面前，贾聪诉说了对夏菁的倾心和一往深情，信誓旦旦地保证认真对待夏菁，绝对会以婚姻为前提和夏菁交往，绝无虚言。关键时刻，又流下了感人的热泪。穆梓只觉得无可奈何，一个是自己身边的人，自然是希望她能过得好，一个是自己明明很清楚，个人生活一塌糊涂、劣迹斑斑的小兄弟。他无法把自己所了解的贾聪完全告诉夏菁，毕竟是自己兄弟，再不好，也不能出卖。穆梓只是严厉地警告贾聪不能伤害夏菁，要好好待她。夏菁一点不知道穆梓和贾聪的这次见面，也不知道穆梓是怎么知道自己和贾聪的事，只是觉得穆梓恭喜她恋爱时候的语气有些说不出的奇怪。言谈间隐隐约约还流露出让她仔细考察贾聪，不要轻率的意思。而此时正满怀热情和憧憬的夏菁，根本体会不到老板对她的担心。

　　日子就像流水一样悄无声息，一个月就这样过去了。这一个月贾聪过得十分难受，除了要陪夏菁去看无聊的电影，应付她没完没了的姐妹们，还要对付夏菁每晚都要用家里的座机和他道晚安的习惯。想要和朋友们去打牌、泡夜总会，或者要去海岸风情找乐乐，贾聪都必须先把夏菁送回家，然后回到自己家甜言蜜语地讲完假装的睡前电话后，再出门。第二天一早，还得准时到夏菁家门口，给她送早餐，送她去上班。这样折腾，贾聪根本就没有好好睡过。贾聪很后悔自己对夏菁许下的每天接送她的诺言，不知道哪天才是个头。在他把苦恼对罗大哥诉说后，大哥给他支了一招。贾聪带夏菁专门拜访过他，他认为贾聪选夏菁作为身边的女人绝对是再合适不过，表示了绝对的赞赏和支持。

　　罗大哥是很了解贾聪的生活做派的，知道在生活习惯上贾聪和夏菁绝对不是一路人，他还担心，哪天贾聪坚持不住露出真面目，夏菁那样的女孩儿肯定会绝然地抛弃他。听贾聪倒完苦水后，罗大哥对贾聪讲了四个字："速战速决。"他认为，贾聪现在不应该再和夏菁耗下去了，应该直接向她求婚。用婚姻绑住她，以后不管怎样，她就没那么容易飞走了。听了大哥的指教，贾聪觉得茅塞顿开，心里直佩服大哥的老到与智慧。正好自己要运作一个自从开公司以来最大的新项目，还指望着夏菁给出力融资。成了自己的老婆，还怕她不尽力？求婚，绝对是一条再正确不过的路了！

　　这天，是夏菁和贾聪交往一个月零六天，晚上，贾聪向夏菁提出了结婚。夏菁觉得很突然，虽然她一直很期待这天的来临，可是，真的来了，她反而觉得手足无措，不知道怎么回答。贾聪静静地等待着回应，有些可怜巴巴。

　　"为什么我要嫁给你？"她需要贾聪的回答来增强自己的信心。

"因为我爱你，我需要你做我的老婆。你是一颗闪闪发光的钻石，我不想你被别人抢去。"话说得很中听。

　　"菁菁，我过够了一个人的生活，我想有个家，有个我爱的女人，一起共度一生。等到满头白发的时候，手牵着手，一起在海边散步，回忆幸福美满的日子。"

　　这段话，说到了夏菁的心坎上，但她还是没有表态。

　　贾聪接着说："菁菁，你嫁给我后，我所有赚的钱都归你管理，以后投资和购买物业，都用你的名字，给你永远的生活保障。"

　　夏菁笑了，她问贾聪："你对我有什么要求吗？"

　　"什么要求也没有，只要求你开心。"

　　"什么时候去？"听见夏菁的问话，贾聪咧开嘴笑了："宝贝！我一天也不想等，明天就去！"

　　"可是我明天要和老板去惠州呀！不知道能不能赶回来。"

　　"你老板重要还是老公重要呀！下午三点，我会捧着鲜花在婚姻登记处等你，你不来，我就不走！"

　　2006年12月6日，大龄未婚职业女青年夏菁没有告诉父母，没听老板劝告，甚至没有鲜花和钻戒，她毅然决然地和拍拖一个月零六天的贾聪领取了结婚证。在这天之前，夏菁不知道贾聪的过往情史和发迹历程，没有去过他家，甚至没有和他上过床。对贾聪的一切认知，都来自他自己的描述，来自他在交往的三十六天里的表现。夏菁的眼睛里只有贾聪送给她的鲜花、金卡，脑海里全是他的甜言蜜语勾画出的美好前景。

　　夏菁又怎会想到，贾聪在向她求婚的当晚，嘴里叫着心肝宝贝地送她回家之后，怀着复杂的心情，又去找了已经被他扫地出门的小云，和她在床上疯干了一夜。夏菁更不会想到，和贾聪结婚后，一个个灰暗和危险的陷阱正向她张开着充满利齿的大嘴，让她从天堂跌进了地狱，甚至日后让她身陷囹圄。生活开始和夏菁开起了一个个巨大的玩笑，好像要教训她的虚荣、冲动和自以为是，要让她学会为自己的行为负责甚至付出代价。

（十二）不是阴谋？

那是一种惯性，

用得多了就成了常态。

所有人都一样。

有意，无意，

有心，无心，

界限能那么清楚地区分吗？

第一次走进贾聪住的万科俊园，夏菁就觉得不太对劲儿，看起来虽然是一个典型的单身男人的住宅，豪华整洁，没什么多余的东西。但是，女人敏锐的神经还是捕捉到了不易觉察的一丝丝同类留下的信息。下午刚刚拿完结婚证，贾聪提出的玩笑似的要求，让夏菁心里有一种十分不祥的预感。虽说没有典礼，不是正儿八经的洞房花烛，但毕竟算是新婚之夜，夏菁自己提出要到贾聪家里过夜，想消除掉白天贾聪带给她的不快。贾聪高兴地满口应允。

　　看夏菁进了主卧的洗手间半天不出来，贾聪呆呆地坐在客厅的沙发上打开了电视，声音开得很大，放的什么对他来说，根本无关紧要，此时他心烦意乱，全无新婚的喜悦。小云、夏菁、事业、结婚证，在他眼前晃来晃去，搅得他心神不宁。既已选择了夏菁，他知道自己不该去找小云，不该再去招惹这个已经和自己纠缠太久的女人。可就是因为要娶别的女人做老婆了，贾聪反而又放不下她了。

　　想着小云离开的时候，她无可奈何忧伤的眼神，再看着眼前兴奋雀跃的夏菁，贾聪心里不是个滋味。"我他妈谁也对不起，两个女人都没错，错的是我！"贾聪恨恨地骂了自己两句，然后暗暗下了决心，要拉着夏菁把准备运作的项目做好，给她一大笔钱，然后再告诉她小云的事。贾聪心想，夏菁老婆名分有了，钱也有了，到时，提什么要求自己都有底气。想着想着，竟然四仰八叉地倒在沙发上睡着了。

　　洗手间里的夏菁，看着摊在面前从洗手盆下面的抽屉里搜出来的一堆女性用品，坐在马桶盖上发呆。刚才还像个猎人，身手敏捷翻箱倒柜寻找蛛丝马迹的她，此时却呆若木鸡。洗面奶、化妆水、香水、卫生巾、睫毛膏、发卡，这些东西明显不是贾聪能用的，一定是某个女人的。而且，从化妆品使用过的分量来看，这个女人还住过不短的时间。夏菁很想拿着这些东西冲出去质问贾聪，可转念一想，结婚证刚拿到手，自己确实以前也没问过关于贾聪的感情经历，夏菁又忍了下来。她打开水龙头洗了洗脸，对着镜子长长地吐了口气，打开门走了出去。

客厅里，电视机如此大声都掩盖不住贾聪如雷的鼾声。夏菁关了电视，故意很大声地清了清嗓子。贾聪被惊醒了，眼前是一脸怪表情的夏菁。他赶紧坐起身来，揉了揉眼睛，拉着夏菁坐到自己身边。

"小宝贝，去洗手间那么久，我都睡着了。"

夏菁白了一眼贾聪，夹枪带棒地说："谁知道你昨晚上干吗去了？这么辛苦。我出了趟差回来也没你那么累！"贾聪这才感觉到夏菁的不对劲，他定了定神，挤出满脸的温存问："怎么了？宝贝，不高兴了？"

夏菁酸溜溜地说："去洗手间前，我还在为没带洗漱用品发愁呢，看来我的担心是多余的，有人早就为我准备好了全套的。"听夏菁的口气，肯定是在洗手间发现了什么，贾聪吸了口凉气。他自己从不打扫房间，小云走的时候，他交代了清洁工要彻底做干净的，估计是阿姨粗心没把小云漏下的东西拣干净。

他定了定神，握着夏菁的手放在胸前，镇定地说："菁菁，你现在已经是我老婆了，和我是一家人了，咱们不要结婚第一天就闹别扭好吗？不管是什么，都已经过去了，你才是我最爱的人。"

光看贾聪的态度，夏菁其实已经原谅他了。谁没有过去呢？自己还谈过那么多次恋爱呢，但她还是故意不依不饶地追问道："你和别的女人在这屋子里同居过吗？"

房子原来的主人Lisa和刚搬出去不久的小云猛然闪回在贾聪眼前，夏菁差一点就捕捉到了他的心虚。贾聪轻轻叹了口气，眨了一下眼，面不改色，用诚实的语气回答道："我从没和其他女人在这儿同居过，但是，我以前交往过的女朋友偶尔到这儿来住过。"夏菁觉得贾聪没有撒谎，这个解释说得过去，也可以接受。

她有些撒娇地继续纠缠贾聪道："那我不管，别的女人住过的房子我不住，我才不要睡那张床呢！我要回家。"

本来贾聪还在担心和夏菁的第一个晚上怎么过，和小云折腾了一宿，哪还有精神和体力，一听到夏菁说要回家，心里一阵高兴。

他搂着夏菁，善解人意地说："好好好，我的公主，你想怎样都行，住这儿确实是委屈你了。今天不算新婚之夜，咱们摆酒那天才算！你今天回家好好休息，明天向公司请几天假，晚上叫上你的好姐妹们，大家一起吃顿饭，宣布一下好消息。然后去澳门住几天，怎么样？"对贾聪的安排，夏菁相当满意，本来撅得老高的嘴，一下就又笑了。送夏菁回家的路上，贾聪一路上都在讨好她，用他打算精心安排的澳门之旅逗得美人满心欢喜，她心里的不快很快烟消云散了。

贾聪，就是有这样的本事，不光是对夏菁，凡是对他有帮助有用的人，他都能应付拿捏得很好。除了无可挑剔的态度和完美无瑕的好听话，他会在面子上给你做足功夫。等到他要向你提要求的时候，即使你的心里再不情愿，却也无法拒绝。

宣布结婚消息的饭局是在中心区的佳宁娜酒楼举行的，并不是正式的宴请，只是小范围地请了几个朋友，而且几乎都是夏菁的好朋友。夏菁本想请穆梓，却被贾聪否定了，他认为穆梓哥应该等到正式摆酒的时候再请，这样才显得尊重。至于刘宏，夏菁第一时间就想请她，可她在家乡哈尔滨忙着做项目，不在深圳，只好电话里告知了她，刘宏激动地要夏菁等她回来后带着贾聪去见她。

接到夏菁的电话宣布的结婚消息，大家都很惊讶，觉得她和贾聪开始拍拖好像也还没几天，怎么就闪电结婚了？惊归惊，受到邀请的人也都准时出席了，饭局很热闹，大家纷纷举杯敬酒，贾聪统统来者不拒地全部干完。因为两人结婚的速度太快，大家对贾聪的了解也很有限，聊不了太多的话题，只是干巴巴地祝福，场面一度有些尴尬。喝得满脸通红的贾聪，又使出了猛招救场。他当着大家的面，送给夏菁一个卡地亚三克拉的大钻戒，还有一套四百多平方米硅谷别墅的新房钥匙。在众人面前，他情真意切的表白，再一次让夏菁激动得热泪盈眶，甜蜜地依偎到了贾聪怀里，晚宴的气氛也随之推向了高潮，大家纷纷咂舌赞叹贾聪对夏菁在物质和感情上的慷慨，对夏菁的羡慕都溢于言表。

散席后贾聪说他还有工作要处理，当着大家的面，毕恭毕敬九十度弯腰向夏菁告了假。走之前，他热情地让夏菁招呼姐妹们一起再去酒吧尽兴。酒吧去是去了，但是气氛很不好，靓子和笑笑好像各怀心事，冷眼看着一旁饶有兴趣研究戒指的平平和夏菁，并不怎么答理她们，没坐多大会儿，大家都觉得没意思，早早就散了。夏菁想分享喜悦的满腔热情给生生憋了回去。第一次，她感觉到和女友们之间有了明显微妙的变化，而这种变化，似乎让原本亲密无间的关系有了不可逾越的隔阂。

女孩子的心思，也许她们自己都说不太清。四个女孩儿里面，平平和夏菁一样都是白羊座，冲动外向，肚子里藏不住事儿，喜怒哀乐都挂在脸上，有什么好事儿或是愁事儿，都愿意掏出来说。平平最喜欢夏菁的性格，任何时候，都是站在夏菁这一边。靓子和笑笑都是长得漂亮，心思细密，要强好面子的主儿，看到夏菁的境遇自然要往自己身上联想。夏菁没心没肺地老要和人分享快乐，而且分享的东西一次比一次升级，次数多了，笑笑和靓子就觉得她是在显摆。靓子是自视清高的才女，一直崇尚感情至上。结束了一段长达十年的感情之后，一直处于半自闭状态，坚持靠自己的勤劳养活自己，过得十分清苦。夏菁从贾聪那里获得的物质丰收，大大刺激了一向清高的靓子。而笑笑想当年和夏菁同班的时候，夏菁还是个眉毛鼻子都还没长开的假小子，她可是从婴儿时期开始就是人见人夸的大美女了，学校里外都有大把男生追。想不到，自己只是比夏菁晚来了深圳几年，当年假小子一样的夏菁不仅出落得楚楚动人，还在深圳混得如鱼得水，自己居然要靠夏菁帮忙，才能找到工作。

她一直都很努力，觉得自己在相貌和能力上都比夏菁出色，一定能赶上她，甚至超过她。内心深处，笑笑把夏菁当做较劲的对象。经过几年努力，笑笑好不容易买了房买了车，累积下来一些存款，似乎与夏菁没什么距离了，心里的不平衡也变得少了许多，她们之间的友谊难得地纯粹了一段日子。可夏菁一找到贾聪，金卡、钻戒、大房子，这些都是笑笑短时间内不可能追得上的，夏菁不加一点修饰的所谓"分享"，让笑笑内心的不平衡变本加厉起来。

比起夏菁的没心没肺，贾聪的心思更敏感些。他感觉到了几个女孩的点滴变化，还好心好意地提醒夏菁要注意。可夏菁非常反感这样的提醒，但是她心里清楚，既使多么不愿意承认，但她们的友谊确实出现了问题。贾聪倒乐得很，他觉得夏菁和这些不能创造效益的无谓朋友们拉开距离，倒是合他心意的好事。夏菁应该和他一起做些正儿八经的事，尽些身为人妻的责任。此时，他正要开始运作的广州的大项目，非常需要夏菁的帮助。

让夏菁有实际行动参与到自己运作的事情当中，贾聪着实是花了一番心思的。贾聪带着她先是去香港，甚有耐心地陪她逛了半天太古广场，买了一个无比昂贵的手机送给她，然后两人坐着直升飞机去了澳门。在新开张的永利酒店开了一个豪华大套房，贾聪的罗大哥比他们晚到一点，就住在他们隔壁。

罗大哥，是贾聪精心设计特意安排在澳门和夏菁碰头的。虽说贾聪在深圳的地产中介市场占有一席之地，也赚了一些钱，可他这个行业，毕竟只是个主要服务大众拉皮条的行业。他结交的人里面，有钱人是不少，可大都是一些酒肉朋友，有身份地位而且还看得上贾聪的人并不多。贾聪认识主管着深圳几大媒体的罗大哥，是因为他的中介公司是深圳的各大报纸的重要客户，和罗大哥管辖的各个报社都有很密切的业务关系，每年，罗大哥都要代表媒体的主管上级单位请广告大客户吃饭。贾聪在酒桌上的突出表现，加上报社广告部经理的大力推荐和夸奖，使罗大哥很快就喜欢上了诚恳醒目的贾聪，贾聪也懂得怎样投其所好地讨好他，一来二去，贾聪在罗大哥的心目中很成功地树立了自己勤劳上进的好青年形象，成了罗大哥的关门小兄弟。而贾聪，多了一个有头有脸，愿意为他出人出力，而且老谋深算的高参。

贾聪安排这次三人在澳门的会面，看似一个轻松的周末度假，实际上，是他煞费苦心的精心安排。贾聪的主要目的是为自己马上要做的项目找帮手，夏菁是首要人选。可是，让夏菁参与到项目中的提议，贾聪认为由罗大哥提出，才是最合适的。试想，一个有头有脸又有水平的大哥，语重心长地游说夏菁要和老公一起努力创业，夏菁自然是无法拒绝的。

贾聪这么费心安排，有他的道理。他觉得自己闪电般地把夏菁娶到了手，主要是因为自己的甜言蜜语和糖衣炮弹的攻势，两人根本没有彼此了解的过程。刚刚新婚，连彼此家长都还没见过，就提出让夏菁帮忙，贾聪觉得心里没底。更何况，连床都还没和夏菁上过，即使拿了结婚证，夏菁也还不是真正意义上属于自己的女人。让她感觉到自己目的性强，从此有了戒心，那只能落个鸡飞蛋打了。借着罗大哥的嘴说自己的话，即使夏菁心里犯嘀咕，她也不好拒绝。等到晚上回到酒店的大套房，在床上好好伺候伺候夏菁，做通她身体的工作，而思想工作已经有了罗大哥的垫底，这个帮手才算踏实了。

按照规定，作为国企领导的罗大哥是不能随便到澳门的。之前贾聪讨好罗大哥，就是请他到澳门吃喝嫖赌，一向谨慎的罗大哥从来不让叫任何人，都是和贾聪单独来的。而夏菁是老婆，不是外人，何况贾聪早跟罗大哥沟通过，来澳门的目的除了娱乐之外,还有说服夏菁的任务。罗大哥自然不会有意见。

贾聪如此重视的这个广州项目,花费了他如此多的心思精心运作,自然有他的盘算。这个项目,不是三级市场二手房买卖,而是一个由内线提供信息,法院即将拍卖的物业。物业地处广州传统老区,商场加住宅总面积三万多平方米一整栋综合楼。项目是贾聪一个拍卖行的兄弟给找的,他们曾经一起成功运作过几个类似的项目,共同赚过几百万,绝对是同过甘没共过苦的利益兄弟。项目的债务总共有五千多万,全部由出资人偿还。出资人先要拿出四千万元的保证金,付到法院委托的拍卖行账上,法院出面协调大厦的各个债权人,同意项目由出资人接过来做。然后,法院分别将钱付给债权人,债权人根据收到钱的数额,向法院逐步申请物业的解封,配合出资人逐步办理物业产权的过户,直到出资人偿还完所有的债务。这个项目,实际上,就是将法院待拍的烂尾楼完工,重新包装上市。前期投入的资金,至少需要四千万以上,从资金上、经验上,贾聪其实还不具备实力运作这个项目。之所以决定做这个项目,他也是经过深思熟虑综合多方面原因后的决定。

首先是市场原因,2006年年底的深圳地产市场,一手楼的价格比起贾聪入行时,中心地段几乎快涨了一倍,但全市均价还没有突破一万大关。可随着政府要根据市场评估价格,加收三级市场二手房买卖增值税的消息一天比一天确切,原来二手房买卖签订阴阳合同的年代也将一去不复返。贾聪预测深圳乃至全国的房地产市场,将出现一个疯涨的时期。2006年的股市绝对是一个疯狂的时期,大盘六千多点呀!会有多少人在股市赚钱后,将资金投入到固定资产里面,这是个预估不到的天文数字。到时全市房价绝对会突破一万甚至更高!再则,贾聪发现,做得好的中介公司,都不是单纯靠佣金赚钱。那些上市了的香港老牌中介公司,除了有大量的股民资金,还拥有很强的综合实力。除了做三级市场,做新楼盘的代理之外,他们还做项目的整体策划、市场调查和商业招商,甚至物业管理。他们有强大的实力去满足各阶层业主的每个阶段的要求。贾聪自认和这样的公司是没法比了,它们都是经过十几年,甚至几十年的发展历程从资本主义的香港来的企业。

可还有一些和他差不多时间起步的公司,发展得比他快,除了和他一样,占用客户的买卖楼的保证金开铺以外,贾聪发现,他们还有其他的生财之道。比如说,占用客户的保证金炒股票在股市里狂赚。他觉得这个风险太高,万一股市下跌,占用客户的资金拿不出来,那就是死路一条。贾聪觉得,在房地产这个产业链上，最最赚钱的，其实是做开发，就像穆梓一样，拿到一块好地，盖好了一卖，就是几十个亿。可那是金字塔尖上的生意，贾聪有自知之明进入不了，打擦边球，贾聪认为自己还是可以的。

广州这个项目，就是个绝佳的擦边球。他仔细打过算盘，前期投入虽大，但两万多平方米的物业，其中两千平方米是商铺，最低能卖到均价两万多一平方米，能收四千多万。住宅最差也能卖到均价一万三四，能收差不多两个亿。工程投入一千多万，付给法院五千万，拍卖行的费用七八百万，再加上人员杂费、广告宣传三四百万，总共成本八千万左右，买这栋楼合每平方米顶到天才四千块，除掉税，怎么样也能赚一个亿！贾聪认定除非是天灾人祸、世界大战，否则，这就是个十拿九稳赚钱的项目。

人一旦有了野心并且认定了非要去做，就什么都挡不住，尤其是贾聪这种一路走来，都是不管不顾也要达到目的的人。在他的词典里，没有"不行"这两个字，用他自己培训员工时的话说："有条件的事，不仅不能放过，还要做到极致。没条件的事，要创造条件想方设法做到极致！"贾聪还有另一个计划，要和这个项目齐头并进地操作，趁着即将到来的地产高峰前，扩张"红日"在深圳本地和外地的地铺规模。

开一个地铺大概需要二十万，同时开几十个地铺，一两千万就够了。贾聪觉得这笔钱问题不大，地铺开了，就能产生效益，压力虽然大，但是值得做。而广州项目，第一笔的四千万，必须一次性到位，这是必要条件。四千万到位后，工程改造资金接着就要到位，一环也不能脱节。也就是说，要运作广州项目，首先要准备五千万的现金，才可以开始运作。这笔钱，光靠贾聪自己是不可能弄到的。

贾聪心里有数，想要实现自己的计划，就要用上身边能用的每一个人。常人很难想象，一个脑子里装着这么多谋划的人怎么生活。他左右不了自己的头脑，各种念头和目的随时都会出来折磨他，让他不得不想。不管是吃饭还是睡觉，贾聪的脑子从来就没有空闲的时候，也包括和夏菁一起在床上的时候。

永利赌场的餐厅里，一顿饭吃得卓有成效。罗大哥先是恭喜夏菁和贾聪的结合，然后从长者的关心爱护出发，引经据典详细地对夫妻相处之道进行剖析，句句都在理。夏菁听得十分认真，心中就升腾起一种不可推卸的责任感，好像对妻子这个词，马上有了一些深层的理解。她当场握着贾聪的手,动情地说:"老公,我们一起努力。我会尽我的能力帮你的。"听到这话,罗大哥面带微笑立马和贾聪交换了心照不宣的眼神。墙上一条巨大的水晶龙活灵活现在灯光下闪闪发光,映衬着贾聪激动的脸色分外生动。

　　永利是个销金窝,有多少钱在这儿都能花得出去。围绕赌场的,是服装和首饰的顶级名牌专卖店。晚饭后,罗大哥一头扎进了赌场,贾聪准备安顿好了夏菁再去跟他在二十一点的赌桌上碰头。陪着夏菁在名店街又逛了一阵,买了一件她一直都想拥有的香奈儿的外套送给她,还积极主动地买了一条宝格丽的碎钻项链送给夏菁,烧掉了十几万,夏菁这才心满意足地和他回到房间。

　　永利酒店的大套房是简约欧式风格,奶白色的房间被温暖的黄色灯光笼罩,非常温馨。陪衬的装饰画和小摆设,颇有些家的感觉。一进房间,夏菁感觉身体自发地升起一种久违的冲动。她转身含情脉脉地看着贾聪,浑身散发着充满强烈欲望的信号。贾聪有些恍惚地看着夏菁,她的眼神、表情和身体的姿势,似曾相识,有些像小云,又有些像Lisa,或是某个其他的女人。他走过去搂住了夏菁,觉得身体的某个部位开始慢慢膨胀,一手捧起夏菁的小脸,深深地吻了下去。夏菁发出的轻轻呻吟声撩得贾聪十分兴奋,他的手顺着夏菁的身体开始一路往下抚摸,就要滑进底裤的时候,夏菁一下子按住了贾聪的手,紧张地说:"等等。"贾聪的亢奋情绪一下被打断了。

　　夏菁觉得这是和老公的第一次,不能这样草率,何况在外面跑了一天,脏兮兮的别扭得很,应该洗得香香的、美美的,躺到那柔软舒适的大床上再正式开始才对。夏菁看着贾聪,柔柔地说:"老公,我们冲完凉再上床好吗?"在贾聪的过往里,小云和Lisa还有其他女人,没那么多臭讲究,想干的时候,随时开始,不管是在车上、床上、沙发上,还是客厅里。贾聪特意憋了好几天没去找乐乐,好不容易激起了对夏菁的冲动,被她戛然这么一止,兴趣索然,颇有些觉得无趣,贾聪只好松开手,无奈地放开了夏菁。

　　等夏菁裹着毛巾从浴室出来,已经是四十分钟以后的事了。在夏菁满怀春心泡在热水里计划着和老公床戏的时候,贾聪的脑袋里是另一片完全不同的天地,纠结在头脑里的各种人和事,一团团袭来,让他的小兄弟越来越冷静,直到完全疲软。夏菁浑身擦了有玫瑰薰衣草精油的润肤露,将灯光调得很暧昧,故意把毛巾裹得松松的,摆了一个自认为很优雅诱人的姿势,轻唤贾聪进房。

夏菁觉得自己是老婆，是良家妇女，要制造浪漫合适的氛围，不能让老公觉得自己很淫荡。可她万万没想到，爬上床的老公，极尽温情地抚摸轻吻她半天，然后停下来去冲凉。再爬上床，又重复一遍演过的前戏，看起来颇具规模的武器，不软不硬地在她湿漉漉的门口磨蹭了半天，居然无法进去！贾聪趴在夏菁身上，紧闭着眼睛，很努力地忙乎却毫无成就，急得他满头大汗。夏菁被折腾了许久，实在忍不住了推开了贾聪，极力压抑着自己的失望，还是饱含着温柔婉转让他停下来休息。贾聪自我解嘲地说自己太累也太激动了，夏菁当然是大度地表示了理解。下床冲完凉后，贾聪哄着夏菁先睡，然后直奔楼下的赌场，和罗大哥鏖战到第二天中午。

这就是夏菁和新婚老公的初夜，在他们以后的日子里，似乎从没走出过这样的阴影。记忆里夏菁和贾聪算得上成功的床笫之事屈指可数。在她和贾聪以夫妻相称的五个月时间里，相处的大多数时候都是在请客吃饭，探讨或是争论关于地产市场，关于贾聪的宏图大计。用贾聪安慰夏菁的话说："共同创业的两口子，因为有经济关系，才是最牢靠最稳固的！才是真正的一家人。"

贾聪确实是用共同创业和经济维系和夏菁的关系的。从澳门回来后，他花钱买了一个注册资金人民币五百万元的"圆周贸易公司"，以股权转让的方式，让夏菁和她表妹成了股东，夏菁是占百分之九十股份的大股东，也是法人。贾聪告诉夏菁，广州项目，就用这个公司来运作，几万平方米的物业，都落在这个公司名下，以后卖楼的收益，也都放在这个公司。和夏菁结婚前，贾聪参加拍卖，买了两层位于深圳红灯区庐山大厦的商业铺位。铺位总共三千平方米，一楼的一千多平方米，全是已经租出去的黄金铺。一楼的产权办在他自己的名下，二楼两千多平方米，是待租的整层空铺，贾聪很大方地全放在了夏菁的名下，这是贾聪对夏菁结婚前就作出的承诺。为了弥补他当着众人面送她的房子钥匙不是夏菁的名字，二楼铺位租出去后，除了每个月十万块的生活费照给，租金也由夏菁来收。

夏菁自己也不知道从什么时候开始变得如此物质起来，每天用一身的名牌武装自己，手里拿着几万块的手提电话，上下班都坐着贾聪的奥迪 A8。而出入高级的酒楼、美容院，也成了她生活的一部分。昔日文艺女青年加职业女性气质的夏菁，如今更像是一个庸俗的暴发户。张口闭口，都是老公买了什么送给自己，老公又把什么放在了自己名下。至于他俩既没同居，又没有什么实质的夫妻生活，夏菁自然是隐去不提的。从单身变成了某人的太太，夏菁仍然是寂寞的。以前还能约女友们出来乐乐，而这种愉快，随着她身份的改变，似乎也不复存在了。除了完成穆梓交代的工作以外，完成贾聪交代给她的事，似乎更能填充她内心的寂寞。

贾聪计划的各个步骤，都进行得很顺利。收购"圆周贸易公司"的主要目的，其实是用来做融资。他的"红日"公司经营范围是地产咨询和中介代理，只能通过另外一家他妹夫做法人代表，实际是贾聪控制的担保公司，在银行交纳保证金后才能借出专供赎楼的款项，否则在银行无法申请到做项目的流动资金贷款。而贾聪名下的物业都已经做过抵押按揭，月供被挪作他用经常不能按月还款，不良记录太多，从银行以个人名义贷款的可能性也很小。

贾聪安排用夏菁做法人代表的公司，可以名正言顺地向银行申请流动资金贷款。用"红日"和他个人连带做担保，贷个一两千万，绝对没问题。除了信用卡，夏菁在银行没有贷款，她的名下有她自己的几套房子和贾聪买给她的一层楼。用夏菁个人名义在银行申请创业贷款，再用贾聪的物业作为抵押担保，至少还可以贷出三四百万。这是贾聪跟几个在和他长期合作的银行支行做行长的哥们儿，在一晚晚的桑拿夜总会里，早就商量好的。所有的资料，由信贷员帮着做，夏菁和贾聪只负责签字按手印就行了。

夏菁曾经表过态，在贾聪融资的时候会帮他。那段时间，几个很重要的项目都在关键的时候，穆梓和穆栋都催得很急，夏菁常常要跑规划和国土局，一忙一整天，没时间顾及贾聪的事。等到贾聪跟她说已经解决了资金问题，只是需要她的协助的时候，心里有点愧疚的夏菁，想都没想就答应了。所有贷款合同和借款借据的签字，或是夏菁在开会中间跑下来签，或是行进去某个地方的中途签的。帮贾聪的信贷员们，着急得连合同的内容都没填，只是催着夏菁快签字，好快审批出款。做了法人代表的夏菁，自己公司的公章长什么样都没见过，她也没兴趣知道，因为所有资料都安全地放在"红日"，有他亲爱的老公管着，她放心得很。

贾聪当着众人面送给夏菁的房子其实不是她的名字，只是用他妹夫的名字买的一套还在做按揭的二手房。为了打消夏菁心里的嘀咕，贾聪做了一套公证书给夏菁，内容是夏菁可以行使业主的一切权利，包括买卖出租和收钱。贾聪对夏菁的说辞是，买这房子的钱是他出的，所以实际的业主是他本人，放在妹夫名下是因为他名下的按揭物业太多。不办过户，是不想把按揭的压力和风险带给夏菁。夏菁觉得，只要能像业主一样使用这个房子，手续办不办也没关系，就很爽快地接受了这种方式。她想着，反正都是人家老婆了，何况贾聪已经给了那么多，这点小事，就不必计较了。她甚至激动地决定要为和贾聪共同的家作出贡献。房子的钱贾聪出，装修她来出钱。夏菁非常认真，也是非常卖力地去装修她和贾聪所谓的第一个家的，从设计到选材，她都全程参与。可笑的是，这个她既掏了腰包，又费了心血的家，还没等住进去，她和贾聪只维持了短短几个月的婚姻，就无可避免地走到了尽头。这是后话了。

　　夏菁的公司和她自己在银行里究竟贷了多少款，是在所有的手续都办完、钱已经顺利到达贾聪的公司以后她才知道的。当贾聪用非常轻松的语气说出三千三百万这个数字时，夏菁的心里"咯噔"了一下，但是，这种担心，很快就在贾聪的一番说辞之后立即消除了。

　　"老婆，你不要担心。贷款虽然是用你的公司和个人名义，但是，有物业抵押，还有我和公司的担保。放心，老公很快就能挣回几倍的钱把贷款还上的。你是我老婆，我只有爱你疼你，还能害你不成！"

　　假如夏菁是个没见过什么世面，没有过职场经验的女孩，可能贾聪不会把她掺和到自己的生意当中。正是因为夏菁自己做过银行融资，她清楚贷款是怎么一回事，也理解"用几块牌子一套人马"做融资，这是几乎每个企业都走过的路。几千万听起来数很大，但有贾聪名下的物业做抵押，还有"红日置业"和他个人做担保，知道如果自己作为借款人不还贷款，就由担保人贾聪和他的公司偿还，再不行，就拍卖他名下的物业来偿还，这种有物业抵押的贷款，是再保险不过的了。所以，夏菁并不觉着有什么不妥。

　　其实，细算这笔账，和贾聪结婚后的三个月内，夏菁和三千多万的债务扯上了关系，而贾聪送给她的钱和物，除了衣服、包包，仅有的几样首饰和吃到肚里的东西，基本上都被贾聪回收所用，间接改了姓，和她没有了关系。夏菁不是不会算这笔账，她是不愿意计较。既然是夫妻是一家人，何必太分彼此呢？一起承担，一起创业，这也是为人妻的本分。

　　当然，若干年后，夏菁才彻底明白，为何老辈讲究"门当户对"。其实不是身份门第的关系，而是为人"底限"的问题。出身和教育决定了一个人的道德底限。夏菁对完全没身份、没教育，满脑子只想着自己目的的贾聪去奉行高标准严要求的妻子本分，除了正中贾聪下怀，让他开心偷笑以外，对她付出之后所期望得到的回报，根本就是个泡影。

# 13

## （十三）灰色序曲

你拿什么去抗争？

要打雷下雨的天气。

你拿什么去抵挡？

累积已久，强势袭来的病痛？

你拼了命似的做了许多，

其实都是些安慰自己的

无效行动。

父母知道宝贝女儿结婚的消息，是在夏菁已经拿了结婚证一个多月以后。女儿从小性格就强，虽然不是温顺可人的乖乖女，但绝对是个孝顺懂事的孩子。一个多月不往家里打电话、不通报自己的生活情况，让夏妈妈非常担心。忍不住的夏妈妈主动和夏菁通了电话，只是一两分钟的寥寥数语，女儿传达回来的消息，却让二老震惊。

　　短短一个多月，就这样把自己的终身大事给解决了，女婿什么样都没领回来给二老过过目，对方的家世背景怎么样，一概不知。当了一辈子教师的夏妈妈，平时都还是非常民主的，不是坚持传统的老古板，可思想再怎么开通，也无法理解女儿的行为，除了担心，还窝了一肚子火。老两口辗转反侧了半夜，对女儿的状况忧心忡忡。查查日历，离2008年的春节也就一个月时间了，最后决定，一两天内就搭飞机去深圳，就在深圳过春节。

　　夏菁深知父母在自己的婚姻大事上十分挑剔和严格，他们一贯讲究门当户对，讲究未来女婿的教育学历。凭贾聪的条件，不用说，肯定是过不了爸妈那关的，再加上是玩笑般的闪电结婚，爸妈非弄出心脏病不可。当初夏菁瞒着父母，一是被贾聪的甜言蜜语冲昏了头，确实没顾上爹妈。二是因为，就算是请示了，他俩也绝对不会同意，干脆生米煮成熟饭再说。本想等新房装修好了，再请父母过来一起过年，可妈妈打来电话追问近况，夏菁又不愿意说谎话，只好实情相告。第二天二老来电，不容拒绝地告知要来深圳，也是夏菁意料中的事。

放下妈妈的电话，夏菁立马联系了贾聪。电话那一边的贾聪，正懒洋洋地躺在小云的床上，有一搭没一搭地说着话，一看是夏菁来电，他赶紧起身跑到阳台上去听。小云在一旁冷眼看着贾聪的紧张劲儿，故意地用被子蒙住了头，支棱着耳朵在捕捉着能听到的每一句话。

电话里夏菁声音很大，震得贾聪耳膜生疼。她非常严肃紧张地告诉贾聪，必须认真对待自己父母的到来，还让他做好爸妈可能态度会很恶劣的准备，絮絮叨叨地交代了贾聪半天。贾聪捺着性子听完后，温柔地安慰夏菁让她放宽心，夏菁哼哼唧唧地还是有些不放心，于是贾聪约她中午去佳宁娜吃午饭，见面商量细节，夏菁这才挂了电话。

被子里蒙着头的小云，光听贾聪讲电话的语气就已经醋意大发了，再听到他中午要和夏菁去喝茶，不禁悲从心来，眼睛一热，眼泪一下就滚了出来。本来讲好是要和她的昔日姐妹们出去吃饭的。放下电话，贾聪直接冲进了洗手间刷牙洗脸，出来换了衣服，准备离开。小云躲在被子里掉眼泪没有起身，贾聪简单地对她说了句："我走了，有空了给你电话。"听到关门的声音，委屈的小云坐起身放声大哭。她觉得贾聪对她说的，全是屁话，什么"只爱她一个，和夏菁结婚完全是出于自己的事业，和这个女人搞都搞不下去，一定会让夏菁接受她的"，通通都是屁话。只是一个电话，贾聪像接了圣旨一样拔腿就走。小云心里已经非常明白，贾聪对她的许诺是不可能实现的空话了。

再把她和贾聪交往的过程前前后后又回忆了一遍。越想，悲伤越来越少，而愤怒却越来越多。"老婆的位置明明是属于自己的，连那么有钱的Lisa都没要，眼看马上就要熬出头了，这个夏菁一出现，也不知道给贾聪灌了什么迷魂汤，那么绝情地把自己扫地出门，立马摇身就成了他老婆！"小云恨得牙根直痒。

贾聪结了婚，过他的好日子也就罢了，小云也会死了这份心，开始她的新生活。可贾聪还来找她，又搞得她欲罢不能了。

现如今偷鸡摸狗似的，不妻不妾地和贾聪纠缠在一起，想来想去，小云满腔的愤懑都归到了夏菁的身上。贾聪的德行，小云是再了解不过了，他做什么，都可以原谅和接受。可是夏菁，凭什么坐享其成？她什么都有了，什么都强，凭什么还要抢贾聪呢？"贾聪本来就是我的，我绝对不让夏菁舒舒服服地过日子！抢了别人的东西，就要付出代价！"小云在心里发出了大声的嘶喊。

赶到饭馆的时候，夏菁已经开好台坐着了，远远地看着她脸上充满了焦虑，贾聪加快脚步，一路小跑着过去。

"怎么才来？我已经等半天了！"还没等坐下，夏菁已经不耐烦地开了腔。

"老婆大人，对不起！我已经是最快的速度了，总要等我把公司的事交代完吧。"贾聪哄人的功夫和骗人的本事一样高。

夏菁白了贾聪一眼，不再埋怨他。"你说怎么办吧，爸爸妈妈明天的飞机就来了，我们怎么办？"

"你希望我怎么办？"

"我怎么知道？这不是找你商量吗？"

"这样吧，小王开我的车和你一起去机场接他们，我就不去了，免得老人家一下飞机就看见我，大家尴尬。路上你先和爸爸妈妈谈谈，安抚一下他们。我就在你家楼下等，你打电话我就上来，一起坐着聊聊，然后出去吃饭。"

"我怎么安抚他们呀，在他们看来，我这种行为是大不孝！"

"老婆，你就多说说我的好话，说我对你很好，所有父母只要看见孩子过得好，就不会再计较了。再说，已经这样了，再计较还有什么意思？你爸爸妈妈都是有修养有学问的人，不会这么不懂道理的。"

"那好吧，也只能这样了。他们是下午的飞机，你把吃饭的地方定好呀！"

"放心吧，老婆，我会把一切都安排好。我会比你更孝顺他们的！"

简单地商量完，贾聪就开始张罗着夏菁点东西吃。他很贴心地给夏菁点了一份招牌菜七彩官燕，还叫了一条清蒸苏眉仔，这都是夏菁最爱吃的。本来夏菁还想再和贾聪交代见到爸妈应该注意点什么，可一看到贾聪对自己从来都是一贯的周到，又觉得自己的担心有点多余，到嘴边的话，又咽了回去。上菜后，两人都没怎么说话，好像各怀心事地默默吃完了这顿午饭。

机场里人来人往，每个航班的到达都涌起一股人流。夏菁和小王早早就等在了出口，老远的，她就从人群中看到了拎着大包小包的爸爸妈妈。夏菁知道，包里装的，肯定都是自己爱吃的家乡特产。只是小半年没见，两人好像老了不少，爸爸的白头发似乎又多了一些。夏菁抬起手使劲向他们挥舞。看见了夏菁，爸爸妈妈急切地走过来。看着不再年轻的父母，夏菁的心里涌起一阵强烈的自责，喉咙有点发紧，她赶紧长长地吐了口气，调整了一下情绪。等爸妈走到跟前，夏菁已经是笑容满面了，她大声叫着："爸爸妈妈！"重重地一人拥抱了一下。司机赶忙从二老手上接过了行李，快步走在前面，领他们去往停车场。

夏爸爸从小就宠这个乖巧聪明的小女儿，看着她容光焕发、喜气洋洋的样子，有的那点不高兴，在女儿的拥抱中烟消云散了。本来和夏妈妈在家里和飞机上商量，要用严厉的态度对待夏菁，在夏菁清脆撒娇的声音中即刻瓦解了。夏菁挽着爸爸的胳膊，一边走，一边和他热烈地说着话。无非是关于路上顺不顺利呀，接机等了多久呀，带了什么吃的之类的。夏妈妈在一旁狠狠地瞪了老头一眼，她故意和父女保持着距离，脸拉得老长。夏菁不敢去招惹妈妈，用无奈求助的眼睛看着爸爸，夏爸爸轻轻拍了拍夏菁的手，父女俩交换了心照不宣的眼神。一路上，夏妈妈始终一言不发，车里的气氛很阴沉，每个人都能嗅出暴风雨前夕的气息。

进了家门，小王战战兢兢地放下行李，就无声地告退了。夏妈妈进了洗手间，趁着这个当儿，夏菁和爸爸说上了悄悄话。爸爸故意打开了电视机，把声音开得有些大，掩饰着自己的声音。"菁菁呀，你妈这次是真生气了，你呀你呀！这事你的确是太草率、太让人担心了！"话音刚落，妈妈的身影就闪了出来，她径直走到爸爸身边，一把拿过遥控器，关了电视，一屁股坐在沙发上，怒目圆睁地看着父女两个。

"说说吧，你找了个什么样的人？"夏妈妈的眼睛直直地盯着夏菁。

"妈妈，对不起。我应该先跟你们通报一声的。"

"应该通报？！"夏妈妈激动地打断了夏菁的话。

"什么叫应该？！我和你爸爸是这么教育你的吗？这么大的事！你不和家里商量，擅作主张就这样决定你自己的终身大事，你完全没把自己当回事！"

妈妈完全不让夏菁说话，强势得一塌糊涂，夏菁的叛逆劲儿一下子就上来了，她也扯开嗓门喊道：

"我怎么没把自己当回事？哦！告诉你们就是把自己当回事儿了？本来就是我自己的事，我自己就可以决定！"

看着和自己杠上的女儿，心里明知已经管不了她，夏妈妈憋了好几天的难受一下子奔涌起来，嗷的一声就哭了出来。一把鼻涕一把眼泪地边哭边说道："你现在大了，我管不了你了，还冲我发火！"

一见妈妈哭了，夏菁愣着不知所措，她挺恨自己的臭脾气，心里直后悔。

一旁的夏爸爸识时务地出来打圆场，他一边拿着纸巾递给夏妈妈，一边严厉地批评夏菁不应该惹妈妈生气，让她认错。夏菁赶紧坐到了妈妈身边，扶着妈妈的肩膀，轻声地向她赔着不是："妈妈，我错了，别哭了，我再也不惹你生气了。"

夏妈妈嘤嘤地哭着，心想，当了一辈子老师，别人的孩子都对她言听计从，怎么自己的孩子这么难教，叛逆得让她毫无办法。身为人母的无力和无奈，让她心里难过得无法形容。"菁菁，告诉妈妈，你选了个什么样的人？"夏妈妈用哭得通红的眼睛看着夏菁，语气已经非常缓和了。

看妈妈的情绪渐渐平复了许多，夏菁心里松了一口气，也很平静乖巧地回答妈妈的问题。

"妈妈，他叫贾聪，四川平山的农村人，学历不高，比我大两岁。长得不帅，像《机器猫》里的大熊。他是深圳红日置业的老板。对我很好，很疼我。他给我送早餐、送花，陪我逛街，很听我的话……"夏菁对着妈妈娓娓道来自己亲爱的老公，说的全是贾聪的好。

男人会为了某个事件说谎骗别人，而女人却是为了让自己选择的行为合理，撒谎骗自己。男人说完谎还是会牢牢记得真相是什么，而女人却因为对自己的谎话说得太多，在假象里越陷越深，最后根本分不清什么是真什么是假。

夏菁就是这样的一个女人。贾聪狂热的追求看似无求的付出，人前表现出来对她夸张的宠爱顺从，这一切只是浮在表面的光鲜，隐藏在背后的冰冷暗流，夏菁不是没有感觉的。从无法和她做爱，一到晚上就找不到人；从第一次带贾聪和刘宏见面，她眼睛里藏着的担心；从穆梓明显地不同意他俩结婚；从贾聪一拿结婚证就拼了命地让自己帮着融资，点点滴滴，夏菁不敢，也不愿多想。

夏菁对妈妈说的话都是真的，那确实是贾聪的真实行为。只是她心里对贾聪的感觉，却不全是真的。可她觉得也只能这么说，不光是对妈妈，对所有人，也包括对她自己，她必须照自己说的感觉去表现。表现贾聪对自己的爱，表现她的幸福。她怎能刚拿结婚证一个多月就告诉爸妈和大家："我觉得贾聪不对头，我觉得贾聪还有别的女人，我觉得贾聪对我有点假？"让爸爸妈妈为她担心，让所有人看自己的笑话？她只能不去理会这些被她压在心底，让她不寒而栗的声音，即使再折磨，也必须承受着。

看着女儿甜蜜地说着自己的老公，一脸的幸福，对这个没见过面的女婿，二老不由平添了几分好感，迫不及待地让夏菁把贾聪叫来见见。从机场回家的路上，夏菁就收到了贾聪的短信，他早已等在夏菁家楼下等候召唤了。看看表，已经在楼下等了快两小时了。

一进门，贾聪就对岳父岳母来了个九十度的大鞠躬，一开口直接就叫了声："爸爸！妈妈！"诚恳而又自然，叫得夏妈妈立马眉开眼笑，在沙发上都坐不住了，赶紧拉着贾聪坐到自己身边。看着眼前的这个小伙子，西装革履，带着金丝边的眼镜，长得虎头虎脑煞是敦实，夏妈妈开心得不得了。夏爸爸却没有老伴那么激动，并没有表现出过分的热情。在夏妈妈问长问短，贾聪爽朗流利地回答的时候，夏爸爸只在一边冷静地观察着这个年轻人。毕竟是当了多年政府的领导，贾聪时而闪烁、时而有些狡猾的眼神都没能逃过夏爸爸的眼睛。他觉得这个小伙子不简单，看起来是个朴实上进的农村青年，可究竟是真是假，是一个什么样的真实面目，夏爸爸在心里拭目以待。

在夏菁家小坐了一会儿，拉了拉家常，贾聪就热情积极地把一家人拉出去吃饭。自然安排了无比豪华的地方和无比豪华的大餐，鱼翅、鲍鱼、燕窝统统都上了，还点了一瓶路易十三和岳父对饮。几杯酒下肚，脸色潮红的贾聪就有些飘飘然地开始吹嘘自己的事业，一度说得很有些不着边际。夏妈妈完全不懂生意场上的事，也听不出真假，只觉得女婿很能干很有抱负，在一旁啧啧赞叹。夏菁听得虽然很不顺耳，也不能当面制造尴尬。

夏爸爸一直没出声，只是和贾聪喝着酒，这人几斤几两，他心里已经有了数。对女儿的担心如潮水般从心底涌将上来。他没有表现情绪，只在贾聪又一次开始夸夸其谈的时候打断了他。夏爸爸举着酒杯对贾聪说："贾聪，你的事业你自己去开创，祝愿你能成功。我和菁菁的妈妈过了一辈子平凡的生活，收入虽然不太高，但是我们觉得很满足，我们的生活不用你和菁菁操心。既然她已经选择了你，我们无话可说。菁菁虽然有点任性，但绝对是个善良单纯的好孩子，我和她妈只是希望你能善待她，多的话我就不说了。"说完，夏爸爸把满满一杯酒一饮而尽。

听着爸爸的话，夏菁的眼睛早就开始发热了。父女的心是相通的，只是夏菁不知道该说些什么，心里翻江倒海，却呆在一旁默默无语。看岳父酒风如此豪爽，贾聪嚷嚷着让服务员也给自己倒一满杯，夏爸爸制止了贾聪。他面不改色微笑着对贾聪话里有话地说："不用了，这是我敬你的，别再喝了，再喝你就醉了。喝酒，你是喝不过我的。"

贾聪感觉到了岳父对自己的威慑，也自知自己量不如人，便没再坚持。他故意把胸脯拍得山响，保证会一辈子对夏菁好。夏爸爸的一席话和一杯酒，分量颇重，两个男人小过了一下招。贾聪已经领教夏爸爸是个内功深厚的高人了，在他面前，自己其实无所遁形。本来当夏菁的父母只是一般内地人的贾聪，言行顿时收敛了许多，即使喝了酒有些头重脚轻，言行也不敢再造次了。

回到家，夏妈妈煞有其事地大谈自己对贾聪的意见和看法，认为夏菁找的这个贾聪还是基本让自己满意的。夏爸爸一言未发，只说舟车劳顿，打断了谈性正浓的夏妈妈，催大家赶紧休息。这一夜，从不失眠的夏爸爸一夜未眠。第二天一早，夏爸爸坚持要回老家，让夏妈妈在深圳陪夏菁。夏妈妈知道老伴的性格，一旦决定的事，谁劝也没用。夏菁明白爸爸的心意，他其实是不想留下来，眼不见心不烦。

母女俩没有再多的挽留，只好顺了他的意。夏菁自己开车送他去机场，一路上，爸爸说了许多夏菁小时候的事，车里充满了温情和欢乐。临上飞机前，爸爸用自己温暖的手扶着夏菁的肩膀说："菁菁，爸爸妈妈从没想过你大富大贵，出人头地。只是希望你健康、平安、开心。现在你大了，成人了，也选择了自己的生活方式，但爸爸还是希望你过得简单点、舒服点，别为了一些东西委屈自己。你现在一身名牌金光闪闪，可是爸爸更喜欢你以前的样子，以前朴实快乐的样子。贾聪究竟怎么样，你自己心里应该明白。

你记住，家和爸爸妈妈永远是你的后盾，无论什么时候，爸爸妈妈都会在家里等你。"夏菁强忍着泪水送走了爸爸，眼见他消失在自己的视线里。

爸爸只字未提贾聪的不好，却把对他的不信任表达得很清楚。夏菁心里的各种忧虑和担心，随着爸爸的离开，纷纷扰扰地冒了出来。一连三天，夏菁都没有主动打过一个电话给贾聪。贾聪自己心里估摸着，肯定是老丈人没说他什么好话，让夏菁的情绪起了反复。

夏菁确实是很忙，公司有几个项目在同时开工，好几个很急的批件报到相关政府不少日子了，总是没有回复。穆栋总裁着急得很，给夏菁下了死任务，必须要在规定的日期拿到批文，夏菁当然不敢怠慢，每天都往规划国土局跑，比上班还准时。除了忙工作还要忙新家的装修，幸亏妈妈来了，能给帮帮忙，她在工作的时候，夏妈妈就帮她盯着装修的事。忙归忙，其实夏菁还是在有意地回避贾聪，虽然已经拿了结婚证。可夏菁总是觉得还没走过恋爱的阶段，毕竟两人不在一起生活，完全没有夫妻的感觉。

爸爸临走前对夏菁说的话，让她想了许多。贾聪送玫瑰花和金卡的日子已经过去，真正归于现实生活之后，夏菁静下心来看看贾聪，觉得两个人确实有太多差异了。贾聪骨子里的浅薄和浮夸，让夏菁越来越看不过眼。借着火暴的地产市场，贾聪的公司的确是日进斗金，可他暴发户的嘴脸也跟着增长，今天买别墅，明天买保时捷吉普，还整天挂在嘴边上花了多少钱，简直庸俗不堪。好像他除了钱就没有别的了。贾聪越是彰显他有钱，夏菁就越不愿意找他要钱。装修房子的总预算是一百万，贾聪只是在开工之前给了她二十多万，接下来的钱，全是夏菁掏的腰包。

夏菁想自己静静地待上几天，沉淀一下情绪，理清一下思路，再和贾聪出来好好聊聊，把自己对他的看法和今后相处的模式跟他沟通细谈。妈妈看出了夏菁的心事，她告诫女儿："既为人妻，要凡事为他人着想，不要动不动就耍小性子。"夏妈妈觉得，女儿赶紧把家装修好，让小两口尽快能住在一起，同一屋檐下，才是真正的家庭生活。日夜耳鬓厮磨，什么别扭都会消除。

贾聪正好乐得夏菁不找自己，因为他也忙得很。老家一个通过七拐八弯的关系认识的曾大哥，很欣赏贾聪这个小兄弟，认识的三四年里，贾聪每次回平山乡下曲里拐弯的老家，都是曾大哥派司机车接车送，而他每次到深圳，贾聪都是热情接待全程陪同。贾聪的年纪和曾大哥儿子差不多大，相处的日子长了，两人倒挺有点情同父子的感觉。曾大哥以前是管经济的副市长，虽然因为经济问题出事后，成了一名平民老百姓，但是在位时为人豪爽，结交了一批很尊重他的企业家朋友。他确实是对贾聪掏心掏肺的好，常常倾谈关于做企业的一些经验教训，恨不得把自己的体会都传授给贾聪。

当贾聪愁眉苦脸地跟他说要运作一个大项目但是还缺一两千万资金的时候，曾大哥觉得自己有义不容辞的责任帮忙。每次来深圳，都会带上一两个在平山做得不错的企业家介绍给贾聪，希望能给贾聪带来合作的机会。前几次带来的，尽是些吃吃喝喝的主儿，来深圳纯属找乐子的，贾聪花钱接待完，就没了下文。本来贾聪只是对着曾大哥发发牢骚，也没指望他能帮什么忙，而曾大哥这次介绍给贾聪的，是个让贾聪眼前一亮，正儿八经的大老板，眼前他忙乎的，正是陪这个人。

这个人外号叫老五，家里兄弟姐妹六个，他排行老五，场面上就都叫他老五了。在当地，他是非常出名的房地产开发商。据曾大哥给贾聪介绍，老五在平山就相当于深圳的穆梓，甚至比穆梓还牛。开发了当地最高档的滨江小区"绿色港湾"。市中心区，他还有块纯商业的大项目，实力强得很。老五比贾聪年长好几岁，两人见面攀谈没多久，贾聪就自己提出叫五哥了。是兄长又是老乡，叫五哥自然是亲切许多。贾聪安排给五哥深圳最顶级的全套吃喝玩乐，又不让他掏一分钱，让他十分满意，而且鞍前马后地周到陪同，也让他很是感动。五哥觉得这个同乡的小兄弟年纪轻轻事业做得不错，还是个豪爽的汉子。相处短短几天，老五已经口头上认他是兄弟了，离开深圳的时候，贾聪亲自到机场送他，五哥一再强调贾聪一定要去他的地盘做客，一定要好好再聚。

和五哥的第一次见面，贾聪一个字没提合作项目的事，他觉得还没到时候，需要时间增加彼此的了解，特别是对五哥实力上的了解，曾大哥说归曾大哥说，要自己眼见才为实。

"红日"公司从2003年创立到做成一百多家地铺的规模，只是用了短短的三年多的时间。在这几年里，贾聪为了做大公司，可以说是费尽了心机。当初踢走Lisa时入股他公司的股东，贾聪如法炮制，多开了几家地铺后，吸纳了更多的资金，没到一年时间就毫不留情地赶走了他们。因为是不控股的小股东，受制于贾聪，明知自己被贾聪当了垫脚石，也只能认贾聪算给他们的账，要不一个子儿都拿不回来。

现在的"红日"有两千多员工，公司高管有许多是贾聪高薪挖来的行业高手，可是贾聪从来不完全地放手给他们管理公司，向来只是执行贾聪的命令和任务。公司的财务更是贾聪一人说了算，各个地铺所收的佣金，包括客户的保证金，从公司账户上转了一圈，留下日常的费用后，都归到贾聪的个人账户上，所谓的财务制度根本是废纸一张。除了出纳主管是跟了贾聪两三年的心腹，财务总监像走马灯一样地换，没人敢做账乱得一塌糊涂，又严重违反财务制度的活儿。

公司对外的融资，也全是贾聪自己在运作，公司财务只是负责提供银行所需的财务报表和相关资料。在同一家支行做了几年业务，贾聪跟行长混得铁熟了，所以才能用刚收购来没多久，根本没什么业务的夏菁做法人的公司贷出款来。至于贾聪和行长之间究竟是什么交道，只有他俩才知道了。而贾聪正奋力运作的广州项目，前期拿项目的所有环节，都是贾聪和他那个拍卖行的拍档一起做的，公司根本没人参与，更是没人知道是怎么回事。公司里，大家所知道的，都是贾聪认为能让他们知道的事。

从2006年年底开始，深圳地产市场的红火已经初见端倪，在公司高管的会议上，贾聪制定的发展方向是，全面扩张"红日"的地铺规模。在深圳各区最中心最闹市的地方，不惜代价扩张至少二十个铺。除此之外，大力发展上海市场，将上海原有的三个铺扩张到三十个。对"红日"来说，这是自开创以来，最大的手笔。深圳中心地带的铺位租金都很高，再加上装修和人员设备的配置，每个铺至少要一次性投入二三十万，二十个就是五六百万。而上海的费用更高，除了开铺的基本费用，还要增加设立分公司，租新的写字楼，招人、挖人，拉长了运营的战线，这是更高额的投入。公司财务部对拓展上海市场的预算是一千五百万。按照公司目前的盈利能力来讲，同时开拓两个城市，做起来相当吃力。一旦投入的地铺不能马上产生效益，亏损起来将是一个天文数字。但毕竟开铺还是为今后赚钱做投入，所以即使高管中有不同声音，多数人还是赞成贾聪的计划。贾聪一布置下去这个计划，大家立马如火如荼地投入到实施中，作为专业人士他们都明白，动作一定要快，趁着这波行情，趁着政府的新政策出台前赶快抢地盘。

　　这计划一开始，花钱就如流水一样地止不住。贾聪用夏菁的名义从银行贷出来三千多万，再加上自己赚的一千多万，如果只是用来扩张深圳和上海的市场，其实是绰绰有余的。可是，广州项目前期必须要到位四千万，这个项目才能拿到手。贾聪手上满打满算也只有四千多万，除掉预留开拓两地市场的两千万，剩下的钱根本不够用。何况，贾聪为了武装自己，银行贷款一到手，就新买了保时捷的吉普，还买了一栋在高尔夫球场里的别墅，虽然是做了按揭，可光这两样加起来，就是五六百万。更别说今天陪罗大哥、曾大哥，明天陪五哥、四哥，每天花在吃喝玩乐上的开销动辄几万甚至更多。现在的贾聪，必须动用乾坤大挪移的手法，才能继续把这两件事做下去。

　　他和拍档带了五十万的现金奔去广州，找到他们合作的广州那家拍卖行的老板。贾聪知道，此人和法院关系颇深，若非如此，这单生意也到不了他的手里。只要他同意他的四千万资金分期到位，法院也肯定不会有意见。只要拍卖行老板能摆平这事，贾聪愿意多拿三百万出来给拍卖行。刚开始，拍卖行老板不愿松口，虽然贾聪非常有诚意，虽然项目也是通过他的拍卖行运作。可作为拍卖行也要对法院有交代，即使找来了愿意收债权的人，也不能拖延太长时间。否则，法院对债权人也无法交代，所以，无论如何也要保证法院的执行时间。商量了半天，两人最后达成了协议。同意贾聪分期付四千万，先付一千万，作为保证金，然后逐月增加直至付清。但是，只能在四个月的时间内，如果超过期限钱还没付完，那前面所付的保证金就不能全数退回给他。贾聪毫不犹豫地答应了这个条件，他信心满怀地认为，在四个月内弄三千万，肯定是没问题。只要能把这个项目弄到手，不管什么条件，在所不惜！

　　离开广州前，贾聪把带来的那把五十万现金豪气地拍给了拍卖行的老板，还连声道谢。拍卖行老板自然是全数笑纳。回到深圳，贾聪把一千万保证金马上付到了拍卖行的账户上。接下来贾聪要面对的，就是无伦如何，也要在四个月内弄到三千万。掉链子的后果，贾聪自己根本不敢想象。

　　贾聪自己并没意识到这样的做法是让他进入了一个可怕的恶性循环当

中。广州项目的一千万付出去后，为开拓市场前期准备的一千万，随着两地地铺的增加，每天都在大量地支出，好多地方等着租金、押金、装修款、办公设备等林林总总嗷嗷待哺。因为是抢占市场，又处于市场的高峰期，租金也是水涨船高，拿铺的成本比以往高出几倍还要多，实际支出大大超过了原来的预算。一千万没折腾几天就已经所剩无几了。可广州项目还要做，不能把一千万扔出去打水漂。贾聪只好缩减上海的开支，把原本用在上海的资金，挪了七百万到了广州项目上。

上海分公司地铺的布点计划是从周边地区发展开始，再延续到中心城区，总公司突然收缩资金，原本的计划没法实施下去，只好将就已经开在郊区的地铺运营。投了七八百万在上海，结果弄了个虎头蛇尾，地铺数量和地点根本无法在上海进入竞争规模。刚开张就开始亏损。

看着财务每天报上来的数字，贾聪感到了非同一般的压力。如果再不想办法弄到钱，他必将面临一个不可收拾的局面。这是他自从当老板以来，感觉最忙最累的时候，肩膀上好像压了一副千金重担，让他双腿打颤直不起腰。而这个担子，他必须要自己想办法来挑，即使他已经隐隐感觉到，似乎这次的选择像是一个无底洞，不管扔进去多少都填不满，他也必须要咬着牙挑着担子往前走。

开弓没有回头箭，贾聪已经没有选择了。他只能开动自己的头脑和身体的每一根神经，去整合手上可能变来钱的资源，去寻找哪怕只有一丝的可能给他弄来钱的机会。"物业、车、五哥、罗大哥、夏菁、高利贷"每样东西每个人，时而像天使一样对他绽开充满希望的笑脸，时而又像魔鬼一样张牙舞爪地狞笑着像要把他撕碎。彻夜失眠，已经成了贾聪每晚的家常便饭，只有躺在小云的身边，贾聪似乎还能得到些许的安宁。他不知道，身边看起来似乎与世无争、安静温柔得如同小绵羊一样的小云，其实和他一样，心里脑里一刻也没有安静过，已经开始实施她的计划了。

那边还在为自己的爱情烦恼着的夏菁，并不知道贾聪面临的状况，也不知道暗处有一个隐形的女人视她为"眼中钉，肉中刺"，她只是满心小女人情怀地酝酿着怎么和自己的老公探讨关于婚姻和家庭的问题。一连十天，除了通通可有可无的电话，简单通报一下各自的日常生活，彼此连面都不见。夏菁心里有点儿慌了，再看不惯，也是自己的老公。她觉得不能再僵持下去了，主动约贾聪见面。

没有像以往一样，把夏菁带到好吃的地方大吃一顿，送礼物给夏菁讨她开心，贾聪懒懒地躺在自己万科俊园家中的沙发上，等着夏菁的到来。她心里本来颇不高兴，可推开贾聪家的大门，一看见贾聪胡子拉碴的样子，夏菁所有的不高兴一下子烟消云散了。

"老公，你怎么了？"夏菁赶紧坐在了贾聪的身边。

"没什么，老婆，就是有点累。"贾聪的声音相当有气无力。

夏菁眼里的贾聪，从来都是精神抖擞、精力充沛的，这样憔悴不堪的样子，夏菁还是头一次见到。

她心里有些发慌，想和贾聪讨论的话题，一下子就飞到了千里之外。

"老公，你是不是病了？"说着，夏菁伸手摸了摸贾聪的额头，温度正常得很。

"你到底怎么了？！你倒是说呀！"夏菁有些急了。

眼前的夏菁，没有用名牌的套裙武装自己，只是素面朝天，穿着随意的T恤牛仔裤，一脸真诚的着急样子，宛若邻家女孩一样的清纯可爱。看着这个对自己一点都不设防，稀里糊涂就成为自己老婆的女人，贾聪心里突然升腾起一阵怜爱，各种复杂的情绪忽地劈头盖脸抨击着贾聪的心。他忽然觉得自己很对不起夏菁，忽然很恐惧自己可能会把这个原本过着快乐稳定生活的女人，领向不知道会如何的何方何地。

他深深地叹了一口气，慢慢起身，一只手拍了拍老婆的肩膀，另一只手轻轻地握住她的手，尽量平静地说："老婆，真的没事。只是工作上有些事情心烦得很。本来不想让你见到我这个样子，打算过两天再找你的。"

贾聪柔弱的真诚，让夏菁十分心疼，同时她急切地想知道，贾聪的工作究竟出了什么状况。以往的工作经验中，但凡面临有状况出现，她总是会冷静面对的。"说吧，工作出了什么状况？"

贾聪动了动嘴，想把自己面临的所有问题一股脑地倒出来，但话到嘴边，他又咽回去了一半。"也没什么，就是广州项目还有两三千万的缺口，要想办法解决。"

"想到办法了吗？"夏菁紧接着问。

看着夏菁冷静的职业姿态，贾聪的精神猛地抖擞起来。

"有办法！老婆，但是你要帮我！"

"我怎么帮你？"

"你可以帮我操盘做这个项目呀！你做地产那么有经验，这个项目又不是二手房买卖，是包装销售重新装修的新楼。你就用常规的房地产项目做策划销售就行了。"

夏菁没有接贾聪的话，微微地皱起眉头，明显地面露难色。

"老公，这恐怕不太现实。虽然我是在地产行业里做了十几年，可一直都是做项目的前期工作。拿地、谈合同，还有政府的报批建，这些还行。销售我以前没有做过，也没经验。再说，我在永胜的工作还有许多没有完成，合同也没到期，穆梓是你大哥，又对我那么好，我不可能就这么撂挑子走人。"

沉默了片刻，夏菁还是直接地拒绝了贾聪。按照夏菁选择贾聪的初衷，确实是想和贾聪一起共同创业的，可是这一刻，夏菁的直觉告诉她，她不能答应这种没有经过仔细考虑的匆忙要求。

从夏菁的表情里贾聪已经读出了答案，他心里暴出一团对穆梓的深深妒意，一股子酸水在他胃里上下翻搅。深深地叹了一口气，贾聪阴阳怪气地说："我就知道，你不会同意的，穆梓哥是大老板，你跟着他是比跟着我强。"刚才还兴致勃勃的贾聪，又回到了颓丧的情绪里。

在贾聪这种状态之下，夏菁完全可以理解他的反应，并没有驳他的话，只是轻轻笑了笑，撒着娇说："老公，有很多种方式我可以帮你，不一定非要离开永胜。我可不想在你手下做事，日日夜夜都要对着你，烦都烦死了。"说完，夏菁把头靠在了贾聪的肩膀上。

"老公只是心里着急，想快点把事业做好做大，让你早点过上好日子。"

夏菁扭头望着贾聪，盯着贾聪看了一会儿，几天来要对贾聪讲的话几乎已经要蹦出来了，但是夏菁还是忍住了。眼前的贾聪实在不太合适再跟他讨论关于感情的问题。

"老公，对目前的物质生活，我已经很满意了。至于其他的，我们改天再谈吧。你现在工作遇到了问题，我们一起想办法，看看能不能找到对你这个项目感兴趣的投资商，到时你自己跟他们谈。你自己也找找看，需要我帮忙的时候，我会的。"

贾聪很清楚地知道夏菁绝对不是要和自己谈工作，只是故意不去答理。

他的焦点，实在没法聚集在夏菁的情感方面。贾聪的状况让夏菁只能把她想要沟通的东西暂时放下，强打起精神和贾聪谈他的工作。

广州项目，夏菁没有发表过多的看法，只是让他自己把握好。即使贾聪隐瞒了许多发展外地市场出现危机的实情，只是一味强调未来的美好前景，可夏菁还是非常坚决地打断了他，反对贾聪对外扩张的计划。她认为贾聪的公司不具备发展外地市场的能力和财力，应该专注做好深圳的市场，做好广州的项目，要么选择其一来做。夏菁字字句句，直接尖锐，说得贾聪心里毛焦火辣，烦躁不堪。

道别的时候，两人都非常礼貌和冷静，彼此心照不宣。

天空灰暗阴霾，回家的路上，夏菁怅然若失，心里堵得发慌，非常不爽。和贾聪的见面，就这样南辕北辙地结束了。她开始懊恼，甚至后悔自己结婚的选择。除了烦恼和忧郁，结婚似乎从来没有让她开心过。

夏菁和贾聪这对夫妻，或许做朋友会更好。做朋友，即使生活目的不同，性格不同，出身不同，也不会影响到友谊。朋友之间彼此没有更多的要求，也没有太多生活上的牵扯。可是夫妻就不一样了，不仅有排他性，有情感心灵和生理上的要求，还有许多生活当中细枝末节的牵扯。生活目的和性格的不同，导致对同一件事的感受大相径庭。就像两条并行的铁轨，各自向前永远无法交集。

对贾聪而言，事业比生命还重要，没有什么比名利更让他着魔的。他不愿意对夏菁说出工作当中的真实状况，担心夏菁一旦知道了全部需要解决的问题，会退缩，不愿为自己出力。而夏菁却是压抑着自己的情感，压抑着女人那根敏感神经接收到的危险信号，虚伪地扮演着善解人意的妻子的角色，卖力地在人前秀出自己的幸福生活。

这两个人之间，其实从来没有出现过爱情，之所以能走到一起，恐怕完全是因为彼此的需求。贾聪需要能为他事业所用的妻子，夏菁需要能满足她虚荣心的丈夫。看起来两人好像是已经得偿所愿，可短暂的虚浮过去之后，种种的隐患纷纷冒头。灰色，沉重地罩住了两个人，也成了他们生活的主色调。

（十四）连环套

你兴高采烈地上了一艘没有救生
圈的船，
以为它能开往幸福的彼岸，
其实，它从出发开始目的就注定
是沉沦。
你以为舵手把控着方向。

天气出奇的好，蓝天白云纯净得发假，像是用颜料笔涂出来的大型剧场布景，阳光不像夏日那样毒辣灼人，而是温柔暖人。这个季节的风不潮不腥，吹在脸上干爽舒服。十二月的北方已经是叶落草荒、满目凄凉，而深圳却还是阳光灿烂、树绿花红，完全感觉不到冬天的存在。与焦虑惆怅的心情相比，越是美好的环境就越像是一大杯硬杵在你嘴边的毒药，无奈，却又不得不喝。

　　夏菁正开着车去办公室，工作上有些事不大顺利，接了贾聪的电话后就更加没精打采了。从他家乡来了一个相交多年的大哥，非常有实力，贾聪准备游说这个大哥投资他广州的项目，让夏菁无论如何要参加为他接风的晚饭。为公司的事、为房子装修的事，夏菁已经忙得焦头烂额，而不甚满意的婚姻生活，又使得她夜夜失眠，根本没有心情去见一个什么家乡的大哥。可是老公的要求又让她无法拒绝，这些日子，和贾聪大概也只能在饭桌上见面了。

　　五哥是到深圳避寒探亲来了。每年入冬，身体不好的太太为了躲避四川的阴冷，都会到深圳的姐姐家小住上一段时间。太太已经先来住了段日子了，五哥自然是要跟来向老婆交交公粮的。来之前，他联络了在深圳的相识，其中也包括贾聪。接到五哥的电话，贾聪赶紧屁颠屁颠地亲自跑到机场迎接，并且再三强调，所有的安排，由他来包办。

　　飞机是下午四点钟到的，一路上看着深圳的大好风光，五哥由衷地赞叹起深圳的干净、漂亮、发达，还表示有机会也想要在深圳做点事。听着五哥的话，贾聪像是被打了鸡血一样，每个细胞都亢奋起来。他不失时机地要带着五哥去他的"红日"公司和地铺转转。一看离吃饭时间还早，自己又并不急着见老婆，五哥欣然应允前往。

　　五哥被拉着先去了"红日"的总部，参观了公司在罗湖区天安大厦的办公室。一整层的办公室人满为患，显得很拥挤，看上去繁忙红火得很。贾聪在一旁如数家珍一般，介绍着自己和企业的成长经历。如何从一个两手空空的打工仔，通过勤劳、智慧和魄力创建了"红日"公司，又是如何抓住机遇，准确地判断市场、领导公司发展起来的。站在公司密密麻麻插满了小红旗的地铺版图前，贾聪自豪地介绍公司目前拥有的资产已经超过一个亿。五哥在一旁发出由衷的称赞。

　　从总部出来，沿着深南大道贾聪向五哥介绍着沿途各个楼盘及自己地铺的布点情况。他的确是称得上深圳活地图，口若悬河介绍得让五哥听得十分过瘾。晚饭地点定在中心区的酒楼，刚好在夏菁上班的永胜大厦对面。这是深圳最昂贵的 CBD 地带，贾聪的地铺在这一区也是最密集的，最近的两个铺，相隔不过一两百米。五哥对深圳并不是完全没了解，他也知道，没有一定的实力，在这寸土寸金的中心区是无法做生意的。介绍自己公司的同时，贾聪间隙也隆重推出了他们的同乡穆梓。

　　永胜的项目，在这区里是最多的了，抬头环顾一圈，就有好几个，让五哥颇为赞叹穆梓的实力。身为房地产开发商的五哥，似乎对穆梓的项目更感兴趣，那些闪着钻石般光芒、直冲云霄的超高层商业综合体，是每个地产开发商的终极目标。

　　两人边看边聊，贾聪充满激情的宏图大计，让五哥也颇有些激动。他也开始对贾聪说着自己的事业规划，热血沸腾、满怀大志，让贾聪对他的实力又有了进一步的了解。夏菁在办公室里磨磨蹭蹭地故意晚到了十几分钟。两人就坐在沙发上一边等着，一边聊天，兴致勃勃地大谈自己的发家史，不时爆出惊讶和大笑声，土得掉渣的平山话充斥了整个房间，谈性正浓的两人根本没觉察到夏菁已经走进了房间。

　　那个身材一般，戴着眼镜，过早谢顶满面红光，浑身充满着县城气息，饶有兴趣和贾聪在高谈阔论的人大概就是五哥了。看着这场景，夏菁觉得有些好笑，她示意服务员不要出声，悄悄地径直走到贾聪身边。老婆突然出现在身边，贾聪先吓了一跳，接着马上展现出他的招牌露齿笑，甜蜜地拉着她的手，热情地介绍给五哥："五哥，这是我老婆，叫夏菁，是永胜集团的老板助理。"夏菁对着五哥微笑着礼貌地向他问了好。

刚落座屁股还没坐稳，贾聪就开始在五哥面前大夸夏菁，方方面面如何优秀，把她都捧上了天。五哥问了许多关于深圳地产市场的问题，特别是关于营销，夏菁都是尽自己所知的回答。客观专业的意见，让五哥听着十分受用。他热情地邀请夏菁和贾聪去平山过周末，顺便对他的项目提些意见。五哥认真地对贾聪说："兄弟，娶这个老婆，你是娶着了，打着灯笼都难找呀！"

　　借着五哥的盛情难却，没经夏菁同意，贾聪当面就答应了五哥的邀请。夏菁却非常不想去，她婉转地找要陪妈妈的理由推辞。五哥更加起劲地要夏菁连同伯母一起带上，去游江看平山大佛。贾聪也在一边敲边鼓，说如果老婆不去，他也不去了。夏菁拗不过两个人的撺掇，没有拒绝，却只是模棱两可地说到时再看。吃完饭，说是要回酒店去谈事儿。分别前，当着五哥的面，贾聪很温馨地抱了抱夏菁，亲吻了她的脸颊，还千叮咛万嘱咐地让她小心开车，回家早点休息。夏菁知道他俩要去干什么，她不想也无力去说破，只是深深地看了他一眼。

　　坐进车，夏菁被一阵深深的疲惫席卷，心里空荡荡的。她呆呆地把头伏在方向盘上靠了一阵儿，回想刚刚发生的一切，觉得自己像个演员，每天上演完看似热闹的生活，还是独自一人。抬起头看着后视镜里的脸，因为睡眠不足和忧郁的煎熬，已经失去了往日的神采，脸色暗黄无光，眼圈又黑又有些凹陷。结婚不过两个月，自己却一天比一天憔悴，一阵深深的悲哀涌上夏菁的眼眶，两行清泪忍不住从眼睛里滚了出来。就在她全心沉浸在自己的悲伤里，低着头默默抽泣的时候，突然听见有人在轻轻地敲她的车窗玻璃，夏菁愕然地抬起了头。

　　车外站着一个男人，那是一个她曾经很熟络的人，那张曾经熟悉的脸，满眼的惊讶和关切。夏菁赶紧慌乱地用手草草地擦去了眼泪，按下了车窗玻璃。

　　"菁菁，是你吗？"

　　"是我，你怎么在这儿呀？"

　　"我刚和客户吃完饭，看着像你的车，走近了才发现你在里面。"这人尽量用轻松的语气，化解着夏菁的尴尬。

　　看着眼前这个人，意气风发、满面红光，相比自己的憔悴，夏菁一脸狼狈。一时间，她不知道该说些什么。

　　"怎么了？菁菁，发生什么事了？"充满磁性和关心的男声，让夏菁再次泪如雨下。

问话的人叫于是，是一个律师事务所的高级合伙人，和夏菁认识七八年了。当年还是做律师仔的于是，曾经暗恋过夏菁好长时间，他当时的女友是夏菁的朋友。于是觉得夏菁青春逼人，性格又好也很谈得来，心里就恋上了她。当年夏菁对这个还在起步阶段又相貌平平的于是，并没有多大兴趣。好多次于是要向夏菁表白，都被夏菁打太极一样地给挡回去了，慢慢两个人就成了普通的好朋友。后来，虽然于是和女友也无疾而终地结束了，但也没再追求夏菁。

于是醉心于事业，拼搏了几年，成了律师楼的高级合伙人，一年也能赚个一百几十万。他没有再找固定的女朋友，心里一直都给夏菁留着一块地方。听说夏菁已经结婚，于是心里难过了好一阵儿，也没再主动联系她。

在地下停车场撞见夏菁一个人躲在车里哭，于是很意外，再看见夏菁消瘦憔悴的样子，令他又吃惊又心疼。

认识夏菁这么多年，她从来都是阳光健康的开心果，从没见过她如此伤心委屈的样子。等哭得差不多了，夏菁才注意到于是一直弯着腰站在车外，她有些不好意思，抹了抹脸上的眼泪，打开门让于是上了车。

在昔日心存暧昧的好友面前，夏菁打开了心扉。和于是坐在车里聊了一个多小时，把和贾聪从相识到近况，其间发生她认为重要的一切都说了。夏菁认为的重要，主要是贾聪婚前婚后对自己的态度和感觉如何完全不一样，如何因为家庭出身不同而没有共同语言，以及怀疑他在外面有女人这类的事情。于是听起来，只是觉得夏菁满腔的小女人情怀，作为男人，他并不认为贾聪有什么大问题。看着夏菁梨花带雨的可怜样子，于是虽然心疼，但除了耐心地听着她的倾诉，也说不出更多安慰的话了。女人的郁闷，男人给予的高品质聆听，比振振有词的指导意见更为贴心和重要。倒完了苦水，夏菁的心情开朗了许多，胸中的闷气释放了不少。

分别的时候，看着夏菁脸上露出的轻松的微笑，于是有些依依不舍。在他的心目中，夏菁是那种大方活泼，有些男孩子气的坚强女孩，今天的偶遇，见到她柔弱的一面，让他的心，涌起些莫名的东西。带着分外怜惜，于是对夏菁动情地说："菁菁，你以后要是不开心，不管什么时候叫我，我都会来陪你。"

开车回家的路上，想着于是的话，夏菁心里泛起一阵久违了的温暖，让她的心情开朗起来。那个晚上，夏菁难得地睡了一个好觉。

假如在那个晚上，夏菁能把贾聪在婚后如何用她名义贷款，当做比情感纠葛更为重要的事讲给于是这个律师朋友听，恐怕就不会令自己以后有数不清的债务纠纷，也不会因此而身陷囹圄了。

她从没意识到，自己对爱情一直都糊涂得很。总是因为别人对她好，听她的话，天天说好听的，以她为生活中心，就认为那是所谓的爱情。至于自己究竟真正喜欢什么样的人，她其实根本没有多少概念。就像贾聪，追求她的时候，全然地俯首称臣，满足她所有虚荣心，每天都享受被捧上公主宝座一样的飘飘然，她认为这就是爱情，甚至没有去好好了解一下这个人过往的经历和状况，就能把自己嫁出去。

这就是所谓聪明女人的可悲之处，除了自以为是、逞强好胜，还会为了掩盖自己的错误与失败，可笑地把所有的聪明才智全都用在麻痹和欺骗自己上。

在贾聪的真实面目渐渐清晰之时，夏菁故意去回避那些已经隐隐有感觉的危险信号，将关注的重点还是放在和贾聪一日不如一日的感情生活上。之前的甜言蜜语全部都变成了工作谈话，从早接晚送，变成了早晚都见不到人。夏菁的痛苦似乎变得越来越多，现实的状况和她所期待的婚姻生活距离也越来越远。别人看见的，都是贾聪对她的处处尊重和疼爱，爱面子的她又没法跟人说真实的情况。这种感情上巨大的失落和痛苦，她只能憋在心里，为了保持幸福生活的假象，还要故意做出善解人意、懂事大度的样子。即使穿了一双蹩脚的劣质鞋，还不自觉地想办法炫耀这鞋的好，这是聪明女人的另一种更深的悲哀。

那边，贾聪和五哥在皇家俱乐部耍到凌晨三点多，五哥吐得一塌糊涂，贾聪也头重脚轻，醉得不浅。他和司机一起架着人事不省的五哥送他回酒店。五哥一路上胡言乱语，翻来覆去地对着贾聪说："兄弟，你有个好老婆，去平山，一定要把她带上，要不，我不见你！"

贾聪醋意大发，在心里狠狠地骂了五哥两句，但酒醉心明的他，马上就又回过神来。五哥对夏菁如此欣赏，从他需要的另一方面，不得不说是件好事。在他和五哥之间，目前这种状况之下，夏菁自然是绝佳的黏合剂。

贾聪知道，看起来五哥虽然和自己称兄道弟谈得挺热烈，其实顶多就是个吃喝玩乐的老乡交情。介绍五哥给贾聪认识的曾大哥已经提醒过："对待老五要缜密细致，不能草率开口，否则只会弄巧成拙。让他能在短时间内对自己正在运作的事情认可，还愿意真金白银从口袋里掏出钱来，绝对不是那么容易的事。五哥对夏菁欣赏，不仅是她说的东西合他的口味，还因为夏菁表现出来的专业和认真。这说明五哥对有条理的专业人士还是很信服的。这注定了夏菁将在他和五哥之间，起到一些重要作用，可想到这些日子和夏菁之间的嫌隙还要花心思去处理，贾聪心里便一阵烦躁。

这些日子，他的心情很是复杂。看起来满身带刺、伶牙俐齿的夏菁，其实非常单纯善良，没什么心眼儿。

五哥这里的状况，看起来是不得不用夏菁。贾聪打算，该用还得用，等把这些事情都运作成功，赚了大把钱的时候，再好好补偿。他准备这两天和夏菁单独见见，是时候要好好安抚一下了。

和司机一起折腾了半天，好不容易把五哥安顿上了床，贾聪才摇摇晃晃脚下拌蒜地走出酒店大门，迎面的冷风吹得他胃里翻江倒海，差点一口喷了出来。已经四点多了，九点公司有会，八点要送五哥去机场，也睡不了几小时了，照惯例，这种时候都是去"海岸风情"蒸桑拿消消酒气，眯瞪一会儿就直接去公司的。刚上车准备出发，小云就打来了电话。

小云在这个钟点打电话，对贾聪来说是家常便饭。这么多年，她的作息时间早就和贾聪一样了，都是日出而息，日落而作的"夜猫子"。

"老公，应酬完了吗？完了到我这儿来。"小云没对贾聪改口，还是一直叫他老公。

"我喝多了，泡杯热热的茶给我，马上到。"贾聪习惯自然得很。

他给小云买的家在罗湖区的百仕达花园，离他的办公室不过十分钟车程。已经一个多月没去了，接到电话，贾聪马上改变了要去"海岸风情"的计划，让司机直接开去了小云家。他怎么也想不到，这看似自然平常的电话背后，竟然会隐藏着一个小云精心设计的大圈套。他更想不到，整天为别人设计阴谋的自己，有一天会掉进为他专门量身定制的阴谋里。

从那天早上贾聪撇下自己去赴夏菁的约会，伤心过后痛定思痛的小云下定决心要改变目前的状况，不再过坐以待毙、不三不四的生活。她十分后悔当年和贾聪朝夕相处的时候，没有给他生个一男半女，思量再三，她认为战胜夏菁，挤她出局，夺回原本属于自己位置的唯一方法，就是怀上贾聪的孩子。一旦有了孩子，她和贾聪就是有血缘关系的亲人了，是真正的一家人，任谁都拆不散。

贾聪不止一次地说过对夏菁毫无"性"趣，可在自己床上却是龙精虎猛得很。只要能怀上贾聪的孩子，自己眼前所有的被动全都能变成主动，一切就尽在她小云的掌握中了。她想象得出来，像夏菁这种当自己挺是回事儿的女人，绝对容不下自己老公搞大别的女人的肚子，到时举着化验单在她面前一晃，一定会让她跟贾聪大吵大闹着离婚。想到这些，小云心里就忍不住地偷笑。

定下了主意，原来整天无所事事的小云开始忙碌起来，几乎每天都奔波在这个医院和那个医院之间。先是偷偷摘掉上了多年的避孕环，然后把怀孕之前的身体检查都做了个遍。医生非常负责任，一点不替小云的钱包和身体心疼，一次次地输卵管通水，痛得人几乎晕过去，小云都咬着牙一次次的坚持住了。折腾了一个多月，最后所有各项检查结果都证明，她已经拥有一块比较肥沃的土地，只等着开垦播种了。

这段日子，贾聪忙着应付五哥和公司里乱七八糟的事，没来找她。正好让小云能在这一个月里，每天早睡早起，不熬夜不抽烟喝酒，日日喝汤狂补。等到例假干净七八天后，小云用测试排卵的试纸测出自己二十四小时内会排卵，捺着性子估摸着贾聪的时间，打了电话给他。当贾聪答应要来，小云兴奋得欣喜若狂。对她而言，这个自己创造的改变命运的机会，只能成功，不能失败。

按照贾聪的吩咐，她准备了一杯滚烫的热茶，不只放了上好的茶叶，还放了她早已准备好研磨成细细粉末的催情蓝色小药丸。以前贾聪经常喝得不省人事，到家之后倒到床上就呼呼大睡，连亲娘都叫不醒他，更别谈床笫之事了。今晚，小云绝对不能让贾聪出现这种可能让她功亏一篑的状况。溶化在茶里的药的分量，足够让一个七十岁疲软老头都能激动得奋战上半小时。不用多，只要贾聪喝上两口，用不了多久，他就会像发了情的豹子一样，不让干，能把墙都给你抓穿。她精心准备了一个多月的大戏，眼看着终于要开演了。

小云故意把茶泡得很浓，这样才能掩盖住药的味道，闻起来就是一杯香香纯纯的铁观音。穿上贾聪最喜欢的半透明粉色吊带超短睡衣的小云，喷香肉体凹凸有致，一览无余，黝黑的大波浪长发蓬松慵懒挑逗地垂在脸颊两边。耳后、发间、手腕上小云还特意喷上了从情欲商店里淘来的超级催情香水，据说能很快挑逗起男人的性欲。任何生理正常的男人，如果看到眼前尤物似的小云，肯定都会毫不犹豫地把她摁倒在床上。准备好了一切，大戏的帷幕已经缓缓拉开，小云在客厅里来回踱着步，焦急等待着男主角贾聪的大驾光临。

被酒精和疲惫双重折腾的贾聪已经困得不行了，几乎是半闭着眼睛进门，还没等他站定，小云就发嗲地叫着老公，扑到了他怀里。贾聪的鼻子里满满充斥着小云身上的香水味，让他马上困意全消。定睛看着分外妖娆的小云，他的精神更是为之一振。眼前的小云从没像今晚这么美丽和性感，犹如下凡的仙女一样勾人魂魄。从贾聪直勾勾的眼神里，小云知道一切正朝着自己所希望的方向顺利发展。她把贾聪让进门，轻轻按着贾聪的肩膀，让他坐在沙发上，自然地端起了茶杯递上："老公，喝杯茶，解解酒。"

喉咙早就干得冒烟的贾聪，端起杯子，也顾不上烫，吹吹嘘嘘地连喝了几大口，一杯茶没了一半。小云在旁边心里一阵高兴，借口去给贾聪搓个热毛巾擦脸，故意在洗手间里慢慢地磨蹭着等贾聪的药效起劲。

几口热茶下肚，没过几分钟，贾聪就觉得全身发热，脸上脑门上全是汗，他脱掉了西装，四仰八叉地坐在沙发上，等着小云的热毛巾。可越坐，越觉得燥热，坐立不安的体内似乎有一种无比兴奋的能量在向着小兄弟的方向聚集，慢慢地，小兄弟也开始发热，似乎要硬将起来。他再也坐不住，心急火燎地大声地叫小云赶紧出来。

贾聪猴急地连叫了好几声，小云这才应声扭着杨柳细腰，慢吞吞地走到贾聪身边。侧着身，歪着屁股轻轻地坐在了贾聪的腿上，拿起毛巾细细地给他擦脸，高耸着胀鼓鼓的雪白乳房，跋扈地在贾聪的眼前晃来荡去。贾聪体内的热浪，一阵高过一阵地袭来，他每个毛孔都充斥了性欲，小兄弟早就在裤子里面搭起了帐篷，硬杵杵地顶在小云的屁股中间。小云脸上泛起一阵红晕，风情万种地挑眉望着贾聪："老公，这是怎么了？要给我打针呀？"

小云香艳的挑逗让贾聪一下子按捺不住地跳将起来，他粗鲁地一把抓住小云胸前的两大堆白花花的肉，用力地揉捏起来。小云发出一阵娇叫，手里的毛巾早应声掉到了地上，边叫，还一边嘤嘤地说："我……还没……嗯……给你擦完……脸呢……啊……哎呀，别在这儿……我们到床上去。"

药效大发的贾聪，根本顾不上那么多，三两下，小云的睡裙和底裤，顷刻在他手中碎成了布条。他像一只发狂的野兽一样，粗鲁地把小云摁在了自己的胯下。

与此同时，小云也发出了号叫。这叫声很奇怪，夹杂着快感、痛苦、委屈，更多的，是淋漓尽致的满足。

事毕，累得像一头死猪一样的贾聪，一动不动地趴在了小云的身上。紧紧抱着一身湿淋淋的贾聪，小云深深地吐了一口气，她脸上扬起胜利的微笑，却没觉察到，两颗豆大的泪水，不自觉地顺着眼角流了出来。小云虔诚地默默在心里祈求老天爷保佑，让贾聪的种子能在身体里生根发芽，让自己能得偿所愿。

第二天一大早，贾聪晕头涨脑地赶到酒店，把和他一样还喷着浓浓酒气的五哥送去了机场。临进安检前，酒还没醒完的五哥，不忘交代贾聪，周末一定要带夏菁来平山，贾聪自然是满口答应。

从机场飞奔回公司开会，已经晚了半个多小时，大家早在会议室等贾聪多时了。会议讨论了一上午，归根结底，除了缺钱，还是缺钱。虽然生意成交量非常红火，每个铺的成交量比起以前都翻了好几倍。即使已经停止了对上海开铺的投入，可随着深圳本部地铺的与日俱增，亏损还是每天在持续。中心区和华侨城新开的三个超豪大铺，每月租金加起来有三四十万，光装修就用去了两百多万，庞大的开销，让公司越来越吃不消。市场出现的不正常的疯狂上涨，让几个高管颇有些忧心，他们诚恳地请老板再认真分析一下市场，听听其他高人的意见，适当地调整公司战略。自2月起，增值税政策已经率先在上海和北京出台，虽然并没有影响到深圳的房价，可对这种关内关外已经上涨了好几倍并且还在继续上涨的不正常现象，公司里有几个高管还是觉得把握不住。甚至有人建议贾聪，应该停止深圳本部地铺的扩张，大举砍掉上海那些连续亏损两个月以上的地铺，缩减开支，只把手上现有的地铺做好。看起来贾聪听得很仔细，对这些意见，贾聪却固执地有他自己的看法。会开到过了午饭时间才结束，大家也七嘴八舌地说了许多，贾聪并没有听从建议作出任何决定。

他仍然坚定地认为，既然房价还在上涨，银行对房地产企业以及二手房按揭的政策也还没有收紧，证明市场还有很强的需求和消化能力。虽说银行银根随时有可能收紧，可是，率先执行的只会是四大专业银行，那些要在激烈竞争下求生存的各个中小商业银行不会那么快就百分之百地完全执行政策，还会用他们的诸如做物业高评估价之类的方法继续房产按揭业务。毕竟房产按揭，是最安全，也是最保险的。2007年开始将是深圳地产市场的最高点，贾聪不认为要在最热的风口浪尖上，缩减自己的地铺，反而要在别人都认为该守该退的时候，加大力量占有市场。不光要开铺，还要开最大最豪华的旗舰铺，他就是要反其道而行之。目前的资金缺口，只是暂时的，他一定能想到办法解决的。公司能发展得这么迅速，没有冒险精神，是绝对不可能办到的，要都是十拿九稳、按部就班地去做事，恐怕早就被这个市场吞得渣都没有了。不管别人怎么说，贾聪是铁了心要把自己已经制订好的计划实施下去的。

要把计划实施下去的前提，就是要有钱。贾聪身边能弄到钱的，他认为有两个人是比较牢靠的，一个是平山的土财主五哥，一个是罗大哥。相比起来，他想先从五哥下手。首先是因为他有钱，又有在深圳投资的意思，又对自己比较认可。借着正好打得火热的时候，找准时机，跟他谈合作的事。以五哥的实力拿个一千几百万，肯定没问题。以广州项目为由头，从五哥这里弄到钱，先匀出一部分解决公司经营上的资金缺口。真正解决广州项目的大部分资金，要去找已经铺排已久的罗大哥想办法了。那是后一步的事，贾聪眼前最紧要的还是要先搞定五哥。周到地安排五哥吃喝玩乐，最多是能让他心情愉快，可要是真的拍在一起做事，就不能只是弄这些花哨玩意儿了。自己是纯农民出身，没怎么读过书，五哥心里其实对他还是不能打高分的。这点，贾聪心里明镜一样清楚得很。可从五哥对自己老婆夏菁打心眼里欣赏的眼神里，贾聪更看到了夏菁能在这事上出力。于公于私，是非得要单独约夏菁出来见面了。

约夏菁出来前，贾聪不仅专门去"艳丽一生"洗了头，还特意把晚饭订在华侨城洲际酒店的法国餐厅。纯正的法国人大厨，炮制各款美味。这是夏菁最喜欢的西餐厅，追她的时候，贾聪三天两头就会在这儿请夏菁吃饭。虽然西餐是贾聪最不感冒的，特别是在那种连屁都不敢放，必须安静优雅吃饭的地方，尤其厌恶。但为了达到自己的目的，贾聪还是非常乐意付出的。

接到贾聪打来约自己单独去法国餐厅吃饭的电话，夏菁顿时愉悦起来，电话里，就已经让贾聪感受到了她的开心。已经太久没有单独和贾聪吃饭了，夏菁早已厌恶透顶陪着贾聪没完没了地应酬饭局，何况还憋了一肚子的话要说。虽然是老公相约，夏菁却感觉像是去赴男朋友的约会一样，在家精心打扮了自己，选了条从没穿过、十分修身、低V领纯黑及膝的性感连衣裙，还特意喷了香奈儿五号香水。夏菁心想，一定要和贾聪好好聊聊，最好，饭后还能一起去贾聪家，两人温存一番，那才正儿八经地像对夫妻。

　　法国餐厅从装修到装饰都透露着优雅与高贵，空气中飘着雪茄、红酒和牛扒的迷人香味。光线低调，坐在舒服的大皮沙发里等着迟到的夏菁，贾聪几乎要睡着了，恨不得去弄两根火柴棍支着老想往下耷拉的眼皮。等看到终于出现，娉娉走来的夏菁，贾聪禁不住倒吸了一口凉气，精神一下子紧张起来，瞌睡立马消失不见了。夏菁穿得高贵性感，这和她平日干练的风格相当不同，要传达的意图已经相当明显。头天晚上贾聪对小云交出了所有存货，几乎是要精尽人亡了，再加上几夜的宿醉，就算玛丽莲·梦露再世出现在他面前，即使心再有余，而力已经实在不足了。看着眼前浑身散发着性欲光芒的夏菁，贾聪心里一阵阵发紧，不知道怎么才能过今晚这一关，看夏菁的眼神，不禁有些呆滞发直。

　　"帅哥，我能坐下吗？"看到贾聪注视自己的眼神，夏菁以为她的打扮起到了作用，心里高兴得很，故意逗了逗贾聪。

　　"当然，当然。"贾聪回过神来连忙应声。

　　"老婆，你今晚真漂亮。"贾聪赶紧夸了夸夏菁。

　　"谢谢帅哥老公夸奖。"夏菁风情无限地看了贾聪一眼。

　　坐定了半天，贾聪只是大口喝着冰水，并不出声。

　　"老公，你喜欢我这样穿吗？"

　　"喜欢喜欢。"贾聪潦草地回应完夏菁。

　　又接着说："老婆，你快点菜吧，老公都饿死了。"贾聪故意岔开了夏菁想要继续挑逗的苗头。

　　刚有些兴起的夏菁，扫兴地皱了皱眉，招来了服务生点菜。

　　这顿饭，在夏菁看来只是夫妻间调节气氛的温馨晚餐，只想借机把对婚后生活的一些感觉和想法和老公探讨一下，对贾聪提出些期望和意见。可对贾聪来讲，这顿饭，就不是那么简单了，眼看周末就要到了，贾聪当面答应过五哥，会带夏菁一起去平山的。他明显知道夏菁打心眼里不愿意去，虽说是男人和男人之间的生意，做与不做，最后的决定权还是在他和五哥手上，夏菁在他俩之间其实起不了什么决定性的作用。但是五哥对夏菁的欣赏和认可，能正面地促进贾聪和五哥之间的关系，为他能和五哥开口提出合作广州项目的事，作一个很好的铺垫。就算贾聪提出来五哥不同意，夏菁在一旁也能打打圆场，两人不至于尴尬。

贾聪的状况，几乎已经到了火烧眉毛的状态，就算广州项目的资金可以晚些到位，可深圳本部的经营不能老是靠占用客户的资金维系。开会的时候，财务已经面呈给贾聪一份清单，有一批等待公司拨款才能继续下去的交易单，急等着完结，甚至已经有业主去公司总部闹事了。所以，五哥这个已经花了不少钱财、心思和工夫来对付的大财主，贾聪打算无论如何都不能放过。和夏菁的这顿饭，贾聪的目的非常明确，就是要缓和跟夏菁之间的关系，令她愿意陪着自己去见五哥。表现如何，效果怎样，只能全凭临场发挥了。

"老公，我们喝酒吗？"夏菁已经点完了菜，服务生在征询配什么酒。

"你安排吧，老婆，点一瓶好点的。"贾聪知道夏菁是喜好红酒的，吃西餐牛扒，她必会点一瓶红酒佐餐，虽然可怜的贾聪同志已经接连宿醉，也只能咬牙牺牲，舍命相陪了。

美酒佳肴，贾聪一边主动和夏菁频频举杯，一边聊了一些无关痛痒、无关自己的闲话。他要等夏菁把她想说的话说完之后，再开口说自己想说的话。几杯酒下肚，脸色绯红的夏菁打开了话匣子。

"老公，咱们结婚已经两个多月了，你觉得我们之间过得怎么样？"夏菁有些幽怨地问道。

"老婆，你那么优秀，能娶你，是我的福气和运气，我觉得挺好的，可能你对我有些意见吧。"贾聪只能如实作答。

"你觉得我对你有什么意见呢？"夏菁想看看贾聪是否意识到了自己的不满。

"我太忙着工作，没时间陪你呗。"贾聪轻描淡写地回答道。

夏菁没有说话，举起杯，自己喝了一大口。

"老婆，我是个粗人，没你有文化，感觉没你那么细腻。你要是觉得老公哪里做得不好，你说，老公一定改！"说完，贾聪似乎很迫切地等着夏菁提出要求。

夏菁咬了咬嘴唇，然后脱口而出地问道："你老是不想和我上床，是不是在外面还有别的女人？"

其实夏菁心里藏了太多对贾聪的期许和意见，她希望贾聪能多陪她，不要老是把精力放在赚钱上；她还希望贾聪不要那么俗气，动不动就像个暴发户一样地摆阔气；她更希望贾聪能多关心正在装修的新家，每周能抽空去看看，不要好像事不关己地不管；她最希望的，是贾聪能像在谈恋爱的时候那样宠爱自己，把自己捧在手心里。就在吃饭之前，化妆的时候，她还想好了要跟贾聪做个约定，每周要在一起单独吃一顿饭，喝一次咖啡，看一场电影。她很诧异，一大堆的想法和期望，到节骨眼上脱口而出的居然是这个自己根本从来都没想过要摆到桌面上说的话题。

贾聪比夏菁更加诧异，他没想到，一向文绉绉的夏菁会这么直接地问他这样一个让他心里发虚的问题，一下子被哽住了。

夏菁有些后悔，问了这么没水准的问题，却也来不及收回自己的话，只能愣愣地看着贾聪。

虽然贾聪大大地吃了一惊，但马上就恢复了镇定。他避开夏菁的眼神，端起杯，特意慢吞吞地喝了一口酒，然后徐徐地咽下，借机调整了一下自己的呼吸和状态，再看回夏菁眼睛的时候，贾聪整个人已经很自然，让夏菁看不出丝毫的变化。

"老婆，在我们拿结婚证以前，我就想把自己的情感经历讲给你听的。你一直没问过，所以，我就没有主动对你讲。如果你有兴趣，并且也愿意听，我今晚可以讲给你听。只是，恐怕和你刚才问的问题扯不上了，因为那都是已经过去的事情。你今天问我这个问题让我觉得非常内疚和惭愧，我认识的夏菁，是那么阳光活力、充满自信，和我结婚短短两个多月，居然成了一个担心自己老公有外遇的怨妇。我真是对不起你，老婆。"说完，贾聪深深地叹了一口气低下了头。

贾聪这段话，先是非常艺术地回避了夏菁的问题，间接地回敬夏菁这是个根本就不该问的问题。再用自己的道歉告诉夏菁，是她想多了，最后让夏菁明白，她问的是没有的事。

夏菁既开不了口追问，也不知道该如何接话，虽然心里觉得很堵，她也只有无语，端着酒杯默默喝酒。

抬起头的贾聪眼眶似乎有些发红，脸上是夏菁似曾相识的表情。

"老婆，我现在才觉得，真的是对你太不好了。和我结婚后，你和笑笑、平平她们玩得少了，健身房也不去了，一天到晚除了上班，就是忙房子装修，还要老是陪我应酬，完全没了你自己的生活。我又一天到晚忙得没空陪你，让你一天到晚东想西想地折磨自己。唉……"贾聪的眼睛里真的有泪光在闪动，只是聚集得还不够，努力地等待着滚出眼眶。

先贾聪好几步滚出眼眶的泪水，自然是夏菁的。贾聪的字字句句，都真真切切地说到了夏菁的心坎上，随着贾聪的一声叹息，夏菁已经满脸泪水了。贾聪的话让她想着自己的状况，只不过是短短几个月之间，从单身到已婚颠覆性的生活，就是天堂和地狱之间的差距。她回想以前和闺密们的生活，逛街、健身、吃饭、喝酒、K歌、出门旅行，多么自由多么快乐。再看自己现在，每天忙没完没了的公事家事，随时应召贾聪和家庭生活无关的应酬，除此之外，还要战战兢兢地在妈妈面前掩饰自己并不快乐的生活，费尽心思地酝酿和老公贾聪的谈话，诚惶诚恐、小心翼翼地生怕得罪他，像个乞丐一样等待老公施舍一点爱和关注给自己。有名无实的夫妻生活，已经让自己堕落得像个幽怨的家庭妇女一样。越想，夏菁越觉得伤心委屈，眼泪越发止不住地猖獗。

夏菁呜咽着的声音，引得其他桌吃饭的人纷纷侧目，窃窃私语。贾聪有点不知所措了。他在一边频频递着纸巾，边递还边换着频道低声安慰着夏菁。

"好老婆，老公知道错了，老公保证改，好吗？"

"老婆，老公没有别的女人，老公就爱你一个人，老公绝对没有跟其他女人上过床。"

"老婆，老公保证，以后多陪你，起码每个周末都陪你，老公从来都是爱你的，我发誓，绝不变心！

"宝贝，好了好了，别哭了，别生气了，要不打我两巴掌，掐我两下，你哭得老公心都碎了，别哭坏了，原谅老公吧，老公跪在你面前了！"

说话间，贾聪当真就直直地跪在了夏菁的腿边。一向安静优雅的法国餐厅起了一阵小骚动，大家纷纷都看向夏菁的方向。夏菁不得已地止住了哭，顾不上擦脸上的眼泪，一边吸着鼻子，一边使劲抬着贾聪的胳膊肘，让他赶紧起来。

戏已至此，贾聪打算干脆做到极致。他根本不理会旁人在看着他们俩，一脸倔强地跪在地上一动不动。"老婆，你不生气了，原谅我，我就起来。"

贾聪的突然下跪，让夏菁觉得既诧异又尴尬，只好口里连声应着："好好，我不生气了，我原谅你了。你快起来，别人都在看我们！"

贾聪这才从地上起来，并不急着坐回自己的位置，而是站在夏菁身边腰弯得低低的，凑到夏菁面前，在夏菁耳边轻轻地问："老婆，你真的不生气了，真的原谅我了？"看着贾聪的脸上几乎已经浮现出卑躬屈膝的奴才相了，夏菁心里有些不忍。

"真的不生气了，只要你能改，我就真的原谅你。"

"我保证改，老婆，说到做到，你别再疑神疑鬼了，要相信老公。"夏菁无可奈何地点了点头，"那你亲我一下，我才相信你真的原谅我了。"

夏菁看了看周围，大家已经恢复了正常用餐，不再关注他们了。她赶紧蜻蜓点水般地亲了一下贾聪的胖脸。

贾聪的脸上立即绽开了他招牌的笑，完整地露出了他整齐的上下八颗牙。

接下来，两个人安静地吃完了饭，然后贾聪用超乎平常的热情把夏菁带回了万科俊园的家。这一晚，不知道贾聪靠着什么样的精神意志支撑，和夏菁完成了一次完整的夫妻生活，虽然质量和时间相当一般，但总算得上是正常。这是夏菁留在记忆里唯一一次，也是最后一次的夫妻生活。

这一晚，两人都睡得很好，一夜无梦。夏菁和贾聪没有相拥而眠，而是背对背，各自守在床的两边。这一晚，贾聪虽然只字未提要夏菁去平山的事，但他心里明白，过了今晚再说也不迟了，他已经确定夏菁会必去无疑了。

第二天，夏菁醒得很早，被身边打呼噜的贾聪吵醒了。她还不习惯和贾聪睡在一起，这是两人第一次完整的一晚。看着身边的贾聪，夏菁觉得熟悉而又陌生，这个躺在自己旁边、鼾声如雷、一脸奴才相、在众人面前下跪的男人，真的是自己的老公吗？自己今后的生活，真的就要和这样的人永远牵扯在一起了吗？夏菁看不清楚，也有些想不明白。

但是不管以后如何，她目前确实看见了贾聪对自己的紧张，看见了自己在贾聪心里还有着非常重要的地位。从贾聪在床上虽然努力，但是仍然蹩脚的表现里，她也感受到了贾聪确实愿意为他们的关系作出努力和改变。水平如何不重要，意愿很重要。夏菁心里还有的不满意，又被自己说服了。第一次，夏菁深深地体会到，原来，婚姻可以和爱和性无关。

贾聪醒来，对身边的夏菁又上演了一出温馨的早场戏。搂着夏菁，抚着她的头发，甜蜜地说了半天情话，看着夏菁已经有了陶醉的表情后，似是突然想起的无意间，贾聪让夏菁带上笑笑、平平和靓子一起到平山去玩一趟。他似是很细心地替夏菁着想，让她找朋友们一起出去散散心，缓解女孩子之间的小嫌隙。既是五哥发出过的邀请，又正好是合适的周末时间。

一听说老公要邀请好友们一起出去旅行，夏菁自然是开心得不行。好久没见女友们了，夏菁心里确实是想得很。一会儿都没耽误，她马上跳下床，鞋都没来得及穿，奔到客厅从包里翻出手机，唧唧喳喳地忙乎着打电话，情绪兴奋得很。贾聪闭眼假寐，听着夏菁兴奋的声音，半边的嘴角微微向上扬起，胸有成竹地笑了。

## （十五）绝命飞翔

我怨恨，

生命中有太多的来来往往。

那些轻轻重重，

我实在已无力承受。

我怨恨，

希望的曙光明明就在眼前，

却迅速消失得那样决绝。

如果睁开眼看见的只有黑暗。

那就让我飞去吧，

彻底地和黑暗融为一体。

我不想再去感觉疼痛，

不想再去经受不知何时才能

结束的轮回。

飞机刚降落在跑道上还快速地滑行着，贾聪就已经迫不及待地打开了手机，没一会儿，接到了同样也是迫不及待的五哥的电话。

　　"到了吧！我就在出口，你们走过来就能看见我。"电话里的五哥声音高亢，激动得很。知道贾聪带着夏菁还有她的三个美女朋友一起来平山，五哥非常高兴，带着司机早早地就等在了机场出口。

　　贾聪大步流星地走向出口，把边走边聊的夏菁和姐妹们远远地甩在了身后。等她们走到出口，五哥和贾聪早站在一起笑盈盈地等着她们了。

　　不得不佩服贾聪这招儿用得高明，他了解夏菁重视和朋友之间的关系，也知道女孩们爱玩爱吃，有人提供一次免费的旅行，大家自然都是愿意前往的。夏菁带了朋友来，爱面子的她自然会把大家招呼好；对在平山给她们安排食宿和行程的五哥，自然会热情尊重。夏菁的女朋友们各个都是爱热闹的人，几个唧唧喳喳的女孩，一口一个五哥叫得亲热。五哥的脸笑成了一朵花，本来就红润的脸显得越发红光满面。一旁的贾聪也跟着心花怒放，对自己这样的安排暗自得意不已。

　　平山是个二三线城市，没有机场，只能飞到成都，再坐两小时的车到平山。五哥安排了两辆车接贾聪他们。

　　一上车，笑笑就低声向夏菁打听五哥的来头，靓子和平平也把脑袋凑过来听。夏菁简单小声地说了几句话："贾聪的老乡大哥，搞房地产的，有钱，土，微色。"惹得平平她们呵呵地笑成一团。夏菁赶紧在嘴上竖起了指头，眼光指了指开着车的五哥的司机。

　　两小时后，一行人安全到达了传说中的平山。这个小城，历史悠久，山清水秀。岷江、青衣江、大渡河从这里流过，最出名的就是闻名天下的平山大佛。贾聪和五哥，其实都不是正宗的平山市人，五哥是归属平山下面的犍为县人，而贾聪，是井研县高凤乡曾家山的。和纯粹农民的贾聪不一样，五哥是做工程包工头起家，家里的兄弟姐妹多。他的家族在犍为是赫赫有名的，凡是县里的工程，不管大小，全由五哥一族的工程队包办。完成最初的资本累积后，五哥的胃口也越来越大，干脆举家迁到了平山。他凭借自己家族盘根错节的社会关系和实力，在平山拿到了岷江边最好的地，做起了房地产开发，从土得掉渣的包工头，摇身一变成了房地产开发商。在平山，五哥绝对是黑白两道通吃的大哥级人物。他平时为人低调，也很讲义气，社会上口碑还是挺不错的。

　　平山水资源丰富，水质也好，美食更是多得不得了。成都闻名的棒棒鸡、跳跳鱼等小吃，其实都是从平山传过去的。正是晚饭时间，五哥精心安排的晚餐是最出名的"西坝豆腐"。这家餐厅地方特色颇浓，也是最高档的一家餐厅。"西坝豆腐"是招牌菜，除了豆腐，还有其他的地道平山菜。夫妻肺片、二姐兔丁、红油笋丝、水煮岷江鱼、香辣牛肉、四川回锅肉、川香卤鸭子、辣子鸡，川菜特有的麻辣鲜香，在每道菜上都淋漓尽致地体现出来。一顿饭吃完，女孩们各个撑得肚皮溜圆，开心不已。

　　第二天一早，五哥早早地就在餐厅等着了。说好的安排是先去他的楼盘参观，中午在船上吃全鱼宴，然后去游玩平山大佛。夏菁她们睡得很好，精神很足，几个女孩围着五哥一边吃早餐，一边饶有兴趣地听五哥操着整脚的普通话对平山作着介绍，贾聪也在一旁跟着搭腔。五哥把大家拉到他开发的"绿色港湾"时欢乐达到了高潮。

　　贾聪和夏菁都没有想到，看起来这么不怎么样的五哥，能做出这么好的产品。"绿色港湾"整个项目都是无敌江景，占据着平山最好的位置和环境。靠近江的前排是联排和独栋的别墅，后排是带电梯的高层小高楼。大家看见的只是开发完成的一期和正在建设中的二期，五哥介绍的项目准备分六期开发完成。他指着根本看不到边的远处告诉大家，那些都是"绿色港湾"待开发的地。整个项目光占地就有两百多万平方米，项目大得惊人。看得贾聪和夏菁一行人目瞪口呆。最让人惊叹的是，五哥居然把项目的内部环境做得非常好。整个项目是东南亚风格，小区里十年甚至几十年的参天大树随处可见，一看就是花了大价钱才能做得出这样的绿化。

　　休闲会所、超市、文化广场，商业娱乐配套一应俱全。几条从项目中穿过的市政路，几乎成了小区内的专用道路。整个项目俨然一个世外桃源般的独立小城，和上海、北京等大城市的高档小区别无二样。

　　五哥领着大家把小区转了个遍，然后在小区的咖啡厅里休息一会儿。大家坐在咖啡厅室外，岷江江景一览无余，阳光柔和，江风徐徐，惬意无比。面对大家的夸奖，五哥非常谦虚地想听夏菁的意见。本来以为五哥只是个土农民的夏菁，不禁在心里对他肃然起敬。他不仅项目做得好，还谦虚过人。夏菁有些不好意思地推辞，在五哥的一再要求下，夏菁只好应允。

　　"绿色港湾"无疑是五哥的心血结晶，项目本来就做得好，夏菁没有更多关于设计方面的意见，但关于销售她倒是多说了两句。她认为五哥这种超大体量的项目，要先由财务核算定出销售额的目标，决策后再做产品设计。然后每期根据实际情况定价，再制订销售计划来完成目标。夏菁简单的几句话，却非常中肯实用，都是说到五哥心里的话。他频频点着头，连连称是。

　　把一切看在眼里的贾聪心里别提多高兴了。亲眼见到五哥的项目，贾聪也大吃了一惊，以为五哥只是个普通土财主，没想到原来是个大财神爷，以这种实力，一千几百万根本就是九牛一毛。五哥和夏菁谈得越投机，对夏菁越认可，贾聪就越是开心。他挖空心思地把夏菁弄到平山，为的就是这个目的。他一句话没插，像个心满意足的导演，饶有兴趣地看着自己挑选的演员们，一无所知剧情安排，最本色最卖力地演出只有他贾聪才知道的戏码和剧本。

　　五哥和夏菁越聊越欢，平平她们在一旁坐得无聊，紧着用眼神示意着夏菁赶快结束。夏菁收到平平的暗示，赶紧准备结束语，邀请五哥抽空再去深圳，带他参观永胜的楼盘，结合"绿色港湾"认真研究一下户型组合。五哥当即就表示了赞成，结束前，他请夏菁介绍一个好点的建筑设计事务所，推荐优秀的设计师帮他做下几期的建筑设计。

　　听到这儿，在一旁一直没出声的靓子突然很积极地插话道："五哥，夏菁在这方面认识的人很多，她一定能给你找个最好的设计师。"靓子最近终于交了个男朋友，是个建筑设计师，还帮永胜做过项目。她不失时机地插话，什么意思，夏菁自然心知肚明。夏菁抿嘴笑看了一下靓子，点头道："没问题，五哥，等你去深圳，一定把最优秀的建筑设计师领到你面前。"

第一次见夏菁，五哥对她的认识还不是很深刻。在平山再见，一番交谈，她性格的直爽开朗和对职业的认真专业，让五哥尤其欣赏。在他的心目中，夏菁是个难得的人才，甚至想着有机会，要跟她合作一把。

午饭在江上游船的全鱼宴又是丰盛非常。下午他们游完平山大佛，不知不觉间，一天就这样在吃喝玩乐间结束了。夏菁她们第二天就要返回深圳，贾聪却要在平山多留一天。夏菁只当老公是要和五哥玩牌多打混一天，并没有多问。

打了通宵的牌，第二天，贾聪赖在床上没起，强打起精神给夏菁打了个告别的电话。五哥还给每个女孩都准备了一份平山的特产，仔细交代司机要把她们安全送到机场。这份贴心和细致让女孩们感动不已。一个令人愉快的周末，画上了完美的句号。

见到从平山回来手里拎着大包小包的礼物、满面春风的夏菁，为前段时间总愁眉苦脸的女儿悬着心的夏妈妈，心里终于暗暗松了口气。眼看年关将近，已经陪了夏菁一个多月的她也可以暂时放心地回老家去陪老头子过年了。

留在平山，每天只是和五哥厮混在一起打牌喝酒的贾聪，并没有特意地提出有关合作的事。到他要走的前一天晚上，两人在茶馆里喝茶等着人来打牌闲聊，五哥说到想请夏菁做他的顾问时，贾聪似在无意间随口说道："五哥，这事你自己去问我老婆吧。她可是人才，我还想请她帮我操盘一个项目呢。我可是准备全盘交给她去打理，只是她还没答应。五哥最好帮我一块儿给她做做工作，帮谁有帮自己老公好呀！她做事认真，交给她我放心。"

一听是夏菁要操作的项目，五哥立即有了兴趣："什么项目？在哪里？"

贾聪非常简单地答道："哎呀，一个小项目，在广州老城区，从法院拿出来的，包装后重新上市，投入五千万，大概能赚一个亿左右。这种小单，五哥你看不起的啦，只有我能做做。"说完，贾聪自顾自喝着茶，好像根本就与五哥无关一样。

五哥接着问："资金回收期多长？"

　　贾聪答道："快就三四个月，最慢也就六七个月，肯定完了。"

　　作为一个商人，半年内能有百分之五十利润的项目，怎么可能不感兴趣，何况是五哥这样一个非常合格的商人。

　　"我下个星期去深圳，带我去广州看看。有可能的话我们可以一起做嘛。"五哥表现出来非常感兴趣，让贾聪的心里一阵狂喜。可他并没有大动声色，只是略显高兴地说："好啊，到时我陪你去。五哥要有意向参与当然是最好了。"

　　简单的几句对话，就已经达到了他到平山的所有目的。贾聪确实拥有聪明过人的脑瓜子，对什么人，用什么招儿，都很清楚。阶段目标已达到，贾聪即刻乐颠颠地飞回了深圳，为他未完成的革命事业继续奔忙。

　　夏菁的生活似乎风平浪静，为公司勤劳工作、装修房子，偶尔和朋友去K歌泡吧。贾聪讲话确实算数，从平山回来后，的确做到了每周陪夏菁吃两次饭，还陪夏菁看了几次电影，但都是刚开始没多久，他就已经呼呼大睡了。夏妈妈走后，他甚至还到夏菁家过了几夜，由于回来太晚，只能睡在客房。即使这样，夏菁也已经非常满意了，起码她看见了贾聪的改变和诚意，也再没有更多的要求了。蓝颜知己于是，还是经常给夏菁发短信，给予她非常的关心。夏菁总是以轻松愉悦的口气回复于是，刻意地保持着跟他的距离。

　　五哥如约来到了深圳，夏菁带着五哥仔细参观了永胜开发的最大最好的楼盘，还顺便介绍了靓子的建筑师男友给五哥认识，让他们的合作有了一个良好的开始。对五哥提出让她做顾问的事，夏菁虽然谦虚地婉拒了五哥，但同时诚恳地表示，只要有用得上的地方，她会全力帮忙的。夏菁的拒绝柔和而又艺术，五哥心知夏菁不会轻易在穆梓和永胜之外帮人做事，就没再坚持。

　　领着五哥进行的这一系列活动，贾聪都没有参与，有夏菁陪着，他觉得自己没有什么非出现不可的必要。和以往安排的豪华饭店不同，贾聪这次找了个偏僻的小餐馆，请五哥吃广东地道的野味穿山甲。

　　去餐厅的路上，贾聪给夏菁打了个电话，他要夏菁只是听着别出声。因为和五哥一起坐在车上，夏菁不明贾聪的用意，只好应声，没有问话。

贾聪神神秘秘地交代夏菁，吃饭的时候，若是五哥问起广州项目的事，叫夏菁不要驳他的面子，帮着说几句好话就行。他苦苦哀求夏菁，千万不要说她不知道这事，他想和五哥一起做这个项目，减轻自己的资金压力。

晚饭中，酒过三巡之后，五哥果然问起了广州项目的事。夏菁先看了贾聪一眼，接着平淡地回答五哥说，这个项目不错，有兴趣跟贾聪合作还是挺好的，没有发表更多的意见。当五哥问起她是否会参与这个项目时，没等夏菁开口，贾聪就抢着替夏菁回答老婆一定会帮老公的。虽然早告诉过贾聪她不会去替他操这个盘，但当着五哥的面，夏菁还是维护了贾聪的面子，没有反对他的话。五哥没看出两夫妻心照不宣，只是把贾聪和夏菁说的话字字句句都听了进去。不知究竟的夏菁虽然并不知道贾聪的计划，但他过分的紧张和故作的神秘，让她的心里甚是有些忐忑不安。这种感觉，随着快要来到的春节，夏菁忙得不可开交，被渐渐淡忘然后忽略了。

接下来的事情似乎是在贾聪的预期中顺理成章地发展着，可没有什么实质性进展的状况，让贾聪心烦意乱。五哥说是要去广州看项目，只是口头上表示感兴趣，却并没有留出时间去，只在深圳逗留了一日，因为公司有突发事件，便匆匆回到了平山，之后，再没联系贾聪。眼看时间一天天过去，离2007年的春节只有不到十天的光景了，公司要结的账越来越多，还有大笔的员工工资要解决，贾聪整个焦头烂额。

2006年的"红日"其实是有不少利润的，只是因为贾聪的投资和负债太多，赚的那点钱，显得有些微不足道。广州项目，在深圳、上海开铺，银行几千万的贷款，每个月的利息是必须要还的定数。光是贷款，每个月的利息加起来就将近五十万，还不算贾聪自己名下大大小小的按揭贷款。这个时候的"红日公司"就是靠每个月占用客户的保证金、拖欠房租和供应商货款维持着，早就是个入不敷出的空架子了。本来以为五哥是弄到钱的最快途径，贾聪没想到自己的棋差在了时间差上。

深圳有许多潮州人开的地下钱庄，其实就是地下黑市银行。借款利息是银行的几倍甚至十几倍。贾聪不能让自己的公司在前途光明的大好形势下陷入绝境，只能去借高利贷解决年前的困难。在春节来临的前三天，贾聪终于从地下钱庄借来了为公司救命的八百万。借条上打的是八百万借期六个月，可实际到贾聪账上的，只有五百万，其中三百万，作为第一个月的利息已经扣除了。贾聪借的这笔钱月息高达百分之四十，不仅如此，为借这笔钱，贾聪把自己的保时捷吉普，在银行还在按揭的沙河高尔夫别墅都作为担保抵押给了潮州佬。这些手续其实都是不合法的，但是，开钱庄的潮州佬敢把钱借给你，就有料能收得回来，想不还他们的钱，除非你是不想要命了。

此时的贾聪，根本就顾不上想以后的事，只想在年关上把公司的大窟窿暂时堵上。与此同时，夏菁为永胜的工作、房子的装修、置办年货忙碌着，也没工夫管贾聪。几天没见着夏菁，贾聪想着应该见面商量一下两人结婚后的第一个春节该怎么过。他爸爸妈妈早就从农村到了深圳，住在大哥家，催他领着新媳妇来见他们。处理完这些破事儿，贾聪总算能吐口气，这才想到了媳妇夏菁。

这天，贾聪打了好几遍夏菁的电话，　　直到晚上，都是无人接听。这种情况非常反常，以前从没出现过，贾聪的心里泛起一阵强烈的不祥之感。任由他抓破脑袋，也绝对想不到，此时的夏菁，正坐在罗湖百仕达花园十八楼小云家的客厅里。

公司提前两天放了春节假。两小时前，夏菁还在商场里为他和贾聪的第一个春节兴高采烈地操办年货，准备去贾聪哥哥姐姐家拜年的礼物。超市里拥挤而嘈杂，在接到小云的电话后，夏菁觉得周围的嘈杂瞬间平息。

"你好，请问你是夏菁吗？"

"我是，请问你是哪位？"

"你不知道我是谁，可我早就知道你了。"

"神神秘秘的，你到底是谁？有事就说，没事我要挂了。"

"夏小姐别急呀，对我，你最好还是有点耐心。我和你没有直接关系，但是我和你的老公贾聪，却有着多年非比寻常的关系。"

"我老公？你和他有什么关系？打电话给我要干吗？"

"夏小姐，看来你的问题还真不少，想知道答案，就到我家来坐坐。我就是想跟你见面好好聊聊。这是我们两个女人之间的碰面，希望你不要告诉贾聪，等我跟你见完，你再去找他我就管不着了。"

"我为什么要相信你？"

"哈哈哈！为什么要相信我？如果你愿意一直被蒙在鼓里生活，你可以不相信我。你不会不想知道贾聪究竟是个什么样的人吧？"

"你家在哪里？"

"罗湖百仕达花园十八楼。"

"好，我现在过去。"

"不见不散。夏小姐，记得不要告诉贾聪哟。"

半小时后，头脑一片空白的夏菁一路飞车到了小云家。

屋子收拾得很干净也很温馨。这个家里随处可见到贾聪的踪影，分明看得出，这家的男主人就是他。客厅茶几上放着小云和贾聪甜蜜的大头合影，沙发旁边的衣架上还挂着很眼熟的西装外套。

夏菁心跳得很快，有点发冷。即使她表现得很冷静，但脸部紧绷的神情，还是出卖了她的忐忑和紧张。看着眼前这个漂亮性感颇有些风尘味的女人，夏菁冷冷地说："说吧，你要告诉我什么？"

"我先自我介绍一下，我叫小云，认识贾聪那年，还不到十九岁。"比起紧张的夏菁，小云倒是轻松得很。

"哦，时间挺长了。"夏菁心里翻涌起一阵酸溜溜的东西。

"你不想知道我和贾聪是什么关系吗？"小云有些挑衅地问道。

"什么关系还用问吗？"夏菁扫了一眼周围，醋意变成怒气冲天而起。

"我对你和贾聪是什么时候认识，包括你和他以前的事，我统统没兴趣知道。我只想知道，你今天约我来你家，要跟我说关于我老公的什么事？如果你要讲你和他的历史，拜托你就不必了，因为他现在是我老公。以前的事情，我没兴趣知道。"夏菁以太太的身份还击道。

看着激动的夏菁，小云好像一个江湖女侠一样，重重地拍了一下大腿，大叫了声："好！看来你夏菁也是个爽快人，我就不提和贾聪以前的事。不过，你最好先有个思想准备，知道你是大小姐，怕你受不了这个刺激。"

"少废话，要说就说。"小云的嚣张让夏菁越来越生气。

小云故意慢慢地拉开茶几下面的抽屉，从里面拿出一张纸，轻轻地放在夏菁面前："我怀孕了，是贾聪的。这是化验单，你自己看吧。"

夏菁僵在原处，没有动手去拿那张纸。即使她不愿意相信自己的耳朵，可小云的话，她已经听得非常清楚了。

她用颤抖的声音问："你说什么？"

"我怀孕了！是贾聪的！"小云的声音很大，也更清楚了。

她把化验单举到夏菁的眼前，一边晃一边接着说："贾太太，这是化验单，你看清楚了。我怀孕了，已经两个多月了，是你老公贾聪的种！"

"我不相信！我不相信！怎么可能！"夏菁终于忍不住了，歇斯底里地喊道。

"你相不相信没关系，这种事也不是能胡诌得出的，是真的绝对假不了！除了这事，今天我还想告诉你的多了！你老公贾聪，和你结婚前我们一直是在同居，和你结婚后，也在同居！他跟你睡过几回觉，你自己心里应该最清楚！跟你拿结婚证的当天，他就是在我这儿过的夜！你不相信，去问他，让他跟你说实话！别冲我喊！你以为你了不起？你以为贾聪爱你？实话告诉你，除了我，他的女人多了去了，就是没人愿意嫁给他！除了你这种蠢女人……"小云比夏菁还要激动，她连珠炮一样，攻打着这个撬走了她的幸福、让她恨得牙根发痒的女人。看着夏菁泪流满面的崩溃样子，小云心里无比痛快。

小云说的每个字、每句话，都像一把把尖刀直接戳向夏菁的心脏；又像是一个个炸雷，轰响在她头顶、耳边。她呆若木鸡，任凭眼泪狂流。看着小云喋喋不休的红唇白齿，夏菁的耳朵好像失了聪，一个字都听不见了；脑袋像炸开似的剧痛，胃一阵紧过一阵地抽搐，恶心得只想吐。她猛地站起来，摇摇晃晃地冲到门口，拉开门，冲了出去。看着夏菁受了刺激的狼狈样，小云脸上又露出了得意的笑。她心想："去吧，赶快回去跟贾聪闹，闹得越大越好，最好把他赶出家门，这个年，就该我跟他一起过了。"

天已经黑了，虽然这个冬天出奇的热，夏菁却冷得浑身止不住地颤抖。冲下楼，她扶着墙根，一阵狂呕，空空如也的胃里只有酸水和苦苦的胆汁。她弯着腰，捂着胃，颤颤巍巍地躲到自己的车后，坐在了停车场的路牙子上，蜷缩着身体呜呜大哭。无助、无望、疼痛和愤怒，疯狂地撕扯着夏菁的心。

她颤抖着手，打开包，拿出了手机。被她调成静音的手机上有几十个未接来电，除了有一个是于是打的，其他全是贾聪的号码。看到贾聪的名字，悲愤交加的夏菁又失声哭了起来。过了好一会儿，她哽咽着按下了于是的号码。

于是正在滨河路上开着车去和朋友吃饭，下午打电话给夏菁是因为要回老家去过年，准备向夏菁告个别，顺便提前祝她春节快乐。看到夏菁的回电，于是挺开心地接了她的电话："菁菁，现在才回电话给我？"

电话里先是一阵短暂的沉默，接着爆出了夏菁震耳欲聋的哭声，震得于是耳朵和心一阵生疼。开着车的于是大吃一惊，问道："菁菁怎么了？别哭，别哭，怎么了？"边打着双闪赶紧把车停在了路边。

电话里的夏菁只是好像天塌下来一样地痛哭，一句话都不说。于是心里又急又慌，在电话里一遍遍地问夏菁在什么地方，他要马上过去。夏菁这才口齿不清地告诉于是："嗯嗯，我在嗯……百仕达花园……嗯……的停车场……嗯……"说完就挂断了电话。于是知道夏菁肯定是出了什么事。心急如焚的他，飞快地开着车直奔向百仕达花园。正是吃饭时间，路上堵得很，等他赶到，已经是半小时之后的事了。

他围着停车场转了好几圈，才发现了坐在路牙子上的夏菁。她已经停止了哭泣，双手紧紧地抱着胳膊，目光呆滞地看着前方。于是走过去慢慢坐在了她身边，看着夏菁红肿的眼睛，他心如刀绞。夏菁空洞地看着于是，对他挤出了一个勉强的微笑。一脸的憔悴，让于是心都要碎了。

"菁菁，你怎么了？发生了什么事？"

"于是，我口渴，能给我点儿水喝吗？"夏菁有气无力地说道。

哭了那么长时间，夏菁觉得口干舌燥筋疲力尽。于是赶紧跑到车的后备厢拿了一瓶矿泉水，顺便给朋友打了个电话，告诉他们饭局去不了了。此时此刻，对于是来说，没有人比眼前需要他的夏菁更重要了。

接过于是递来的水，夏菁仰起头，一口气喝了大半瓶，用手背擦了擦嘴角的水痕，然后深深地吐了一口长气，才觉得缓过点劲来。"于是，谢谢你来，我肯定耽误你事儿了。"她说道。

"菁菁，你没耽误我的事。你能打电话叫我来，我觉得挺开心的。现在能告诉我出了什么事儿吗？"

夏菁眼圈一红，已经哭得有些发痛的眼睛，险些又滚出泪来。夏菁抬起眼睛望望已经漆黑的天空，把眼泪忍了下去，说："于是，我想，我的日子大概过不下去了。你作为男人，作为我的好朋友，一定要帮帮我，告诉我应该怎么办。"

于是看着夏菁对自己信任的眼神，咬着嘴唇，重重地点了点头。夏菁开始对于是一五一十地讲述发生的事。听着听着，于是的神色越来越凝重，眉头紧紧地纠集在了一起。

一直联系不上夏菁的贾聪，打遍了她几个女友的电话，都没有一个人知道她的行踪。贾聪的脑子里涌起许多可怕的想法。过年前的深圳，社会治安最不好了，越想，贾聪越觉得心惊胆战，饭也没兴趣吃了，像只没头的苍蝇一样，自己开着车到处乱转。新房和夏菁家他来回了好几趟，还是不见人。一看时间，已经快八点钟了，贾聪心想晚点再来夏菁家看看，如果她一夜都不回家，肯定要去报警了。找不到夏菁，饥肠辘辘的贾聪想起了好长日子没去光顾的小云了，他拿起电话，直接打到了小云家里。

一看电话显示是贾聪的号码，小云的心立即加速地狂跳起来。从夏菁冲出她家的门，已经好几个小时过去了，她一直忐忑不安地等待着事态的发展。小云觉得这几小时，简直比一个世纪还长。她用手捂着胸口，小心翼翼地接起了电话。刚"喂"了一声，电话里就响起了贾聪的声音："在家呀，我马上过去，还没吃饭。"然后他"啪"的一声，就挂了线。

贾聪的声音没有异样，不像是跟夏菁碰过面。小云挂了电话，带着满腹狐疑扎到了厨房给他准备晚饭。

贾聪的车开进百仕达花园的停车场，突然余光瞟见一辆银灰色的宝马车特别眼熟。他停好车，快步走到近处一瞧车牌号码，果然是夏菁的车。车里没人，他摸摸车头盖，温度不高，看来车停在这里不是一时半会儿了。

贾聪觉得奇怪，隐隐约约的，他好像听到有一男一女说话的声音从车后面传出来。女人的声音有点像是夏菁的，男人好像说着安慰那个女人的话。他屏住呼吸，竖着耳朵，蹑手蹑脚地从车前转到了车后面。

果然是夏菁，她正在和一个男人肩并肩地紧靠着坐在路牙子上低声说着话。贾聪的出现吓了两人一跳，夏菁和于是仰着头，呆在原地，愣愣地看着从天而降的贾聪。一看让自己悬心、担惊受怕了半天的夏菁好端端地在自己面前，还和一个男人亲密地在一起，他的怒火和妒火一起中烧。贾聪小眼睛怒目圆睁，透过不算薄的眼镜片，发出阵阵凶光。他努力地压抑着自己的怒火，叫道："老婆，你在这儿干吗？！他是谁？"

夏菁向于是已经仔仔细细地讲完了这一天里发生的事。于是正在安慰夏菁，让她不要难过，事情究竟是不是她听到的小云一人所说的真相，还

160

需要验证。正说到这儿，贾聪就来了。

贾聪问的话和他气势汹汹的模样，让夏菁"忽"地一下站了起来。在地上坐得时间太长，她觉得一阵头晕目眩，身体晃了几晃。于是赶紧站起来扶住了夏菁。

夏菁一把甩开于是，戳到贾聪的面前，血红的眼睛狠狠地望着贾聪。在小云家受过的侮辱，让她像一只受了伤的野兽般凶恶。夏菁的手指几乎点到了贾聪的鼻子。她用尽全身力气，声嘶力竭地喊道："你问我在这儿干吗？！我倒要问你来这儿干吗？！你不用回答，我知道，你是来看你住在十八楼的小情人！对吗！？你是不是很奇怪我为什么会知道？我告诉你！是那个叫小云的女人请我来的！我已经在她家里，欣赏过了你们的甜蜜合影了，你别想不承认！贾聪，你知道她为什么请我来吗？！因为她要亲自告诉我一个天大的好消息，她怀孕了！听清楚了吗？她怀孕了！大概你早就知道了吧？！"说完，夏菁双手掩面号啕大哭，又瘫软着坐到了马路牙子上，浑身颤抖不已。

贾聪呆若木鸡了。夏菁说的一切太不可思议了。从下午到晚上找不到她，贾聪设想了一百种可能发生的事，但绝对想不到会和小云扯上关系，而且，从夏菁的嘴里说出小云怀孕的事，根本像是天方夜谭。贾聪很想让自己镇定冷静下来，否认一切。可她确实在小云家楼下，夏菁还把关于他和小云的一切都说得那么清楚。贾聪一直沉默，一句话也不说，看着悲痛欲绝的夏菁，束手无策。

站在一旁的于是看着这僵持的场面，只好走到了贾聪身边，对他说："贾总，我是夏菁多年的好朋友于是。我们只是朋友，来这儿，是因为夏菁打电话给我。我怕她出事，请你不要误会。在这样的场合初次见面，的确是有点尴尬。夏菁她现在情绪太激动，你们两个现在也没法谈。要不我先送她回家，有任何情况，我再给你打电话。"

于是话还没说完，就听见旁边的夏菁边哭边大骂起来："浑蛋！骗子！贾聪，你是个不折不扣的大浑蛋大骗子！我瞎了眼才会嫁给你！结婚才三个月，你就搞大了别人的肚子。你不是人！畜生，你滚！滚远点！我再也不想见到你了！滚！"贾聪的呆若木鸡和一语不发，让夏菁更加生气和伤心。

本来，她还心存幻想这一切可能是小云的编造，可见到那么能说的贾聪呆滞得连解释都没有，就清楚一切属实了。她擦了擦眼泪，挣扎着站起来，看着于是眼泪巴巴地说："于是，求你，带我离开这儿。我不想见到这个恶心的人！"她边说，边转身小跑着飞奔向小区大门。于是对贾聪做了个打电话的手势，赶紧追着夏菁去了。

看着两人的背影，贾聪愣在原地，脑子里面嗡嗡作响。一切发生得太突然，他来不及反应，也来不及判断。他不相信小云会做出这样的事情，可他也不相信夏菁会无中生有，胡说八道。他带着一肚子的疑问和怒气，快步向小云家走去。他迫切地需要把事情的真相搞清楚。

门铃急促地响，小云警觉地走到门口，从猫眼望了一眼。小孔里是贾聪那张放大得有些变形的脸，阴云密布，看起来有点恐怖。小云的心有点发慌。她弄不明白到底是怎么回事。打电话给她的时候，他分明还是完全不知情的，怎么一会儿工夫就脸色大变了呢？容不得她多想，门外的贾聪又烦躁地摁了几下门铃。镇定了一下，小云战战兢兢地打开了门。

贾聪径直走到了沙发边，一屁股重重地坐了下来，眉头死死地纠结在一起，狠狠地盯着小云。看着一脸掩饰不住慌张神色的小云，贾聪心里已经明白了七八分。

小云感觉贾聪肯定已经知道些什么了，一场狂风暴雨无可避免地将要发生。她既期待，又很害怕这一刻的来临。在夏菁离开她家的几小时里，小云在心里排练过无数次应该怎么应付贾聪，甚至说什么，用什么语气和表情，什么时候该哭，什么时候该发狠她都仔细想过了。事已至此，她即使害怕也只能硬着头皮往前走了。

小云慌张地避开贾聪的眼睛，低着头到厨房给贾聪端晚饭。屋子里充满了暴风雨来临前的特有气息，紧张得一触即发。把饭菜端上了餐桌，小云怯怯地叫了贾聪一声："老公，来吃饭了。"贾聪一步一步越来越近地走向小云，重重的脚步声踩得她心里直打战。

桌子上摆着一荤一素两个菜还有一个汤，让人胃口大开的蒜苗回锅肉，青翠欲滴的白芍菜心，红白清香的番茄鸡蛋汤，米饭腾着香喷喷的热气。本来饥肠辘辘的贾聪却对桌上的饭菜毫无兴趣。他扫了一眼桌上的饭菜，眼睛直直地瞪着转向小云："你今天叫我老婆到这儿来了？"小云咬着嘴唇看着贾聪，没有出声。

"问你话呢！说呀？！"贾聪的声调突然提高，整个人压到了小云面前，把她逼到了墙角。

小云倔犟地挺起胸，抬头对着贾聪说："是！怎么了？"

贾聪把头扭到一边，咬着牙，翻眼吐了口气，接着问："你告诉她你怀孕了，是真的吗？！"

小云箭在弦上，不得不发。她一字一句地回答道："我告诉她怀孕是真的，我怀孕了，也是真的！"

贾聪的脸上立刻浮现出了不信任和烦躁的神情："你他妈的骗谁呢？我这两个月根本就没来过你这儿。再说，你不是一直上着环吗？怎么怀孕？！"

贾聪对小云说话的语气，就像是一个嫖客在质问要讹诈他的野鸡一样，让小云十分不舒服。

"你他妈的两个月没来，两个月前没干过我吗？！是他妈谁裤子都没脱掉就在沙发上干我？！我是上了环，正好你干我前一个月老娘我把它摘了。我现在怀孕两个月，除了你，我又没跟别人干过，不是你的，是他妈鬼的？！"小云的江湖形象原形毕露。

小云的话，让贾聪回忆起了那晚喝多了到她家的情形。记忆里，那晚上的小云好像格外风情，自己也似乎异常勇猛，越想，他越觉得有问题："你摘了环为什么不告诉我，还故意约我来？你是不是有预谋的？"

"是有预谋又怎么样？！反正我现在怀上了你的孩子，也告诉了夏菁，你看怎么办吧？！"

听到小云的话，贾聪愤怒得无法控制。他抬手一拉餐桌的台布，桌上的盘盘碗碗，全部飞到地上。饭菜、汤洒了一地，盘碗粉碎。贾聪怒不可遏地指着小云的鼻子狂骂道："你这个阴险的贱货，敢算计我？！"心里的懊恼无法形容。

小云毫不惧怕贾聪的愤怒，不甘示弱地回嘴道："我算计你？！跟你这么多年，我算计到你什么了？！要说算计，谁能比得上你呀？！你算计我给你开了铺，你他妈的还算计 Lisa 给你开了公司，现在你又算计上了夏菁，娶她就是为了帮你办事！现在，你占着两个女人，让我过这种不人不鬼的日子！别把我当成什么都不知道的傻瓜！你才是个最阴险最会算计人的大流氓！"

小云凛然得像一个烈士。她话音未落，贾聪就高高地举起手，对着小云的脸，给了她一记又重又响的耳光。小云本来扎着的头发，被一下子打散全都垂了下来，脸上清晰地现出五个通红的手指印。

贾聪手指重重地点着小云的额头，凶神恶煞一般地嚷道："流氓给你买的房子买的车？！流氓给你开咖啡厅让你每个月有钱花？！我是流氓，那你赖着我干吗？干吗还挖空心思地怀我的孩子？！"

"你给我买房子买车，那是应该的！你本来就欠我的，没有我，你哪儿有今天！当初要不是……"

贾聪粗暴地打断了小云的话："你帮我掏的那几个钱，早他妈就还给你几倍都多了。还他妈的有脸提当初？你当初是什么？！你他妈就是个坐台的婊子，是他妈卖×给香港老农民的鸡！我想起来就恶心，你还有脸提！"

小云被贾聪恶毒的话气得五脏俱焚，哇哇大哭。她号叫着一头撞进贾聪的怀里，抬起手对着贾聪的脸狠狠地抓了下去。

一声闷响，她撞得贾聪胸膛生疼。他一把推开小云，小云轻飘飘地往后踉跄着，一屁股重重地蹾在了地上。肚子一阵疼，让她想起自己肚子里还有孩子，再跟贾聪厮打下去，把孩子弄掉了，就什么都没有了。想到这儿，小云整个人软软地坐在了地上，一把鼻涕一把泪地哭起来。

贾聪觉得脸上一阵刺痛，用手一摸，有浅浅的血迹，知道脸肯定被抓破了。看着面前坐在地上披头散发、泼妇一样的小云，他心里涌上一阵深深的厌恶。"你他妈就是个贱货加泼妇！多看你一眼都觉得恶心。"说完，贾聪转身好像准备走了。

看着贾聪脸上触目的血痕，小云又开始害怕了，觉得再打闹下去，不知道该怎么收场。小云赶紧爬到贾聪的身边，拉着他的裤腿，带着凄惨的哭腔恳求道："老公，我错了！你别走呀！我错了……"

贾聪本来是要去洗手间瞧瞧自己的脸，顺便冷静一下。一看拉着自己裤腿，死皮赖脸的可怜样的小云，再想起刚才夏菁歇斯底里的疯狂劲儿，贾聪心里发出一阵深深的叹息："不管什么女人，疯狂起来，都是一个德行。"他很恨自己还和小云纠缠在一起，早就应该跟她作个了断了。自己现在夹在两个女人中间，乱成了一锅粥，左右都不是人。

贾聪曾经很郑重地决定，一旦机会成熟，做做夏菁的工作，甭管大的小的，他会想办法给小云一个名分。可她这么一闹，把她在贾聪心里曾有过的一席之地，摧毁得荡然无存。

对贾聪来说眼前的小云就是个一无是处的疯婆子，重要的当然是夏菁了。无论如何，夏菁现在是他的合法老婆，更何况，还有银行贷款和一些人际关系跟夏菁牵扯在一起。从哪个方面看，贾聪都不可能因为小云和夏菁分开，可是，能不能把夏菁安抚好还是个未知数。马上要过年了，刚花大代价解决了公司的财务危机，又闹这么一出后院起火，贾聪心里烦躁得不行。

小云还在地上趴着哭，死死地抱着贾聪的腿。贾聪抬腿一下子就把她掀开了。小云迅速地爬起来，抽泣着跪在了贾聪的脚下，仍然拉着他的裤腿，泣不成声地说："老公，求你了，我知道错了，求你看在我跟你这么多年，肚子里还有你孩子的分上，原谅我吧。我真的知道错了，你千万别不要我。我以后保证听话，我不敢了……再不敢了……"听着小云的声声恳求，贾聪的脑袋里突然冒出一个想法。

他蹲下身把小云扶起来坐到椅子上，递了张纸巾给小云，让她擦擦眼泪，自己也拉了张椅子坐到了小云对面。贾聪突然温柔地看着小云，慢慢地说："你知道错了，那你说说错在哪儿了？"看贾聪的态度缓和下来，小云以为是自己的哀求打动了贾聪，心想，两个人是该坦诚地平心静气地谈谈接下来该怎么办。她停止了哭，擦去了脸上的眼泪，深呼吸了一下，老老实实地回答道："我先错在不该瞒着你偷偷摘了环，后错在不该给夏菁打电话，让她到这儿来。"

贾聪只是默默地听着，好像在想些什么。

等小云说完，贾聪又问道："那你打算怎么改正你的错误呢？"

贾聪的问话让小云一时有些语塞，心里觉得有些不大对头，但还是回答道："孩子怀上了，是不可能做掉的，我一定要生下来。至于夏菁……"小云咬着嘴唇，低头不敢说了。

"说呀，夏菁怎么办？你想怎么办？"贾聪在一旁催促道。

"老公，夏菁她能接受这事吗？我是说，我怀孕的事。"说到这儿，小云的声调突然降了下来，有点怯怯的。

"能接受怎么样？不能接受又怎么样？你有什么想法？"贾聪似乎很诚

恳地想听小云的意见，但他看着小云的目光，阴冷得让她心里直发寒。她又咬着嘴唇不敢出声了。

"我知道你心里想什么呢。你打电话给夏菁，就是故意要把你怀孕的事告诉她，让她跟我闹，闹得越大越好，最好是提出跟我离婚，对吗？到时候，你就借着肚子里的孩子，把她取而代之，对吗？"

"不是的！"小云无力地争辩道。

"不是的，不是才怪！这么好的消息，你为什么不第一时间告诉我，而是告诉夏菁？！"

"我……我……"被贾聪戳中了要害，小云说不出话来。

"我看你是电视剧看多了，脑子进水了！你以为，这是很简单的事？我和夏菁这么容易就能被你用这种卑鄙的手段戳散？你以为我就像个傻子一样，那么任你摆布？你是今天才认识我吗？！"

贾聪把小云逼到了墙角，让她无路可退。小云又激动地喊了起来："我不管！我不管你和不和夏菁离婚，就算我有这种想法，你们俩的事情你们自己解决。反正你要对我，也要对我肚子里的孩子负责任！"

"哈……哈……哈！"贾聪发出一阵阵冷笑，笑得小云毛骨悚然。

"负责任？！行，我可以对你，对你肚子里的种负责任。但是你要先对我负责任，对你今天的行为负责任。你愿意吗？"贾聪双手捏得小云的肩膀生疼。

小云使劲儿甩开贾聪的手，对他喊道："我对你负什么责任？你想让我做什么？"

贾聪盯着小云的脸看了一会儿，突然很平缓地说："只要你能保证听我的话，按我说的做，我会成全你做这件事的目的。"

"你说。"小云准备洗耳恭听。

"小云，解铃还须系铃人。今天这事是你起的头，也必须你来收场。"

"说呀，你到底要我干什么？"小云有点不耐烦了。

贾聪正色道："再打电话给夏菁，告诉她，你今天跟她说的事，全都是你编造出来的。你只是我以前的女朋友，自从我结婚后，和我再没有过任何关系了。只是因为当初是我提出的分手，你知道我现在生活得很好，心里不平衡才编造这些的。"贾聪的话字字句句都说得很清楚。

小云没想到贾聪居然要自己配合他去骗夏菁。她强忍着心里的巨大悲伤，压着声音问道："那孩子呢？我肚子里的孩子呢？"

"孩子？如果你肚子里真的有孩子，我觉得最好你就去把他给做掉；如果你一定要生呢，那是你的事，我不会管的。生下来验过DNA如果真是我的种，我会付生活费的，至于其他的义务，我是不会尽的。你就当自己是个单亲妈妈，自己抚养，干脆姓都别跟我姓，晦气得很！"

贾聪这一席话，让小云呆在原地一动不动，眼睛渐渐开始有些空洞起来。她想哭，可眼睛里却没有泪水流出来，只觉得心口一阵剧烈的疼痛。

见小云没出声，贾聪接着说："你呢，就算能帮着挽回我和夏菁的关系，咱们短时间内，最好也不要见面，过一阵子再说。你就踏踏实实地过自己的日子，该给钱时，我会给的。"贾聪以为小云在考虑，语气轻松了许多。

小云还是一声不吭，眼睛空空地死死看着前方。贾聪站起身朝洗手间走去，一边走一边说："你考虑一下，这是你唯一的出路。"

小云觉得这一刻，周围一片漆黑，眼睛好像看不见任何东西了；身体也僵硬，连眼皮都不能眨动了；脑袋里，由远至近，涌起许多的画面。门口的贾聪好像就在眼前对他憨憨地笑着，把她紧紧地搂在怀里，一口一个老婆，亲热地叫着。贾聪抛下她离开中银花园时，脸上痛苦的表情分外清晰；她重回到他怀抱的温度好像还能感觉得到，可马上就被贾聪各种狰狞的样子所覆盖。对骂的，对打的，在床上疯狂做爱的，把自己踹到地下的，对着自己的脸扇耳光的，这些记忆带着疼痛和悲伤排山倒海般地涌来。刚刚的声声辱骂，像蘸了盐水的皮鞭，狠狠地抽着小云的心，抽得她心尖都在滴血。

小云蜷缩起自己瑟瑟发抖的身体，根本感觉不到眼泪冰冷地又流了出来。她眼前又出现了自己的身影，奔波在医院化验，急急忙忙地换好睡衣等着贾聪到来，打完夏菁的电话忐忑不安地在房子里来回踱步。小云突然觉得很可笑，停不了地哈哈大笑起来。她有些恍惚，那个忙碌的傻女人好像不是自己，那些愚蠢的行为好像根本和自己无关，像看着一个在绝望地卖力表演的小丑一样。她笑得几乎上气不接下气。

贾聪在洗手间看到自己脸上几条深深的指甲印，恨得牙根直痒，出来看见小云一个人在那儿哈哈大笑得前俯后仰，怒火中烧。他跑过去用力摇了摇小云的肩膀，大声喊道："你疯了！一个人在那儿笑什么？看你把我的脸抓成什么样子了！"

贾聪的出现，让小云好像如梦初醒。她停止了笑，看着贾聪，耳边又响起了刚刚贾聪说过的话，五脏六腑又剧烈地疼痛起来。她有点喘不上气来，只好大口大口地吸着气。看着小云装疯卖傻的样子，贾聪的气更不打一处来。他恶狠狠地对着小云说："你想好了没有？！我可没兴趣没时间在这儿看你发癫。"

小云收了笑。她不想再看贾聪的脸，微微低下头闭上了眼睛，低沉着声音，有气无力地说："老公，你是说让我去给夏菁打电话，告诉她我们两个其实早就没关系了，这些事都是我编出来的。然后我再去打掉孩子，你就会像从前一样对我。我们还像从前一样过，是吗？"

见小云正儿八经地在和自己说话，贾聪也压下了自己的火："我认为这样最好。你能这么做，我谢谢你了。"

"你的意思是，孩子，你是绝对不要了。我，你也有可能不要了是吗？"小云强撑着抬起了头，眼睛却还是睁不开。

贾聪沉默着，没有开腔。

"老公，你的意思是，我这辈子都没有可能做你老婆了，不管是大老婆、小老婆，是吗？"小云勉强睁开了眼睛，眼睛里没有泪水，只是幽幽地看着贾聪。

"你干吗非要争那个名分呢？咱们就这样，有什么不好？你不知道，有很多事我都要夏菁帮忙，开了年就要融资。我们还有贷款牵扯在一起，万一我们两个崩了，我就得马上还钱给银行，好几千万呀！我现在根本不可能还得起。你就牺牲一下自己，成全我吧！"贾聪几乎都要给小云跪下了。

贾聪的话，已经回答了小云所有的问题。"牺牲和成全"是和贾聪在一起之后，小云生活的全部主调。所有的希望都在她眼前化成了飞灰和青烟，一阵阵，一缕缕地飘到了看不见的地方。

小云扶着桌子站起来，抬起头深深地吐了一口气，死死地盯着贾聪的眼睛，竭尽全力地对着贾聪说："我是瞎了眼，才跟了你这个狼心狗肺的东西。你根本不是人，是畜生！你就死了这份心，我绝对不会帮着你再去骗另外一个女人的。我这辈子算是毁在你的手里了，就算我死了，做鬼，我都不会放过你的！"

小云的话，让贾聪恼羞成怒，对小云抱有的希望转瞬破灭。他拍着桌子对小云咆哮道："不识抬举的东西！你他妈才是个不知足的贱货！知道为什么我不娶你做老婆吗？就是因为你档次太低，给你脸都不知道要脸！你最好去死，别在这儿烦我！"说完，贾聪转身拂袖而去。

听着大门重重地一下关上，小云的眼泪又顺着脸颊滚着下来。她摸摸自己的肚子，似乎隐约能感觉得到胎儿在肚子里的动作。两个月以来，一直把这个孕育中的孩子当成心肝宝贝的小云，此时觉得肚子里只是装了一团毫无意义，又不知道该如何处理的废肉。一地盘碗的狼藉，这个本来就不完整正常的家，和满地的碎片一样，已经再也拼凑不起来了。她趴在桌子上默默地流着泪，没有力气再去感觉心里和身体里的疼痛了。

不知道过了多久，她好像睡着了，还做了一个梦。梦里有贾聪，还有个可爱的胖娃娃。他们一起在花园里笑嘻嘻地晒太阳。贾聪亲热地搂着自己在草地上散步。爱人，孩子，暖融融的阳光，构成一幅完美的画面。

从梦境中醒过来，小云意犹未尽。她似乎已经忘记了刚才发生在这个屋子里的事，有些神经质地，到处慌慌张张地找手机，找到后，急急忙忙地给贾聪发短信："老公，你在哪儿？你回来呀。"过了很久，贾聪没有给她回信。

小云呆呆地举着手机，发生过的一幕幕又浮现在她眼前。她这才回过神来，刚才的美好只不过是根本不可能实现的美梦。她又失声痛哭起来，边哭，边颤抖着手又给贾聪发了一条短信："老公，你真的不要我了？"

这次，贾聪回了短信，短短的几个字："去死！别再烦我了。"

看着这几个字，小云的心反而突然地安静了。对这个曾经带给她无限希望和无尽痛苦的男人，对这个此时让她去死、不要再烦他的男人，已经断了所有的念头。她再也哭不出来了，胸膛已经被掏空，完全感觉不到心脏的跳动。

她木木地起身，慢慢地走到阳台上，双手扶着栏杆。远处的风吹得她的头发凌乱，她却似乎清醒了一些。灯光映衬着小云苍白浮肿的脸，凄冷无比。她看着远处星星点点的万家灯火，即使望眼欲穿，也找不到一盏属于自己的。想想还要一个人面对的周而复始痛苦无边的生活，她觉得孤独疲惫，痛苦无法形容。

眼光远处是无尽的黑暗，她看不见一丝亮光。她没有力气再和贾聪纠缠了，更没有勇气去处理掉肚子里那个没人愿意要的孩子。小云不寒而栗，她不知道生活该怎样继续下去。"我的生活怎么这么没意思？我怎么选择了这样一种生活？怎么会跟了这样一个人？"小云的心里脑里，结满了蜘蛛网，每一个念头，每一种感受，都像是蝎子用带着剧毒的尾巴猛刺她的心。

烦躁不堪的小云，双手拉着栏杆，拼命地甩着自己的头，却怎么也让自己静不下来。她俯瞰阳台以外的世界，却好像开阔许多，耳边有一个声音清楚地在她耳边说："跨过这条栏杆，你就再也不会烦恼，你就自由了。"这个声音深深地吸引着小云，心里也被这个念头紧紧地抓着，无法挣脱。

"真累，我已经够了。"这是小云在心里对自己说的最后一句话。

接着，她快速地转回到客厅拿起电话，给贾聪发了生命中最后一条短信："我死了，再也不会烦你了。"

仿佛有一双无形但是温暖的大手，在她身边体贴地指引着她，帮她搬起一张椅子，带着她走到阳台，把椅子放到了阳台的栏杆边，扶着她从容地爬上椅子。小云挺起胸膛看着远方，呼吸的空气好像已经开始变得清新自由起来。不加任何思索，没有留恋，她非常惬意地闭上了眼睛，任凭那双大手在背后决绝而有力地推了她一把。

小云从十八楼无声地飞了出去，随着一声落地后大大的闷响，一切与贾聪有关的喜怒哀乐，顷刻之间全部结束，画上了最后的休止符。除了发给贾聪的短信，她没有给其他人留下任何只言片语。

也许，她从来都没选择过自己的生活。她的世界除了占有和依靠男人，再也没有其他任何东西。她无法接受贾聪的绝情，没有勇气面对一个人的生活，更不能接受希望破灭后的巨大落差。对小云来说，她作出的唯一一次自主的选择，就是给了自己最后的解脱。

这只一直牵在贾聪手里的风筝，彻底地从他手里断了线，彻底地飞向了没有牵绊、没有悲伤、永远自由的生活。

## （十六）藏不住的秘密

谁能全然单纯地善良？！

谁又能执着不变一直罪恶？！

你的心里和我一样，

都藏着许多不能说的秘密。

那是滋养你的，也是折磨你的，

那是保护你的，

也是毁灭你的。

贾聪坐在派出所的办公室里，低头看着手中电话屏幕上小云发给他的最后那行字，目光呆滞。

　　小云真的从十八楼跳下来了。被小区保安发现的时候，她已经是一具脸冲下，趴在一摊血水中了无声息的尸体了。医生摸索了一阵，当场宣布人已经死亡。一条白色的大床单，把小云从头到脚，严严实实地盖了起来，只隐约可见到她身体的轮廓。纯白色床单上有些地方渗透了血，血沁出，洇开，一团团地绽开，鲜红触目。许多围观的人，在一旁欷歔不已，感叹年轻轻的就结束掉自己生命的女孩子，死得太可惜。

　　保安暂时还无法移动带着温度的小云，必须等派出所来人勘察现场，法医检查确定初步的死亡原因后，由殡仪馆来车将人拉到冷库，等待她的家人来确认身份。

　　半夜三更，警车救护车的动静声把晚睡的邻居们引得纷纷下楼看热闹。围观的人里面，有住在小云对面的邻居。他一眼就认出跳楼的就是住在十八楼，自己对面的女孩，还自告奋勇地带着派出所的民警到了小云家门口。

　　民警和保安一起叫来了锁匠，三下两下，就打开了防盗门和大门。屋子里一片狼藉的盘碗，证明主人生前曾经和人发生过冲突。阳台的栏杆边上，放着一把椅子，站上去的高度，刚好和栏杆的高度一样。餐桌上，放着主人使用过的手提电话。

　　出现场的民警回到派出所，值班所长马上召集他们开了个短会。人命

172

关天，值班所长不敢怠慢，即刻分配了任务，开始调查工作。通过小云留下的电话，仔细地翻看通话记录和短信记录，很容易就找到了贾聪。

手机里的最后一个电话，是打给一个叫夏菁的。警官们判断，这个夏菁可能是死者的朋友，是了解死者的知情人。他们打了夏菁的手机，在关机状态。

警察转而再拨打和死者生前互通短信的"老公"的电话。拨号前，大家通过分析死者和"老公"之间明显有矛盾的短信内容，认为这个"老公"还是有疑点和嫌疑的。大家一致决定，如果电话有人接听，要采取一些必要的策略。

电话接通后，民警只是简单地说了小云的情况，隐瞒了她已经自杀身亡的事实，只说她受了伤，小区保安以为是有人行凶，报了警，把人送到了派出所，人无大碍，需要贾聪配合把她接回去。

已经坐在了派出所的办公室里半天了，贾聪还是不敢相信小云给他发了最后一条短信后，就纵身从十八楼跳了下去。直到警察给贾聪看了数码相机里的现场照片，虽然里面的那个女人泡在一大摊血泊中，但也绝对能清晰地辨认出，她就是自己再熟悉不过的小云。

贾聪这次是发自内心地大放悲声，小云即使再可恶再麻烦，他也绝不希望她死。他边哭边想起小云的种种好处。贾聪心里觉得非常自责，甚至有些后悔，鬼哭　样的哀号传遍了派出所的每一个角落。

小云是在晚上十一点多钟跳的楼，十分钟后，被巡查的保安发现报了警，拨打了120。救护车、警察和法医，是半小时后到的现场。等殡仪馆来车拉走小云的尸体，再勘察完现场和小云家，最后折腾回到派出所，已经将近凌晨四点钟了。

从小云家离开后，饥肠辘辘、脸上带着伤的贾聪，本想去找夏菁，又怕她还在激动的情绪当中，只能暂时打消了这个念头。

看看时间，才不到十一点，贾聪就把常常和他泡夜场、打台球的一个老乡哥们儿叫出来陪他。老乡一看贾聪的样子，就知道他心情不好。陪他吃完四川火锅后，两个人去了下沙村里的低级洗脚房按脚，老乡宽慰着贾聪。贾聪只是非常隐晦地说了关于自己心情不好的只言片语，闷着一肚子纠缠百结的心事，心不在焉地听着老乡的安慰。

　　贾聪也有点不知道该如何面对天亮以后的明天，即使他心里已经下了决断，彻底和小云一刀两断。他也不知道该如何面对夏菁，用什么说辞和方法能挽回他们之间的关系，更不知道马上到来的春节，该怎么过，千头万绪，一团乱麻。好容易被卖力的洗脚小妹按得有点朦朦胧胧的睡意，电话报丧一样地响了起来。

　　一进到派出所，贾聪就觉得不太对劲儿，不光没见到小云的踪影，民警还把他请进了办公室。警察们对他耍了半天太极，在贾聪的一再追问下，才拿着小云跳楼现场拍的照片，对贾聪讲出了实情。

　　和贾聪接电话时民警告诉他的情况完全不同，没有任何思想准备的贾聪，震惊和悲伤得无法自持，痛哭流涕，捶胸顿足。他不愿意相信小云就这样地离开了他。

　　"喂，先生，请你不要过于激动，配合我们调查！"民警有些粗暴地打断了贾聪。

　　"你叫什么名字？"

　　"贾聪。"

　　"年龄？"

　　"三十五。"

　　"职业？"

　　警察好像审犯人一样地询问，把还在悲痛中的贾聪惹怒了。

　　"你们当我是什么？犯人呀？！"

　　办公室里烟雾缭绕，为了能有精神熬夜工作，三个警察每人一支烟，都在吞云吐雾。对像贾聪这样情绪激动的嫌疑人，他们早就见怪不怪了。参与询问的值班所长在贾聪停车的时候，就从窗户里看到了他开的是保时捷吉普，知道这不是个一般人。

　　他态度非常和蔼地对贾聪解释道："贾先生，我理解你的心情。出了人命，是我们谁都不愿意看到的，可是既然发生了，调查真相是我们的职责。我们的询问是必须的工作程序，请你配合。你作为和死者最后见过面和通过短信的人，我们是必须要找你来做笔录的。为了你自己，你最好还是配

174

合我们，把你知道的情况说清楚，以便我们调查清楚死者的死因。请你理解，我们不是为难你。"

值班所长的话，含义丰富，贾聪这才从小云死了的悲痛中清醒过来。他环顾四周，帮他做笔录的警察们，看他的眼光都充满了怀疑。他发现，自己根本没有时间伤心，必须要强打精神，说清楚情况，和小云这条人命先脱开干系，当下这可比什么都重要。

贾聪不敢再造次，找值班所长要了支烟，调整了一下情绪，识时务地表示自己会配合。

做笔录的民警再次问道："职业？"

"红日置业董事长。"

"你认识死者吗？"

"认识。"

"死者叫什么名字？"

"小云。"

"全名是什么？"

"李凤云。"

"你和死者是什么关系？"

"朋友。"

"什么朋友？她手机里为什么存你的号码是老公？"

"男女朋友。嗯……以前是男女朋友，所以她叫我老公，但是我们没有结婚。"

"你和死者认识多久了？"

"嗯，很久了。"

"很久是多久？"

"快十年了。"

"你现在的婚姻状况？"

"我已经结婚了。"

民警们互相交换了一下眼色，大家心照不宣。对这些敏感的问题，贾聪有点紧张，可又不得不照实作答。他额头上冒出了细密的汗珠。

“你今天去过死者家吗？”

“去过。”

“什么时间？”

“晚上八点钟左右。”

“你去死者家干什么？”

“吃饭。”

“是死者叫你去的吗？”

“不是。我自己打她家里电话，告诉她后才去的。”

“你经常去死者家吗？”

“算是吧。”

“你今天去死者家吃饭了？”

“没吃成。”

“为什么？”

“我们吵架了。我一生气，把桌子掀了。”

“为什么吵架？”

这个问题问到了贾聪的痛处。他紧咬着嘴唇，过了好一会儿，才很不情愿地回答道：“小云打电话给我现在的老婆，让我老婆来了她家，把我们俩的事，添油加醋地告诉她了。”

“你怎么知道的？”

“我来小云家的时候，在楼下停车场碰到我老婆了。她正在那儿哭。是她告诉我小云给她打电话的事的。”

“然后呢？”

“然后我老婆就跑了。我上去小云家，问她有没有这事。她承认了，我们就吵起来了，还动了手。”

“把你和小云在她家吵架、动手，直到你离开她家后的情况详细说一下。”

贾聪无奈地叹了一口气，闭上眼睛，回忆了片刻，然后说道：“我问她有没这事，她说有，我就骂了她，然后她也骂了我。我很生气，掀了桌子，打了她耳光。她也对我还了手，还抓伤了我的脸。她求我不要走，我就跟她商量解决办法，她不接受。我们又吵了一会儿，然后我就走了。”

"你是几点钟离开小云家的？"

"九点半左右。"

"离开她家后，去哪儿了？"

"我和一个老乡先去吃火锅，吃完了就在洗脚房按摩。"

"你老乡一直跟你在一起吗？"

"是的，我心情不好，他一直陪着我聊天，我们一直都在一起。"

"他叫什么？能把电话给我们吗？"

"可以。"

"离开后，你还回去过她家吗？"

"没有。"

"那你跟小云还联系过吗？"

"我没有主动联系她，她发过短信给我。"

"把你们互通短信的内容说一下。"

贾聪把手机拿出来放到了台面上："你们自己看吧。"

做笔录的民警翻看着手机把贾聪跟小云互发的短信内容和时间一字不差地都抄到了笔录上，抄完，接着问道："你当时在干吗？"

"我和一个老乡在一起吃火锅，我心情不好叫他出来陪我。吃完后我们去了下沙洗脚，一直待到你们给我打电话。"

看完现场，警官们对小云的死因是很有怀疑的。可见到贾聪，从他的反应和询问情况的回答，小云真正的死因又渐渐地浮出了水面。他们对贾聪的提问越来越深入，只是想进一步弄清楚小云死的动机。

"你认识小云快十年，这十年间，你们是什么关系？"

问到这儿，贾聪低下了头，不知该如何作答。民警并不催贾聪，只是默默地看着他，等待他的回答。

好多年了，贾聪似乎从来没有完完整整地对人说过真话。此时，不得不说的真话，让他觉得非常艰难。组织假话和忽悠人的话，比讲真话简单多了。假话只需要跟着自己脑袋里编出来的幻象说出来就行，再没影的事也能说得口若悬河，妙语连珠。

可讲真话，每个字，每一句，都和深埋在记忆里的过去、刚刚发生过的曾经紧紧相连。鲜活的景象历历在目，心里那面不会说谎的镜子，不仅清晰地照到了小云，更把贾聪自己照得毫发可鉴，直入骨髓。那些画面都是他自己最不愿意去看，更不愿意提起的。

贾聪的心一阵阵地发抖发紧。"同志吧。"曾经的门口那个漂亮苍白的女孩，不加商量活生生地蹦到了贾聪的眼前。这个自己曾经答应会一辈子对她好，一辈子照顾她的女孩，如今和她已经是阴阳两隔，永不能再见了。

眼泪瞬间布满了贾聪的眼眶。他用颤抖的声音答道："在过去的十年间，她是我女朋友，但是分分合合，最终没有结果。我没有选择和她结婚。"

"你现在结婚了多长时间？"

"三个多月。"

"也就是说，虽然你已经和别人结婚，但是还在和小云来往，对吗？"

"对。"

"你老婆叫什么？"

"夏菁。"

"小云为什么会打电话给你老婆？跟她见面的目的是什么？"

"我也不太清楚，她为什么会突然地做出这样的行为。和她对质后，我才明白，她可能是想要制造我和我老婆之间的矛盾，想……想……"贾聪有些说不下去了。

"小云是想制造你和你老婆之间的矛盾，达到和你在一起的目的，是吗？"警察递了一张纸巾给贾聪，接着问道。

"我想是吧。"贾聪一边擦眼泪，一边回答。

"你对小云这么做，反感吗？"

"是的，我很反感，所以我说了很多不好听的话。"

"她当时有什么反应？"

"我们吵得很凶，她也哭得很厉害，但是，我一点都没看出她有轻生的迹象。我发短信给她让她去死，只不过是气话；她回给我的短信，我也只当是气话，根本没想到她真的会去死。"说到这儿，贾聪的心里充满了愧疚和悔恨，边说边哽咽着，眼泪又流了出来。

"最后问你一个问题，如果她是自杀，你认为是什么原因？"

"我想……她是对我失望了，她坚持不下去了。"贾聪用颤抖的声音回答了最后一个问题。

天已经有些蒙蒙亮了，做了一个多小时的笔录，大家都疲惫至极。负责做笔录的民警和值班所长都觉得问题已经了解得差不多了。几个人商量了一下，请示了值班的所长，认为可以先放贾聪回去。他们请贾聪仔细地看完每一页的记录内容，并逐页签字按手印之后，就让他先回家去了。

而警察们休息不了多久，还有许多工作要继续。从贾聪这里只是基本确认了死者的身份和她死之前发生的事情。他们一定要联络上小云的家人来认领尸体，法医要等待家人的意见才能决定要不要做尸体解剖。警察们还要再去小云家仔细地勘察现场，结合法医给出的死亡时间和贾聪的笔录，给小云的死做一个确定的说法，给她的家人一个交代。

贾聪耷拉着脑袋，迈着沉重的双脚准备离开派出所的时候，值班的所长叫住了他。所长客气地递给贾聪一支烟，很关切地对贾聪说："贾先生，你也不要太伤心了。人死不能复生。我看得出来，你还是挺重感情的。虽然最后的结论还没有出来，但我个人觉得，她是自己一时想不开才走了这条路。大家都是男人，有些事，也实在是没有办法。"

听了所长的话，贾聪深深地吸了一大口烟，长长地吐了出来，已经通红的眼睛，又有些湿润发热。经过半天加一夜的折腾，他连说谢谢的力气都没有了。

所长看着贾聪虽然无奈，但又不得不接着说："后天就过年了，小云的家人这两天有可能也会到。你见过她家里人吗？"

贾聪咬着嘴唇摇摇头。小云生前曾不止一次地要求过贾聪陪她回老家去见父母。他都没有同意陪小云回去过，刚开始是因为经济原因，回一趟东北乡下老家，两人的花销太大；等到有钱了，贾聪却又和小云分分合合。虽然小云的父母来过深圳，贾聪只是给钱让小云带他们出去玩，自己故意不愿见面。

"那还好。你最好还是回避一下。毕竟生养儿女到这么大不易，就这么没了，知道了原因，免不了她爹妈情绪激动会找你闹。你是有头有脸的人，闹起来，实在是不好看。既然你跟她没有法律关系，尽尽人事，不见也罢了。"

贾聪点点头，回给所长一个感激的眼神，算是对他表达了谢意。

"还有，贾先生，我们可能会联络你的老婆夏菁，也要找她了解一下情况。"

贾聪大惊失色，沉痛悲伤的身体和脑袋，被所长这句话激得打了个冷战。他激动地对着所长连连摆手，大声说："千万别！所长，我老婆在昨天之前，从来都不知道小云这个人的存在，也从来都没见过她。可以说，对小云的情况，她根本是一无所知。小云叫她见面，已经非常刺激她了，而且，她现在情况怎么样，我还没顾得上去找她。我发誓，她跟小云的死，绝对没有关系！我已经间接地害死了小云，不能再让另外一个女人出事了。所长，我求你了！"

贾聪之所以如此激动，是因为他可以想象得到，如果夏菁知道了小云跳楼自杀的事，会是个什么样的结果。如果小云活着，也许不可能弄散自己和夏菁，可她丢了这条命，这个消息绝对可以令夏菁坚决地离开自己。

或许失去夫妻关系对贾聪并不是那么重要，可是，开年后，必须要解决公司的财务困局。对贾聪来说，比起已经是过去式的小云，此刻的夏菁实在太重要。

所长一看贾聪如此激动，两个女人在贾聪心里孰轻孰重，一目了然。他虽然不明白贾聪为何如此紧张夏菁，但是也暗暗明白了这个叫小云的女人，为何会心灰意冷，决绝地选择了一条不归之路。

所长是久经沙场的老手。他轻拍了两下贾聪的肩膀，冷静地说："贾先生，你先别激动。这样吧，如果我们勘察完现场，结合现场的走访和你的笔录，以及和法医鉴定的死亡时间没有冲突，小云的家人来也不提出异议，在可以顺利结案的情况下，我们可以考虑不找夏菁了解情况。但如果有任何问题，我们都需要再接着侦查，到时，可就免不了要找你老婆了。"这话，既隐晦地表达了他各方面的意思，合理合法，又找不出任何破绽。

所长的回答，虽然模棱两可，是左右逢源的活话，可贾聪已经很满意了。他千恩万谢地说了许多感谢所长的好话，要了所长的手机号码，一再强调要单请他吃饭，还诚恳地表示，自己一定随时配合调查。他顾不上和所长再多客套两句就匆匆告别了。

所长的一番提醒，让贾聪一直混沌的脑袋，渐渐变得清晰起来。他觉得自己再不能在派出所消磨下去了，必须马上忘掉小云，处理接下来的这些事情。首先，他得赶快去找夏菁，不管怎么样要快点见到她。他要想尽办法对夏菁封锁住关于小云的消息，藏住这个天大的秘密。

保时捷吉普在前往夏菁家的路上飞驰着。清晨的深圳街头非常清静，没什么车。这个喧闹的城市，只有这会儿是安静的。路两边的景物快速地向后倒退，贾聪像是躲在属于自己的时光机器里，从一个空间转移到另外一个空间。他正要离开的空间里，已经没有了小云的存在；而他正在前往的空间里，小云还鲜活地存在着。他必须让小云活着，至少要让夏菁认为小云还活着。

他绝对没打算让夏菁知道小云的事情。既然小云已经永远地闭上了嘴，那一切夏菁从小云家离开后发生的状况，就任由他自己去说了。小云也永远不可能再给夏菁打电话，告诉她任何事情了。

小云的家人，贾聪是不会见的。但是为了让他们能尽快地带小云回老家入土为安，他已经边开车，边打电话给了公司一向二十四小时不关机，等待老板随时召唤的办公室主任，让他赶快到夏菁家楼下跟他会合。他车的后备厢里有本来打算过年准备的二十几万红包钱。这钱一分为二，一部分让办公室主任拿着，替自己去照顾接待小云的父母，除此之外，再拿几万给他们回家。另外一部分，在见完夏菁之后，直接给派出所所长送去。

虽然贾聪头晕脑涨，但还是能清楚地领会所长特意跟他一番谈话的目的。听起来所长对贾聪是一番关切，其实，话里话外，已经再明显不过地告诉了贾聪，找不找夏菁调查，能不能快点结束调查结案，全在他所掌控的工作方式和进度。贾聪只是需要配合他做好小云家人的工作，不现身，拿钱打发了事，免得他们没完没了地纠缠。贾聪流着眼泪长吁短叹中早就心领神会。他人还没上车，短信就已经发给所长了："我晚些时候，找您再汇报一些其他情况。"

办公室主任早就等在夏菁家路边了。贾聪停了车，从后备厢里拿出一个牛皮纸的文件袋，从里面拿出几沓钱放在公文包里，剩下的，连同袋子一起，全部交到了办公室主任的手上。

这个从贾聪和Lisa在一起的时候就跟随贾聪忠心耿耿的心腹，跟他一直叫嫂子的小云平时熟得很，听说她跳楼自尽，非常惊讶欷歔。看贾聪的样子沮丧无比，他也没有多问，只是认真地听着老板交代的事项。贾聪交代他，拿着钱候命。等他见完派出所所长，知道了小云家人来深圳的具体时间，他就得马上赶过去，安排好他们的食宿。不管他们到哪儿，他都要全程陪同，和民警一起做好他们的情绪安抚工作，适当的时候把钱交到小云父母的手上。贾聪特别交代，不管小云的家人怎么闹，绝对不能让小云的家人知道他的行踪，想尽办法让他们不要提出解剖小云尸体的要求，让他们尽快离开深圳。派出所的工作，贾聪自己会去做，以保证他们在处理小云尸体的时候，应答一致。

办公室主任虽然频频点着头，心里却阵阵发虚。老板这次让他挑的担子，不比以往，让他觉得格外沉重。看着贾聪胡子拉碴憔悴不堪的脸，只能嘴里应着让老板放心，紧锁着眉头，心事重重地和贾聪告了别。

在车库里停好车，走向上夏菁家的电梯，短短十几步的距离，贾聪却觉得无比漫长，每迈一步，似乎都需要非凡的勇气。他看见夏菁的车已经停回了家，但不知道夏菁的车是什么时候开回来的。思量再三，贾聪决定先给于是打个电话，摸摸底细。虽然他对这个在关键时刻突然出现在夏菁身边的男人非常不感冒，甚至还有些敌视，可是，在这种非常时期，也顾不上那么多了。他从手机里翻出了于是的号码，拨通了电话。

"喂，是于是吗？我是夏菁的老公贾聪。"

"哦，贾总。"于是的声音带着分明的被窝味儿，明显还躺在床上。

"你现在在哪儿？我老婆呢？"

"我在你家，躺在你家客厅的沙发上，夏菁在房间，刚睡没多久。"

"哦，我刚看到她的车停在地库。什么时候开回来的？"

"她昨晚自己开回来的。昨晚我追上她后，陪她在马路上走了好一阵，情绪好些了后，就想回家。我们的车都停在百仕达，本来我打算开我的车送她回去，可她自己坚持要各自开各自的车走。我拗不过她，只好由着她，一路紧跟着她回来的。"

贾聪在心里长长地吐了一口气，知道小云的事夏菁和于是并不知情。

"她现在情况还好吗？"

"昨晚回来，就一直坐在沙发上发呆，没有说话。我坐在旁边陪着她。我怕她出事，不敢走，一直说话安慰她。天快亮的时候，她说累了，就回房了。我想你大概会回来，所以想等你回来了，我再走。"

"于是，谢谢你了。我就在楼下，马上上来。"

"那好，你赶紧上来吧。不过，贾总……"于是有些支支吾吾，欲言又止。

"怎么啦？"贾聪神经紧张地问道。

于是似乎有所顾忌地沉默了片刻，好像鼓起勇气似的说："贾总，也许这话我说不太合适，可作为夏菁多年的好朋友，我还是要告诉你。这次，夏菁真的受了很大的刺激。我想你恐怕要有思想准备，要用十分的耐心来挽回这件事。"

贾聪心里暗骂了一句："妈的！我自己的老婆，让你来教怎么哄。"可嘴里却说着："好的，谢谢你对夏菁的关心。我会的。"说完，贾聪挂了电话，急步地走进了电梯。

电梯平稳地缓缓上行，不过一两分钟时间，贾聪已经在心里设计了几百种见到夏菁之后的开场白。怀揣着小云已死的惊天秘密，贾聪心里很清楚，失去曾经爱过的小云，心痛的感觉很真切透骨。不管爱不爱夏菁，他都不能失去她，不管是她这个人，还是和她的这段关系。

电梯门刚一打开，外面站着正等着贾聪的于是迎面而来。面对面地相视，两个男人的眼睛里都没有传达出一点内容。贾聪脸上浮出一丝比哭还难看的浅笑。于是按住电梯，一只手重重地拍了拍贾聪的肩膀，尽量自然地对贾聪说："门没关，你赶紧进去吧！我得马上走了，还有事。"贾聪淡淡地说了声谢谢，没等电梯门关上，就转身走向了夏菁家。

屋子里很静，客厅阳台上的大窗帘拉得严严实实。清晨阳光透不过窗帘，屋子笼罩着昏暗和忧郁。

贾聪没有直接进去夏菁的房间，而是蹑手蹑脚地走进了客厅旁边的洗手间。他打开水龙头，捧着冷水往自己脸上一阵猛浇。他抬头睁开眼睛看到镜子里那张脸，双眼浮肿通红，脸上布满了胡楂，又暗又黄，还挂着两道凄厉的血痕，把他自己吓了一大跳。

时间，贾聪有些恍惚。镜子里那个好像从地狱里来的灰暗脸孔，究竟是不是自己？如果是，他认识的自己绝对从来都是斗志昂扬，对任何困难都不会妥协的刚强斗士。可眼前这个人，不仅神色憔悴，而且由内至外都散发着浓重的挥之不去的疲惫和无力。

　　贾聪定睛对着镜子轻轻地抚过小云留给他的伤痕，不禁又潸然泪下，心里涌起一股挡不住的凄苦。从农村老家出来到深圳，经过多年了，可以说他是吃尽了苦头，即使睡大街没饭吃，他心里也没此时这样觉得凄凉过。自己发誓要成为人上人，绝不能被人看不起，可到一切离自己只有一步之遥的时候，却好像突然横空出现了一道道巨大的障碍和鸿沟。那些曾经帮助过他的人，似乎都成了他前进路上的绊脚石，迈不过，又踢不开。小云虽然已经不在人间，可她留在贾聪脸上的伤痕，却没那么轻易离去，似乎要留下来见证些什么。贾聪深深地叹了一口气，强撑着精神，转身向夏菁的房间走去。

　　房门只是关着并没有锁上，贾聪小心翼翼地扭开门锁，生怕弄出声响，然后轻轻地推开门，踮着脚尖，蹭到夏菁床边，慢慢地坐了下来。

　　夏菁还在熟睡，身体紧紧地蜷缩在被子里，露出的半边脸苍白浮肿，眉头紧紧地皱在一起。贾聪在一旁看着睡梦中的夏菁，即使知道夏菁肯定做的不是美梦，可他也不忍心吵醒她，就这样静静地等待着她醒来。

　　夏菁正在梦里被小云和贾聪轮流折磨着。小云脸上先是挂着得意扬扬的表情，抱着个孩子在她面前趾高气扬地说："贾聪是我老公，你就是个被他蒙骗的笨蛋。"然后发出阵阵狂妄笑声的小云，突然满脸是血，伸着手要抓夏菁。夏菁想躲开她，抱头捂耳地四处逃窜。她一头撞到了一个人的怀里，抬头一看，是贾聪。她刚想发火，贾聪像变魔术一样，手里突然出现了满怀的鲜花。贾聪满脸是笑，捧着鲜花送到她手上，然后一把拉着夏菁上了跑车。夏菁想甩开他的手，可怎么也甩不开。

　　跑车在一条黑糊糊的通道里飞快地前进，根本看不见通道的尽头。车头前面，一块块比车身还要大几倍的巨石迎面而来，然后从车顶呼啸而过。夏菁害怕得要命，她想大叫，可怎么也叫不出声来。旁边的贾聪，手根本就没有放在方向盘上，而是扭头看着她恐惧的样子疯狂地大笑，边笑边歇斯底里地对着夏菁大叫："你要相信我！你一定要相信我，我会给你幸福的！人生需要冒险！！需要冒险！！！"夏菁眼睁睁地看着一块大石劈头盖脸地对着车狠狠地砸来，她拼了命用尽全身的力气大叫。突然，耳边有人叫她的名字："菁菁，菁菁！快醒醒，快醒醒！"

夏菁猛地从梦中醒来，惊魂未定，睁开了眼睛，眼前是贾聪焦急的脸。夏菁赶紧又闭上了眼睛，以为还是在梦里，喘着粗气，缓了好一会儿，才反应过来自己是做了个噩梦。她再睁开眼睛，才真切地看见了坐在她床头的贾聪。她痛苦地把头扭向了另外一边，又闭上了眼睛。

贾聪在夏菁身后用手帮她擦去了满额头的冷汗，轻声问道："菁菁，你做噩梦了，老公只好把你叫醒了。"

听见老公这两个字，夏菁不耐烦地摆了摆头，甩开了贾聪的手，还是不出声。

贾聪重重地叹了一口气，无奈地说："老婆，我知道，你受了委屈。可事实不是你听到的那样，从昨晚到现在，你都没有给我机会讲话，你总要听老公说几句吧？"

夏菁刚想开声发作，耳边突然响起了于是的话："菁菁，遇事千万不能冲动。你还是应该听听贾聪的说法，再决定你下一步怎么办。"

想起于是的话，夏菁这才想起陪了自己一夜的于是。她赶忙转过身对着贾聪，脱口而出："于是呢？"

"于是有事走了，早上我来的时候，是他给我开的门。"

"老婆，你想喝水吗？我给你倒杯水吧？"贾聪关切地问道。

夏菁坐起身，觉得头晕沉得很，嗓子眼干得像火烤过一样，确实是很想喝水。她对着贾聪点了点头。

贾聪赶紧一路小跑到厨房，倒了杯温水捧到了夏菁的跟前。

夏菁端着杯子，仰起头一口气把水喝得干干净净，然后死死地盯着贾聪的脸，看得贾聪心里直发憷。

看着贾聪脸上刺眼的血痕，夏菁可以想象得到是从何而来。看着眼前这个男人，这个被自己叫了三个月老公的男人，脸上挂着另一个已经死去的女人给他的印记，温柔体贴地坐在自己身边，无微不至地伺候着自己，她觉得眼前这个人，陌生得令人恐怖。

头天晚上，夏菁就已经知道了小云跳楼的事。

于是和夏菁一起回到家，夏菁一路哭吵着第二天就要买飞机票回老家。于是把一直哭得停不了的夏菁哄回家，好容易哄得她不哭了，煮了点东西给她吃，又耐心地劝了半天，才稳定了她的情绪。

准备冲凉睡觉前，夏菁突然想起来，自己的车还停在小云家的停车场里。要是回老家了，肯定要过完年才回来，车也不能一直停在那里。于是只好强打着精神，坐着出租车帮夏菁去取车，到小云家楼下，正好是晚上十二点多。

还没走进停车场，远远地于是就看到小区里面警灯和救护车的灯光在闪动。职业的敏感和好奇心，让他走了过去。他看见了一具裹着白布的尸体。他向围观的人和院子里的保安打听。他们七嘴八舌地告诉他，这个跳楼的是个叫什么什么云的女孩，是因为老公不要她，一时想不开而跳楼寻了短见，当场气绝身亡。于是听了，惊出一头冷汗，心脏都差点停止了跳动。他几乎可以肯定，这个跳楼的女人，就是叫夏菁去她家的小云，也就是，夏菁的老公贾聪的小老婆。

于是赶紧转身离开，一刻不敢怠慢，开着夏菁的车，一路狂奔向她家。做律师的于是很清楚，调查命案，肯定是要从和死者死前最后见过和联络过的人开始。夏菁和贾聪都是小云最后见过的人。警察会先从小云生前的通信记录开始查起，如果联系上夏菁，把她请到公安局调查询问，那就是要在人前暴露她血淋淋的伤口。

这种状况对夏菁来说，不仅是一次更为巨大的伤害，而且还是一个天大的麻烦。何况，小云究竟是自杀，还是他杀，现在谁也不知道。如果是他杀，于是当然可以肯定不是夏菁，可是，最后和小云待在一起的贾聪就很难说了，从时间从动机，贾聪都是非常有可能的。如果是贾聪杀了小云，那夏菁……于是越想越觉得事情重大，他一刻不能耽误，必须要赶在警察开始调查之前，和夏菁好好地商量一下该怎么办。

于是急促的敲门声把睡得迷迷糊糊的夏菁吵醒，她揉着眼睛打开门。一脸惊恐的于是喘着粗气，几乎是夺门而入。

186

"菁菁，你的手机关机了吗？要是没关，赶紧关上。快！"

"都几点了，我的手机早就关了，怎么了？"夏菁肯定地回答道，离开小云家后，她怕贾聪打电话烦她，早就把手机关了。

于是暗暗舒了口气："赶紧给我倒杯凉水，一会儿我有话跟你说。"于是这副模样让夏菁很是诧异，来不及多问，她匆忙跑到厨房，倒了一大杯水，于是咕嘟咕嘟一口气把水喝了个精光。

"你怎么了？好像见了鬼一样？"夏菁觉得于是相当不同寻常。

于是一言不发，把夏菁领到沙发上，双手按住她的肩膀让她坐下，自己则直直地坐到了跟她对面的茶几上。

"菁菁，你必须打起精神，而且要冷静地听我说这件事。你要答应我，不管我说的是什么事，你都必须要保持镇静，不可以激动！"于是的语气非常严肃。

"好，我答应你。"于是的状态已经让夏菁开始紧张了。

"好，那就好。"于是深呼吸一口，稍稍停顿，整理了一下思绪。

"菁菁，刚才我去百仕达花园，也就是小云家拿你的车。院子里有警车和救护车，还围了很多人。我上前看了看，是有人跳楼了。我又向围观的人和小区里的保安打听了情况，结果，他们告诉我，跳楼的人就是小云。也就是说，你下午见到过的小云，你老公贾聪的情人，现在跳楼死了。"

于是的话让夏菁目瞪口呆。小云的样子在她的眼前活生生的，她不敢相信于是的话。

"于是，你说什么？小云死了？我走的时候，她还好好的，怎么就死了呢？"夏菁一遍遍地问着于是。

"是的，菁菁，小云死了，是跳楼死的，是你离开她家之后发生的。"

夏菁觉得脸上掠过一丝冷风，不寒而栗的她流下了惊恐的眼泪。

"菁菁，跟你和贾聪的家事相比，小云是一条命案。究竟是自杀还是他杀，还弄不清。警察肯定要进行调查。作为死者生前最后见过的人，你肯定也是调查对象。在今天之前，你根本就不知道有小云的存在，你是不应该卷到一宗命案中间来的。这是个大麻烦。"

夏菁缓缓地回过神来，一脸惊慌地说："你是说，警察会怀疑是我杀了小云？"

"你和死了的小云，还有贾聪是三角关系，警方是有理由这样怀疑的。在水落石出之前，什么都是有可能的。"

"可是，我很早就走了，而且你一直都和我待在一起。我们在小云楼下碰到了贾聪。我们走了以后，贾聪肯定去找小云了。她最后见到的是贾聪，又不是我。"

"我也是这么认为。你见完小云后，并没有打电话给贾聪，那他也并不是因为你才去小云家，而是在停车场巧合碰到我们。看他的样子，不像是提前知道你来小云家的事，肯定是小云自己干的这事。这样看来，贾聪在那个时候去小云家其实是与你无关的。"于是分析道。

"贾聪肯定在我们走后去了小云家。至于他们之间发生了什么，小云怎么死的，我们怎么知道？"夏菁也开始冷静起来。

"发生了什么，我们是没法知道，但是可以想象一定是不愉快的，要不也不会出人命。你和小云是在下午三四点钟通的电话，之后就没有联系了，而且，你之前从来都没有跟她有过联系。小云死的时候，你也有不在场的证人，也就是我。这样你只是死者生前见过的人，但不是最后一个。小云最后见过的人，肯定是贾聪。"

"我又没有杀小云，就算调查，我也不怕。"夏菁振振有词地说。

"你是没有杀小云，可你愿意为了证明你的清白，配合警方调查，随传随到，不回家过年，把你和小云贾聪的事一遍遍说给警察听吗？如果你愿意，我也愿意陪着你。"

随着于是的话，夏菁的眼泪大颗大颗地滚了出来："于是，我怎么这么倒霉呀！"

"好了菁菁，现在不是哭的时候，你不会有事的。"

"那我怎么才能避过这些呀！"夏菁带着哭腔问道。

"警察联络不上你，肯定会找贾聪调查。如果小云说的是实话，贾聪经常去她家，她们确实长期保持着很密切的关系，不管是从通信记录，还是从群众走访，都能找到贾聪。而且，他对小云可比你对小云了解多了，不管从哪个方面，贾聪都是警察调查的最重点对象。"

"对呀！所有的事，只有贾聪最清楚。我怎么才能避过这些呀！"夏菁带着哭腔问道。

"你先把从下午发生过的事直到现在，按照时间顺序仔仔细细给我回忆一遍。"

夏菁点了点头，觉得脑袋一片混沌。她使劲拍了拍，皱着眉头想了好一会儿，已经过去的片段，一点点开始回放。她把从几点几分接到小云的电话开始，怎么到她家，到她家看到什么，她们对话了什么，直到于是和她碰面，所有的细节一点点开始叙述……

"然后，我就跑了。你跟着我追出来，我们就一起回了家。大概是十点钟前，到了家，然后我就一直没出门，直到你回来告诉我小云跳楼的事。"夏菁讲完最后一段，停下来，愣愣地望着于是，等待他的指示。

随着夏菁的叙述，于是皱着的眉头也在慢慢展开。到她讲完，于是微微地点了点头，脸上露出一丝胸有成竹的微笑。

"菁菁，相信我，你会没事的。照你自己的安排，该回家过年，就回家过年。只是要记住，你到老家之前，不要开手机，不要让警察联系到你就行了。"

"为什么？"

"因为警察联系不到你，或是联系到你的时候你已经到了外地，不可能马上配合他们的调查，让他们去找贾聪。有了向贾聪了解的情况，可能就不需要找你了。"

"那如果小云不是自杀，是被贾聪杀的呢？！"

"这不是我们需要关心和分析的问题了，是他或者不是他，让警察去调查，如果他是凶手，绝对跑不了。"

夏菁似懂非懂地点了点头，接着又战战兢兢地问："于是，你说，小云是不是我间接害死的？"

"如果我在小云楼下碰到贾聪的时候，不跟他说小云找了我的事，她是不是有可能不会死？我真没想到，一个活生生的人，就这样没了。"说着，夏菁的眼圈通红地又滚出了眼泪。

于是怜爱地看着夏菁，叹了口气，无奈地摇了摇头，把手轻轻地放在夏菁的肩膀上，安慰她道："菁菁，这不关你的事，你和小云都是受害者。

你以前都不知道有她的存在。这只是个意外，不关你的事。"

于是的话，并没有让夏菁好过些，反而让她更伤心："于是，你说，我怎么找了贾聪这样一个人！不仅是脚踏两只船的浑蛋，还有可能是个杀人犯！太可怕了！我要跟他离婚！"

于是递了几张纸巾给夏菁，两手按住她的肩膀大声地说：

"菁菁，我正想提醒你，你千万不可以冲动地处理你和贾聪之间的事。一定要等小云的事情尘埃落定之后再作打算！"

"我害怕！于是，我害怕！"夏菁呜呜地哭了起来。

"菁菁，你一定要振作，不要再哭了！不好的事情既然已经发生了，我们没办法阻止，可是，我们一定要有勇气去面对，把结果向着最好的方向去改变！你一定要有勇气！一定要振作！"一向冷静的于是对着夏菁激动地喊道。

听到于是的话，夏菁渐渐地停止了哭泣，泪眼婆娑地看着于是。于是用充满力量的眼睛也看着夏菁，无声地对夏菁默默地输送着力量。

"菁菁，我说过，只要你需要我，我会一直陪在你身边的。"于是看着面前这个脆弱可怜的小女人，非常动情，恨不得把她紧紧拥到自己的怀里，给她所有的力量与温暖。

"于是，你说贾聪早上来找我怎么办？"夏菁可怜分分地问。她口中的贾聪仿佛已经成了个瘟神，而不是她的合法丈夫。

"他如果能来找你，反而是个好事，也许能证明他不是凶手。不过，菁菁……"

于是若有所思地停下了。

"不过什么？于是，你说呀！"

"我觉得，即使你知道了小云的事，最好不要主动问贾聪，看看他的反应。"

"你确定他已经知道了小云的事吗？"

"正是因为我不能肯定，所以你才不要主动提。"

"为什么呀？！"夏菁还是有些不解。如果贾聪出现在面前，她恨不得甩他两个大嘴巴，再面斥他，骂他个狗血淋头。

"菁菁，你想呀，如果贾聪是凶手，而警方又没有找到他，那他就是个极度危险的人物。他来找你的用意都很难说。你跟他提小云的事，岂不是非常危险？！如果他不是凶手，只要他自己不说，你更不能主动提，就算他自己说了，你也不能表现出来已经知道。看他如何说小云这件事，先搞清楚他的目的，再认真地把这个人看看清楚，再决定下一步怎么办。你万万不可再像结婚的时候那么冲动了。"

"不管贾聪是不是凶手，小云的死都是因为他！对这样一个人，我跟他还有下一步？！除了离婚，我不可能选择第二条路！"

"菁菁，现在绝不是生气的时候。对贾聪这个人，我是有所耳闻的，他一个农民，能有今天的成就，凭什么？！凭你认为的他勤劳肯干？！你是太幼稚自负了！他绝非平庸善类。就算你想和他离婚，也一定要有步骤，有计划。凭一时之气行事，不仅达不到目的，还会后患无穷！"于是的话一针见血。

"那我怎么办？让我若无其事地面对一个双手沾满鲜血的杀人犯？！于是，这太难了！我办不到！"

"办不到，也要办！你以为你不必为你当初草率冲动的行为付出代价？！你以为你想享受鲜花金卡就可以结婚，现在出了问题，说甩就能甩得掉？！"对夏菁的执迷不悟和任性，于是的气不打一处来。

夏菁低下了头。

"菁菁，事情再恶劣，问题再多，我们都可以想办法解决，让它朝好的方向发展，可你必须要有一个正确的态度和认识。错了，可以改，但决不能一错再错。我相信你能做到，是吗？"于是的态度缓和了许多，他也不忍心再对夏菁严厉了。

"好了，菁菁，咱们不说了。你放心，我相信你不会有事的。你也别太担心了，明天一早，我会去找公安局的熟人打听这事。你不要想太多，'兵来将挡，水来土掩'，办法一定比问题多。不管贾聪来不来找你，你睡醒了就去机场，把这一切暂时忘掉，好好回家过年，好好陪爸爸妈妈！我一有消息，会马上通知你的。"

看着眼前的于是，听着他讲着字字在理的话，夏菁心里觉得分外踏实。

于是仿佛是他的亲人，又仿佛是老天爷派到他身边的贵人。

"于是，你这样帮我，对我这么好，值得吗？"

"菁菁，当你有一天碰到一个你真正爱的人，就会知道，为自己的爱人付出，是多么的幸福！天下没有比这更值得的事了。"

"即使没有回报，没有结果，也值得吗？"

"值得。"于是简短但是坚定地说。

夏菁的眼睛再次充满了泪水。她不想再说什么，只觉得自己的胸膛填满了温暖和感动，浑身充满了力量。

"去睡会儿吧，菁菁，都四点多了，再不睡，天都要亮了。明早如果过了八点贾聪还不来，我就送你去机场。如果来了，咱们见机行事，你会是个好演员的。"

"于是，你别走，陪着我，好吗？"

"好，我不走，睡沙发，在外面陪着你。"

回到房间，夏菁躺在床上，怎么也睡不着，头脑无论如何也停止不下来。她觉得自己的身体疲惫至极，仿佛要被摧垮。她强迫自己闭上眼睛，迷迷糊糊地等待着明天的到来。

## （十七）独角戏

谁说我是天生的小角色，

只配站在一边看别人表演？

有绝佳的演技，

哪里都是能秀出精彩表演

的舞台，

即使无人欣赏，无人喝彩。

我是自己的主角，

孤独地站在你不屑的舞台中央

演自己的戏。

"老婆，还喝吗？我再给你倒一杯吧？"如果不是于是交代过夏菁要不露声色，夏菁刚才从梦中一睁开眼睛，看见贾聪恨不得就要逃跑了。

　　她强迫自己必须要当个好演员，不管面前这个人多么难面对，都必须要做到，藏好自己心里的秘密，演一个完全不知情，只是沉浸在被丈夫的背叛所伤，看起来还是那么冲动任性、简单的夏菁。

　　她收回了盯着贾聪的目光，平静地对他说："你想对我说什么，说吧。"

　　夏菁半天不出声，先是死盯着自己，然后又转变了态度，让贾聪心里很没底。他能感觉到夏菁的脑袋里好像是在想着什么，让他觉得没法捉摸。贾聪刚想开口，小云那张倒在血泊中的脸忽地又飞到了面前。他的心狠狠地抽动了一下，后脖窝升起一阵刺骨的寒意，竟不知道该如何开口了。

　　"你的脸是她抓的？"看贾聪不出声，夏菁在心里冷笑了一下，面上仍然平静地问道。

　　"怎么了？小两口吵架了？"

　　"老婆，事情不是你想的那样。"

　　"我想？我要提醒你贾总，事情不是我想出来的，是人家亲口对我说的。"夏菁又有些绷不住了，心里蹿起阵阵火苗。

　　夏菁不出声，贾聪真不知道该怎么对付她，等到她带着醋意和愤怒开了口，贾聪心里反而踏实有底多了。夏菁的态度和表现，让他确信夏菁不知道小云的事，也确信夏菁还在乎自己。

　　"老婆，你能平心静气地听我说吗？"

　　"你说吧，我这儿不听着呢吗？"

"老婆，事情不是你所听到和想象的那样。小云确实是我从前的女朋友。我曾经想要对你讲，是你自己不愿意听，可那些的确是已经过去的事了。昨天的事，我也是被她算计了。"

"你怎么被她算计了？！"夏菁故意带着怒气，她很想听贾聪如何编这个主角已经死了的故事。

"老婆，你想呀，我和她以前同居过，有我和她的照片，有我的衣服很正常。我昨天去，是因为她打电话给我，说有事必须要跟我见面谈。谁知道她是故意安排我们碰头的！

"以前和她同居过！那她怎么知道我的电话号码的？"

"我刚刚认识你的时候，还没有和她分手。你那个时候不是一直不理我吗？估计是那个时候她偷看我手机知道的。"

"照你的说法，和我结婚后，你就再也没有跟她见面，也没有去过她家吗？"

"没有，和你结婚后，我再也没跟她见过面，但是通过电话。"贾聪斩钉截铁地说。

如果夏菁不知道小云的事，以他说话的语气和态度，她几乎就要相信那是真话了。

"我凭什么相信你？！"夏菁的眼睛狠狠地看着贾聪，好像已经盯到他的心里，看到了真相。

贾聪虽然心惊胆战，但是仍然把胸脯拍得山响，毫不犹豫地说："老婆，我发誓，如果我对你说了假话，我不是人，下辈子投胎变畜生！"贾聪掷地有声仿佛一字千金的话，却听得夏菁恐怖得浑身起鸡皮疙瘩。面前的贾聪满口的假话，面目狰狞，像是一个披着人皮的魔鬼。

如果不是出了小云的事，和贾聪不管家庭文化差异多大，生活方式和生理上多不如意，既然已经和他结婚，夏菁都愿意努力克服；即便后悔，即使痛苦她也肯忍受，甚至还自欺欺人地找出贾聪的各种好处和优点来说服自己要坚持。她实在不愿意承认自己冲动自负的选择其实是个错误。她也不愿意让家人跟着担心，让朋友看她的笑话。

可是，小云的突然出现和突然死亡，除了她让震惊、愤怒和悲伤，更是觉得可怕。小云既然已死，夏菁即使对这个女人有多愤恨，也不会再去跟一个死人计较了。可对这一切的始作俑者贾聪，夏菁却越看越清楚。这个她以为是吃过苦、有着远大理想、看起来憨厚诚恳的人，其实是个谎话张口就来，流泪下跪什么都做得出来的做戏高手。小云的事只是贾聪的冰山一角，可能还有更多她不知道的事情，只是还没有浮出水面。

面前的贾聪用自己赌咒发毒誓，假话说得如此逼真动人，仿佛小云的事从未发生过。看着贾聪，夏菁的胃部突然剧烈地抽搐，泛起一阵恶心。她使劲儿地咽了咽口水，把涌上来的酸水强压了下去。

"老婆，你怎么了？不舒服？要不要我陪你去看医生？"夏菁的反应有些不正常，贾聪跟着紧张起来。

"没什么，可能是休息不好，胃不太舒服。"夏菁已经没什么兴趣再听贾聪的任何一句话了。

她就想快点离开，离这个人远远的，按照于是给她的建议，在远离他的时间和空间里，安安静静地计划自己的下一步该怎么走。从这一刻开始，在夏菁的心里，贾聪已经不再是她的老公，而是一个必须要解决的问题和麻烦。她必须强迫自己，脱离感情和角色的牵绊，要成为一个出色的演员，把眼前的贾聪，当做只是她必须要有勇气去面对，不带有任何感情色彩的博弈对象。

"以后不要再赌咒发誓，我相信你就是了。"夏菁闭上了眼睛，无奈地说。

"老婆，是我对不起你，让你受委屈了。"看着夏菁憔悴得如风中的瘦花，贾聪的心里一阵悲哀。

夏菁的眼角渗出一颗大大的泪珠。她没有动手去擦，任由它慢慢地滑下脸庞。贾聪俯下身，轻轻地吻向夏菁的脸颊，唇边满是她又苦又涩的眼泪。两人默默相对，没有言语。

贾聪和夏菁的心，因为各自不同的原因，在沉默中剧烈地撕扯绞痛。近在同在一个空间的咫尺之间，两人却像远隔了几个十万八千里，沉浸在各自痛苦泛滥的世界里。眼前的夏菁让贾聪无力再对她说谎，夏菁也听不进明知是假话的话。沉默让人窒息，贾聪觉得再多待一会儿，他会被席卷到完全不可控的地方，好在夏菁先打破了沉默，把他从失控的边缘拉了回来。

"我想回去，回老家去，跟我爸爸妈妈待在一起。"

"好啊，要我陪你一起回吗？"夏菁要回老家，正合贾聪的意，他好倒出时间和空间调整自己和处理小云的事。他明知夏菁不会带他回去，还是试探性地多问了一句。

"不用了，我想回去安静地过个年，你就留在深圳吧。"

"也好，免得我跟着你影响你的心情。"

夏菁一丝苦笑，没有再接他的话。

"坐什么时候的航班？我送你。"

"我收拾一下，直接去机场，赶上哪班算哪班吧。"

"你在外面等等我，马上就好。"

贾聪点点头，起身离开了夏菁的房间。

以往夏菁回家过年，都是大包小包，带着丰盛的年货，这次，只有随身的小包，连换洗的衣服都没装，大有一切从简仓皇出逃的感觉。

在等夏菁的时候，贾聪已经用电话帮夏菁买好了机票，早上十一点，头等舱深圳飞武汉的航班。

贾聪告诉夏菁已经安排好了航班。夏菁只是木木地听着，木木地点头表示她已经知道。去往机场的一路上，两人都没有话说。到了机场，夏菁拉开车门，直接走向出发大厅，连头都没回。贾聪想开口叫住她告个别，又无奈地忍了回去。他心想："走了好，一切，都等过完年回来再说吧，希望那个时候，该过去的都过去了。"

送走了夏菁，贾聪驾车飞驰着往市内奔去。这又是一个空间的转换，从他制造的小云还活着的空间里，再转回到她已经是一具尸体的现实世界。

贾聪是个赶场的演员，在一个又一个的各式各样的舞台上，在每出不同的戏里，扮演着大同小异的角色。戏的导演、演员，全是他自己，一个人演着不知道何时才会落幕的独角戏。他孤独地开着车，孤独地计划着下一个角色，在已经开始熙攘的车流中，超过一辆又一辆的车，狂奔向下一个演出地点。

他打电话给派出所的所长，约中午一起喝茶。连个客套的推辞都没有，所长爽快地答应了贾聪的约会。贾聪很累，精神和体力接近崩溃的边缘，但是，此时他必须坚持着去见所长，把小云的善后事情处理好。

离开贾聪的视线，夏菁就想给于是打电话，想起于是叮嘱她不要开手机，看看手表，时间并不是很充裕。春运的机场，人多得好像卖菜的集贸市场一样。赶着过年的人们，来的来去的去，川流不息。好在贾聪给夏菁买的是头等舱机票，换登机牌的专属柜台前，排队的人并不多。夏菁冲到柜台换好了登机牌，找了个公用电话，拨通了于是的手机。

"于是，我是夏菁。"

"菁菁，你到机场了吗？"

"我到机场了，已经换了登机牌，跟你通完电话我就进安检。"

"那就好。"

"于是，你打听到小云的事了吗？"

"打听了，昨天晚上就把贾聪叫到派出所了解情况了，他早上才离开。"

"贾聪已经去过派出所了？"

"是啊，据说问了好几小时的话。估计小云真的是自杀，要不贾聪没那么容易出来。"

"这么说，他不是凶手了？"

"百分之八九十吧。你们谈得怎么样？他跟你提小云的事了吗？"

于是的问题，让夏菁心里的万语千言、百般感受交集成一股巨大的洪流，全都奔涌到了喉头，硬生生地堵在那儿，却一个字也说不出来，只有眼泪，滚热酸涩肆意地流着。

"菁菁，你怎么了？说话呀！？"

夏菁狠狠地把哽在喉咙里的东西强咽了下去，一直空空如也的胃即刻被填满，顶得她生疼。夏菁努力地用发紧颤抖的声音，一字一句地说道："于是，我要离婚，从老家回来就离。"

于是仿佛看见电话那一头的夏菁已经满脸泪痕。他可以猜想到夏菁和贾聪的碰面一定是令人难过的。他不忍心再问任何问题了。

"菁菁，别想那么多了。回家过年吧，回来，咱们再商量好吗？我不打算回家过年了，会密切关注小云的事情，有任何消息，我都会第一时间通知你。记得到了武汉给我报个平安，到了武汉，就可以把手机打开了。"

"于是，如果没有你，我真的不知道该怎么办。你对我这么好，我不知道该怎么回报你。"

"别说傻话了。谁不碰到点事儿，朋友不就是在需要的时候出现吗？"

"谢谢你，于是。"夏菁眼泪止不住地狂奔。

"菁菁，在我心目中，你是个阳光健康、笑声爽朗，又有性格的姑娘。所有这一切都是暂时的，都会过去的。相信我，只要你有勇气去面对，没有过不去的坎儿，你一定会再快乐起来的！"

夏菁深深地感觉到鼓励和支持对一个人有多么重要。尤其是在人无助和低迷的时候，几句话就能给人以如此莫大的力量。

"我相信我会的，我不会让你失望的。我要走了，电话联系。"夏菁简短地和于是告了别，转身扑向了机场滚滚的人流，带着于是的温暖和鼓励，把深圳，把贾聪小云抛在身后。几小时后，她就能见到亲爱的爸爸妈妈，回到温暖的家了。

贾聪和所长的午茶喝得很顺利，没有过多的开场烘托，贾聪直白地把自己的要求告诉了所长。他希望尽快让小云的案件画上句号，让民警们帮着他的办公室主任，做好小云家人的工作，带着小云的骨灰回乡安葬，越快越好。

所长静静地听完了贾聪的要求，没有马上表态。他借故去洗手间离开。贾聪估摸着他可能去给办案民警打电话了。稍后等他回来，所长明确地答复贾聪，会将小云的案件尽快结束侦查，按照事实作出结论。民警们会全力配合做好家属的工作，让他放心。贾聪自然是千恩万谢，大哥兄弟叫个没完。两人告别时，贾聪亲自送所长上车，顺便把沉甸甸的牛皮纸袋，放到了他的车上。

所长收了贾聪给的"定心丸"，让贾聪心里踏实多了。他给办公室主任打了个电话，通报了见过所长的情况，又交代了一遍，千叮万嘱让他仔细处理小云的家人。

拖着要散架的身体，贾聪终于回到了家。他关了电话，一头倒到了床上。他太累了，昏迷一样地睡死了过去。

等他从睡梦中睁开眼睛，是一天一夜之后的又一个晚上了。日历，已经从2006年翻到了2007年。跨年的除夕之夜，贾聪就这样迷迷糊糊地在睡梦中度过。他揉揉眼睛，没有开灯的房间里，一片漆黑。他摸索着下床打开灯，又回到床上，呆呆地坐着。

发生过的事情，好像放电影一样的，一段接一段地出现在他的眼前。越看越揪心，他希望发生的一切只是个梦，梦醒了事情就都过去了，不用再去面对，去解决。

他叹了口气，整理了一下思绪，无奈地打开了手机。刚开机没多久，手机短信就狂躁地叫嚣起来，几乎全是办公室主任在前一天晚上和今天发来的信息，一个接着一个。

"贾总，小云的家人今天到了，我已经安排了车去接。"

"贾总，我们刚到派出所，小云的妈妈和姐姐情绪很激动，大哭大闹。派出所的民警在帮着我们做工作，情况尚在控制中。"

"贾总，派出所的民警已经把小云是自杀的结论告诉她们了，正在安抚她们。"

"已经安排她们住下了，明天一早去殡仪馆。"

"贾总，她们没有提出异议，小云的尸体，可能一会儿火化。"

"她们一定要见您。我们告诉她们您不在国内。她们现在不愿意火化尸体。"

"今天是除夕，工作人员都不愿意再等了。她们还在哭闹，今天可能火化不了了。"

"我送她们回酒店了，刚陪她们吃完晚饭，情绪好些了，估计明天没问题了。唉，真可怜。"

"贾总，小云已经火化完了，骨灰盒买的是最贵的那种。小云她妈和姐姐订了下午的机票。我陪她们吃完午饭，送她们去机场。"

"老板，把她们送走了，钱也已经给她妈了，事情处理完了。今天是初一，给您拜年了。"

看完短信，贾聪觉得眼睛湿湿的，用手一摸，原来已经满脸是泪了。他仰面倒在床上，心底的悲伤，像一块巨大的石头，重重地压在了胸口上，让他喘不过气来。贾聪双手掩面号啕大哭，一阵阵的悲恸夹杂着汹涌的眼泪，像海浪一样，狠狠地冲刷着他。

他不知道自己为什么哭，为谁哭，是为自己，还是为已经化成飞灰的小云？是为可能会离他而去的夏菁，还是为这个凄凉孤单的春节之后，继续要面对的公司摇摇欲坠的局面？这个世界上，似乎只剩下了他一个人，没有人看见他的悲伤，没有人理解他心里的苦，所有的一切，只能靠自己去承担。他不知道这副越来越重的担子，自己还能背着走多久。他只希望自己能坚持下去，不管怎样，都不能放弃。

痛苦地发泄了一下情绪之后，他起身擦干了眼泪，使劲儿地甩了甩头，仿佛可以把那些削弱自己战斗力，影响自己的东西通通地甩出脑袋。他强迫自己从孤独无力的情绪中挣扎出来，拿过了被丢在一旁的电话，先拨通了办公室主任的号码。

"是我，你确定事情都处理好了吗？不会有什么问题吧？"

"贾总，放心，都处理好了。我确定不会有什么问题。"电话里，办公室主任的声音沙哑疲惫。

"那就好，你辛苦了。我心里知道，就不说谢了。"听到办公室主任亲口的确定回答，贾聪的心才真正地放了下来。

"贾总，你自己保重，好好休息几天。公司可不能没有你呀！"

贾聪的嘴角泛起一阵苦笑，办公室主任看不见他无奈的表情。

"知道了，就这样吧。"说完，贾聪挂了电话。

自己和公司似乎走到了进退维谷的尴尬境地。贾聪开始怀疑自己到底有没有做一个企业老板的能力，如果没有能力，怎么能把红日做得从无到有，跻身深圳地产中介行业的前几名？如果有能力，怎么会在公司要走向更大更强的关键时刻，觉得如此困难和无力？

贾聪一直非常自信自己对市场的判断和公司发展方向的把控。他认为发展外地市场和运作广州项目是再正确不过的，既匹配"红日"公司的运作能力，也符合市场的需求。做地产中介的，最重要的就是"市场"和"人"这两个因素。如今的市场，是十年以来的最高点，特别是深圳，特区内的土地越来越少，而人们对房子的需求却越来越大，是非常难得的卖方市场。贾聪凭借自己在行内这么多年的经验和自己苦心搭建起来的公司平台，从团队人员的配备到业务能力，都驾轻就熟，绝对没有问题。贾聪坚定地认为，他和他的公司具备了这最重要的两点，其他都不是问题。即使"红日"根本就没有这样的财力来支撑他的计划，他也要坚持下去。

贾聪固执地认为目前财务上的问题，就是个暂时的困难。不管国家政策怎么出，银行的贷款政策怎么缩，在卖方市场的大前提下，绝对不会对市场造成冲击。他和他的"红日"只要挺过这段日子，一定会海阔天空，蒸蒸日上的。贾聪心里的愿望，绝对不是只赚点钱这么简单，他还要地位和名声。他就是要在别人都要退缩怀疑的时候，反其道而行之，这样才能脱颖而出。

贾聪仿佛看见了自己成功以后的样子，像他崇拜的穆梓那样，不管走到哪儿都受人尊重，被人追捧，站在这个城市的金字塔尖上享受着名利带来的一切。想到这里，他的颓丧和摇摆，立刻被这股渴望的激情一扫而空。像一个毒瘾发作的瘾君子，在痛苦得满脸鼻涕眼泪满地打滚的时候，突然来了一剂解瘾的救命良药。

有些人好像有一种自我疗愈的特异功能，不管是痛苦、惭愧、忧郁，只要他们启动身体里的这个功能，不需要的负面情绪马上就会飞到他们看不见的地方。眼睛也只会看见他们想看见的东西，让他们在瞬间变得没有痛苦，没有愧疚，没有颓丧。这种功能使用的次数越多越娴熟越强大，一旦上瘾，慢慢地，会成为他们生命的一部分，自然而然地进入到身体、思想和灵魂深处。以后，不再需要刻意启动，它已经随时随地地控制他们的生命，浑然一体密不可分。这种叫做欲望的功能，一旦完全占据了他们，他们就会变得分不清现实、幻想、丑恶、善良，直到心智尽失，不人不鬼。

"我不能耽误，一刻也不能耽误了。小云！就让她见鬼去吧，大不了等我赚了钱，多拿点去孝敬她的父母，替她接着尽儿女的责任！怨不得我贾聪对不起她小云，只能怪她命薄。欠她的，下辈子再还吧！"贾聪在心里咬牙切齿地说。

他拿起电话，思量了片刻，拨了夏菁的手机号。

"喂，老婆。是我。"

"哦。"夏菁淡淡地应了一声。

接到贾聪的电话，夏菁的心情很复杂，又恨，又怕，又期待。虽然于是早就已经把打听到的处理小云一事的结果告诉了她，但是一直没有和贾聪直接通上话，贾聪究竟是不是害死小云的凶手，有没有被抓起来，她心里还是不太踏实。大年初一的晚上接到他的电话,夏菁的担心是暂时放下了，可另外的种种情绪，又涌将上来。

"老婆，过年好！"贾聪的声音充满了热情，似乎从没发生过任何事。

"过年好。"想到于是交代自己要冷静、要镇定，即使有多不愿意，夏菁还是回应了贾聪的问候。

"老婆，替我给你爸爸妈妈拜年，代问他们好！"

"好，我会帮你代问他们好的。"说到自己的父母，夏菁忍不住地一阵心酸。

她早就跟爸爸妈妈打过招呼，要陪新婚的老公贾聪过年，不回老家了。突然在腊月二十九回到家，让她的父母觉得很惊讶。而夏菁一反常态的沉默和令人心痛的憔悴，让老人家不忍去问她原因。一家人都装作若无其事，默默地守护在夏菁的身边。

"老婆，你还在生我的气吗？老公知道错了，我以后再也不会让你伤心了。你一定要原谅我！"贾聪自动化地转到了小孩子撒娇一样的频道，语气中充满了天真与委屈，好像还在等着夏菁安慰他。

"我不生气,也没什么可生气的。等我回去再说吧,你自己保重,就这样。"夏菁挂断了电话。

男人最伤害女人的，是落差和欺骗。追你的时候，热情高涨，喷出足够迷魂的肾上腺素，只要你开心，什么事都愿意为你做，仿佛没你就活不下去一样；一旦得手，新鲜劲儿一过，甜蜜不了多久，对你的兴趣就一日淡过一日。曾经的承诺和甜言蜜语就随风飘散什么都没能留下，随之而来的欺骗和背叛，把你靠着回忆能勉强过下去的生活希望，也摧毁得荡然无存。

夏菁结结实实地尝到了贾聪给她的这两种痛苦大全餐，心痛到麻木。即使他再表现得多么真诚、多么天真，在夏菁看来，那就是一种毫无意义的表演，她已经学会了克制自己的情绪。她很清楚，和这个人的缘分，已经到了尽头。贾聪没有被作为杀人凶手被警察抓走，夏菁除了为已死的小云惋惜和心痛以外，再没有任何兴趣去探究他和小云的事了，她所有的注意力，都放在如何跟贾聪解除夫妻关系上。

被夏菁挂掉电话，是贾聪习以为常的事。他并不指望这场由小云引起的闹剧能轻易结束。打给夏菁，主要是出于礼节，出于要让夏菁收到自己对她的牵挂，出于提醒夏菁是他贾某人的太太。至于夏菁的态度怎样，贾聪根本不介意，精力有限，鞭长莫及，一切到眼前再说。

一天一夜没吃东西，贾聪的肚子饿得咕咕直叫。他摸摸干瘪的肚皮，仔细想着该怎么解决自己这顿晚饭。老乡基本都回了老家过年，找不到人陪他，而对年前早就来了深圳住在大哥家的父母，贾聪似乎不想对他们有太多的感情牵挂。年前已经去看过一次了，该给的赡养费，贾聪是不会少给的。有大哥大姐伺候着老人，贾聪安心得很。

人饿的时候，头脑会出奇的清晰，贾聪本来只是想着怎么解决一顿饭，却越想越多。他不光想去找顿饭吃，还想找顿有意义有价值的饭吃。这个时候，罗大哥慈祥和蔼的脸，笑眯眯地出现在了贾聪的眼前。广东的规矩，大年初一都要在家里守年，不能出去串门。年前贾聪就知道罗大哥的儿子要在家里过年，这个时候去他家是再合适不过了。

贾聪直接把电话拨到了他家里："大哥，过年好！祝你全家幸福，全家健康平安！"隔着电话听筒，都能感受到贾聪的热乎劲儿。

"哈哈哈！多谢贾总有心还惦着我呀！我以为娶了娇妻以后，就把我们都给忘了呢！"虽然罗大哥笑得合不拢嘴，但还不忘酸溜溜地提醒贾聪这一段时间对自己的疏忽。

"嗨，大哥，别提了。我跟老婆闹了点小矛盾，她大小姐脾气，扔下我回老家过年去了。大过节的，也没个人答理我。我现在一个人在家，孤苦伶仃地饿着肚子,连饭都还没吃呢!"贾聪的情绪一下子从沸点跌倒了冰点,带着哭腔的语调,让罗大哥一下子心疼起来。

"行了,什么也别说了,赶紧过来,你大嫂弄了一大桌子菜,我们还没开吃,等你来!有什么,来了再说。"

罗大哥的盛情邀请,正中贾聪的下怀,可他并没有一口答应,而是支支吾吾地道:"不太好吧,你们家里人守年,我过去会不会太打扰呀?"

"你什么时候变得磨叽起来了!又没把你当外人,废话少说,赶紧来!"不容贾聪多讲,罗大哥就挂掉了电话。

贾聪飞快地从床上起来,奔到洗手间,把水龙头开到最大,不一会儿,冲凉房里就雾气腾腾了。他要好好地洗个澡了,几天没有刮胡子,没有冲凉,像一个流浪汉一样地邋遢。温暖的水,带着力度掠过他的全身。贾聪闭着眼睛,仰起头,任凭水流的冲刷。他不仅想洗干净身上的污浊,还想把他的头脑洗得干净整洁,最好把那些罪恶血腥的东西,通通都冲到下水道去,永远不要再回头。

"贾聪,今天是2007年的第一天,全新的开始,2006年的东西,决不能再影响你。走出家门,就是一个全新的出发。不要顾忌,不要害怕,放手去搏!你一定会得到你想要的一切!"贾聪照着镜子,热情高涨地对自己说。洗完澡,刮了胡子,镜子里的他恢复了干净和整洁。饿了两天,原本发面一样的胖脸,竟然现出几分轮廓。脸上的伤痕收敛了许多,血淋淋的新伤已经变成结了痂的旧痕,不那么刺眼了。

衣柜那件全新的大红毛衣是夏菁为了过年,特意买来送给他的。贾聪穿上像一个胀鼓鼓的压岁钱袋。他颇为满意这件衣服的喜气,一穿上身觉得晦气全消。大过年的,去人家里吃饭,总不能空手去。贾聪好容易弄来的过年费用,因为小云的突发事件,一分不剩地都花出去了。除了裤兜里的一两万零花钱,他已经没有现金在手了,就算把兜里的钱都掏出来,喜好艺术品收藏的罗大哥也根本看不上。贾聪愣着歪头想了想,一咬牙,把一直放在保险柜里的一个小盒子拿了出来,找了个不起眼的纸袋,小心翼翼地放了进去。

出门前,他对着门后的镜子左看右看,认真地练习了一下笑容。好几天他不是愁眉苦脸,就是泪流满面。要笑得热情,必须完全地露出上下两排八颗牙,这对贾聪似乎颇有些困难。他努力地咧了好几次嘴,抻了抻一直痛苦着的脸部肌肉，虽然还是不大自然，也算勉强能过自己这关。拉开门，贾聪昂头挺胸地走了出去，好像跨出门不仅仅是去赴罗大哥的家宴，而像是要扑向自己全新的生活。

罗大哥家里的节日气氛浓得化不开，门口一盆繁茂的金橘树，金灿灿的累累硕果和红彤彤的利是封挂了一树，争奇斗艳挤得密密麻麻。门框上贴着红底金字的对联，升官发财的语句虽俗，倒也喜庆。

正对大门的客厅中间，摆着一大盆几乎一人高的大花蕙兰，粉艳艳的花朵儿开得灿烂夺目，熙熙攘攘地挂在枝头，几十枝花枝挤在盆里，异常的富贵逼人。

罗大哥在美国读书的儿子年内才学成归来，好几年都没有在国内过年了，今年是第一次带交了几年的女朋友回家过年。为了让儿子在春节里好好地品尝家宴，罗大嫂花尽了心思，鲍参翅肚，变着法儿地做好吃的。准备了满满一桌子的菜。

门铃一响，罗大嫂闻声小跑着去开门。

贾聪双手作揖，满脸堆笑，连声道："过年好！过年好！大哥，大嫂过年好！"

罗大哥的太太，是国营企业的办公室主任，能干，讲究又利索。对贾聪一点不陌生，痴迷红酒的她，酒柜里存放的那几瓶八三年份的昂贵好酒，都是贾聪老弟孝敬的。

贾聪每次奉献的东西都不会让人失望，罗大嫂瞥见贾聪的手里提着个纸袋，笑得嘴都合不拢，亲热地拽着贾聪的胳膊领着他去餐厅。

"这么长时间不来看你大哥和嫂子，我以为你把我们都忘记了呢！"罗大嫂边走边对贾聪说。

"嫂子，您这是批评我了，是小弟做得不好，您千万包涵！"贾聪的脸涨得通红，充满了诚恳谦虚。

"你嫂子，是想你了，老不来看她。"听见贾聪进门的动静儿，罗大哥早就从书房出来，在饭桌前等着他过来了。

贾聪看见罗大哥，分外激动，一大步蹿到他跟前，紧紧地拉着罗大哥的手，像小孩撒娇似的说："大哥，大哥，我实在是没地方去，您要是也不收留我，那我就太可怜了。"说完，贾聪撅起了嘴。又肥又厚的嘴巴嘟在他那张胖脸上，再加上他滑稽夸张的表情，逗得罗大哥一家哈哈大笑。

罗大哥边拍着他的胖手边说："好好！我收留你，什么时候都收留你！"

大家又笑了一阵儿，刚准备入席吃饭，贾聪伏在罗大哥的耳边说了句悄悄话，还没等他反应过来，拉着他就往书房里去。

"搞什么！不能吃完饭再看？"罗大哥觉得贾聪是在胡闹。

贾聪把他摁在书桌前的椅子上坐下，反身关了书房的门，故作神秘地说："大哥，您看了这件东西，就不想吃饭了。"

贾聪从纸袋里拿出了个不太起眼，甚至有些陈旧的木头盒子。识货的罗大哥一眼就看出来，这是陈年紫檀雕的首饰盒，雕工非常精致。贾聪在打开盒子前，对着罗大哥莞尔一笑，好像对他说："准备欣赏。"

贾聪慢慢地打开了盒子。一块绿油油、水灵灵的翡翠，静静地躺在纯黑色的丝绒上，温和地吐露着润光。罗大哥的眼睛紧紧地盯着，不肯离开。

贾聪把盒子举到有些失态的罗大哥面前："大哥，拿出来看看。"

这块翡翠的个头不是人人，可是成色却好得令人惊叹，没有雕刻，只是打磨成寿桃形状的纯正的祖母绿，占齐了浓、阳、俏、正、和，捧在手心，高贵的光芒令罗大哥心醉。

"好东西呀！真是好东西！"他禁不住地连声赞叹。

"大哥，这是我孝敬您的春节礼物，是我压箱底的宝贝。"

"使不得！这东西价值无可估量，这么贵重，我可受不起！"

"大哥，一定要收下！不为别的，就为今天您在大年初一收留我的这顿饭，送什么给您都不为过！"

"兄弟呀！这东西实在是太贵重了，你应该把他送给更重要的人！"

"大哥，·对我来说，这就是一块儿偶然得来的石头，我根本不懂欣赏。在我心目中，您就是最重要的人，您又懂得欣赏它，为你所有，是再合适不过了！"

"这……这不太好吧？！"

罗大哥边推辞着，脸上还露出了浓重的难色，皱着眉头，似乎在考虑着什么。他是当过兵又在政府机关和国营大企业里浮沉了多年的老江湖了，也是见识过一些人和事的，对贾聪一定要送他这件东西，他必须要考虑一下。

贾聪虽然没文化甚至也没什么档次，可他身上却有许多讨人喜欢的地方。比起那些已经成了老油条一样，事事都讲投入产出的所谓大老板们，贾聪的确真诚多了。只要你透露出一点点对任何东西的喜好，他总会倾尽所能尽量来满足你。处处把自己放在一个比你低几头的位置上，崇拜地仰视你，他无论是在言语上还是行为上，都让你打心眼里觉得受尊重。

罗大哥和他交往了两三年，日子不短，也不算长。可贾聪对他从来都是言听计从，事事都愿意找他讨教，让他帮着拿主意。他对贾聪是有感情的，可对他为人上经常地讲话不算数，处事上的急躁和浮躁，罗大哥也是心中有数的。

见过太多人的起起落落，他觉得贾聪还是商海里的新丁，眼前把公司虽然做得挺红火，可他毛病太多也不太成熟，是王是寇，还需要锻炼和观察。贾聪每每送他和老婆的东西虽然价格不菲，可也没有太离谱的。他也只是趁职务之便在正常范围内帮帮贾聪的公司，并没有太花力气和心机给他解决过大问题。

跟贾聪第一次去澳门，喝多了后跟他一起又嫖又赌，当时是快活，可回来之后，还是颇为后悔的。本来是打定主意再也不去的，可日子一长，老面对着处在更年期，只有脾气没有性欲的老婆，对放浪形骸的快活又开始想念了。扛不住贾聪一次两次地盛情相约，去澳门，从此成为他上了瘾的活动，也成了和贾聪的固定约会。

他不计算去过多少次，也不在乎贾聪花了多少钱。他最在意的，是作为一个国家公务人员，去澳门干的这些事情，一旦被人拿出来宣传，或是被他的政敌知道，足可以令他家破人亡。他对贾聪的信任度，还不足以十拿九稳，所以他心里记着这笔账，想着找个机会，给贾聪介绍几单事情做，让他赚到钱，就算是把这笔账清了。虽说贾聪不是那么牢靠，可罗大哥相信，只要大家各得其所，贾聪还不至于故意害他。

罗大哥和贾聪看起来简单的关系之下，隐藏着很复杂的纠葛，有亲有疏，有喜欢有顾忌，有信任也有怀疑。对罗大哥来说，跟贾聪本来有笔想起来就让他如鲠在喉的旧账还没清，突然大过年的上门给他送这么份大礼。除了嘴上说的兄弟感情，肯定是有求于他，而且绝对不是一件普通的小事。旧账未清，新账他有没有必要欠？还不还得起？拿什么还？他必须要衡量清楚。

见罗大哥沉思了那么久，贾聪虽然心里有些发虚，但还是在一旁并没有出声。罗大哥是什么人，他心里还是清楚的。罗大哥看起来笑呵呵，和蔼爽快，可他是干过政府组织部门工作的人，什么人没见过？你眉毛尖子一动，他就能看出你的心思，尾巴一翘，就知道你是拉干的还是拉稀的。和罗大哥交往这几年，贾聪早就品出来他是一个城府极深又多疑的人。

贾聪和他的关系正处在一个半生不熟的尴尬阶段。面上两人兄弟叫得亲热无比，送的东西虽照单全收，可给到贾聪的帮助就是不多不少的刚刚好。

贾聪尝试过让他出面解决棘手的事，罗大哥不是打太极推回去，就是给了个打过折扣的结果。不能说他不够意思，可贾聪心里清楚，他们之间隔了一层，他还没有真正成为罗大哥的自己人。

从部队干部退伍到地方的罗大哥，到深圳已经有二十年了，在深圳有着丰富又盘根错节的政府和企业关系。他的职务个是最高的，可是力量却是绝对够贾聪用的。

贾聪对罗大哥这份礼送得确实有点突兀，也有点着急了。不怨罗大哥多想，有时猛药不仅不能治好病，还有可能把长期以来吃的其他药的疗效全给消没了。贾聪知道，这样做是有些冒险的，可他又不得不走这步。

开了年，公司和广州项目都要填钱进去，过完年后的头一个月是所有服务行业的淡季，特别是房产中介。依照往年的经验，公司有可能一个月都开不了单。 百多个地铺一个月的日常开销，是一大笔钱。往年，公司在年前就从年底最旺那一两个月的营业额中，把这笔钱准备出来了。可今年，贾聪投了两三千万在广州项目上，公司每个月都要还五十万多万贾聪用贸易公司贷出来的三千万的利息。他买的沙河高尔夫别墅的十几万的供楼款，还有夏菁名下几十万的商铺按揭款，花重金砸出来的外地和深圳新开的地铺没有一个赚钱的，全要靠总公司拨款才能支撑。

贾聪执著地相信，年中之前，地产市场一定会大涨，新开的地铺在开年后的三四个月内，肯定会生意红火的。而广州项目，四个月的期限转眼就要到了，剩下的一千多万只要按期打到位，年底之前，也会给他带来丰硕的收获。只要解决了暂时的资金困难，等到年中，一切都不会是问题。

贾聪本想靠着和土财主五哥合作，从他那儿弄来个一两千万，解解燃眉之急，没料想，他磨磨叽叽的老是不下决断。无奈之下，贾聪只好去借了几百万的高利贷，才勉强发了员工的工资和一些催得紧的租金以及欠款。五哥毕竟是做生意的老手，催得太急，他会以为有什么问题，贾聪只能把他放到开年后的几个月里从长计议。高利贷，只能应一时之需，公司的正常运作，根本应付不了高于天价的利息。

要在开年后的一个月里，先还了高利贷，解决公司一两个月的经营费用，再为广州项目预留出一千万，至少要有三千万，才能让贾聪不为资金发愁，暂时过几天舒心日子。

银行是不可能再给他贷款了，不管公司还是个人，已经最大限度地支持他，实在没有再做业务的条件了。贾聪认识的权贵并不多，房地产中介公司，其实还是属于不太入流的行业，除了政府监管部门，没什么机会和真正有权有势的人搭上线。穆梓哥只把他当成玩伴，除了一起吃喝玩乐，顶多是带他出席一些饭局，见见世面而已，能给几句不痛不痒的指导性意见，已经算是相当不错了。能真正把贾聪当回事，又有能力给予实际性支持的，除了罗大哥，也别无他人了。

实际情况，贾聪确实是有些走投无路了，这个坎儿他必须要迈过去。万一资金跟不上，公司和他将要面对一个什么样的局面，他根本不敢想象。本来打算和夏菁一起好好地过个年，开年了再和她一起把和五哥的合作攻下来。可节骨眼上小云突然出现，找夏菁闹了这么一出，不仅年没法过了，连日子还能不能过下去都是个问题，更谈不上让她帮自己做事了。

小云的死，让贾聪心里发慌得很。虽然是摆脱了杀人犯的嫌疑，也尽其所能安排好了她的后事和家人，可贾聪总认为这个陪他走过最苦的日子，看着他发迹的女人，用死来决绝地离开他，是在预示着什么。他必须要提前解决这个不祥之兆带给他的心慌和恐惧。最有可能帮他的人，只有花了大量的时间、心机和金钱培养的罗大哥了。

给罗大哥下这剂猛药，贾聪还是经过仔细考虑的，心里稳稳地放着对付罗大哥的杀手锏，他还是很有几分把握的。只要罗大哥收了他的东西，大家心照不宣，贾聪会找机会单独跟他讲需求；如果不收，贾聪会毫不留情地使用杀手锏，逼也要逼到他就范。

"快点出来吃饭啦！鲍鱼凉了就硬了，不好吃了！"罗大嫂等不及要开饭了，在外面清脆地喊了一嗓子！

"马上出来！先把酒倒上，我们就出来！"罗大哥也回了一嗓子。

"大哥，您就收下吧，您别多想！我已经被老婆误解，连年都不陪我过，我到您这儿，再被您误解，我就要被冤死了！"贾聪带着满腹的委屈，眼睛里泪光闪闪，眼看着就要夺眶而出了。

"哎呀！我的兄弟！大过年的，你又是死，又是哭的！"

"我不管，大哥，您就是看不起我！就算我有事求您，您在我心目里是我最亲的大哥，本来就应该帮我！我有那么不懂事吗？！您就是看不起我！我在您心里就什么都不是！"贾聪一把鼻涕一把泪，像个受了委屈的孩子一股脑地把肚子里的话倒了出来。

"好好好！我怕了你了！我要是不收，就要被你冤枉了！"

罗大哥把盒子从贾聪手里接过来，又看了一眼那诱惑人的温绿，合上盖子，仔细地放进了柜子。

贾聪见罗大哥收下了，用手背抹了抹眼睛，立马破涕为笑。

"这才是疼我的好大哥！走走，出去吃饭吧！"

"你呀！像个没长大的孩子，真是拿你没办法！"罗大哥也笑着，两人没事儿人一样，一前一后地走出了书房。

这就是贾聪能出奇制胜的地方，他的演技虽然拙劣却很有效。和罗大哥玩心计，他知道自己是玩不过的，所以直截了当地表达，干脆地把他逼到必须决定的位置，不再给他时间考虑。

在这个世界上，大家不是靠谁笨谁聪明来决胜负的，而是比试手中的武器和砝码分高低。罗大哥和贾聪虽然不是一个级别，甚至不是一辈的，可是，贾聪手上有可以跟他抗衡的砝码，也有能吃定他的武器。男人的眼泪比女人的眼泪更有用。贾聪的眼泪是些许地感动了罗大哥，而更多的却是让他害怕。

贾聪似乎单纯的孩子气，表现出他是一个根本没有底线的人，不管不顾，不按常规出牌。对贾聪这种人，颇有些文化素养的罗大哥，无法跟他正常沟通，满腹的锦囊妙计使不出来，根本就是束手无策。还有让他担心的把柄被贾聪攥着，罗大哥摸不准，万一贾聪不高兴，会不会把他所知道的一股脑地全说出来。

有一点，罗大哥心里却是明镜儿似的清楚，贾聪作为一个生意人，又送东西，又在自己面前又哭又闹、撒泼耍赖，无非是为了赚钱，为了自己的生意，肯定不是杀人放火。审时度势，再三权衡，除了顺着他的意，罗大哥似乎也没有什么更好的办法对付他了。

他和贾聪之间，隐藏着很复杂又很矛盾的感情纠葛，有亲有疏，有喜欢有顾忌，有信任也有怀疑，拉不近又离不远。罗大哥只希望，贾聪日后要提出的问题不要太难解决，欠他的新账旧账连本带利，能清清楚楚、干干脆脆一次性还给他。自己从此与他拉开距离，除了吃吃喝喝，保持好面上的兄弟感情，断不能深交，一切都到此为止了。

满屋子的欢声笑语，贾聪俨然是罗大哥家一员，亲哥亲嫂，亲侄儿，全家团聚，美味佳肴，酒热人酣，一个淋漓尽致再美好不过的新年之夜。这个晚上，贾聪的戏里有人陪演着和自己心里一样的独角戏。这个晚上，他不孤单。

## （十八）没那么简单

没那么简单，

想怎样就怎样？

你的计划里只有你自己，

已经跑出去好远，才发现，

原来目标一直在身后。

你已经没有时间，

再也无法实现。

刚过了大年初二，罗大哥一家人刚到郊区的温泉度假屋，椅子还没被屁股坐热，贾聪的电话就随之而来了。话筒里的贾聪一样的亲热，一样的热情，不一样的是，他认真地要求过去和罗大哥见面，要跟他单独谈谈，意料之中的罗大哥自然无法拒绝。

　　罗大嫂和儿子还有他的女朋友，急不可耐地去泡温泉了。罗大哥借口不想去，一个人坐在被自己喻为"社会主义新农村"的度假别墅阳光充沛的院子里，吹着南国冬日里特有的暖风，看着提前到来的满目桃红柳绿，喝着上好的铁观音，静静候着小兄弟贾聪。

　　没过多久，贾聪就像脚踩着风火轮似的迅速杀到，打断了罗大哥的怡然自得。对罗大哥来说，贾聪只是个待解决的问题，不是要清除的麻烦。清除麻烦劳神，解决问题费点力就行了。既然是心中有数，也既然只是个问题，来了就解决。对贾聪这种非常人，他不想劳神跟他兜圈子。

　　两个人没有过多的表演，寒暄了几句闲话后，在罗大哥的先声提问下，直接进入了主题。

　　"说吧，有什么要我帮忙的？"

　　"大哥，我开年后需要一笔资金。"

　　"用来干吗？要多少？"

　　"我投入的广州项目，前期已经投了一部分，公司开铺占用了一些，一开年就需要三千万，有点跟不上。"

"如果跟不上有什么后果？"

"前期的几千万就被吃掉，拿不回来了。"

罗大哥皱起了眉头。贾聪的广州项目，他曾经听贾聪仔细介绍过。他认为前期投入太大，而且还颇有些复杂，不适合贾聪的企业做，持不赞成意见。

"我跟你说过这个项目不适合你做，你非要做！现在这么被动！"罗大哥有点生气了。

"做都做了，我是骑虎难下，没有回头路了。"贾聪一脸无奈地说。

"银行找过了？！"

"银行不行，手上的公司都有贷款，做不了。已经走过了，不通！大哥，你可以帮我找一个人合作，投钱进去。我保证，不到一年，给他百分之五十的回报！"

"你对这项目这么有把握？！你保证能给百分之五十的回报？拿什么保证？！"罗大哥对贾聪的保证表示非常的怀疑。

"物保、人保！他要什么我就拿什么保证！"贾聪的回答斩钉截铁。

贾聪手上的确有好几处值钱的物业。罗湖最旺的红灯区庐山大厦一楼、二楼加起来几千平方米的商铺，沙河高尔夫别墅将近一千平方米的大别墅，还别说那些零星从市场上平价搜来的其他房产。商铺和别墅买之前，贾聪征求过罗大哥的意见，买之后，贾聪又拉着他去看过。凭贾聪公司的规模和品牌，在民间做两三千万的借款担保还是绝对够资格的。贾聪能拍着胸脯说拿人拿物业做保证，的确也是有料。

罗大哥心里有了数，他起身从舒服的椅子里站了起来，紧闭着嘴微微抬着下巴，背着手慢慢地来回踱着步。

罗大哥脑袋里的精密电脑被他输入了几个关键词后，在浩瀚的资料库里开始了迅速全方位的搜索。一个个人名和一张张脸，在他眼前出现又飞快地滑过，有几个人的名字反复出现又闪过。最后，搜索引擎停留在了一个人的名字上，从各方面认真地分析了一阵后，最后给予了肯定。他停下了脚步，回到座位上，重新坐了下来，端起杯子喝了一口已经有些微凉的茶。

坐在对面的贾聪，一脸通红，充满了渴望和迫不及待地看着罗大哥，分泌旺盛的油分和密密的小汗珠，挂了一额头，大脑袋在太阳下面冒着热气，活像个刚烤出炉的猪头。

罗大哥看着贾聪的样子，暗自发笑，本来是要谈严肃认真的事，可他这副模样，却让他有些严肃不起来了。

"怎么样？大哥！"

"什么怎么样？！"

"你想到办法了吗？！"

"想什么办法？！"罗大哥觉得贾聪着急的样子特别好笑，有意地拿他开逗。

听到罗大哥的回答，贾聪先是一惊，可接着，看到罗大哥嘴角的一丝笑意，心里明白，他这是在逗自己。贾聪心里会意，故意扮蒙，做出一副傻傻乎乎的样子。

"大哥，您不管我了？嗯嗯……那我怎么办呀！？"贾聪撅起了肥厚的大嘴巴，越发显得憨态可掬，让人忍俊不禁。

罗大哥忍不住笑出声来："哈哈哈，贾聪！企业家！就这么点事，把您就难倒了？！"

贾聪起身蹲到罗大哥身边，拽着他的胳膊，边晃边说："大哥，您就帮帮我吧，我求您了！"

一个大男人像小孩子一样撒娇，不管是男人还是女人，都受不了这套。何况比罗大哥的儿子大不了几岁的贾聪，演绎得这么到位、传神，对他绝对是百用百灵的杀手锏。

"好了好了！坐回去，好好说话！"罗大哥虽然是正色说话，心里却是充满了怜惜和疼爱。贾聪赶紧乖乖地坐了回去，正襟等待罗大哥的正文。

"贾聪，既然你对项目这么有信心，又保证有高额的固定回报，我给你介绍个人，他有实力提供给你需要的资金。到时，我会亲自引见你们认识，也会尽力帮你说话。至于你们能不能合作成，只能靠你们自己谈了。"

"是谁呀，您跟他铁吗？"

罗大哥心目中肯定的人选，是新纪元集团的董事长王新。做地产起家的新纪元集团是一个多方向发展的公司。虽然没有永胜的穆梓开发的项目多和出名，但深圳中心区也赫赫地竖着王新的新纪元大厦，和永胜的众多项目南北相望。除此之外，新纪元还在几个绝佳地段开发过一些非常精致的住宅项目，也是深圳名噪一时的楼盘。和穆梓专做地产开发的路子不一样，王新在深圳的地产市场赚到钱后，放慢了在地产市场的脚步，转而做外地的大型专业市场，还涉及了传媒行业。

罗大哥和来自潮州的王新，多年前因为他的楼盘宣传成为广告大客户而相识，相交有相当的年头了。潮州人既勤劳肯干也懂得见风使舵，罗大哥把王新当做可以深交的人。他们两个频道一致，风格相同，说话做事都是滴水不漏。什么时候该拍胸脯，什么时候该打太极，怎么开始，怎么收摊子，前瞻后顾，严丝合缝，都是极严谨的人。

罗大哥之所以选定王新，首先是因为他的为人。王新虽然逃脱不出潮州人势利和实际的特质，但还是颇有些北方汉子的豪迈义气。交往几年，罗大哥对他的为人处世还是相当认可的。再则，王新的实力，拿出两三千万现金绝对是不在话下的。最重要的是，王新的新纪元公司正在入主控股他们集团下面的一个媒体，已经谈了大半年的光景了，年后将进入最后最重要的谈判阶段。

这个杂志社发行量虽然不大，但是国字号的强大背景让这本杂志即将在香港和国内同时发行。作为政府机关必须订阅的杂志，除了拥有已经比较稳定的发行量，还具有中港两地巨大的市场潜力。这个杂志社不仅能给王新带来潜在的经济效益，还能成为他的一张重量级的名片。

罗大哥虽然不是主事拍板的一把手，但他是负责商务谈判的集团高层领导，所有的交易细节都要先过他的关。罗大哥心里非常清楚，王新一定会给他面子，至于给多少？怎么给？他相信王新自己心里有数，能不能达到贾聪的目的，只能看他自己的造化了。

罗大哥本来准备直接肯定地回答贾聪的问题，想了想，到嘴边的话又退回去了一半，对贾聪的顾忌让他把王新的名字咽了下去。罗大哥婉转地答道："问这么多干吗？跟我铁有什么用？要跟你铁，能拿钱出来跟你合作才有用！"

罗大哥的话让贾聪心里还是有些不踏实，他又撅起了嘴，哼哼唧唧地说："嗯，嗯，大哥，就当可怜可怜我！我不管是谁，您一定要帮我谈成才行呀！过了这个难关绝对是海阔天空！到时候我一定好好孝敬您！"

"行了行了！你呀，别尽说漂亮话，我可不指望你孝敬我，别再给我找麻烦，我就阿弥陀佛了！"罗大哥脸上笑着，嘴里开着玩笑却是话里有话。

贾聪也明白，罗大哥确实是不指望他孝敬，倒是真正担心自己会给他再找麻烦。他赶紧心领神会地表态道："大哥，您放心！我保证不会再给您添麻烦了。这次虽然不是第一次，但绝对是最后一次！"

"好了，大哥我也绝对相信贾总是懂事的董事长！你我不是外人，我会尽力而为，至于结果如何，我把控不了，主要还是靠你自己。"

"大哥，您只要肯帮我，就算不成，我也绝对不埋怨您。"

"做事心态要放好，不能错失机会，也万万不可急于求成。现在市场不稳定，方向一定要找准，不要乱打乱撞，贸然出手，否则追悔莫及！别怪大哥没有提醒你。"

"大哥，您的话我记下了。放心，我不会乱来的！"

"那就好，不要只会说好听的，事情也要做得漂亮。"

"大哥，这几天我回公司加加班，把项目资料和合作的文件整理出来，等您通知，随叫随到。"

罗大哥点了点头，掐指一算，全国春节休假，统一放到初八开始上班，还有四五天时间休息。

他从口袋里掏出手机，戴上老花镜，从通信录里仔细地调出一个号码，轻轻地拨了出去。电话通了后，他按了免提键，让贾聪也能听见。

"大哥！"电话里传出异常热情的声音。

"老弟！新年好呀！哈哈哈！"罗大哥笑得爽朗，声如洪钟。

"新年好！哎呀大哥！早该去给您拜年，没办法，老家规矩要回去拜祖宗。想着回来开年再登门。"

"我俩不要见外，用不着客气，谁先给谁拜，没什么关系。"

"大哥说得是，说得是。"电话里的人，对罗大哥是恭敬有加的。

"兄弟呀，你什么时候回来？"

"初七回来，初八上班开工。"电话里的人意识到罗大哥可能有事找他。

"那行，你回来再说，初八开工就算了，初九吧，初九一起坐坐，中午晚上都行，看你的时间。"

"行，初八晚上联系定时间。"

罗大哥挂了电话，意味深长地看了贾聪一眼，意思是说："听见了，帮你约好了。"

贾聪听得出来，罗大哥和这个人非常熟络默契，本来打算再开口问问究竟是谁，想了想，还是没问。

罗大哥已经有了送客的意思了。他一边起身往屋子里走，一边说："就这样吧，你先走，你嫂子他们也快回来了。约了初九，到时候再说吧。"

"那好，大哥，我先走了！不打扰你们一家度假了，帮我问嫂子好！"

罗大哥对着贾聪摆了摆手，转身进屋。贾聪脚下又踩上了风火轮，快速迈着鸭子步一溜烟地没了人影。

离开罗大哥，贾聪飞车回市区，脑袋转得比跑在高速公路上的车轮子还要快。罗大哥是不会把话说满的人，若非有八九分的把握，他是不会如此表态的。本来贾聪觉得已经很心满意足的了，可他的心满意足并没有持续多久，就被紧跟着来的焦虑挤得不知所踪。

本来贾聪计划的是从罗大哥和五哥这两条路子弄资金，根据实际需要分先后走的。五哥年前掉了链子，他才会竭尽全力地对罗大哥下了猛药。猛药虽然是见效了，但是也给贾聪留下了后遗症，自己已经自断后路地表了态，是最后一次找罗大哥帮忙，究竟能不能成功，还是个未知数。就算罗大哥这一步是上了正轨，一直被贾聪列为首选的五哥那边，却还悬在半空中。万一罗大哥给找的人一时半会儿谈不成，五哥这边又没进展，那又是两头不到边。想到这些，贾聪就觉得揪心。

还有好几天才放完假，他讨厌放这么长时间的假，除了吃吃喝喝，什么正事也干不了。人如果不能为自己的揪心做些什么，就会觉得焦躁不安。贾聪抓耳挠腮、焦躁不堪地开着车飞驰，他不知道应该把车开到哪里去，也不知道该做些什么才能让自己焦躁的心安静一些。

眼看着离市区越来越近，贾聪心里的焦虑渐渐地转化成了悲伤。笔直宽阔的大道通向的那个偌大的城市里，有自己所有的喜怒哀乐：已逝去的，必须要忘记；要面对的，必须要解决，挤得满满当当的高楼大厦，没有一处自己可去的地方。头顶远远的天空上，一架刚刚起飞的飞机，带着隐隐约约的轰鸣，消失在贾聪的视线里。他心里涌起一阵想要离开的愿望。这念头越来越强，等车开到立交桥时，他一转方向盘，直奔向了机场。

有相当的一些人，如果不为自己的揪心做些什么，只是任其折磨，似乎就要崩溃发疯。为了心里好过些，他们挖空心思，不断地寻找能解决问题的办法。不管办法有用没用，总之只有行动，焦虑的内心才能得到片刻的宁静。

217

此刻的贾聪，就是想要离开这个城市，似乎这是能让他内心平静的唯一途径。而他唯一想去，并且去了还能有点用的地方，就是五哥所在的城市——平山。铺排了那么久的合作之事，不能一直这样悬着。究竟能不能成？得到一个确定的答复，比总悬而未决好。

径直走到售票柜台，买了一张最近时间飞往成都的机票，贾聪急匆匆地进了安检。没打算提前通知五哥，他一点不担心五哥不在家，一向孝顺的五哥肯定是在老家陪着老婆孩子和爹妈。

偌大的候机室空荡冷清得很，只有可以数得清的几个人。万家团聚的时候，出门的人很少。对这些，贾聪没什么感觉，他似乎一向不太关注孤单的感觉，也很少因为寂寞而觉得难过。被欲望计谋以及各种复杂情感填满的内心世界，长期处于拒绝任何人进入的关闭状态。孤独这东西，一旦成了常态，也就习惯了，麻木了。

节前，他去看过一次住在大姐家的爹妈，像个过路的客人，坐在一处寒暄了十几分钟，塞了两沓钱给老人就了事走人。往年过年，就算是回乡下老家，顶多也是除夕一顿年夜饭，吃完就出门，和老乡赌博打牌玩上几天几夜。

现如今的贾聪，外人看起来是开名车、住别墅、事业有成的青年才俊，可在他节省了一辈子的爹妈心目当中，他还是那个不听话的小儿子。对他突如其来的富贵，他们总觉得心里不踏实。哥哥姐姐们虽然还干着最辛苦的工地工作和垃圾清运的工作，却生活得实实在在；即使住在租来的农民房里，但儿女绕膝，清贫快乐。贾聪从大家眼里一个游手好闲、好吃懒做的穷小子，几年间摇身一变，过上了人上人的富豪生活。对他出手阔绰，动辄几千上万的花费，农民出身的家人们都无法习惯，和兄弟姐妹之间的关系，也因此有些疏远。

每逢过年的团圆饭，贾聪都拗不过偏强的爹妈，只能顺着他们任由家里的女人们操持。他知道，大姐家简陋的房子里，有一大桌他最爱吃的饭菜。回锅肉、豆花、妈妈亲手腌的腊肉、香肠，亲手舂的油辣子，每道菜都飘着妈妈的味道。他也知道，如果回家，妈妈必会紧紧地拉着他的手，翻来覆去说那几句每次都是那几句的话。

"儿呀！你要多来看看妈，妈好想你呀！"

"儿呀！你千万要听话呀，一下子赚那么多的钱，不要犯法呀！"

"儿呀！你少烧点烟，少喝点酒，不要花太多钱，我们不要钱，够用了。"妈妈的每一句话，都让贾聪的心尖儿颤抖。

就算不出小云这档子让贾聪吃不下饭的事，今年他也没打算跟爹妈一起吃团圆饭，实在是受不了爹妈看自己的眼神，多看一眼，都有迈不开步的感觉。人说家和父母是自己永远的"避风港"，在贾聪这儿可不是这么回事。遇到麻烦和困难，越是心情不好，他越是要离爹妈和兄弟姐妹远远的。贾聪一直固执地认为，和亲人们在一起的温馨是消磨人战斗力的软骨毒药。和他们之间，只要在有需要的时候出现，该出钱出钱，该出力出力，平时最好少见面，这样才能避免或者减少大家最终会失去彼此的痛苦。这是他一贯奉行的和亲人的相处之道。

头等机舱里只有贾聪一个人，光线柔和让人昏昏欲睡，而他却在舒服宽大的椅子里翻来翻去，全无睡意。对前方目的地要见的五哥，贾聪心里一点底儿都没有。和罗大哥之间，甭管怎么着他手里还有点资本和他拉扯一下。而五哥，他却是完全处于乞求的下下风位置。从年前处理小云的自杀，再去和罗大哥博弈，这一系列极费脑力的麻烦事情，让贾聪的脑袋运转得太超负荷，实在想不出该用什么样的方法去对付五哥。黔驴技穷、无计可施令贾聪对自己非常生气。

明明是自己的脑袋关了机，可他在心里恨恨地骂着的却是五哥："去他娘的！天要下雨，娘要嫁人。他狗日的要帮就帮，不帮拉倒！"

人一旦把自己放到破罐子的位置上，反而会觉得轻松许多。打算像个破罐子一样摔在五哥面前的贾聪，不一会儿，就打起呼噜沉入了梦乡。

五哥对贾聪的突然来访，先是惊讶，而后是感动。贾聪虫草燕窝大包小包地拎了一大堆，对五哥拜年的台词，没有精心编排，讲得并不多，简单的几句话，腼腆诚恳得连他自己都分不清真假。眼前的五哥比他的亲哥还要亲。

五哥并不知道，风尘仆仆、喜气洋洋地来给自己拜年的贾聪，手里拎着的昂贵礼品，是在成都的商场透支信用卡，用贵于深圳几倍的价钱买的。而深圳发生过的一切，藏在心里的各种秘密，已被贾聪收拾得没有丝毫的痕迹。五哥的眼前只有一个尊重自己如兄长的小兄弟。

贾聪真实自然的表演，还一度拨响了五哥心里那根与感情有关的脆弱琴弦。只是，琴弦多响两下，他纯粹的商人脑袋，对贾聪的上门拜访不得不开始运算。

　　商人和政客的最大区别，在于他们对得失的运算方式不同。政客不会被眼睛看到的所迷惑，也不急于得到立马能兑现的成果。他们的运算，最是讲究谋篇布阵。阵中各色人等，各种事情，包括各样物件，都是为他们所用的筹码。平时的保驾护航，计他们各自稳稳妥妥地在轨道上运转。筹码一般不会轻易动用，而一旦使用，不同的筹码一定要用在不同的目的上。政客们运算的重点，是放在步骤和筹码使用的时机上，不同和不妥的运用，得到的结果绝对是天壤之别。政客们和筹码之间的关系，风平浪静的时候，仿佛似乎带着两肋插刀、赴汤蹈火般的浓重感情色彩。可一旦有风吹草动，一息之间，"树倒猢狲散"、"人走茶冰凉"，出现的是颠覆性的改变。最后，只有纯洁的赤裸裸的政客，才能成功到达目的地。他们前呼后拥、风光无限地走上的阳关人道，都是由如山般的筹码铺就而成的。

　　商人的运算，没那么多场面上的弯弯绕，简单直接得多。无论是以什么形式，不管是自己投的，或是别人投给自己的，都自动变成一道最直接的公式，最后的结果，一定要以具体金额和数字体现出来。商人们不相信天下有白吃的午餐，就算在享受着别人点头哈腰的同时，投入产出的公式，也在毫不含糊地运算着。

　　指导商人行事的时间与步骤，都是和是否能得到那个最后的数字紧密相关的。一旦围绕得到那个数字的可能性发生改变，他们的步骤会马上随之改变，绝对的见风使舵，唯利是图。

　　为了达到自己的目的，得到自己想要的，该利用的利用，该牺牲的牺牲，该踩的踩，该黑的黑，这是政客和商人之间永恒不变的共同点。只是，在他们各自的游戏中，究竟谁是谁的筹码？谁又被谁利用？谁是真的成王？谁又是假不了的败寇？竟如"空即是色，色即是空，空不异色，色不异空"般玄妙得说不清楚了。

　　此时此刻，和贾聪谈笑风生的五哥脑袋里运算的是"贾聪的投入＝自己产出什么？"这个公式一遍又一遍地算，却没得出个满意的答案。五哥的老婆是个朴实人，看着从深圳远道而来拜年的小老乡，非常想表达自己的热情。可她除了憋得满脸通红一遍遍地说谢谢，再也说不出别的什么话了，只能木木地坐在一旁傻陪着。贾聪对他们的小女儿好像喜爱得很，胖乎乎的腼腆的小姑娘被逗得一阵阵地脆笑。没容贾聪多坐，五哥使了个眼色，

220

他立马知趣地告辞，五哥自然是陪着贾聪一道出了家门。

找了个相熟的干净僻静的饭馆，几盘家乡土菜，一瓶五哥珍藏多年的陈年青花瓶郎酒，两人扯着些家长里短的婆娘闲话，你一杯、我一杯地喝上了。贾聪巴不得快点喝晕，就想借着酒劲儿，问问五哥，到底掏不掏钱跟他合作。

"兄弟，大过年的，你一个人跑出来，弟妹没有意见吗？"

"哎呀！大哥，你不说这个倒好，一说我就头大！"贾聪边说着，边把一块淌着红油的回锅肉送进了嘴。

"怎么啦？吵架了？"五哥试探地问着话，还仔细地观察着他。

"大哥，我老婆你看着多知书达理，多懂事能干。大小姐就是大小姐，跟我们农村的媳妇不一样，脾气大得很，一点事不对头就打行李走人。"贾聪撇着嘴一脸的委屈。

"呵呵，是吗？你干了什么让她生气了？"五哥一脸的坏笑。

"嘿嘿，大哥，还能是什么？以前的女人搞事，夏菁要像嫂子那么贤惠，根本就不是事！婚都结了，有什么可闹的？"贾聪把满满一杯酒倒进了喉咙，咂了咂嘴，接着说道。

"大哥，你不知道，这有文化的女人发起癫来更可怕，打又打不得，说又说不过她，唉……真是的！"又是满满的一杯酒进了贾聪的肚子。

"哈哈哈！兄弟，还是你不对，偷吃了不把嘴擦干净！"五哥端起杯和贾聪碰了一碰，一口饮尽。

"兄弟，你来给我拜年，不仅仅是因为和老婆不高兴吧？还有别的什么事吗？"五哥的酒量相当一般，几杯五十几度的白酒下肚，脑袋里的公式运算不动了，试探了贾聪半天，并没发觉什么不对劲的地方，干脆直接地表达了自己的疑问。

听到五哥的问话，贾聪自己又倒了一满杯酒，仰脖倒进了嘴里。他的脸已经红得有些发紫了，早已发晕的脑袋被五哥的话冲得开始沸腾起来。

"五哥！我一直认你是大哥！是我老乡中的佼佼者，我尊重你，崇拜你！但是你从来没有当过我是你兄弟！"贾聪的心里有一股压抑已久的闷气，酒精上头，借醉发作，话说得有分量，情绪明显有些激动。

"兄弟，这话怎么说起呀？！"五哥虽然也晕，但还是保持着一贯的稳重。

"大哥！你问这话，就是没把我当兄弟！"贾聪故意地胡搅蛮缠。

"兄弟我来看你,不是因为跟老婆吵了架心里不痛快,而是因为过年!我把你当哥哥,过年一定要来给你拜年!"贾聪激动得大喊起来。

五哥只当他是喝多了,忍着自己的头晕,轻拍了几下贾聪的肩膀,把他端在嘴边的酒杯夺了过来。

"兄弟,别喝了!再喝就醉了。"

"大哥!你别以为我喝多了!我清醒得很,你就是没把我当回事!"贾聪张牙舞爪地甩开了五哥的手,人处在失控发疯的边缘。

"大哥,女人算什么?!不就是一件衣服吗?!脱一件,可以再换一件!但是兄弟不一样,只要认了,就是一辈子!你看不起我,我心里疼得很!"贾聪一边大叫着,一边用拳头擂得自己胸膛发出一声声闷响。

"我哪儿看不起你了?!你这不是冤枉我吗?"五哥的酒也开始发作,头晕得有些忍不住了。

贾聪的舌头有些发硬打卷了,他努力地一字一句地说道:"大哥,你刚才问我是不是还有别的什么事?!就是看不起我,你对我有戒备,有看法!"

五哥一时被贾聪的话弄得无语,他愣了,只觉得两个太阳穴突突地跳,好像要蹦出来一样。

"是!你是大老板!可我贾聪大小也是个老板,也没什么求你的事,这么大老远的来,就是来看哥哥你。你不光把我当外人,还冤枉我,认为我有事找你!就是看不起我!"贾聪歇斯底里地一把鼻涕一把泪地号啕大哭起来。

五哥赶紧给贾聪递去纸巾,在一旁连声说着:"兄弟,我没有看不起你,你真是误会了。"

接过五哥递的纸巾,贾聪并没有停止鬼哭狼嚎:"呜呜,大哥,咱们都是农村奔出来的,我总认为你能够理解我。你比我好,留在自己的一方水土上发展。我呢?!就我一个人孤零零地闯深圳,有谁帮我?!有谁照顾我?!全靠我自己!我跟我的爹妈和兄弟姐妹有什么可说的?!他们都是农民,根本听不懂我说什么!"

说到最痛处,贾聪委屈地哭得越来越大声。小饭馆里本来就此一桌生意,就等着他们走人打烊。早已经清闲下来的服务员小妹和厨师躲在一边呵呵直笑,把两个喝醉了酒、又哭又闹的男人当成笑话看。

五哥从来没有遇到过这样的尴尬状况,本来就红火的脸,更加发烫了,秃头上还冒出了一层细密的汗珠。在他自认经历丰富的江湖道道里面，一个大男人，还是个做老板的男人，不管怎么着，就算醉死，哪怕死了亲娘，也绝对不可能哭成这样。贾聪哭诉的内容，听着不仅仅是似曾相识，而是深切的感同身受。五哥的心，忽地柔软起来。贾聪也许就是个情绪化、孩子气、很单纯的小兄弟，可能真是自己戒备心太强，多想了。

这当儿，贾聪哇哇地开始呕吐，边吐边哽咽着，满脸是泪，委屈得一塌糊涂。五哥想着贾聪在深圳接待自己时，无微不至的安排和热情真诚的态度，相当有负罪感。

他心疼地拍着贾聪的背："好了好了，兄弟，别哭了，我扶你回酒店。"

"我不！我不！你说，你认不认我这个兄弟！你不说，我哪儿也不去！"贾聪借酒装疯。

"我从来也没不认呀！兄弟，你这是冤枉我！"现在轮到五哥委屈了。

"我不管，以前不算，今天开始才算！"贾聪闭着眼睛大喊大叫，似乎醉得人事不省。

"好好！我认，我认，一辈子都认行了吧？！"五哥实在是无心和贾聪在小饭馆里纠缠下去了，就想快点离开。

听到自己需要的满意的回答，贾聪这才歪歪倒倒地起身跟着五哥走出门。

到酒店，一进房间，两人就倒头大睡，用此起彼伏的呼噜声互相陪伴了一宿。

第二天一大早，贾聪就起床了。他在洗手间里折腾了好半天，裹着热腾腾的毛巾凑到五哥旁边叫了好几声，五哥才朦胧地睁开眼睛。

"五哥，呵呵！昨晚明明是我喝多了，怎么是你起不了床了？！"眼前的贾聪，唇红齿白，精神头儿好得很。

"哎呀，我也喝多了！"五哥闻到自己呼出的仍然是一股浓重的酒气。

"五哥，我的头现在还晕着呢！眼睛也肿得厉害！昨天晚上怎么回来的，我一点都不记得了。"贾聪似乎是真的酒后失忆。

"哎呀！你呀！真是醉了，又吐又哭，闹得很！我费了半天劲才把你弄回来。"五哥很是无奈。

"是吗？！我没有胡说什么吧？！可能跟老婆闹了别扭，心里头有些不舒服！"贾聪一脸无辜。

"你……没有没胡说什么。"五哥把想说的话咽了回去。

"那就好！那就好！五哥，你再睡会儿，叫司机来送我去机场，我要回深圳了。"

"就走了？！"五哥非常诧异。

"是呀！过年嘛，给五哥你拜个年，了个心愿就行了。老待着，你还要陪我，麻烦得很！"边说着，贾聪边换衣服，非常自然。

"哎呀！来都来了，多住两天，慌着走什么嘛！"五哥觉得好像还有未尽事宜没解决。

"不了不了！我要回去等我老婆，哎呀，要做好充分的思想准备。这次，又该我哄了！肯定不容易过关！"贾聪真不是客气，确实是要走。

"那好吧，我叫司机来送你。回去跟老婆好好说，买点贵重的东西。女人嘛，好好哄没事的。"五哥像一个真正的兄长一样，语重心长地对贾聪说道。

"知道了，五哥。你没事就来深圳，我陪你好好耍！"贾聪对五哥的真诚从来如此，从未改变。

在贾聪离开后的好几天里，某些安静的时候，五哥总会想起他来，不是因为他上门送礼，不是因为他在深圳的热情接待，也不是因为他喝醉了酒的所谓真情表白。在这个小子身上，五哥看到了自己昔日的影子，每每这个影子出现，五哥的内心深处，对他总会升腾起一种比对女人还要怜惜的感情。贾聪在五哥这儿，再一次印证了男人的眼泪比女人的眼泪有用得多。

光是用高明这个词来形容贾聪的情商，很明显，那是远远不够的。这次的平山之行，假如他在某句话、某个词，或是某个表情中，少许地表现出他的少许真实目的，都绝不会逃过五哥的法眼和智慧。但是，贾聪的表现完美无缺，他似乎天生会读心术一样，总能看到藏在人心里面，能被他攻陷最脆弱的那部分。五哥无疑是精明的商人，可他也是一个善良的农村人，起码曾经是。贾聪不是完全在五哥面前演戏，他只是故意反其道而行之，用真实的眼泪和真实的醉酒让五哥的精明沦陷。

贾聪选择的对象，都是绝顶聪明，个顶个的高手，比智商和学历，他肯定是手下败将。可是男人，特别是自持有过人之处的男人，有时特别可笑。他们对人对事，是根据自己的经验和能否认同来选择判断。其实，自己有限的经验和经历，比起浩瀚无常的滚滚红尘，千奇百怪的芸芸众生来说，简直就是困在他们小胸膛里的一小杯不满的隔夜茶。越是看起来强悍坚硬，似乎高不可攀的尖端分子，找对了地方只需轻轻一点，不容置疑，肯定是全线崩溃。罗大哥如此，五哥如此，还有日后出现的王新，也是如此。在这一点上，贾聪虽然是绝对的大赢家，但他也是他们其中的一分子。

只是贾聪其实更可笑，他认为不管是多麻烦的人和事，只要认真谋划了，按步骤实施，凭他的能力和智慧，就没有搞不定的。把辛苦赢回来的成果当做赌注，一把全都压在能赢回他辉煌未来的赌局里，赌博只预料赢的人，注定是会输的。贾聪不仅是可笑，更让人叹息和可悲。

平山之行确实使贾聪和五哥的关系有了从虚到实的飞跃性进步，贾聪却一点也不因此高兴。不说开了年就要还的高利贷和公司已经"无米下锅"的窘况，头一件事，就是夏菁要回来了。她带着冰碴子一样的声音，即使是在千里之外，即使是隔着电话听筒，仍足以让贾聪冷得起一层鸡皮疙瘩。

鬼使神差般地，两个最重要的人，两件最重要的事，要在同一天来到贾聪的面前。

他不知道自己能不能应付可能不再当他是老公的夏菁，同时还能保持充沛的精力脑力，不受任何情绪影响，去跟会决定他有钱没钱的罗大哥和他介绍的人见面。

机场接夏菁，一定是要亲自去的，跟罗大哥和他介绍的人见面，也是绝对不可能假手于人的。眼前，贾聪正愁眉苦脸地盘算着孰轻孰重，该怎么调配安抚老婆和谈重要事的时间。

整个春节，夏菁都心事重重，沉默寡言得像换了个人一样。她的情绪影响到全家人年都过得不安生。夏妈妈每晚回到房间里，就不停地掉眼泪。她有太多的问题想问夏菁，比如，为什么新婚的女婿没回来，为什么这么不开心？究竟是出了什么大事，女儿会这么反常？每个问题，都像是压在夏妈妈胸口上的大石头，愁得让她喘不过气来。夏爸爸心里也着急，他预料到自己的宝贝女儿肯定是遇上了非常棘手和纠结的事，而且肯定是和女婿贾聪有关的，但他没有去问夏菁，他想能说的时候，女儿一定会说的。夏爸爸只是安慰开导老伴，叫她不要担心，不要给孩子增加压力，事情由她自己去处理。二老也只能如此去调整自己，都暗暗在心里替女儿捏了一把汗，生怕有什么不好的事发生。

夏菁不知道该怎么开口对爸妈说自己和贾聪的事。"先斩后奏"的闪婚已经让他们够受了，贾聪和小云的婚外情，再加上出了人命的一系列事，说出来非把二老吓得把命搭上不可。她也不敢开口，心里装着满满的悲伤，一开口，眼泪就会像大海一样淹没大家的。她除了沉默，也只有沉默，每天最要紧的事，就是在家人都睡了之后的夜深人静中和于是通电话。

有关小云死后的一切事情，被于是掌握得一清二楚，包括贾聪安排办公室主任处理小云身后事，每一天的进展和所有细节，公安局的兄弟打听到后，他都第一时间如实细致地告知夏菁。著名的于是大律师，整个春节成了个名副其实的"包打听"。

夏菁既期待每晚和于是的通话，又害怕面对知道越来越多有关贾聪和小云的事。她流个不停的眼泪，一半是为命运凄惨的小云，另一半是为自己叵测的前途。眼看离假期结束的日子越来越近，回深圳令夏菁越发心慌。

本来她不愿意告诉贾聪自己回来的日期，但在于是一再的劝说之下，还是勉强通知了贾聪。于是这样劝夏菁："菁菁，不管你跟不跟贾聪过下去，都不能意气用事地只管发泄情绪。发生了这么多事，你也知道，贾聪不是个一般人。我现在不能肯定他对你有没有企图，总之，就算你要跟他离婚，也一定要计划好，不能草率行事。菁菁，你绝不能让自己受到伤害，不能成为第二个小云。千万记住，你所知道的已经发生过的一切，和贾聪送你回家以前所知道的情况是一样的。你不知道小云已经死了，也不知道贾聪做了什么。他仍然是你老公，该他接机接机，要用你以前跟他闹别扭的态度一样对待他。不要让他看出破绽，以后再慢慢计划和他离婚的事。菁菁，相信我，还是那句话，办法一定比问题多！"

于是之所以这样劝夏菁，不无他的道理。在了解小云的案情过程中，他对男主角贾聪的奋斗和发家史也摸了个七七八八。从各方面得到的消息，于是总结之后发现，从他的事业起步开始，每上一个台阶都和女人息息相关。江湖上传说贾聪是靠女人起家，原来是确凿的事实，并非是八卦的捕风捉影，空穴来风。于是曾经问过夏菁对贾聪的过去是否了解，但夏菁整个就是"一问三不知"，还没有他清楚。于是不想去细究贾聪的事业和女人之间的紧密联系，是他的原创目标还是偶然发生的巧合。就算是巧合，于是也不能看着夏菁再这样糊涂下去。律师的敏锐嗅觉，似乎已经闻到了些许带着凶残的血腥气息。正如于是所预感的那样，这血腥味，随着夏菁回到深圳，一天一天，迅速地越来越浓烈地蔓延开来。

19

CHAPTER
Nineteen

## （十九）落幕的戏局

我只是奔跑，

向着梦寐以求的方向，

不以为然路上的磕磕绊绊。

我闭着眼睛，只是奔跑，

朝着传说中那个金光闪闪

的地方。

路就在心里，路就在脚下，

即使睁开眼睛看见的只有黑暗，

既使没有可以飞翔的翅膀，

即使根本无法到达目标，

也只能奔跑，

从日出到日落，从黎明到黄昏。

夏菁和爸妈，三人在机场安检口前面默默相对。妈妈的眼睛里噙满了泪水，无限担忧地看着夏菁，说不出话。夏菁抿嘴紧紧地咬着牙根，不时抬眼望天花板，把要夺眶而出的眼泪，一次次地生憋回去。广播在催促夏菁的航班登机了。"菁菁，去吧！别误了登机。"爸爸故作轻松地拍了拍女儿的肩膀。

　　"爸爸妈妈，你们千万要保重身体，不要为我担心！"看着一个春节就陡然变得苍老憔悴的爸妈，夏菁无比心酸。

　　"你也要保重，不管发生什么事，爸妈都是你的后盾和依靠，别一个人扛着。"爸爸的眼睛也有点泛红。

　　"知道了，别担心，我回深圳调整好了，就接你们过来！"夏菁帮妈妈擦了擦眼泪，飞快地转身进了安检。她知道爸妈一定在外面张望，眼巴巴地看着她的背影。她没有勇气回头，一路向前径直进了安检。

　　飞机上的两小时，夏菁一直在努力地按照于是的交代整理着思路，整理着曾经发生和可能发生的一切。和贾聪从相识到结婚，再到小云的突然出现和自杀，这些事情的发生，像是电视连续剧一般戏剧性。日历只是从2006年11月底翻到2007年2月底，就在短短不到四个月间，夏菁从单身到已婚再到即将离婚，从被人万般呵护宠爱的公主，到被谎言欺骗得遍体鳞伤的怨妇，像是一场不知道何时才能结束的噩梦。

　　飞机准点降落在了深圳宝安机场，人们都忙着拿行李下飞机，夏菁却

228

坐在位置上不想动。等所有人都下完了，她才磨磨蹭蹭地起身。通往出口的通道长得好像没有尽头，无比沉重的双腿每迈一步，都要用尽全身的力气。她希望在外面等着的人是于是，而不是贾聪。同样是男人，一个让自己坠入十八层地狱，饱受痛苦，一个雪中送炭用关爱呵护自己。于是不仅仅是朋友，更是她可以完全信赖的依靠。

"由不得你愿不愿意，必须要面对贾聪，这是别人帮不了的。也由不得你多急切，必须先见完贾聪才行。"这是于是在夏菁上飞机以前的再三交代。

贾聪在出闸口等着迟迟还未出来的老婆，焦虑地踱来踱去，不停地看着手表。小云的死远不及他要处理的财务危机和家庭危机重要，虽然曾经让他痛彻心扉。至于夏菁，她固然也很重要，但是比起晚饭时间要见的罗大哥和他介绍的"财神爷"又显得略逊一筹了。实在等不及，贾聪拨了夏菁的电话。

"喂，老婆，你出来了吗？人都快出完了，怎么还没见你呀？！"

"出来了，走着呢！"夏菁的冷淡跟贾聪的热烈急切形成鲜明对比。

"哦，那你慢慢走，一出来就能看见我。"

几分钟后，夏菁终于和等在出口的贾聪聚头了。两人隔着几人远的距离，四目相对，浑身僵硬，没有言语。贾聪本来在心里编排了几句热情甜蜜的开场白，可当夏菁由远至近在他视线里越来越清楚的时候，所有准备好的话，被涌上来的心疼冲得无影无踪。

眼前的夏菁像是换了一个人，形容憔悴，双目深陷无神，整个人瘦得都脱了形，毫无生气。贾聪有点想哭，往日深深吸引他，为之疯狂追求的夏菁绝不是这个样子的，嫁给自己没几个月，就被折磨成这个样了。贾聪想抱抱她，可刚往前迈了半步，夏菁就连着退了好几步，分明是拒他于千里之外。

贾聪虽然长得又胖又土气，但热恋中的夏菁曾经一度把他的这些缺陷，转换成了憨厚与朴实，还为之喜爱得很。感觉一旦不在，再看眼前这个人，根本就是丑陋狡诈不堪入目。夏菁的脸上满是藏不住的厌恶表情。

贾聪摇了摇头，用力地吸了几下鼻子："老婆，咱们走吧，回家再说。"声音里充满了无奈。

听到"家"这个字，夏菁的心里一阵刺痛。

"回家？回哪个家？"夏菁的问话非常刺人。

贾聪又无语了。

两人的新家是装修还没完工的硅谷别墅。夏菁把对新生活的希望和热情都投入到了新房的装修里，还剩一些扫尾的工程。原来打算过完年选个好日子就搬进去的，现在看来，这已经是不可能实现的了。

"那就回你家吧，咱们也不能老站在机场里吧。"贾聪像个受气的小媳妇。

夏菁张嘴还要再说些什么，想起了于是对她的交代，把话又咽了回去。她狠狠地瞪了贾聪一眼，没好气地说："走吧，送我回去！"

一路上，两人仍然无话。她一遍遍在心里提醒着自己，千万要忍住，决不能再情绪失控。工作要继续，生活也要继续，所有问题一定会有办法解决的。

车停在了夏菁家小区的路边，贾聪小心翼翼地问道："老婆，我上去吗？"

"随你！"夏菁没有拒绝，也没有同意，只是甩了两个生硬的字。说完，夏菁不管贾聪，自己就下车走人了。贾聪赶紧停好车，灰溜溜地跟在夏菁的屁股后面。

将近十天没人住，钟点工也放了假，没来打扫。屋子里阴阴的一股子霉味。夏菁忙着开窗，开阳台门，给花浇水，没去答理傻坐在沙发上的贾聪。这是夏菁跟人闹别扭时的一贯风格，不吵不闹，要么不开口，一开口，就是一些尖酸刺人的话。看着忙忙碌碌的夏菁在眼前晃来晃去，故意用冷暴力对付自己，贾聪满腔惆怅，不知如何是好。看着时间一分一秒地过去，跟罗大哥约好的时间越来越近，他更加心急如焚。夏菁肯定是不能撂着不管，她不是无理取闹，换了任何一个女人，被老公的情妇找上门，肯定都是免不了一闹的。

"要是腰包里银子充足，一个上十万的首饰，马上就能哄好她，谁他妈让自己囊中羞涩没有钞票呢？只能他妈的装孙子！"贾聪这样想着，左右为难，坐立不安。

"看你失魂落魄的样子，是不是惦记着谁呢？！你赶紧走，别在这儿傻戳着。"夏菁突然走到贾聪旁边，用不高的声音，却是恶狠狠地说道。

"老婆,咱们能不能不这样?你不知道,老公心里多苦!"贾聪带着哭腔。

"苦?没觉得你有多苦。娶个老婆放着,再养个情人用着,你苦什么?!"夏菁非常不想把已经死了的可怜小云拿出来说事,讲得有些咬牙切齿。

"哎呀!老婆,我真的是冤枉!跟她真的是过去式了,我爱的只有你!"

"过去式?!我凭什么相信你?!"

"好好,老婆!就算你不相信我,那就从今天开始,我贾聪发誓,绝不会再让那个女人骚扰你,我保证跟她断绝一切关系!"贾聪说这话的时候,小云那张血淋淋的脸在他眼前晃了一下,不禁打了个冷战。

听着贾聪的发誓,夏菁的后背,一阵阵地冒冷气。

"老婆,你究竟要我怎样?!"夏菁说不出话来,除了离婚,她想不出更好的办法解决,可这个又是现在万万不能提的。

见夏菁没出声,贾聪接着说道:"看你瘦成这样,老公我心疼!你可以跟我过不去,但是你不能跟你自己过不去呀!"贾聪的眼睛里掉出两颗滚烫的眼泪,凄苦地挂在脸上。

夏菁紧紧地咬着嘴唇就是不说话。她不知道贾聪是为谁而哭,是为自己还是为死了的小云。无论贾聪说什么,如何表现,都再也无法让她相信了。只是此时就是一出已经开场的戏,不得不演下去。

"好吧,我不想再跟你吵,不想再跟你闹了,也真是没力气了。你说得对,我确实不应该跟自己过不去,拿你犯的错误来惩罚自己。"夏菁心平气和起来。

贾聪可怜巴巴地看着老婆:"你真的是这么想的?不再闹了?"

夏菁用深邃的眼神看着贾聪,轻轻地点了一下头。

"你走吧,我很累,想休息了。去忙你自己的事吧,我明天就要开始上班了,今天要养好精神。"

老婆似乎温柔懂事起来了,看着她脸上满是疲惫,贾聪也不忍再跟她纠结了。看看手表,也必须要出发了,下一场还有重头戏等着他去唱。

"好吧老婆,我晚上约了人吃饭,是个非常重要的饭局。我让司机给你送点燕窝白粥来,好吗?"

"不用了,不饿,睡一会儿,醒了去楼下吃。"

"那好吧,你别怪老公不陪你,确实是有重要的事,睡醒了要是想吃什

231

么就打电话给我。"

"好吧，我会照顾自己，你去吧。"

一般只有两种情况，才会令两口子相敬如宾。一是两人爱得不行，发自内心地互相尊敬，生怕太近把爱一下子就用完了，用如宾的行为保持着爱的距离。另一种就是完全没爱没感觉，如同一套看起来完好无损，其实已经没了底儿的盖碗，两人礼貌地不去揭盖子，端杯子，努力地掩饰着中看不中用的真相。贾聪和夏菁此时的相敬如宾，就如那套没了底的盖碗，已经是没有任何实际用途的废物了。大家就等着揭开真相的那一天，该砸的砸，该扔的扔。

贾聪离开的脚步还没走远，夏菁已经急不可耐地拨通了于是的电话。十几分钟以后，于是出现在夏菁家，手里还拎着打包来的热腾腾的沙锅粥。

"先趁热把粥吃了，吃完再聊。"于是看着眼前原来青春健康、饱满得如牛奶葡萄一样的夏菁，现在又黄又瘦，于是的心狠狠地揪痛了一下。

"你怎么知道我没吃东西？正有点饿呢！"见到于是，夏菁的眼睛里开始有了光彩，食欲也随之而来。

"就知道你没吃，是不是看见我特有胃口呀？！"于是不想让夏菁觉察到他的揪心，故意逗她。

夏菁有点儿脸红了，不理于是，埋头吃东西。不一会儿，一大碗粥就被她全部吃到肚子里了。夏菁擦了擦嘴，拍拍肚子，带着大快朵颐的表情说："非常感谢！本小姐用餐完毕，味道十分不错！"吃完了东西，夏菁的脸上有了些红晕，看起来精神多了。

"怎么样，回来了一切还顺利吗？"

"还算顺利吧，贾聪去机场接了我，回到家里跟他聊了聊。能怎么样，就是扮可怜呗，死不承认和小云的事，死瞒着我真相！"

"你没有让他觉察到你已经知道这事了吧？！"

"当然没有！你都不知道我忍得多辛苦。于是，迟早我会被他逼疯！"

"那就好，菁菁，我再一次地提醒你，一定要忍住！"

"于是，我不明白，你老是让我忍住。现在小云的事情已经处理完了，不会再有什么牵连到我，为什么不能主动提出跟他离婚呢？！总要假装跟

232

一个也是在假装的人待在一起，我真的是一天也不想再坚持了！"夏菁又带着哭腔了，好容易展开一点的眉头，又紧紧地皱在了一起。

于是非常不想把他所知的贾聪发迹史告诉夏菁，怕一旦告诉她，又让她背上负担。可眼前夏菁的状况和她的疑问，让他不得不把他知道的说出来。

"菁菁，我其实很不想告诉你，既然你这么急切地想要解决这个问题，我就把我了解到的关于贾聪的所有情况和我的担心都告诉你，你自己作决定。"于是的表情很凝重，夏菁让自己安静了下来。

"整个春节，除了了解贾聪和小云之间的事，还知道了一些他以前的经历。"于是稍稍停顿，整理了一下要说的话。

"贾聪当年在农村高中还没读完就来了深圳，在工地上打过零工，当过保安，一直都是城市底层、吃了上顿没下顿的人。后来去了一家不大的地产中介公司做了业务员，生活才慢慢安定下来。大概干了一年多，就自己开了一间小中介公司。据说，开这间公司的钱，就是小云帮着出的。贾聪就是从这里起的家。小云以前是做小姐的，跟贾聪在一起的时候，她还出去做过，是为了帮补收入不高的贾聪。但是，好像没过多久，大概就是一年左右的时间，贾聪就和小云突然分手了，据说是因为贾聪找了一个香港的富婆。那个富婆年纪比贾聪大不少，他俩在一起也过了一两年。富婆给贾聪也投资了不少钱，也是那个时候，贾聪的小公司，猛然从一家地铺开到了几十间，规模上有了一个飞跃。但是，富婆后来不知道为什么离开了深圳，他和贾聪之间究竟发生了什么，没有人知道，总之是完全销声匿迹了。之后，贾聪的公司越做越大，一年比一年好，直到有了现在这个规模。至于跟小云又纠缠在了一起，可能是跟香港富婆分开以后这两年的事了，直到你的出现，他再次甩了小云。小云前前后后和贾聪纠结在一起七八年了，可能也是因为这样，她才寻了短见。外面传说，贾聪又找了个能干，很能帮他手的女人。"

刚开始，夏菁听着好像是讲着别人的故事，跟自己没什么关系，可越听，越觉得不对劲。

"于是，你是说，贾聪的发家都和女人有关系，包括对我，他本来就是带着目的的？"

233

"从我了解到的这些情况分析，的确如此。"

"那你是担心，我其实也是和她们一样，可能被贾聪利用，是吗？"

"这当然是我最担心的地方。你和他拍拖不到一个月就跟他结了婚，对他自然是不了解的。如果这些传说都是真的，从他的经历看起来，不排除他有可能利用你。"

夏菁的神经，在陡然间跳转到了另外一个频道。这个与感情无关，头脑高速运转的频道，只有在工作的时候才会用到。她微微低下头，开始在脑中回放和贾聪之间不关感情和家庭纠葛的所有细节。几个月当中和贾聪之间的另一种牵扯，一点点、一件件地越来越清楚。等她抬起头的时候，脑门上有一层细密的冷汗。

"干是，我有点害怕。"夏菁的身体已经开始微微发抖。

"刚才我仔细地回忆了一下和贾聪之间除了感情以外的牵扯，大概有这么几件事。"

夏菁艰难地咽了口唾沫，滋润了一下发干的喉咙，长长地吐了一口气，努力保持着镇静，说道："我跟他刚结婚的时候，他买了一家公司给我，法人代表和大股东都是我。这个公司到目前为止，名下有三千万贷款，还有一层商铺，是我的名字。贷款是贾聪的公司和他个人做的担保，利息是他公司付的，商铺的按揭款也是他付的。"

听到这儿，于是的眉头已经揪成了一个大疙瘩："他为什么要用你的名义贷款？他自己不是有公司吗？"

"当时他说是因为公司和他个人名下已经有了几笔贷款，做不出来了。"

"他用你做法人代表的公司贷了几千万？你知道这些钱是用来干什么的吗？"

"不是很清楚。我们刚结婚没多久贷的款，据他说是用来发展地铺规模的。"

"我现在知道为什么贾聪会找上你了。"

"为什么？！"

"为什么？！哪个女孩子敢随便做公司的法人代表？！又有哪个女孩子连用途都不知道，就能在几千万的贷款合同上签字？！也就是你！"于是有些激动。

夏菁也跟着激动起来："按揭有物业做着担保，贷款有他公司和个人做着担保，我觉得没什么呀！"

"没什么？！你是主贷款人，有任何情况，第一个追究的就是你的责任。有担保算什么？！几千万的贷款，一个月的利息就有将近一百万，万一他的公司和他不付利息，甚至到期了不还贷款，你怎么办？！亏你还在公司上了这么多年的班，还跑过银行，做过项目！"

夏菁不出声了，已经明白事态有多严重了。

"这正是我担心的。今年一开年，国家连续出台了好几条政策，明显就是要打压房价，受影响的首当其冲就是这些地产中介公司。用你的名义就贷了好几千万，谁知道他还有多少其他的债务？一旦他的公司经营出现问题，你跟他有这么多的经济牵扯，绝对是要跟着遭殃的。"

"原来真相是这样的！"夏菁的心痛得噼啪作响。

"本来我觉得你不应该主动提出离婚的，现在看起来，还真是应该提。这么多债务，又是合法夫妻，如果有事，哪方面都脱不了干系。"

"于是，你赶紧好好帮我想想该怎么办？！"

于是紧锁着眉头，考虑了好一会儿。"菁菁，贾聪道太深，没有治得住他的招，就被他吃定了。先不急，那些危险都是最坏的预想，短时间内，应该不会有什么大变化。从现在开始，你要开始留心贾聪工作上的事情，特别是跟你有关的所有事情。菁菁，你要打起十二分的精神，调整好自己的状态，绝能再哭哭啼啼、怨天尤人地陷在感情的漩涡里了，为这样的人太不值得了！在这样严峻的情况下，你要好好地动动脑筋，我相信你一定有能力想出补救的方法！"

夏菁没有再回答，沉默着用眼神给予于是肯定的答复。谈话在此戛然而止，两人似乎都进入了一种如临大敌的备战状态。随着夏菁和贾聪之间经济牵扯浮出水面，她和于是的交流，似乎成了律师和客户之间的交流。没有任何情感和情绪上的起伏，夏菁甚至想到了日后一定要付一笔律师费给于是。否则，接下来他可能要付出的脑力和体力，作为普通的男女朋友，夏菁觉得自己承受不起。于是已经看到了夏菁眼睛里的距离感，他并没有

235

如往常一样说一些带有丰富感情色彩的鼓励言语，而是用冷静回应着她。他觉得，此时的夏菁，需要的不再是语言上的安慰和鼓励，而是要激发她，靠她自己的力量勇敢起来，沉着机智地去面对、处理所有的麻烦和危机。

直到于是离开，夏菁没有掉过一滴眼泪。短短一小时的谈话，夏菁已经完全完成了内心世界角色的转换。一个被悲伤和抱怨浸泡着的小怨妇，瞬间蜕变成一个剑拔弩张充满斗志的女战士。也是从那一刻，夏菁才真正意识到，和贾聪从最初开始，其实就已经进入了一场如戏般的战斗当中，只是自己浑然不觉身在其中而已。

细想，贾聪的谎言和欺骗，包括看似突然出现的小云，其实一直都在，如果不是自己深陷被追捧的飘飘然的感觉中，是不可能看不穿贾聪的拙劣手段的。再细想，所谓的感情伤害，也不是贾聪和小云造成的。如果不是自己沉溺于享受鲜花和金卡堆积起来的虚荣，怎么可能跟一个根本就不了解的人，不管不顾地闪电结婚呢？

家人和朋友给予的爱与宽容，已经够多了，还替自己承受了许多本不应该承受的东西。一天到晚地沉浸在阴暗的情绪当中，除了消耗自己的时间与能量以外，已经发生的事无法挽回；只有强大起来，找到正确的方法，用实际行动弥补曾经犯下的错误。为了自己，为了家人，她一定要打赢这场她绝对输不起的硬仗。

这一晚，好像是夏菁这辈子睡得最踏实甜美的一晚。经过几个月的长途跋涉，她终于找到了一直让自己痛苦的原因，即使知道接下来的路会走得很艰难，但夏菁不怕。从醒来的第一个早晨开始，她不再沉溺于痛恨、后悔和悲伤，而是要坚强地去解决生活中遇到的问题。心念一转，地狱天堂，我们的女战士终于觉醒了。

贾聪这晚的收获似乎更为丰盛和实际，以至于天都快亮了还兴奋得睡不着，躺在床上慢慢回味着饭局上的每个精彩细节。

饭局本来是安排在中心区的"金屋国菜"，店如其名，进去就让人金灿灿地找不着北。这店里的每样东西、每道菜，都和"金"字紧密相连。巨大的金鼎金贵得犹如太上老君的炼丹炉，贾聪特地找的这个他认为颇有特色的好地儿，一心想讨好罗大哥的。谁知罗大哥一听说贾聪把晚饭安排在了全深圳最矫情的酒楼，立马急了。他先是严厉训斥贾聪在找人投资的时候还瞎摆不必要的谱，接着毫不留情地讥讽他没品位和老土，让他赶紧换到永胜穆梓的"群英汇"。贾聪马上照办，正值饭口的高峰时刻临时换地儿，费老大劲才订到间小房。好在罗大哥介绍的"财神"因为有事耽误，要晚到一会儿，已经先到的罗大哥和贾聪也正好说会儿私话。

"在这儿的小房，也比在'金屋'的大套强！没文化，没品位！你以为我给你介绍的是内地的小县长呀，找那么让人没胃口的地方！"

"是，是，大哥你说得对，所以我才跟着你呀！"

"少在这儿拍马屁！一会儿你可别这么拍别人的马屁。我吃这套，私企的老板未必吃这套。"

罗大哥一直都不肯告诉贾聪介绍的"财神"是谁，这会儿人要来了才透露出，来人是个私企老板。

"大哥，我听你的。你觉得我怎么跟他提？"

"你不用提，我来提。到时候你看着办，多说些切实的，不着边际的话少说。人家的一个脑袋顶你贾聪几个！别想着忽悠。"

"放心吧大哥，我一定按您的提醒照办。"贾聪本想追问被罗大哥说得这么神的人究竟是谁，再一想，又觉得自己有点多余，反正要来了，就老老实实等着吧。

"老婆呢？回来了吗？"三言两语交代完了贾聪要点，罗大哥问起了他的家事。

"回来了，下午刚接的。哎呀，瘦得脱了形，我真是造孽！"

"过年在我家，你不是说她耍大小姐脾气吗？！今天又变成你自己造孽了？！看来，还是你干了什么坏事。真是不知道你哪句真、哪句假？！"借着贾聪说漏了嘴，罗大哥一语双关地刺了一下他。

"哎呀大哥，一言难尽！是以前那个女的惹的事。我够愁的了，您就心疼心疼我吧。我老婆那儿，还指望您出马说和，要以我，不知道哪天才搞得定！"

家事正说到这儿，包房门从外被领位的迎宾小姐推开，晚饭的主角，"财神爷"终于到了。贾聪住了嘴，赶紧起身迎接。

"哎呀，大哥抱歉抱歉！真是不好意思，迟到了，我认罚认罚！"来人像一阵疾风直接吹到了罗大哥的面前，边用浓重的潮州口音普通话赔着不是，边微弯着腰连连点着头，对罗大哥的尊敬程度非同一般。

"没事没事！大老板迟到，是可以理解的，日理万机嘛！"罗大哥坐着没起身，指着旁边的位置，亲热地示意让他坐下。

来人坐下来，一直站着候在一边的贾聪这才看清了他的样子，个子不高，健硕敦实，浓眉大眼，十分精神，讲话声如洪钟，中气十足。人说财大气粗，他身上确实有大老板特有的气势。

"贾聪，赶紧坐下呀！我给你介绍一下。"闻声，贾聪连忙坐下。

"这位是赫赫有名的'新纪元集团'的董事长王新，我多年的老朋友，好兄弟！"

"王总，这位是我的小兄弟，'红日置业'的老板，贾聪。"罗大哥特意把小兄弟放了贾聪头衔的前面，这是有心在突出他和贾聪的关系。

"哦！'红日'呀，知道知道，有名得很呀！久仰久仰！"王新礼貌地掏出名片。

"哪里哪里，我是小字辈，王总的名字才是如雷贯耳，'新纪元'在深圳谁不知道呀！"贾聪拿着名片，走到王新面前，九十度弯腰，毕恭毕敬地双手递到他手上，同时也接过了他的名片。

相互介绍完毕，早就叫齐的菜也开始上了，晚饭正式开始。这样以谈事为主的饭局，是不会当着面花时间征求彼此意见来点菜的。进门坐下，贾聪就交代饭店老板，按每个人两千块钱的标准安排。饭店老板对富豪们的食谱熟得很，无非就是虫草瘦肉汤或者浓汤大鲍翅，蒸条生猛的苏眉或者老鼠斑，再煎个雪花牛，配一个煲仔素菜和两个小凉菜。不用贾聪操心，菜写得绝对不会出差错。这种饭局，喝酒只是融洽气氛的陪衬，不能多喝。三个人喝一瓶年份合适的玛高庄园红酒，柔软绵长的酒性很配气氛，分量和档次也刚刚好。

席间主要是罗大哥和王新在闲聊，贾聪只是老实地吃着东西，自然地和两位老大举着杯。他们似乎也有日子没见了，从张悟本的食疗养生，到红酒收藏价格的涨跌，再聊到本城某位富豪和某某国内一线女明星好上的时候，正好酒过三巡，暖场的时间已经很够，可以开始谈正事了。

"王新哪，今天约你出来吃饭，一是因为我们哥儿俩好久没见，二呢，是因为小兄弟贾聪，有个不错的项目想要找合作伙伴。这个项目我看过，挺不错的，我给你们两个搭搭桥，看看有没有机会合作。"罗大哥已经把自己的立场和贾聪的目的表达得非常清楚了。

"噢？贾总有项目，是个什么样的好项目呀？！"早在年内假期接到罗大哥电话的时候，王新就已经有心理准备了。以他对老罗多年的了解，一般的人和事，是不会轻易开口的，何况还是专门约他一顿饭。

等了一个晚上，终于轮到贾聪开口了，他想着罗大哥的提醒，精心组织了一下语言，不紧不慢地说道："王总，这个项目是这样的，从法院……在广州……投入……半年内保证……回报……"

只是听到贾聪说的几个关键词，王新在心里已经断定对这个项目没兴趣了。首先，他对做中介的贾聪，就非常不感冒。在他的心目当中，做中介的都是些没文化、没素质，夹在买方和卖方之间，靠耍嘴皮子赚钱的。中介找来的，没几个好项目。其次，自己就是用面粉做蛋糕批发给零售商的人，怎么可能花钱从别人手上买来蛋糕再包装出售呢？！成本利润天差地别，这是两盘根本完全不同的生意。

王新似乎很认真地听着，脑子里在盘算着该怎么处理这件事。很清楚，贾聪缺钱，罗大哥想帮他。管他和罗大哥有什么关系，罗大哥为什么帮他，这些统统都和王新没有关系。王新在意的是罗大哥约的这个局，还郑重其事地开了这个口，先不说他和罗大哥的历史交往，只说接下来马上要进行的收购谈判，他是必须要买罗大哥的面子，出手帮这个贾聪的。说到底，就是个掏钱的问题，要多少，怎么才能保证掏出去的钱不打水漂、不出事，这才是王新最最关心的重点。贾聪一口气说了十几分钟，终于把项目的来龙去脉和美好前景交代清楚了。

"听起来这个项目是挺不错的，小兄弟的前途无量呀！"王新打哈哈夸奖着贾聪，心里在想："忽悠谁呢？！半年内保证我有百分之五十的利润，我是开发商都赚不了那么多，你一个中介能有那么高的利润，以为印钞票呢！简直是笑话！开年出台了那么多政策，一旦银行的银根开始紧缩，三

239

级市场的成交量一萎缩，看看你们这些中介怎么死！"

"贾总，不知道您现在准备吸纳多少资金来跟您合作呢？！"王新直奔他感兴趣的关键问题。

"三千万左右，只是需要半年的时间，这个项目就全部做完了，我保证您有百分之五十的利润。"贾聪继续信心满怀地说道。

"哦，是这样呀？！"王新故意拖着长腔，睐眼看了看旁边的罗大哥。正好与他四目相对。

"王新，你既然对贾聪的项目感兴趣，你俩打算具体怎么合作，我就不听了。做生意都是跟钱有关的事，我不掺和。在对得起兄弟、能共同赚钱的基础上，抓紧时间，尽快谈个切实可行的方案。"罗大哥该帮贾聪说的，该提醒王新的全都摆得清清楚楚了。

"哎呀，都快十点钟了，这可是你嫂子规定的必须回家的时间。我先走，你们再接着谈。"罗大哥举杯清了杯中酒，圆满完成了欠贾聪的任务，准备全身而退。

"行，大哥，我跟贾总谈，您先回吧，别让嫂子对你有意见。"王新已经领会了罗大哥让他自己小心的用意。

"大哥，我送送你！"贾聪连忙起身。

王新也要一块儿跟着送，被罗大哥按在了座位上："你坐着，贾聪送我就行！再约吧！"

"大哥，谢谢了！小弟日后一定好好报答您！"贾聪边颤颤地跟在罗大哥屁股后面走着，边献媚地说道。

"得了！成不成看你自己了，我该做的都做了。也不指望你报答，你只记着，别再给我找麻烦就行了！"

"大哥！那是肯定的！"贾聪斩钉截铁地回答道。

就在贾聪送罗大哥进电梯的这会儿工夫，房间里的王新，已经想好该怎么处理这个非接不可的"烫手山芋"了。

贾聪刚进门坐下，王新就开门见山地说："贾总，我也不兜圈子了，既然你是罗大哥的小兄弟，他开了这个口，我是肯定要帮你的。只是，我这人是非常有原则的，我的公司也是很正规的。你需要的三千万，虽然是一笔不小的数目，我还是能拿得出来帮你的。但是你必须要符合我做人做事的原则和条件。"

"什么条件？说来听听。"面对王新的气势和直接，贾聪并不怯。

"说实话，我对你的项目没有兴趣合作，干脆直接借钱给你。条件也很简单，借款时间，就按你需要的半年时间，利息我也不多收你的，就按国家法律承认的银行利息算，只是，必须要三种以上的担保。"

"哪三种？"

"物业、公司和个人担保。"王新考虑得相当周全，从各个方面做好了资金的安全措施。能达到他的这三个条件，也就基本可以向银行借钱了，唯一不同的，就是王新借钱不需要审查贷款资格。

贾聪稍稍想了一会儿，然后肯定地回答道："可以，我可以提供你要求的这三个担保。"

"那就好。小兄弟，你别怪哥哥我苛刻，感情归感情，原则还是要讲的。你明天来我办公室，具体的协议和手续，跟我的法律顾问谈。"

"好！明天早上，我准时到您公司。"贾聪也干脆得很。两人就此握手告别，饭局正式落下帷幕，再无二话。

贾聪想不到，让他从年前纠结到年后的事，能谈得这么爽快和顺利，除了他崇拜的穆梓哥以外，又多了一个让他肃然起敬的王新董事长。最让贾聪兴奋的，还是罗大哥的表现。他也没想到，老谋深算的罗大哥，居然如此义气加全力以赴地帮自己，真是不亏多年的精心铺垫和大手笔的付出。虽然还没和王新的法律顾问开始实际的接洽，他已经很肯定地感觉到，王新的这笔钱，一定是能拿到手的了。

不出贾聪的预料，王新的这笔三千万借款，在一个星期之内，就一次性到了他的账上，虽然中间经过了几步曲折，终究还是让他想方设法地解决了。

贾聪当面答应王新能达到的三个条件，到法律顾问具体落实的时候，物业担保这块儿，打了折扣。贾聪提供的物业担保，是庐山大厦的一层部分和二层整层商铺。一层的商铺是在贾聪自己名下的，可二层就不行了。买楼的钱，是贾聪的公司出的，但是被他主动落在了夏菁的名下，所以法律承认的产权上，跟他没什么关系。法律顾问拿着夏菁名字的房产证复印件提出疑问，贾聪在如实回答是夫妻关系的同时，提供了一份夏菁亲笔签字的公证过的全权处理这个物业的委托书，就轻松过了这关。

老板王新提完了硬性的三个条件后，就把一切都交给了法律顾问处理，执着于做大事的他，虽然很认真，但也用他自认为简单有效的方式对待着这件事，虽然贾聪当晚当他面，爽快地答应了能达到这三个条件，但其实并没有让他肯定地相信，对贾聪的实力，王新还是颇有怀疑的。从酒楼一出来，王新十分钟内，打了 N 个电话，从 N 个方面，认真地打听了一下贾聪的公司和个人。

从当晚到第二天早上，陆续反馈回来的消息，再加上王新自己的总结分析，他基本认定，这个看起来不太牢靠的中介小子，还是有些可靠的，三千万借给他问题不大。国土局管房屋产权的相关人士告诉王新，内网上一打贾聪的名字，名下至少有十几套房子，虽然都在做着按揭，但以他购买的时间看起来，应该都是升值了一倍还要多。尤其是沙河高尔夫的别墅，那是豪宅中的豪宅，还有庐山大厦一楼的几个大商铺，分别租给了深圳市最火暴的夜场酒吧"BabyFace"和"Rech"，确实都是非常值钱的。仅凭这两个物业，王新就放心，日后若贾聪真的还不了钱，拿这些物业，肯定是物有所值。

有了这颗定心丸，王新再三交代法律顾问，只要能保证借出去的钱，无论用什么样的方式都能拿得回来，合同的条款和模式不用太计较。他也希望能尽快完成这事，好对罗大哥有个交代。

王新能想到怎么对付可能会让他损失钱财的外人，百密一疏的他，却没想到怎样管好自己的内人。

当王新的法律顾问按照老板的吩咐认真执行，随着提出的疑问越来越多，贾聪眼看似乎离自己要达到的目的越来越远的时候，他毫不犹豫地使出了惯用的"银弹"杀手锏。二十万的现金，在被资本家苦苦压榨专看合同的小律师面前，绝对是个致命的巨大诱惑。虽然这钱是贾聪又一次借的高利贷，但是花得特值得，至少是换回了法律顾问研究了一个晚上后，顺利让老板王新签了的借款合同。这份合同看起来好像是有好几种方法，可以保证他的资金安全，但其实存在着巨大的瑕疵。

由于物业在贾聪和夏菁两个人的名下，法律顾问把本来是一笔借款的事实，用作价三千万的一份商铺买卖协议的形式体现出来。表面上看起来物业买卖合同比有物业担保的借款更直接保险，日后如果打官司，可以直截了当地针对买卖主体进行处理。而借款要先追讨债务人，在债务人清偿不了的情况下，才开始处理担保的物业，个中的时间和不确定因素太长太多。王新之所以能痛快地签了合同，不仅是因为法律顾问给出了这样的建议，在商场身经百战的他，根据自己的经验也赞同了这样的方式。收了贾聪"银弹"的法律顾问，故意弱化了几个很关键的问题。一是，两个物业都在银行有按揭，产权已经抵押给了银行，按规定是不能再签买卖合同的。二是，夏菁那层楼的合同，是贾聪拿着他的委托书代签的，法律顾问根本就没有跟真正的业主夏菁进行过确认，甚至没打过电话，没见过面！两个产权，两个业主的不同物业，签在同一份合同里，即使有全权委托的公证书，不用深究也是相当有问题的。

　　因为这场全然不知是怎样成为主角的买卖合同，几个月后让夏菁遭遇了她生命中第一个作为被告的官司。虽然结果毫无悬念是王新大获全胜，可是预埋下的那些漏洞和瑕疵，不仅把她折腾得够呛，还成为了被贾聪侮辱她智慧的大笑话。

　　日历一天一天翻过去，到2007年的4月，楼市仍然维持着平稳上涨的状况。通过各个地铺反馈给贾聪的客户信息，他似乎越来越清晰地看到，眼前交易旺盛的楼市，完全是一些炒家赶在银行政策出来之前的投机行为造成的，和之前真正是市场需要的卖方市场完全不同。这种不正常的上涨情况和呼之欲出的收紧银根的政策，让贾聪心里十分不安。王新的三千万虽然是拿到了手，但没出十天就被贾聪花掉了三分之二还要多，广州项目的几千万缺口，还张着大嘴，号叫着。弄钱是贾聪永远的课题，像是解不完的难题，一道接着一道。

　　这两个月里，夏菁和贾聪一直各自住在各自的家里，保持着良好的相敬如宾的夫妻关系。贾聪很自觉地每天都给夏菁打电话，汇报自己的行踪和动态。自己有空又觉得夏菁心情还好的时候，两人一起吃吃饭，甚至还喝过几次咖啡。只是聊得都是别人的闲事，夏菁决口不提和贾聪之间的事。

有好几次，贾聪跟她说说两口子的事，都被夏菁用"贾聪，咱们能不谈这些吗？你嫌我不够疼吗？"类似这样的话断然拒绝了。

女人，不吵不闹，安安静静的显得特别乖巧懂事，绝对不是什么好事儿。吵闹争执，代表她在表达她的需求，也证明她心里还有你，对你还有要求。夏菁的态度，让贾聪心里特没底。他感觉到夏菁是在酝酿着什么事儿，可就算隐隐知道，贾聪也不愿意去面对和承认。即使两人之间隔着一座冰山，也要得过且过。反正大多数的夫妻也就是这样，"从相敬如宾，到相敬如冰"，似乎是一条必经之路。

夏菁是非常清楚自己处在什么样的状况，在干什么的。她就是用这样的方式保持着和贾聪的距离：不远不近，不冷不热，就是这样以静制动，等待着贾聪自己露出狐狸尾巴。只有抓住了他的把柄，夏菁才有跟他斗争的砝码和武器。已经从悲伤和迷茫中走出来的她，心里踏实得很，不急不躁，一天天慢慢调整着自己，恢复到了单身时候的好习惯，健身跑步、早睡，脸色一天天回复了红润。不仅如此，和闺密笑笑、平平和靓子定期地聚会聚餐，泡吧也和单身的时候一样频密了。她比以前更清楚地知道，该如何跟好朋友们相处。大家之间的隔阂慢慢越来越少，又开始亲密无间了。姑娘们都觉得夏菁像是变了一个人，不仅脾气变得平和宽容，还收起了锋芒，成熟稳重了许多。

对于她和贾聪之间出现的问题，夏菁自己虽然不说，朋友们其实也是心知的，只是不愿意去戳破，用实际行动表达着对她的关心。对于是夏菁越来越把他当成自己的亲人，不天天见面，但是每天彼此都知道对方的行踪，用最简单的电话，或是短信，表达着关爱和支持。夏菁心知自己将要面对的麻烦状况，她不敢也不愿让于是为她承担太多，故意小心翼翼地保持着和于是之间的关系，绝不敢越雷池半步。

五一长假，夏菁没有回湖北老家探望父母，而是和平平一起去了印尼的巴厘岛旅行，在湛蓝宽阔的大海里尽情调整着身心。就在她度完假期，带着一身健康的阳光颜色，开心地回到深圳后，一直耐心等待着的一个契机终于出现了。

## （二十）别无选择

我眼看夕阳落下，

万道金光和天堂幻彩的大门瞬间

消失。

看不见过去，也看不见未来，

眼前一片漆黑。

我仿佛被狠狠地抽了一鞭，

惊慌失措，

皮开肉绽却不知道疼痛。

风吹过，带着血腥的味道，

指引着我该去的方向。

我别无选择，必须告别！

来不及抱歉，没有再见，

那些会让你们疼痛的痕迹，

就当做我曾经来过的纪念。

打电话给夏菁之前，贾聪焦虑地纠结了好一阵子。对这个目前还被自己称呼为"老婆"的女人，他觉得既熟悉又陌生，还有一种无法形容的奇怪感觉。若不是再三权衡过夏菁在事情里的重要性和时间的紧迫性，在他和夏菁关系如此尴尬甚至岌岌可危的时候，他是决不可能主动找她说正事的。

　　"老婆，回来了？！玩得怎么样，开心吗？"贾聪故作单纯地问候。

　　"昨天刚回来，玩得非常的、超级的开心！多谢贾聪同志的关心。"电话里夏菁的心情和状态都很不错，甚至还开起了调侃的玩笑。

　　"哦，那就好，你中午有空吗？我有点事想跟你谈。"一听夏菁心情不错，贾聪就直入主题了。

　　"请问贾总有哪方面的贵事跟我谈呀？是公事，还是私事呀？"夏菁继续调侃着贾聪。

　　"老婆，是很重要的公事，老公必须要你帮忙，你一定要出来！"贾聪很认真也很急切。

　　"好，几点，在哪里？"夏菁收敛了玩笑，正经起来。

　　"就在你们公司旁边找个地儿吧，我现在就出发，订好房发短信给你。"

　　挂了贾聪的电话，夏菁心里有一丝微微的兴奋和紧张，甚至有些心跳加速的激动。她知道，一直在等待的机会终于来了。

　　挂了贾聪的电话，夏菁立马打给了于是，在电话里简单地通报了一下情况。于是正在开会，只是简单地交代了夏菁："多听多问，等你电话。"寥寥数字，在当下就是支持她的主心骨。再三地调整好呼吸心跳，让自己恢复到轻松自如的状态，淡淡扫上唇彩，夏菁整装一头奔向了战场。

包房里很安静，服务员都被贾聪打发出去了，桌上摆了几道清淡的小菜，他和夏菁各坐一方，四目相对而坐，中间隔着的偌大桌面，仿佛是两人之间的楚河汉界。

"说吧？啥事呀？搞得这么严肃。"夏菁若无其事地吃着凉菜，边问话边观察着贾聪。

"老婆，这事你可一定要帮我，除了你，第二个人都不行，你一定要答应我才行！"贾聪求人时的常态，活像是李莲英附身。

"到底什么事？你先说，我再答复你行不行？"夏菁也跟他推起了太极。

"是这样的，老婆，过五一的时候……五哥……广州的项目合作一定要……我现在……起码能赚……我保证你……对你也是有好处……何况你还是我老婆……你一定要……"

夏菁静静地听着，看着对面的贾聪，唇上浮现出一丝做作的微笑。

"五哥要和你合作广州的项目，你打算用你买给我的公司做，我做一些前期的具体工作，是因为五哥只看得起我，是吗？"

"老婆，这是五哥明确提出来的，他希望这个项目由你来牵头。"

"那如果我不愿意做呢？他是不是就不跟你合作了？"

"也不是这样，我觉得这对你对我，也都是个机会！"

"对我是个机会？什么机会？"

"你总不能在穆梓哥那里打一辈子工吧？正好五哥看重你，我又信任你，借这个机会，你自己出来单独操盘，对你来说，绝对是你上台阶的好事，怎么对你不是个好机会呢？"

贾聪一脸的真诚，完全是为夏菁在作打算，体贴非常。

从贾聪的真诚和体贴背后，夏菁已经看出些不太对劲的苗头了，但她没有表露，认真听着贾聪的话，脸上甚至还流露出他所需要的感动表情。

"听你这么说，倒是颇有些道理的。我的确不能老是打工，是应该自己做些事，这也确实是个机会，可是……"夏菁带着感激的情绪，让贾聪明

247

显感到她动心了。

"是呀，老婆，你是我老婆，我能不为你着想吗？你也应该为我想想，这么大的投资，你不帮老公，怎么行呢？！"贾聪猴急地期待着夏菁的决定。

"可是，这项目，我又不了解，虽说是个好事儿，我也得好好想想。"夏菁又故意地犹豫起来，脸上还露出了难色。

"哎呀，老婆，有什么好想的，了解项目还不简单？有老公我在后面支持着你，有什么好担心的？！"贾聪激动得探着身子站了起来，恨不得爬过桌子到夏菁跟前去。

贾聪的激动与急切，一览无余，这事情的重要性，已经是明摆在夏菁的面前了。对她来讲，这件事绝对是她和贾聪离婚的绝佳筹码，可这块颇有分量的筹码，该怎么拿？拿了以后该怎么用？一时之间，夏菁确实还没有主张，要和于是商量后才能决定，可她并没有表现出自己的心事重重。

"好了，干吗这么激动呀！我又没说不答应。"夏菁带着些小撒娇说。

"就算做，也要先谈好条件吧？"她故意地摆出了精明，想把贾聪引进来。

"你说，你想要什么条件？夫妻之间，什么都好说。"

"这样吧，你先把项目资料拿给我看看，明天我再跟你说条件吧。"夏菁在这儿又卖了个关子。

"这么说，老婆，你答应了？！"

夏菁只是笑而不答地看着贾聪，似乎点了点头，也似乎表示了同意。

"行！待会儿我就叫人把资料送给你，其他的一切都好说！"贾聪有些心花怒放起来，满脸堆笑。

简单吃完饭，两人礼貌客气地互相道别，甚至还握了握手，就像是两个正常的生意人，吃了顿有目的的商务饭，表演出来的感情和融洽，一转身马上就不复存在了。

回到办公室，夏菁有些坐立不安地急需和于是见面。她赶紧发了短信给于是，询问跟他约见的时间和地点。于是马上就回了信："我还在会上。晚上六点，你家。我会打包晚饭来。"夏菁的心被这一行字带来的温暖包围起来，眼睛热烘烘地湿润了。本想给于是回复："好的，谢谢！"但在按下发送键之前，又改成了："好，等你。"

而那边的贾聪，虽然是殷勤地把夏菁一直送到楼下，可还没等她走远，心里就骂开了："装什么什么装！不就是要和老子谈价钱吗？还以为你多高雅脱俗呢！看老子不用钱砸死你！"

两个男人，对夏菁来说，一个是让她饱受折磨，要处心积虑决裂分手的浑蛋，另一个却是总能带给她感动与温暖的守护天使。

夏菁当然不理解，贾聪何以对和五哥合作的事急迫成这样，除了因为她根本不了解贾聪公司真实的经营状况以外，还因为她不知道在她去巴厘岛度假的五一小长假里，贾聪和五哥曾经进行了一次重要的碰面。

虽然是放了假，贾聪却没有任何闲心享受假期，而是一天也闲不住地在思考如何解决弄钱的难题。眼看王新的钱在他账上，一天天地减少到不能再动一分的极限，他的心里像被十只猫爪同时在狂挠。广州项目已经投进去几千万，如果再不启动，不在眼前还能最后一搏的疯狂市场里拼死赚回个七八千万，可不光是血本无归那么简单的事。

银行里几千万的贷款，占用客户的大量购楼款，王新的三千万借款和利滚利的高利贷，总数加起来将近一个亿了。靠公司正常运营的收入，简直是杯水车薪，摆平这些数，根本就是天方夜谭。如果有那么一天，市场的狂热降温，成交量萎缩，房价下跌，同时银行贷款到期，小业主和高利贷供应商一起上门要债，那就是他贾聪和"红日"灭顶之灾的世界末日。

放假的头一天，揣着满满一怀的愿望，贾聪去了深圳最出名的仙湖"弘法寺"烧香祈福，求满天神佛保佑自己。他虔诚地跪在佛前，闭着眼睛，喃喃自语地嘟囔了半晌："管这个市场有多疯狂，管这个市场的泡泡吹得多大，一定要多撑些日子，等我和我的'红日'逃出升天后再爆掉。"叨咕自己愿望的同时，他还对菩萨也许了个愿："若菩萨助我贾聪一臂之力，让我得偿所愿，日后定给菩萨全身装金，大做功德。"语罢，四肢着地，额头点地，叩得咚咚直响，还毫不吝啬地把几张金灿灿的黄牛塞进功德箱，极其恭敬。

不知道是不是他的虔诚祈求起了作用，从仙湖下山的路上，居然接到了五哥的电话。

"兄弟，在忙啥子呀？也不给大哥打电话？"五哥的声音里透着亲人般的亲热。放下商人的运算公式，贾聪在他的心目中，还是个玩得来又讨人喜欢的小兄弟。

"哎呀，大哥呀！我想你呀！你在哪儿呀？到深圳了？"接到五哥电话的贾聪非常兴奋，他觉得佛、菩萨对自己真是很好，还没下山，就把"财神爷"送到了。

"呵呵，我在平山，听说深圳有车展，啥子时候开你知道吗？我想去看。"

"哎呀！车展要6月才开，还等到那个时候再来？"车展也是贾聪非常关注的，具体日期，他清楚得很。

"哦，6月才开，是还有好久哟！"从过年开始，几个月一直都在平山的五哥待得有点闷了，听说深圳要开"深港澳"三地的车展，颇有兴趣借此机会上一趟深圳。素的日子长了，他很是想念深圳的灯红酒绿，想念贾聪全方位的周到安排。听到还有个把月的时间，五哥心里升起一丝怅然。

"哎呀！放假嘛！是要出来耍的，车展再来嘛，我全部全程陪同！"

贾聪的召唤让五哥的心痒痒的，可又不好一口答应："哎呀，放假你要陪老婆嘛，我……"

"老婆早就出去旅游了，去巴厘岛了，我是放单的，也闷得很！"没等五哥说完，贾聪就抢着打断了他的话。

"哦，是这个样，那我就去嘛，就当去跟你做伴嘛！"

"大哥，你现在就去机场，买到哪班赶快发给我。我安排一下，就去机场接你！"

挂了电话，五哥和贾聪两个人脸上，同时放射着光彩夺目的笑容。各得其所，正中下怀，就是有这样让人喜悦的效果。

天涯即是咫尺，平山到深圳不过就是几小时，五哥在天上飞行的时候，贾聪像是只勤劳的工蜂一样飞舞在花丛之中，精心准备着绝色与美味。这次，他是准备下血本、花大价钱带五哥去个真正的好去处，给他的"财神爷"安排一个视觉感官加肉体的盛宴。

从机场接到五哥，两人少不了一顿兄长弟短的寒暄，当五哥问起订了哪个酒店、晚饭在哪里吃时，贾聪故作神秘地不告诉他要去哪儿，只是一脸坏笑地说："大哥，你就别问那么多了，你就想想，古代的皇帝他享受的是啥子生活，今天就照样让你也享受一下。"

对贾聪别的他不敢肯定，安排吃喝玩乐，他是绝对信得过的。五哥当即就不再问了，只在心里憋着一股子美滋滋的劲儿，万分期待。

以往贾聪带五哥去耍的地方，除了俱乐部就是夜总会，坐台的小姐和三流模特虽说也是性感风骚，可去的次数多了，她们那些没有任何情调的招数，也让人生腻。五哥此行的目的相当清楚，就是"来耍"的。弄些花样，让本来就好这口的五哥耍得开心，耍得终身难忘，对贾聪来说，这并不是什么难事。不让这场花钱又费力的安排白费，把自己的目的不着痕迹地植入到他的开心之中，这才是真正让贾聪伤脑筋的难事。

"五哥，到了，今天给您安排的，就是这儿。"

一路上五哥都没问贾聪去哪里，但是，他知道从机场高速就没往深圳市区方向，车直接开到郊区来了。经过一道大铁门，顺着两旁全是荔枝树的小道开了好几分钟，又进了一道铁门，一个独立的小院子里，竖着一栋外表朴实无奇的大宅子。五哥心里似乎明白了七八分："这小子，找了个不对外的私人会所。"

贾聪噌噌地先蹿进了门："五哥，快进来！快进来！"

迈进这屋子那两扇不大且非常普通的门，五哥有一种找不着北、恍恍惚惚的感觉。门里门外，古代现代，仿佛转换了世界时空。

屋子客厅通高有三层楼高，每层楼的五个房间，都有一个拉着厚窗帘的独立的小亭台挑出来，站在客厅中央，能看见每个小亭台，全部是木质雕花，像是一个个精美绝伦的鸟笼。客厅的太师椅、八仙桌、茶几，都是上好的红木和鸡翅木。两对双面刺绣的八扇大屏风，绣着四季鲜花和百鸟朝凤。两个一两米高的青花瓷大花瓶正对着大门，粉彩瓷盆里养着一对金钱龟，桌上摆着罗汉松盆景，香炉里熏得是上好的沉香薰香。这即使放在古代，也绝对是大气有品位的大富之家。唯独高挂在大厅中央的大匾，跟屋子的摆设颇有些格格不入，大红缀金的底上飞扬跋扈地写着"艳压群芳"四个俗不可耐的大字，让人一看就明白了这究竟是个什么地儿。

一个穿戴着马褂、瓜皮帽的小伙子从里屋出来，热情地招呼贾聪和五哥先坐下，沏了壶茶端上来。"二位先坐着，我去请当家的下来。"说罢，低眉顺眼地退了下去。

"大哥，你觉得这儿怎么样？"贾聪有些得意地问五哥。

　　"你小子，真是本事！这样的地方，不是一般人能来得了的吧？"五哥不是没见过世面的人，从进来一路上的戒备森严，到屋子里的架势气派就知道了。

　　"呵呵，还是大哥有眼光，这个地儿是个叫花花的老女人开的。她当年是红遍深港的一个小姐，崇拜她的裙下之臣不计其数，跟他妈杜十娘一样，那些男人们送给她的钱财宝贝也是不计其数。这个女人聪明得很，赚够了钱之后，找了个比她小的画家做老公，从此从场面上退了下来，弄了这栋厂房，花大价钱改建成了个私人会所。她把别人送的奇珍异宝都放在这儿显摆，又从各地找了些女孩子，全部由她亲自培训，传授她的经验和毕生所学，专职在这儿服务。只要在这儿，她管吃管住，甭管什么原因要离开这儿，那就得交一笔巨款。说白了，这儿就是个会员制的高级妓院，她就是一个老鸨。这个女人关系硬得很，这场子，市里省里，乃至北京，都有人罩着。"花姐的故事，贾聪刚讲到这儿，"哎呀！贾总！等候多时了，怎么才来呀？"一声"云遮月"般的沙哑嗓子，伴着一阵浓重的香水味儿，这个叫花姐的女人就站在了五哥和贾聪面前。

　　"哎呀！花姐姐，怎么越来越年轻漂亮了。这该死的岁月，怎么就没能在你脸上留下一点儿痕迹呢？"

　　"哈哈哈！贾总就是招人爱，就是会说话，怎么听着都顺耳！"女人穿了一件金色前后都深 V 的紧身晚装，梳了个旧上海的发型，手里还拿着一根长长的象牙烟嘴，深长的乳沟，白滑的后背，虽然有些年纪了，但是因为保养得宜，看起来还是十分养眼。贾聪的话美得她笑得花枝乱颤，十分开心。

　　"真的，花姐，我真没有一点奉承您的意思，确实是年轻，还不止是漂亮，是有韵味儿！五哥，您说是不是？"

　　五哥也是老混夜场的人，花姐徐娘半老风韵犹存，虽说凭这个高级地方添了几分贵气雅致，但干这行的骨子里的江湖和风尘，是怎么都掩饰不住的。看贾聪如此吹捧这个叫花姐的女人，还特意问到自己头上了，五哥只好随声附和道："是是是，贾总说得对！"

"哟！这位就是贾总的贵客吧？贾总赶紧介绍呀！"花姐的语气表情都相当夸张。

　　"哎呀，就是，光顾着看花姐了，没想着介绍。这位是五哥，我的大哥，我们老家的优秀企业家！"贾聪把五哥隆重推出。

　　"五哥好！我本名叫王华华，不知怎么的，就被叫成了花花，再后来，就顺着叫成花姐了。您是贾总的大哥，也就是我花姐的大哥，能来到这儿的，都是有缘分的人，欢迎您！"花姐这段不知道一天要讲多少遍的话，说得倍儿溜。

　　"谢谢花姐，有机会也欢迎您到我们那个小地方去走走。"五哥的朴实劲儿，很讨花姐的喜欢。

　　"怎么贾总的朋友都跟他一样会说话呢？！您过奖了，我是好热闹的人，弄这个地方，就是为了交朋友。不瞒您说，早年我也是风月场上的人，干够了，如今退出场面了。这屋子就是我家那位艺术家一手弄的，屋子里的玩意儿，也都是以前的老朋友们送的，给我花姐面子，捧我场呗！"花姐一脸的谦虚贤惠。

　　"大哥，花姐当年那可是花魁呀！我都认识她多少年了，当时要约她吃个饭，时间都能排到一个月以后。在深圳的上层圈子里，那可是响当当的名人，没有不认识咱们花姐的。"贾聪的马屁拍得有点过，五哥强忍着想笑。

　　"贾总，好了，别这么吹我了，我可担待不起。过去的事都是些个没用的，别扯多了冷落了咱们的贵客。"

　　"对对，花姐说得对，今天的主题，就是让我的老大开心和销魂。我和他接下来的二十四小时，可就交给你了！"

　　"贾总，今天您两位是包了全场的，我保证让您二位物有所值，不仅是满意，不仅是开心销魂！"花姐的肢体语言和面部表情，带给五哥无限的遐想。

　　"今天，两位贵公子包场，咱们好好伺候着！"花姐对着客厅中央高喊了一声。

　　整个屋子的灯光顿时从柔和变得红彤彤亮堂起来，空中还响起了悦耳的江南丝竹的音乐。五哥抬头一看，原来是那些带亭台的房间都亮起了红灯。

十几间房就像是十几个大红灯笼一样，高高地挂在五哥的眼前，真是有好戏要上演的感觉。

"先问问二位，喜欢什么时代的美女，是古代、现代，还是旧上海呀？"花姐在一旁暧昧地问道。

跟花姐还不太熟，又是这么有花样的新场子，五哥有点不好意思回答。

"我喜欢古代的，又含蓄又骚的！"贾聪为了给五哥暖场，先把自己给抛了出去。

花姐心领神会："好吧，那先把古代的美人儿叫出来给二位先瞧瞧？"

"贵妃娘娘们，出来见客啦！"

说话间，三楼的五个房间，依次拉开了窗帘，从每个屋里都走出一个穿着不同颜色唐朝杨贵妃服饰的女孩。女孩儿们轻纱薄裙，酥胸半露，袅袅生姿，站在亭台上，摆出不同造型倚着栏杆，异口同声地说："两位公子万福！"

各个都标志水灵，没有夜总会里小姐的油气和风尘。五哥的眼睛都直了。

"五哥，这儿三层楼，每层楼里都有五个绝色美女，她们是按照古代、现代和旧上海三个不同的时代培训的，打扮和伺候您时的方式，也都是按照那个时代的标准来的。贾总今天订的是包场的"皇帝套餐"，全场的美女们，您二位可以任选。她们只为您二位服务。您可以选择不同时代的人，分别陪您进行不同的活动。您选中的美女，从现在开始，可以陪您喝酒、吃饭、唱歌，为您洗澡、按摩和过夜，只要是您要求的，全能满足您。"花姐在一旁相当专业地介绍道。

单是"杨贵妃"们出场，已经看得五哥拿不定主意了，要是两个时代的众美女一齐现身，恐怕只有眼花缭乱狂飙鼻血了。

"都行，要不，贾总定吧！"五哥只能让兄弟帮着自己决定。

"行，我来帮五哥定。"贾聪充分理解五哥，他第一次来的时候，也是这样犯傻。

"就按我的老规矩办吧，人我也不挑了，让花姐给咱安排。"贾聪倒是门儿清。

五哥目不转睛地看着高处三楼上的美女们，木木地说："好，就这么着。"

"行，既然二位这么信得过我的眼光，那我就替二位做主！三种风格的美女各来两位，您二位每人各六个姑娘，一起喝酒吃饭，让她们跟您二位聊聊天，交流一下，再展示一下她们吹拉弹唱的才艺，加深了了解之后，晚上究竟要带谁，带几位回房间，那就由你们自己决定吧！"

如此人性化和专业周到的安排，贾聪和五哥岂能不从？除了跟在众美人的屁股后面，开始享受神魂颠倒的"皇帝套餐"，任何人再多说一个字，都是废话！

花姐亲手调教的姑娘们，除了地下床上十八般武艺样样精通，还有详细的分工和流程，是讲究团队合作的。只要进了她这个场，进了她设计的这条流水线，没有不满意的，对这一点，花姐有相当的自信。

目送贾聪和五哥神魂颠倒地被众美人领走，整个屋子都充满着他们放肆淫荡的大笑。花姐脸上的热情和妩媚瞬间消失，她冷冷地看着头顶"艳压群芳"的大匾，点着了象牙烟嘴上的烟，仰起头，对着空中缓缓地吐着烟圈。昏红的光线，血红的长指甲，血红的嘴唇，映衬着她苍白的脸和冷漠的眼睛，像是一幅定格的画。

花姐给五哥和贾聪的安排，像是一桌酒席，只要你想吃，吃得起，吃得下，那她就卖给你吃，难怪总是要把食色放在一起说。这个女人是太了解男人了，在她眼里，男人的性欲就是食欲，是身体不同部位的不同需求，性交等同吃东西，亦如给猪狗牛羊喂食配种一样，其实没多大区别。两个人二十四小时的"皇帝套餐"，花姐承惠贾聪四十万，这是熟客折后价，她觉得很公道，收得心安理得。

坐上贾聪的车刚离开花姐的宅子，五哥就开始想念了，快乐不觉时日长，一天一夜转眼就过。闭上眼睛，销魂入骨的感觉还能弥漫全身。

"怎么样，大哥，还行吧？"看着五哥浮肿的脸和黑眼圈，贾聪关切地问。

"挺好！"

"是不是嫌自己肾不够好呀？"

"哈哈！你这个小子，开你大哥的玩笑啰！"

"哎呀！大哥，我们都是男人，我还不知道吗？我第一次来就是这个感觉，他妈的，下楼脚都打飘喽！"

"呵呵，是有点儿，不过还是值得的。"

"大哥，只要你开心就好，我们兄弟，有苦就不同当了，有乐嘛，那是一定要同享的！"

"兄弟，你这样说就不对了。兄弟嘛，肯定是苦乐同当的！你以后有啥子难处需要我帮忙的，你就开口，能帮的，我一定会尽力。"

贾聪也没想到，请五哥打了个高级炮，能有如此效果。早知头天晚上也像他一样，多叫几个一起过夜，玩个尽兴好了。枉他早早打发了美女们走，自己辗转了一夜，想着怎么跟五哥开口。

这样的话，以往五哥是不会轻易说的，之所以对贾聪开了这个口，也不完全是因为这次的安排。他的运算公式可以暂时放下不用，但只要需要，随时可以启动。贾聪对自己有所求，这一点，五哥是可以铁定的。要不，他不可能大过年的上门送礼拜年，也不可能带他上花姐的会所。贾聪是个相当好的酒肉朋友，若为了防备被他利用而放弃他，五哥心里是颇舍不得的。只要把控好帮忙的尺度和底线，五哥觉得自己在贾聪身上的所得会更多。只是，他算计的所得和生意经无关，而是和身体有关。自己被人口口声声叫做大哥，又吃了人家的"皇帝套餐"，与其等贾聪尴尬开口，不如自己主动表态，顺便也摸摸他的底。

贾聪恨不得脱口而出自己的所求，但想想，还是咽下了。他没有马上接五哥的话，等车转了个弯，才自然轻松地说："大哥，我先谢谢你了！兄弟我虽然生意没有你做得大，但是还算顺风顺水。你也去我的公司和别墅看过了，比上不足，比下还是有余的。要说请你帮忙，还真是没有什么可帮的，就是嘛，想找个信得过又玩得来的合作伙伴。有人相互支持，一起赚钱，心里踏实些。"

"可以嘛，有生意，我们兄弟当然可以一起做。"五哥肯定地说。

"大哥，其实我的公司经营稳定正常得很，不需要我太费心。主要是，现在有些机会可以做开发，项目和人才现成就有，今天既然您说到这儿了，我也算是正式对您发出邀请吧。"

"哦，是不是过年前我来深圳的那次，你说过的那个广州的项目？说是准备让你老婆夏菁来操盘的那个？"

"对，就是那个项目，过年前我简单说过，年前大家事都多，我看你没再问，我也就没提了。"

"是呀，年前忙，我也确实倒不出空来细问你，如果是你老婆操盘，我们投资一起做，挺好！"

"这个项目确实不错，资金投入不大，回收期也快。"

"要投多少？你现在有多大缺口？"

"已经投了两千多万进去，这个项目我倒是不缺钱。盘不大，钱我也不让你多投，从这个短平快的小项目开始做，让你先看看兄弟我的运作能力。以后大家长期拍在一起，就可以去找更好更大的项目来做了。要不，大哥，干脆我现在就带你去看看吧？"

"行呀，反正也玩不动了，那就去干点正经事吧！"

"哈哈！大哥，这次回去赶紧找个老中医开点补药，好好强壮一下咱革命的腰子。以后你再来深圳，公事私事，可都用得上呀！"

贾聪一打方向盘，从回市区的路，转上了广深高速，两人一路欢声笑语，再没说过其他，只互相交流着各自"皇帝套餐"的体会和经验，直奔广州。

五哥这次离开深圳，对贾聪的告别语是相当严肃认真的："兄弟，这次来各方面收获都很大，广州项目我已经决定了跟你合作，你尽快把合作方式和项目预算做出来发给我，最好6月来看车展的时候，把该定的都定了。"当时贾聪那个高兴呀，心花一朵朵地在心里炸开了窝。五哥是他能用的最后一根救命稻草，抓住他，未来就有希望。

送走五哥，五一假期也快过完了，开心之余，贾聪的全部心思，必须放在他忽略多时的夏菁身上，一定要说服她帮忙，加入跟五哥的合作。

这就是有些男人的处事方式，对人和事的了解程度与可控性是指导他们作决定的重要因素。贾聪把自己的企图藏匿于若无其事、轻描淡写之中，似乎无所求地全然将自己的殷勤与诚恳奉献给五哥。虽然这些并不能瓦解五哥的钢铁防线，但是，吃他的，拿他的，享受他的奉承和投其所好，不仅降低了防线的警备系数，还导致他作出了自以为了解贾聪，与他的合作是自己可控的错误判断和决定。

犯这种错误的当然不只有男人，也不只有五哥。罗大哥如此，王新也

257

如此，Lisa 如此，夏菁也如此。不论男女，他们都是独当一面，强势能干，却又都是被贾聪所利用的同一类。不是贾聪有智慧、有手段，而是他们的个性能力与缺点软肋同样的明显突出，他只是擅长发现并且有方法对症下药而已。

不过伎俩的时效太短，一旦识破，看他的手段和演技，其实拙劣不堪，既容易识破，也容易对付。虽然他是挖空心思地利用别人的权力、财力，但还是为了满足自己的私利，除了谎话连篇地拆东墙补西墙，以他的素质和成长经历，是想不出其他方法的。他的所作所为虽然低级甚至下贱，但对其他人并没有主动伤害的恶意。他没有计划，也没有措施，甚至根本都不去想，假如有一天，他的这些招数都不管用了，身边能用的人都用尽了之后，他那赌博压宝似的目的和希望没达到该怎么办？

就在贾聪沾沾自喜于搞定了五哥，也即将搞定夏菁的时候，他一点都没有意识到，这个任性冲动的小女人，竟然能把他死死地掐在手里，让他毫无还手之力。

夏菁家的餐桌好久都没作为餐桌使用了，摆上于是打包的几个鲜艳小菜，两人轻松自在地吃着闲聊着。屋子也显得温馨多了。

虽然夏菁有意地拉开自己和于是之间的距离，但于是对夏菁的牵挂和关心，却一点没有因此减少。一接到夏菁的短信，于是知道，一定是有要紧的事商量。他刻不容缓地开完会拎着打包的晚饭，直奔夏菁家。

有些日子没见夏菁了，于是觉得她状态很不错，以前的健康开朗似乎正慢慢回到她身上，整个人又开始闪光了。他在心里轻轻舒了口气，很是高兴。

"走，咱们坐到沙发上去说正事，我给你泡壶好茶。"扒完碗里最后一口饭，夏菁鼓着腮帮子边嚼饭边说。

"菁菁，有进步呀，吃饭的时候一个字不说，现在肚子里能放下事了，值得表扬！"

"那还不是被你培养的。我的肚子现在已经快变成咸菜坛子了，再腌都要爆炸了！"

"我看行，只要你还能笑得出来，该放就放，能腌就腌吧！"

于是说话间，夏菁已经泡好一壶普洱茶，端到了茶几上。

"于是，我这是苦恼人的笑，随时都可能笑不出！"夏菁轻叹了口气，皱起了眉头。

于是端起杯喝了口茶："任何令人苦恼的事，咱们都会有办法解决。说吧，今天要跟我商量什么事？"

夏菁把午饭见面时，贾聪找她说的事讲给了于是听。

"从你讲的这些听起来，我没觉得有什么不对劲。也许贾聪他是想要跟你和好，故意找这么个事作为借口而已。"

"于是，这事如果是这么简单，我还能找你来商量吗？"

"你有什么感觉和想法？"

"我觉得跟五哥合作的事，对贾聪应该非常重要。他急切的表情，你是没看到。对他和五哥要搞什么，我一点都没兴趣。但我认为，这事，也许就是你曾经交代过我，要我等待的机会，用来解决我和贾聪之间所有牵扯纠葛的砝码。"

"你为什么这么认为？"

"于是，你想啊，我从年前因为小云的事跟他大闹，到年后回来不冷不热地挂着他，是个傻子都能明白，这就是不想跟他过了。在这种情况下，他还郑重其事地让我帮他，那这事一定是非我不可！现在我是太了解贾聪了，他越是说为我着想，为我好，那肯定是要达到他的什么目的！要不，平白无故地替我着什么想呀！"

"听你这样分析，倒还是挺有道理的，接着说。"

"我看他那么着急地等我表态，故意卖了个关子试探他。"

"什么关子？"

"我说我要考虑一下，传达给他的意思是要谈有关钱的条件。他当场就答应，一切条件都好说。贾聪的钱是那么好要的吗？不说别人，就说我，才用了他多少钱？可他又从我这儿算计回多少？但凡他一口答应，拍胸脯保证的事，不是不靠谱，就是有阴谋！"

"哈哈哈！菁菁，你现在快赶上福尔摩斯和柯南了，绝对是个分析推理的高手呀！你分析得挺好，比我强！"于是是发自内心地笑，也是发自内心夸夏菁的。一些日子没见，她的确是成熟了许多。

"别逗我了！我是'久病成医'，也是被蛇咬怕了。"

"我看你挺有主意，我还能帮上你什么？"

"对这事的分析和判断，我还是有把握的。但是，我不知道该怎么跟他周旋谈判，利用这事达到我的目的。我答应了他明天之内答复他，可心里一点谱儿都没有。"夏菁一脸期待地看着她的高参。

"你想达到什么目的？"于是还在笑。

"一、离婚；二、解决用我名字的公司在银行的贷款；三、把公司的法人和股东还给他。"夏菁的目的清楚得很。

于是收了笑，端起茶杯抿了几口茶，认真地想了一会儿，然后才说："菁菁，你的目的很清楚，如果你对这事有这么肯定的判断和分析，我建议你重拳出击。"

"重拳出击？！"

"直接而且强势地把你的目的当做条件跟他交换，出手就要达到目的。"

"你的意思是说，他想要得到我的帮助，就必须要先答应我的条件？！"

"是的。"

"可我不想帮他，本来就有一大堆麻烦没解决，怎么可能还增加别的牵扯？！"夏菁全无耐性，眉头紧紧地拧在了一起。

"菁菁，你也太实在了。帮他，只是一个说法。是他的软肋，你可以利用，但并不一定要实质地进行，这完全要靠你自己把握尺度和进度了。"

"我明白了，我假意答应他，让他先满足我提出的条件，至于之后做不做，主动权就完全在我手中了。"夏菁的眉头又一点点地舒展开，脸上还露出了笑容。

"聪明！就是这个意思。你的重拳一旦击出去，就要让他没有还手之力，不能让他拖延考虑。不过……"

"不过什么？"

"我要提醒你，在这之前，你一定要确认这事对他的重要性。如果不是如你所判断的那样，你的目的千万不要先暴露出来，继续留在肚子里，等待下一次机会。"

"于是，这次就是一场对决生死的恶战！不是他死就是我亡！我不把他拍熄，就要受他无尽的折磨。我已经受够忍够了，绝不要再等什么下一次了！"夏菁的眼睛里放出了让人发寒的凶光。

看着夏菁的样子，于是心里一阵刺痛。他知道，夏菁是压抑得太久，心里太苦了，急切地想要马上解决这一切，一下子掉到了偏激的情绪里面。

"菁菁，调整好自己的心态和情绪，千万不要偏激。你有能力也有智慧用正确的方式去处理和应对。我说过，会一直陪着你，支持你，我不许你再说什么他死你亡的话。"

夏菁低下头，避开于是的眼睛，无声地流着泪。她真的不想再为这事哭，更不想让于是再看见她的眼泪，但积了多时的眼泪，来势汹涌了好一阵，怎么都止不住。于是轻轻地握着夏菁的手，默默地陪在一边，两人就这样待着，直到于是离开。

这一夜夏菁无觉可睡，于是走后，她擦干眼泪收起伤心，端坐在书桌前，开始计划着自己的"重拳出击"。她细细地在纸上一项项地，列出了需要咨询确定的事项和一定要注意的细节，生怕漏掉了什么。越写，她心里越亮堂，杂乱的思绪，被一点点整理成了可实施的行动。天亮，太阳升起，看着面前画得密密麻麻的几大张纸，夏菁毫无倦意，反而还露出了笑容。她打开手机，给于是发了一条短信："放心，我不会偏激，我记着你的话。他是烂人，我不是。需要你的支持，永远！"

梳洗打扮停当，夏菁精力充沛地去往办公室，开始了她忙碌的一天。

眼看已经下午了，一天说话就过去了，夏菁说好要约谈条件的，却没有任何动静。贾聪开始有些焦虑了，又挨过了两小时，天都快黑了，仍然没消息。他实在忍不住了，拨通了夏菁的电话。

"老婆，你干吗呢？"电话的背景有音乐声。

"哦，笑笑约我出来逛街，我在西武呢！"夏菁说。

"啊？你在逛街，我还一直等你呢？！"贾聪的火噌地就蹿了上来，心里怒骂了两声。

"等我？等我干吗？"夏菁好像完全忘了这件事。

"昨天中午跟你谈完，你不是说今天约我谈条件的吗？我都等了你一天了！"贾聪急了。

"我看你都没再打给我，还以为是说说就算了的事呢。"夏菁故意满不在乎地说。

"说说就算了？！我那么认真地约你谈，你居然认为是说说就算了的事？"贾聪的怒气已经压不住了。夏菁漫不经心的反常表现，让他觉得匪夷所思，气得七窍生烟。

"哎呀，贾聪同志，不要生气嘛！昨天你叫司机送来的资料，我已经认真看了。这个项目，不是个开发项目，实际上还是个二手房的买卖，这我并不擅长。要不，你跟五哥说，换个你们公司的其他人做，肯定比我做得好。"夏菁有点正经起来了。

"老婆，你要我跟你说多少次呀？人家五哥看重的是你，如果我能让别人做，还找你干吗呀！何况，我已经……"后半句话，被贾聪吞了回去，他感觉自己失言了。

"何况你已经怎样？！难道你已经告诉五哥，我答应了？！"夏菁反应相当敏捷地抓住了贾聪的话头儿。

"哎呀，你别问那么多了，反正你今天一定得跟我把这事谈定了！"贾聪打算糊弄过去，没理会夏菁的问话。

"那好，去你沙河的别墅家，一会儿见！"电话里夏菁沉默了几秒钟，快速说完突然就撂了电话。

挂了电话，贾聪隐隐觉得不对劲。自从出了小云的事，夏菁连已经装修得差不多的硅谷新房，都没再去看过一眼。早告诉过她，自己从俊园搬到沙河高尔夫别墅了，也请了她好几次，可夏菁根本就没有答理过贾聪。这次主动要求上门，他感觉分明是有备而来的，而自己在被牵着鼻子走，可一时又想不透到底是怎么回事。

容不得他再细想，开着车赶紧往家奔去。

刚进家门没多久，夏菁随后就来了，完全不是在电话里不在意的调调儿，一身纯黑的西装，蹬着一双起码四五寸的高跟鞋。从打扮到气场，她浑身上下，从里到外，都透着腾腾的杀气。

贾聪看在眼里，倒吸了一口冷气。

"贾聪，你这别墅真是豪华，有八九百平方米吧？我看，穆梓哥住的房子都没你高级，也不早点请我来看看。"夏菁自顾自地坐下，潇洒地跷起腿。

"你是我老婆，要来，随时你都可以来，这房子还不是也有你的份儿。"贾聪准备打温情牌。

"千万可别说有我的份儿，贾聪同志，你的东西，我是再也不敢随便要了！"这语气里的情绪，贾聪听着，不像是醋劲。

"哎呀，老婆，咱不是来谈正事的吗？怎么说起这些来了。"贾聪柔和地调整着夏菁的方向。

"好吧，那就言归正传，咱们谈正事。"

谈话，用这样的内容开头，绝对不是个好兆头，贾聪不得其解地看着夏菁。他很想知道，她葫芦里究竟卖的是什么药。

夏菁从包里拿出两个文件袋，其中一个贾聪认识，那是装广州项目资料的，是"红日置业"的专用袋。另一个装的什么，他就无从知道。夏菁并没有打开袋口，只是放在了桌子上。

"谈吧，贾聪，从哪里开始呢？"

"昨天中午讲好，你今天跟我谈你操作广州项目的条件的，就从这儿开始吧。"

"贾聪，这个项目对你有那么重要吗？不做，能怎么样呢？"夏菁突然冒出一个问题。

贾聪愣住了，他不知道该怎么回答。如果回答不重要，那分明是说不过去的，不重要，他干吗要死气白赖地追着要跟人谈条件？不重要，也根本不会有今天晚上这次见面。可他如果回答重要，那为什么重要呢？难道他能说，公司真的很缺钱，已经是借无可借了。五哥，是他最后一根救命稻草。这个项目，再不投钱进去让它尽快产生效益，不仅以前投进去的一两千万拿不回来，如果再错过了市场的疯狂期，公司的资金链就会断，自己就是死路一条。

至于"不做能怎么样？"贾聪从来都没有想过，他只想过怎样做成。"不做"意味着放弃，那实在是他不堪也不敢去想的。

贾聪非常无奈地看着夏菁，眼睛里透出了他很少出现的软弱。夏菁冷笑了一下，这是她预料到的，已经不需要回答了。她想要最后确认的东西，已经全部得到了答案。

"老婆，你就别问那么多了，只说你的条件吧！"贾聪的语气，已经是在求夏菁了。

"是不是只要我同意，我提的所有条件，你都能答应我？"夏菁面无表情地问。

"只要你说的数字，是我能承受并且办得到的，我一定答应你。"

"可我的条件，与钱无关。"

"与钱无关？那是什么条件？"

"贾聪，我的条件，你全部都能办到，一点都不难。听清楚了：一、离婚。协议我已经写好了，所需要的资料你家肯定有。今天晚上，我走的时候一起带走，明天就去民政局把手续办了，人我已经找好了，连队都不用排。二、你买给我的那家公司，更换掉法人代表和股东，我不做了。三、这个公司在银行三千万的贷款，你想办法转贷到其他公司，不要再跟我有任何瓜葛。"夏菁仍然面无表情。

贾聪傻了，脑袋来不及运转。"老婆，你在说什么？什么一二三的，我有点不明白？"

"别装了，我相信我讲的每一个字你都听清楚了，只是因为没有准备，你不知道该如何反应。我可以给你几分钟时间，赶紧想。"夏菁直直地把贾聪逼到了墙角。

贾聪想不到夏菁是在这儿等着他，这才明白过来她到底要干吗。

"老婆，你为什么要这样？用这样的方式，突然说离婚？还有你这一二三条，我怎么可能一下子解决得了？"贾聪手足无措地说。

"我为什么要这样、用这样的方式，原因都是你造成的。离婚，对你来说，也许觉得突然，对我来说，却是梦寐以求，想了好久的事。我这一二三条，就按着排列顺序依次解决，没什么不可能的！"

"我简直不认识你了！怎么一下子这么绝情？！好像完全没的商量！"

"你说得对，从现在开始，你要重新认识我。我绝情，是因为对你这样的人，根本就不应该讲感情！"

"老婆，你还因为小云的事在生我的气？我不是说过嘛，我跟她真的没什么，都过去了！"

"够了！你不要再演戏，也不要再提小云了！你就不怕她从阴曹地府来追你的命吗？"夏菁的眼睛，像两把闪着寒光的刀子，把贾聪刺了个透。

"啊！你都知道了？什么时候知道的？！"贾聪心里一惊。

"事情发生的当晚，我就知道了。"夏菁镇定地实话实说。

原来，他费尽心思瞒着的事，夏菁早已经知道了。贾聪像被人在众目睽睽之下扒光了衣服一样。

"你好阴险呀，居然一直在我面前演戏！"贾聪恼羞成怒。

"说起演戏呢，贾聪，我还是不如你擅长。不过，我觉得，我们在这儿讨论这些东西没什么意义，还是回到主题吧！"

"我不同意！"

"不同意？不同意哪条？"

"一条我都不同意！我不跟你离婚！"

"贾聪，拜托你搞清楚。我不是来跟你商量什么，是你请我来谈条件的！既然我能开了这个口，就不怕你不答应！你以为我是 Lisa、小云之类，那么容易被你搞定的吗？"

听到这儿，贾聪心里又一惊，原来，她把自己已经摸了个底儿透。

"我凭什么受你要挟？你又凭什么认为我一定会答应！"

"你当然可以不受我要挟，也可以不答应，这对我没有一点损失。离婚，我可以到法院用你对感情不忠的理由来起诉你，到时我会提供关于小云的信息给法庭，让他们去调你当时在派出所做的笔录，那就是你背叛家庭和婚姻的证据！婚姻法是保障妇女权益的，不用我去找关系，法院也一定会判我们离婚。

"至于公司，不需要你配合，我自己就可以到工商局去申请挂失和注销。银行的贷款你要是不配合我解决，我就到银监局去举报，把这个贷款是怎么做的、在哪个支行，指名道姓地告诉他们。贾聪，你敢说，你的贷款是正正规规，经得起检验的吗？！就算你搞得定银行，搞得定银监局吗？就算你搞得定银监局，钱还是要照还！娄子是我捅的，银行的人认识我是谁吗？责任全是你负，看谁敢帮你？

"我还可以给五哥打个电话，告诉他跟你离婚的手续正在进行中，是绝不会加入到你们的合作当中的。这几件事，我可以分期进行，也可以同时进行。你认为，我从哪件开始比较好呢？"夏菁的语速和情绪都很平缓，脸上还带着笑，感觉像是在拉家常说别人家的事一样。

听着夏菁一条条的打算，贾聪的脑门上冒出了一层细密的冷汗，他的心跳有些加速。夏菁什么都知道了，以自己对她脾气个性的了解，能蛰伏几个月扮作毫不知情，如果不是为了达到非要不可的目的，是绝对不可能做到的。而这个自己主动送上门的机会，就是她的桥梁和路径。夏菁手里的砝码太有分量了，如果真的开始实施，不用等到结果，在过程中就能逼死他。女人，只要心里还有感情，那一切都好说，什么手段都还能有用。可眼前的夏菁，贾聪已经感觉不到哪怕是一丝丝的感情了。他心知，在她身上再用伎俩，已经完全没用。现在夏菁的态度就是"顺我者生,逆我者亡"，一旦惹她发怒冲动，后果不堪设想。

贾聪一遍遍在心里对自己说："冷静！稳住！不要急，不要怕，一切见机行事。"

夏菁纹丝不动地端坐在沙发上，挑着冷冷的眉眼，看着似乎已经败下阵的贾聪。

"老婆，你能不能不这样逼我、威胁我呀？有理也别太过分，一切都好商量。"贾聪有些无谓地挣扎道。

"我没逼你，也没威胁你，只是陈述事实。"夏菁一副油盐不进的样子。

"你他妈的以为你是谁？你想怎么样就怎么样！这个世界上哪有那么顺心的事？！"贾聪有些控制不住情绪了。

贾聪如此反应是夏菁意料之中的，她仍然不紧不慢地说："贾聪，我不介意你口吐恶言，不过，我劝你还是冷静些。我手中的砝码有多少分量，我想你是清楚的，如果想快些解决我们之间的问题，最好还是拿出些谈判的诚意出来。"

"我们真的要走到这一步吗？其他的都好说，可是，老婆我还爱你，我不想跟你离婚。"贾聪的情绪平复下来，看着夏菁可怜兮兮地说。

夏菁鄙夷地白了他一眼，完全不理会贾聪的真情告白："贾聪，我们必须要先离婚。我之所以今天来跟你谈条件，那是因为觉得你懂得权宜轻重。我不想再提谁对谁错，事已至此，心意已决。你我之间，除了彼此配合解决问题，再无其他。我希望你能明白，今天我的目的达不到，是不会善罢甘休的。"夏菁堵住了贾聪唯一认为能突破的缺口。

贾聪低下头，暂时没了声音，今天才算是见识了在职场上打拼了十年的夏菁的厉害。难怪刘宏和穆梓能器重她，当年人家核心参与刘宏上亿生意的时候，贾聪还是个连温饱都成问题的小混混。他觉得自己像是被一记重拳击中要害，打得毫无还手之力，除了跪地求饶，别无他法。

"如果我答应和你离婚，答应你这些要求，你是不是就会帮我？"贾聪的态度完全臣服。

"当然，我讲话从来算数。"夏菁像一个居高临下的侠女。

贾聪万般无奈地看着夏菁："那好吧，既然已经是这样，我也无话可说了。离婚就照你说的办，可是银行的转贷，没那么容易做到，等我去跟银行的人沟通过后才能开始，到时跟公司的变更一起办。"

"只要你是本着解决问题为出发点的，用什么办法我们都可以商量，转贷如果有困难，就用你买在我名下的那层商铺做成按揭，你的东西给你自己贷款用，我也不要。至于事情的快慢，你自己看着办，什么时候办得七七八八，我就什么时候开始履行承诺。"

夏菁看似通情达理的坚持让贾聪的心凉了个透，他知道缘分已尽，一切已成定局，只有"识时务者为俊杰"这一条路可行。"真想不到，老婆，我们竟然会走到这一步，连陌生人都不如。"说完，贾聪深深地叹了一口气。

"明天办完手续，麻烦你不要再叫我老婆了，听着刺耳。"夏菁不耐烦再听贾聪的感慨，直接从文件袋里拿出两张打印好的离婚协议书，放在了贾聪面前。

"仔细看看吧，我咨询过了，照着样板写的。"

贾聪拿起了其中的一张，协议书写得很清楚明白，只有几行字。

《离婚协议》男方：贾聪，女方：夏菁，于2006年12月16日登记结婚，因婚前相互了解不足现感情破裂，双方经友好协商，协议离婚。一、婚后无子女；二、婚后无共同财产；三、各自债务各自承担。

贾聪边看着，夏菁边说："协议离婚在民政局，当场就能办好。你在协议上签好字，明天当场去按手印，一会儿把你的户口本、身份证交给我，明天早上我带去。还要去拍个照片，要贴在离婚证上的。"

"看来，你提前做好了所有的准备工作，我现在已经是你砧板上的一块肉了。"贾聪一脸苦笑地拿起笔，老大不情愿地在协议上签了字。

"咱们互为鱼肉，当时拿结婚证的时候，你的准备工作不是也很充分吗？"看着贾聪签了字，夏菁在心里舒了口气。

"老婆，其实，我要早知道你是这么铁了心地不想跟我过，即使你不肯帮我，我也会同意离婚的。有很多人和事，不是我能控制的。我没有故意去伤害过谁，发生那么多可怕和让你伤心的事，我也不想。我知道，我对不起你，辜负了你对我的信任。你原本可以过得更好的。"贾聪的声音有些颤抖，这些话当真是他的心声。

"早知今日，何必当初？现在说什么都没用了，该发生的都已经发生了，这是你自作自受。"夏菁看着贾聪，嚣张的情绪此时渐渐地平静下来。

"是呀，我是徘徊在天堂与地狱之间的人，你跟我可不一样，分开也好。真是对不住你，跟了我一场，啥好都没落到。"魔鬼也有善良的一面，此时的贾聪陷入到深深的悲哀之中，眼睛里泛起粼粼的泪光。

夏菁的眼泪夺眶而出，她赶紧把头别到一边，偷偷擦掉了眼泪，生怕贾聪看见。

"行了，别在这儿发感慨了。赶紧去把户口本、身份证拿过来，我要走了。"

贾聪进屋去拿了户口本和身份证，交到夏菁手里："明天几点去？"

"八点半吧，还要拍照，办完了，我还要上班。"夏菁拿到贾聪的东西，就起身要离开了。

"那你答应我的事，什么时候可以开始？"

"我那几个条件办得差不多，就随时可以开始。"夏菁拉开门，头也不回地走了出去。

看着夏菁离去的背影，贾聪的心口一阵接着一阵地剧痛，痛得有些让他无法呼吸，感觉刚刚发生过的事情，像是做了一场梦。他在沙发上呆坐了一阵，抓起吉普车的钥匙冲出了门，一路憋着气发疯似的冲到了梧桐山。

夕阳已经落了，只有很远的地方能看见一点暗红色的余晖。山顶下面黑糊糊的一片，耳边只有冷冷的风声。贾聪一个人站在山顶，风把他吹得浑身冰凉，但心里更加凄凉。女人们都用各自的方式离开了，每个人都被伤得透透的，离开得那样决绝，只留下他自己苦苦挣扎。贾聪对着无边的黑暗放声大哭，为夏菁，为小云，为 Lisa，也为自己和黑夜一样黑的未来。

# 21

CHAPTER
Twentyone

## （二十一）逃不开的陷阱

这颗种子，就种在我心里，

眼看它生根发芽。

在不见阳光的地方，

开出了黑暗的花。

我不想看，也不想要，

不相信种下它，

收获的果实就是我要付出的

代价！

很久没听到过夏菁如此开心的声音了，于是知道肯定是有好消息才会约他出来吃饭，还订了小雅座。

没等上菜，夏菁就把深绿色的离婚证摆到了于是面前："于是，我终于自由了！"

"你真是神速呀！还真是说办就办了！"于是拿起离婚证看了一眼，很替夏菁高兴。

"那还不是你指导有方！重拳出击，能不打倒他吗？真是要谢谢你！"夏菁感激地说。

"快跟我说说，怎么谈成的？"一壶暖暖的清酒端上来了，于是给夏菁斟了一杯，两人碰了一下杯，一饮而尽。

"于大律师，先干杯，待我细细说来。"夏菁又给于是斟了一杯。

"前天跟你见完面后，我一晚没睡，细细地想了一宿，该为这事做些什么准备。他同意怎么办？不同意怎么办？拿什么才能治住他？越想我心里越有谱。第二天把我要办事的几个相关部门的熟人都找到了，又搞清楚了具体的程序和方法，还准备好了办离婚的文件，就等着贾聪找我。我谨遵你的嘱咐，跟他见面之前，又再三确认了你交代过的那几个要点，然后直接约到他家去谈。知道我为什么要主动去他家吗？因为他的户口本在家呀，那是办离婚手续必须要的！

于是，你是不在，要不你就能看见我有多爽了！我开门见山地开了条件，

270

贾聪都傻了！开始他激动地不同意，还骂我，可等我把利害关系跟他一摆，再加上点威胁，他就完全没有招架之力了，几个回合下来就投降就范了！今天一大早就去了民政局，没用半小时，就办完了！"夏菁非常兴奋地一边说着，一边频频地往自己杯里倒着酒，说话间，几杯酒就又下了肚。

主菜还没上，只就着水煮毛豆和蟹子沙拉，两个人已经喝得面红耳赤了。看着夏菁眉飞色舞的高兴劲儿，于是也跟着一块儿开心。

"于是，你知道吗？在离婚协议上按手印的时候，贾聪这个王八蛋，居然唧唧歪歪地想改主意，还给我又提了个要求，让我答应了才按手印。"夏菁面色潮红地说。

"什么要求？你答应了吗？"于是有些紧张。

"他说，我们刚结婚就离，怕别人笑话，让我不许告诉其他人，要暂时保密。我觉得没什么，就答应了。"

于是皱了一下眉头，一会儿又舒展开来："是呀，菁菁，贾聪说的有些道理。你们刚结婚就离，说出去其实对你也有不好的影响，只要手续办了，以后慢慢再公开也好。"

夏菁沉默了一会儿，又干了一杯酒，接着说："说实话，手续办了心里是轻松了，但还是不好受。按手印的时候，我的手都在发抖。我还是觉得挺难过的，为自己，也为贾聪。虽然时间很短，毕竟曾经夫妻一场。我一个好好的人，被这么折腾一场，还有小云，唉……"

夏菁的眼圈又开始发红了。

"菁菁，你别难过了，回忆一下过年前你离开深圳的时候，再看现在，是不是天差地别？最难过的关都过了，接下来的生活会一天比一天好的！"

"我知道，就是说到这儿了觉得心里不舒服，其实我今天挺高兴的！好了，我不说这个了，咱们好好喝酒！吃完饭再约平平和笑笑她们去 K 歌，我今天一定要好好庆祝一下！"夏菁的脸上又露出了笑容。

"好，为了庆祝你今天恢复自由，你到哪儿我都陪着，咱们今天不醉不归！"于是又一次举起了杯。

这个晚上，夏菁很尽兴，尽兴得有点过分了。听到夏菁宣布离婚，闺密们倒没有吃惊，预料中的事，大家都以轻松的态度回馈和鼓励。倒是对酒量一向很好、从不失态的夏菁能喝醉成又哭又笑的疯狂模样很是惊讶。只有于是才知道，这几个月夏菁经历了什么，走过了什么样的心路历程，又为什么会如此发泄。

看着靠在他肩膀上满脸是泪的夏菁，于是在心里暗暗地发誓："既然老天爷让我在菁菁这样的时候碰到她，又和她一起经历了这么多的事，以后不管发生什么，我都会和她一起面对，都要好好地呵护她，绝不会让她再受伤害！"

这个晚上，贾聪也喝得酩酊大醉。他不像夏菁，有于是和平平她们一众贴心贴肺的知己陪着。压根从来就没有过知心朋友的他，只能叫上几个总是混在一起打台球、打牌、赌博的老乡，陪他去泡夜总会。虽然贾聪痛恨三陪小姐和老乡们在他身边淫荡地窜来窜去，也痛恨自己除了在夜场喝得烂醉如泥之后去找乐乐及她的同行姐妹们变态似的大干一场以外，竟然再没有别的方法能开解郁闷。他更痛恨的是，已经习惯了在肮脏的地方和下流的人为伍，成天做着见不得阳光的事。

贾聪把自己灌醉，恨不得喝死算了。几个人去拉去抢，才从贾聪手上把已经灌进肚子大半瓶的酒夺了下来。老乡们不管他吐得多厉害，其状多惨不忍睹，一看他喝到了效果，自动化地叫司机把死猪一样的贾聪直接拉到了"黄金海岸"交给乐乐就完事。躺在乐乐怀里的贾聪心里明白得很，他紧紧地咬着牙淌着眼泪，喉咙里发出一阵阵拉长了声调的哀号，仿佛是为自己唱起的悲歌。

时间一天天地过去，从夏菁旅行回来再到谈条件闹离婚，五月就已经快过半了。贾聪没有时间、没有精力再为离婚的事情郁闷了。2007 年 5 月开始，二手房市和五一黄金周一起又创了新高，关内的房均价已经炒到两万一平方米，连关外都已经涨到一万二了。人民群众都沉浸在炒房带来的喜悦和无奈之中，越是这样，贾聪越是心惊肉跳。他知道，政府绝不会允许楼市这样无休止地疯涨下去，每晚他都会准时看《新闻联播》，生怕哪天会突然出台关于楼市和银行的调控政策。

婚姻家庭的烂事他只能抛到脑后，专心应对可能会出现的状况。贾聪很仔细地列了一个时间表，表里有几个最关键的时间和事件节点，是决不能行差踏错的。这关系到他和"红日"的生死存亡。

他预测政府的政策在年底之前会出台，从5月开始推，还有七个月。他顺着这七个月的时间安排，6月跟五哥把合同订下来，7月五哥的钱到位，同时钱进到广州项目开始运作，一边装修一边开卖；8月开始广州项目就要逐渐产生效益。只要这几个点踩到了，即使政策在年底出台，该赚的钱已经赚到手了，该还的高利贷还了，只要自己和公司的包袱甩掉了，无论市场是冷是热，他都可以从容面对了。

公司在深圳本地的经营，以目前的市场状况，贾聪是不担心的。针对上海分公司持续亏损的情况，即使是亏上了大笔的装修和租金押金，他也已经决定陆续关掉几家亏得最严重的，及时地改正了投资失误的错误。此时贾聪的"红日"公司，运转其实还是非常正常甚至优秀的。只是，押在广州项目上的代价实在是太大了，大到他根本输不起。

如果五哥来深圳前，没有给到他想要的交代，这唯一的资金来源又会旁生枝节。贾聪实在没有时间和能力再走弯路了，必须用最快的速度不食言地先满足夏菁的条件。把原本在银行已经做着抵押按揭的物业，转到给夏菁公司做流动资金贷款的银行，贾聪是颇费了些力气的。

夏菁的目的贾聪很清楚，转贷，是为了把原本没有实质抵押的贷款做实。日后万一做担保的贾聪和他的公司还不起钱，银行把物业拿去拍卖，以物业抵债，这和夏菁个人和她的公司就没什么关系了。她要更换法人代表和股东，也是为了和这笔贷款脱开干系。贾聪也很理解夏菁这样做，自己赌博，确实不应该带上本来无辜的夏菁。何况，如果达不到夏菁这个条件，他知道，夏菁一定不会帮他和五哥的事。好在转贷的银行，乐得把流动资金贷款做成有物业抵押的按揭，只用了十天工夫，就办妥了所有手续。

转贷的事情办完，已经是5月底6月初了，五哥来过电话问合同的起草情况，贾聪只能用夏菁出差的借口搪塞，同时心急火燎地去找夏菁，让她开始履行承诺。办完离婚和转贷，夏菁舒心多了，每天和朋友们混在一起，乐得不得了。收到贾聪的约见短信，夏菁知道，肯定是五哥的事。她一再提醒自己，千万要把握好分寸，再不能参与贾聪的事太深。

两人碰面，一个健康红润，而另一个却委靡憔悴，一脸黑气。

"菁菁，今天五哥打电话来问关于项目的事了。他月中就要来了，你什么时候就位开始工作呀？"贾聪谨遵夏菁的指示，再不敢叫老婆，也没有任何带感情色彩的开场白了。

"我知道你今天找我是为这事，我会说话算数的，我说过帮忙就会帮忙的。只是……"夏菁的态度非常友好诚恳。

"只是什么？"贾聪非常紧张，生怕夏菁有什么变化。

"只是，我现在不能从永胜出来，公司现在事儿特多，突然提出离开，我不好交代。反正你跟五哥的事情现在没那么具体，我还是会照做，只是不从永胜出来。"

贾聪的眉头狠狠地揪了一下，他感觉到夏菁好像在耍什么花招，但是话说得合情合理，似乎又挑不出毛病来。"这样啊，也行吧。"

"那你现在需要我开始做什么？"夏菁问。

"我得赶紧给他起草一份项目合作的协议，内容我找律师来写，写完给你先看看，然后你帮我发给他。"

夏菁迟疑了一下，但还是答应了。"行呀，律师写完我看看，如果没有修改的，我帮你发给五哥。"在夏菁看来，帮着拟一份还不知道能不能签的合同，不算参与什么，无伤大雅。如果一直拖着什么都不做，又担心公司的变更贾聪不接着往下做了。

夏菁并没意识到，她的这一点迟疑，没有逃过贾聪的眼睛。从谈条件开始夏菁的强势绝情和步步为营，已经把贾聪逼到退无可退的地步，虽然理解，但是被女人死死捏着的感觉是十分不爽的。为了达到自己的目的，该忍的贾聪也忍下了，他不认为夏菁会跟他耍花招，出尔反尔，很信得过她的承诺。

可就是这一点迟疑，再加上夏菁不肯从永胜出来的借口，在此时高度关注和相信夏菁的贾聪看来，是一个非常不好的信号。该办的都差不多办完了，夏菁似乎对履行承诺是相当有保留的。而贾聪完全没有可以制约她的砝码在手，万一等到所有的条件都满足完了，而她却什么都不做了，自己不是鸡飞蛋打，白忙乎一场吗？想到这儿，贾聪不禁打了个寒战。

"公司变更的事儿什么时候办？需要我去工商局找熟人吗？"夏菁急切

地问。

"不用你找人，有熟人。就这两天，我让秘书把所有申请资料准备好，你签完字，就去送文。"贾聪故意神色自若地答道。

夏菁对公司急切的态度，又一次地暴露了她要和这事儿脱开干系的目的。贾聪心里盘算："决不能让她轻易开溜，就用这事牵住你。"

抓住夏菁这一点，贾聪已经有了个新打算，但绝对不能引起夏菁的警觉。虽然公司公章和所有资料都放在自己的手上，但也要预防她到时会凭法人代表和大股东的身份，到工商局去申请挂失和注销。

这段时间一直顺风顺水的夏菁，当然没有觉察到贾聪的变化，还非常开心于贾聪很把自己的话当回事:"那好,准备好资料随时通知我。谢谢你了，这段时间，你肯定忙坏了。"

"菁菁，这本来就是我应该做的，别说什么谢不谢的。其实，我还一直都爱着你,我们还能重新开始吗？"贾聪借着夏菁的态度好转，又表演上了。

"贾聪，现在还说这个干吗？咱们做朋友不是挺好的吗？"夏菁看着贾聪的可怜样，有些不忍心。

"真的菁菁，不管你怎么想，在我的心目中，你永远都是我最爱的女人。"贾聪的眼角又开始泛泪光了。

夏菁无语，以沉默应对。对自己讨厌的男人的情话，女人会同样讨厌。可对觉得可怜的男人，情话虽然不能令她们感动，却也不会让她们觉得反感。贾聪的这番话，夏菁肯定是不会享受其中的，但是，缓解她原本视贾聪如阶级敌人一般的仇恨和警惕，确实是起到了作用。

第二天，夏菁如约看到了贾聪跟五哥的合作协议，内容简单得她根本就没动笔修改，跟五哥做了以通知他接收传真为目的的简单沟通后，就把协议传给了五哥。

夏菁不知道，这个她认为无伤大雅的简单行为和跟五哥没超过五句的对话，居然种下了一个祸根。而更大的祸根，在她签了所谓的公司变更资料，和跟贾聪一起接待五哥看车展之后，接踵而来。

夏菁记得很清楚，那天贾聪的司机打电话给她，要把办理变更公司法人代表和股东所需的文件送给她签字。夏菁签的每一份文件她都看得清清楚楚：法人代表证明书、法人代表委托书、股东会决议、董事会决议，还有申请表。身份证是交给司机复印完后当场交还给她的。这种事情，夏菁在刘宏公司办过好几次，她是很清楚需要准备哪些资料的。无论怎么回忆，夏菁都想不出在签字这个环节上有什么不妥。

假如夏菁找贾聪把公司的公章和营业执照正副本拿到自己的手上，亲自到工商局去送申请，可能她签的这些字就不是大祸根了。她也不是没有这样想过，只是在司机到来之前，贾聪的一个短信让她放弃这个念头。

放下司机的电话，贾聪的短信就来了："菁菁，办理公司变更的资料准备好了，我已经叫人送给你去签字。你签完就送工商局，放心，我会尽快办好的，到时第一时间通知你。还是很挂念你！保重！"

当男人不是你的什么人之后，随着角色的转变，对他的要求也变得少了许多。距离让人产生的不仅仅是美，还有回忆和宽容。看完贾聪的短信，夏菁不仅打消了要亲力亲为办理变更的想法，还马上给他回了信："好的，谢谢你，你也保重！"距离，还能产生没道理的信任。

以夏菁的经验，她很清楚办理公司的这些变更需要多长时限。六月初送进去的文件，回执上的回复时间是二十个工作日。如果找了熟人催快点，那也要十个工作日左右。起码要到六月中旬了，所以她没有急着催贾聪。而正在这个时候，深港澳车展开始了，五哥来了。

从传了一份协议的草稿给五哥之后，在夏菁这儿这事儿好像没了下文。五哥没有联络她，贾聪也没再跟她提这事儿。他们究竟还有没有往下谈，进行没有，夏菁完全不知道。她也不会主动去问贾聪，正好乐得不相关，还会主动找来烦？

直到贾聪打电话给她，夏菁才想起来，还有五哥这么一码子事。

2007 年 6 月 11 日深港澳三城汽车展览会开幕，开幕之后的第二天，是一个炎热的周六。

头天忘了关机的夏菁，还没起床，就被电话声吵醒了。她迷糊着眼睛，看都没看来电，就按下了接通键。

"喂，谁呀？"

"菁菁，还没起呢？太阳都晒到屁股了！"电话里传来贾聪兴奋的声音。

"哦，是你呀，什么事呀，这么早！"夏菁仍然懒洋洋的。

"赶快起床！我一会儿去接你！"

"接我干吗呀？！"

"五哥来了，昨晚上就到了。我们中午先请他喝茶，然后陪他一起看车展。"

"哦，这样啊。"夏菁这才清醒过来，想起了和贾聪之间的约定。

"菁菁，你可别想着不去呀，不说别的，就凭你去平山人家五哥是怎么接待你和你的朋友的，怎么着你都该陪陪人家。"贾聪循循善诱道。

"好，我马上起来，你别来太快，四十分钟吧。"夏菁还是很爽快地答应了。别说有贾聪这档子事摆着，就算没有，夏菁对五哥的印象本来也很好，就算他是贾聪的朋友，即使跟贾聪离了婚，也愿意跟他交朋友，叫他一声大哥。

放下电话，夏菁赶紧起床，梳洗打扮。四十分钟后，贾聪准时到了夏菁楼下。大半个月没见了，因为恢复自由之身心情愉快，夏菁容光焕发得很，贾聪也因为楼市的生意不错，精神爽朗，满面红光。看着自己曾经的女人又漂亮丰满起来，贾聪心里那丝深深的遗憾又冒了出来。

"菁菁，你怎么越来越漂亮了，看来离开我绝对是对的。"贾聪酸溜溜地说。

"一大早，还没吃早餐呢，怎么先喝开醋了？"夏菁回敬道。

"菁菁，你就别刺我了。老婆丢了，还不许说两句呀？"贾聪似有万般留恋。

"行了，别无聊了。咱们这是去哪里呀？"夏菁觉得自己不得不引开话题了。

"咱们先去酒店接五哥，再到佳宁娜去喝茶，然后下午去看车展。"贾聪已经安排好了。

"哦，这么热，我能不去看车展，就喝个茶行吗？"夏菁皱着眉头说。

"菁菁，这样不好吧？你去平山的时候，五哥哪顿饭没陪你们吃？人家怠慢过你吗？何况他还是我的合作伙伴，别忘了我们是有约定的！"贾聪的语气很轻松，说的话却很严肃。

一听这话，夏菁马上端正了态度，再没二话。

到了酒店门口，贾聪停下车先给五哥发了条让他下楼的短信，然后看着夏菁非常认真地问："菁菁，你答应我的事没忘吧？"

"我答应你的事，我这不正干着呢吗？没忘呀！"

"不是五哥这事，是我们按手印的时候，你答应我的事。"

夏菁还是没想起来："按手印的时候，我答应过你什么呀？"

"你答应我，我们离婚的事不公开的，你忘了？"

夏菁不好意思地笑了笑："是忘了。"

"我知道你忘了，也知道你没做到。告诉你的那些姐妹们也就罢了，一会儿见到五哥，可不要再说这事儿了。他是我的合作伙伴，喜酒还没请人喝呢。他要知道我结婚离婚这么快得像儿戏一样，会以为我做事也不靠谱呢！"

"知道了，五哥是你大哥，又不是我大哥，哪里有见面先跟人家说离婚的事呀！我只是陪着你尽地主之谊接待他，除了开心的话题，其他的我一概不提。"夏菁刚说完，就看见五哥朝着车走过来，贾聪赶紧从车上下去迎接他，两人的谈话就此结束。

在五哥的眼里，小兄弟贾聪和老婆夏菁，是一对虽然不般配，但还算恩爱的夫妻。夏菁大小姐一个，而农民出身又喜欢在风月场上滚的贾聪，处处宠着让着老婆，在五哥看来，感同身受般地能理解的。小两口一起请喝茶，固然觉得挺开心，但对五哥来说，最开心的还是他和贾聪两人一起的娱乐时间。若不是贾聪为了鼓励夏菁做好和自己有关的广州项目，要买辆玛莎拉蒂跑车送她，非要拉着自己陪，看完感兴趣的法拉利，她早走了，才不会在车展会场转那么久。

夏菁觉得不自在得很，看车展的时候，贾聪在五哥面前突然说要买辆什么一百多万的跑车送给自己，甚至还交了几万块的诚意金。因为答应过贾聪，不在五哥面前提两人离婚的事。在他喳喳哇哇要去刷卡交钱的时候，夏菁既不好对贾聪发作，也懒得细问。对贾聪喜欢装腔作势摆排场的套路，夏菁是心知的。她一直当五哥和贾聪是相交多年的兄弟和老乡，也不好去跟五哥说长道短的，心里只想着："管你什么车，管你交没交订金？我才不要呢！"

只有布局的人，才知道自己布局的目的。身在局中的人，不到真相揭开的那天，是不会知道的。

五哥和夏菁，无疑都是高手。这两人都已经过了招。贾聪深知自己的拙劣演技已经再也打动不了他们了，于是他退出了台前，而专注于做幕后的导演。他发现，编剧本再布局让别人演，比他自己上阵效果强多了。看车展，只是一出小试牛刀的小戏。

轻轻松松，就让五哥和夏菁心里各自抱着不同的目的，开始了他俩的交集。贾聪给夏菁制造出的错觉，是让她以为陪着一起接待五哥，只是尽尽地主之谊，款待他的兄弟兼合作伙伴。贾聪根本不担心夏菁会去说关于离婚的事，之所以对她交代几句，是因为他希望夏菁的表现能更好更自然些。

而他利用了夏菁让五哥看到的，是一个与真相完全不同的假象。除了大秀了一把夫妻恩爱，还让五哥充分相信，广州项目肯定是夏菁做，都买车讨好了，何况，之前夏菁还传过合同给自己。老婆肯定是帮老公的，还问那么多干吗。因为有了这些个假象垫底，之后和五哥之间的具体谈判，其实已经不需要夏菁出场了。贾聪想达到的目的已经达到了。

假如夏菁和五哥不是那么自以为是的人，哪怕就像聊家常似的，互相多问一句话，这个局还是很容易被戳破的。可就是因为太相信自己的耳朵和眼睛，把被制造出来听见和看见的假象，当做了事实，才一步步被贾聪放进了自己的局里。而这个局，贾聪越布越大，有意无意装进去的人和制造的假象也越来越多。随着市场大背景的变化，也随着局中人各自情绪和状况的改变，这个局变得让贾聪根本无法再操控。当真相一个个浮出水面，所有的矛头和焦点，全部都指向贾聪时，那就是他该付出代价、得到报应的时候，也是他末日来临的时候。

来到了2007年的7月中，贾聪制定的时间表，进行得倒是很顺利。看似一切都不错，可他的心里，没有一天是安静的，日子过得反而一天比一天难受。

五哥的钱是到手了，可并没有达到他预期的效果。跟五哥，本来是以合作的方式来做广州的项目，夏菁传给他的合作协议就是这个方向。虽然五哥和贾聪称兄道弟，也信誓旦旦地表示愿意合作，可他来看车展后，末了跟贾聪最后订下的，却是一份完全保障他利益的高额利息借款协议。而且，贾聪心目当中想要的两千至三千万，缩水成了一千五百万。

五哥自己就是做房地产开发的，对市场的预测，他有自己的看法。贾聪预测年底才会出台调控政策，五哥不这样看，他认为十一前后，政策就要出台。若是合作，虽然利益共享，风险也要承担。既然在关键的问题认识上有分歧，自己本身也不看好市场会长期利好，那就干脆别合作了。

其实五哥挺把贾聪当兄弟的，虽然贾聪口口声声说不缺钱，做生意多年的五哥怎么会相信呢？借出去的数字，既是五哥能承受的，也是他认为贾聪能还得起的，何况还是以夏菁的公司做主体借款，贾聪的公司和他个人做担保。五哥既实现了他帮贾聪的承诺，一千五百万，年利息百分之三十，也算是做了一笔不错的生意。

订好了借款的合同条款，贾聪和五哥一起回到平山，马上盖章签合同，拿钱走人。五哥一点都没怀疑，贾聪拿着她老婆夏菁做法人代表的公司的所有授权文件和资料，来跟他签合同会有什么问题。因为他知道这个项目是夏菁操盘，是用她的公司来做的，借款用这个公司肯定没问题，何况，贾聪还有所有签字授权的文件和资料。五哥倒是问了一嘴，为何夏菁没来。贾聪的回答，也让他不可能怀疑，因为夏菁怀孕了。

夏菁不仅是被贾聪说怀孕了，她还被贾聪利用向五哥借款了；她也不仅是被利用借款了，她还被贾聪利用跟王新签了卖房协议了。这两个被贾聪签的协议，总金额高达四千五百万。如果不是亲眼看见五哥拿来的借款协议，不是亲自收到王新起诉她的法院传票，以为早就跟贾聪脱开了一切干系的夏菁，永远不可能知道，她和贾聪的纠葛，即使在他不再出现的若干年里，都无法结束。

日历翻到了2007年的11月，夏菁已经和前夫贾聪离婚将近半年了，已经完全走出阴影的她，此时沉浸在和新男朋友于是的甜蜜恋爱中，过去和贾聪之间的纠葛，在她这儿，早就结束了。六月底她就收到了贾聪传真给她的，公司变更后的营业执照复印件和新股权结构的相关文件。随着她和贾聪之间牵扯的最后这件事的完成，夏菁的心情才彻底轻松，才有了开始面对新生活的想法。

于是，这个一直守护在她身边的人，当然是不二的人选。跟于是待在一起，夏菁才知道什么是真正的幸福。跟贾聪之间都是虚伪、物质、做作和怀疑猜忌。可于是带给夏菁的，却是自在、真实、温暖和感动。她几乎已经忘了生命当中还有一个叫贾聪的人曾经出现过。每天两个人除了工作就是腻在一起。

夏菁才不会去关注在这几个月里，政府针对二手房市场出了什么政策。她只是给开发商打工的，有任何问题，有穆梓哥这个高个儿顶着，她没什么可担心的。

可这几个月的市场变化，对贾聪而言，简直就像是侏罗纪时代的火山爆发。

2007年，政府出台了"国六条"，开征营业税，通过执行物权法，银行也调整上浮了多次准备金率等一些调控房地产市场和房价的政策。在上半年，这些政策只对开发商们造成了一些不大的影响，针对二手房市场的关键政策，还未开始。2007年9月之前的楼市还是很火，成交量和价格都居高不下。

可来到9月底，银行关于二手房按揭的新规定一出，情况就大不一样了。新的银行房贷政策，就是针对打压二手房市场的炒房潮的。规定不仅调高了二手房贷款的利率，还规定了购买第二套房，首付要在百分之五十以上，而且各个银行严格审批，收紧银根。这个政策一出，国家要打压房价的方向十分明显，也很有力度，无疑是在疯狂泡沫的二手房市场里扔下了一颗重磅炸弹，成交量像跳水般地直线下降。

从这个时候开始，贾聪似乎已经听到了为他敲响的丧钟。五哥的钱虽然在7月到位，可是由于缩水一半，拿项目的钱刚给全，用来再装修的钱也不知到哪儿去弄了。即使资金全部到位，按时开卖，市场也全都是跟风降价或开始观望的。如果降价卖掉房子，贾聪算了算，赚的钱根本不够填公司的窟窿。

高利贷日复一日利滚利越来越多，他只好占用客户买楼的保证金还了一部分。中介公司就是靠天吃饭的，只要楼市好，就有生意做，有佣金收，维持公司的运转还是没问题的。

可贾聪把公司收的客户的钱挪作他用，还有那么多笔银行贷款的利息要付。公司长期以来的财务危机，随着9月出台的银行政策，跟着整个下滑的市场一起，终于大爆发了。连续两个月，包括十一黄金周在内，整个深圳才成交了几十套房子。这意味着贾聪的"红日"在深圳将近两百家的地铺，没有生意可做。挪用的客户保证金，如果再不还回公司，付了钱，却办不了过户，又平白无故背上贷款的客户们就要上门闹事了。

10月底到11月中的这段日子里，贾聪非常忙，广州、香港、深圳、上海，到处跑，他在忙什么，没有人知道。贾聪安排了公司的高管们应对客户，对几个月都没发工资和提成的员工们，贾聪也是托高管向他们解释，他正在解决资金，并且会很快。

11月10日，早已弹尽粮绝的公司账户，收到了贾聪转来的六百万。他交代，用来发工资。也是从10日开始，他发了短信给公司办公室主任，告诉他自己在外地休息，三天后回来。一直被欠着款的供应商和被挪用了钱的小业主们，没有耐心再听员工的解释，也没有耐心等贾聪回来了。他们破门而入"红日"的总部办公室，抢的抢、搬的搬，把办公室砸了个稀烂，贾聪也没有出现。

所有人都在打他的电话。手机一直都通着，可就是没人听。11月12日，夏菁接到了贾聪打来的一个奇怪的电话，他说："菁菁，你人那么好，会有很多人帮你，一切，你都能搞得定的！"说完就挂了。

11月13日，"红日"公司的一个高管打来电话，问夏菁知不知道贾聪去哪儿了。

11月14日，深圳各大报纸的头条新闻是："中国百强房地产中介公司'红日置业'一夜之间崩盘倒闭，老板贾聪携款潜逃。"

11月15日，夏菁接到五哥的电话，说他来了深圳，要约她见面。夏菁去了，一夜未归。

2008年12月13日，深圳电视台"第一现场"栏目，直播深圳某派出所遭几十黑衣人围攻。媒体报道，据说是为了抢一个叫夏菁的女人。

2008年12月13日，深圳福田看守所收押了一个叫夏菁的合同诈骗犯罪嫌疑人。

2008年12月15日，犯罪嫌疑人夏菁被转至四川平山石柱山看守所，随着一次次地延长拘留的时间，释放日期，未定。